ELIOT PATTISON

DER TIBETISCHE AGENT

atb aufbau taschenbuch

ELIOT PATTISON ist Journalist und Rechtsanwalt. Er ist oft nach Tibet und China gereist und lebt mit seiner Familie in Oley, Pennsylvania. Er hat mit seiner Tibet-Serie um den Ermittler Shan eine Thriller-Serie der Sonderklasse geschrieben. Sechs weitere Romane aus dieser Serie liegen im Aufbau Taschenbuch vor: »Der fremde Tibeter«, »Das Auge von Tibet«,“Das tibetische Orakel«, »Der verlorene Sohn von Tibet«, »Der Berg der toten Tibeter« und »Der tibetische Verräter«. Außerdem liegen dort seine Roman über den Highlander Duncan »Die Asche der Erde« und »Das Ritual« vor.

Mit seinem Freund und Lehrer Lokesh hilft Shan einem Mönch eine Gebetsstätte, die von Chinesen zerstört wurde, wieder aufzubauen. Doch plötzlich ergreift der Mönch eine Pistole – und erschießt sich. Selbst der sonst so gelassene Lokesh ist entsetzt. Shan versucht herauszufinden, warum der Mönch sich getötet haben könnte. Und er stößt in einem Kloster auf drei weitere Tote: eine tibetische Nonne, einen Chinesen und einen dritten, den er später als deutschen Filmemacher identifiziert. Doch wie hängen diese Morde zusammen? Shan begreift, dass nur die amerikanische Freundin des Filmemachers Auskunft geben kann, doch sie ist irgendwo im Hochland verschwunden. Und nicht nur er beginnt sie zu suchen, sondern auch die chinesischen Behörden. Doch von unerwarteter Seite erhält Shan Hilfe. Meng, eine chinesische Offizierin, unterstützt ihn.

»Pattison verbindet profunde Informationen über die Unterdrückung des tibetischen Volkes mit spannenden Handlungen anspruchsvoller Kriminalromane.«

Kölner Stadt-Anzeiger

ELIOT PATTISON

DER TIBETISCHE AGENT

SHAN ERMITTELT

ROMAN

Aus dem Amerikanischen
von Thomas Haufschild

atb aufbau taschenbuch

Die Originalausgabe unter dem Titel
Mandarin Gate
erschien 2012 bei St. Martin's Press, New York.

FSC
www.fsc.org
MIX
Papier aus verantwortungsvollen Quellen
FSC® C083411

ISBN 978-3-7466-3061-8

Aufbau Taschenbuch ist eine Marke der
Aufbau Verlag GmbH & Co. KG

1. Auflage 2015

Die deutsche Erstausgabe erschien 2013 bei Rütten & Loening,
einer Marke der Aufbau Verlag GmbH & Co. KG

Published by Arrangement with Eliot Pattison
Umschlaggestaltung Büro Süd, München,
unter Verwendung eines Motivs von Michele Falzone/JAI/Corbis
und www.buerosued.de
gesetzt in der Adobe Garamond Pro und der Compacta BT
durch Greiner & Reichel, Köln
Druck und Binden CPI – Clausen & Bosse, Leck
Printed in Germany

www.aufbau-verlag.de

KAPITEL EINS

Das Ende der Zeit fing in Tibet an. Shan Tao Yuns alter Freund Lokesh hatte es ihm in den letzten Monaten immer wieder gesagt. Erst gestern hatte er ihn abermals daran erinnert und mit gekrümmtem Finger auf eine unnatürlich geformte Wolke gezeigt, die am Horizont lauerte. Im Verlauf des vergangenen Jahres war Shan mehr als einmal schaudernd Zeuge geworden, wie Lokesh und ihre Lama-Freunde feierlich die uralte Prophezeiung deklamierten. Die Menschen hatten ihre Chance gehabt und versagt; sie hatten es zugelassen, dass ihre Zivilisation sich mehr um Unmenschlichkeit drehte als um Menschlichkeit. Nun befanden sie sich in einer Abwärtsspirale und würden in absehbarer Zeit durch eine intelligentere, mitleidsvollere Spezies abgelöst werden. Die Anzeichen dafür waren überall in Tibet zu sehen, und so erschien es den Lamas absolut logisch, dass der Prozess hier einsetzte, auf dem Dach der Welt, in dem Land, das der Heimat der Götter am nächsten war.

Während Shan nun zusah, wie Lokesh einen alten Pilgerpfad säuberte und sich dabei leise betend bei den Insekten für die Störung entschuldigte, wurde ihm klar, dass er die alten Tibeter nicht nur wegen ihrer gütigen Weisheit bewunderte, sondern auch für die Lebensfreude, die sie sich trotz aller finsteren Vorahnungen bewahrten.

»Jamyang spielt mit einer Ziege!«, rief Lokesh plötzlich.

Shan bemerkte, dass sein Freund innegehalten hatte und zum gegenüberliegenden Hang schaute. Er blickte verwirrt über das kleine Hochtal hinweg und erkannte eine rennende Gestalt in dem kastanienbraunen Gewand eines Mönches. Erschrocken sah er zu der Straße in dem größeren Haupttal dahinter. Erst vor einer Stunde hatten sie dort eine Polizeipatrouille bemerkt. Jamyang war ein unregistrierter und somit illegaler Mönch, und es war leichtsinnig von ihm, sich so nahe an einer öffentlichen Straße zu zeigen.

»Er wird noch zu seiner eigenen Feier zu spät kommen«, verkündete Lokesh grinsend. Shan erinnerte sich, dass der Lama sie eingeladen hatte, ihm in einer Stunde bei einer Mahlzeit Gesellschaft zu leisten, unweit der abgelegenen Hütte, die sein Zuhause war. Dort gab es einen kleinen Schrein, den Jamyang restauriert hatte, und der Rest des Tages sollte entsprechenden Feierlichkeiten gewidmet sein.

Shan ging zu seinem Pick-up, nahm sein verschrammtes Fernglas vom Armaturenbrett und richtete es auf den gegenüberliegenden Hang. »Das ist keine Ziege«, berichtete er gleich darauf. »Er verfolgt einen Mann.« Die vordere Gestalt balancierte mühsam einen Sack und einen langen Gegenstand quer über den Schultern und lief in einer gebückten, ungleichmäßigen Gangart.

Lokesh streckte beunruhigt einen Arm aus und zeichnete in der Luft den Verlauf des Pfades nach, dem die beiden Gestalten folgten. »Da geht es zu dieser neuen chinesischen Stadt!«, warnte er und deutete auf den Punkt, an dem der Weg hinter der Kammlinie verschwand. »Ihm ist nicht klar, wohin er gelockt wird!«

Mit jäher Bestürzung nahm Shan den Hang erneut in Augenschein. Er hatte die Stadt – eine der neuen Einwanderersiedlungen, wie sie überall im ländlichen Tibet aus dem Boden gestampft wurden – sorgsam gemieden und seine alten tibetischen Freunde ebenfalls ermahnt, sich davon fernzuhalten. Die Regierung zahlte mittlerweile Belohnungen für Informationen über unregistrierte Mönche und noch weitaus mehr für ihre Ergreifung. Das hatte eine neue Sorte Kopfgeldjäger hervorgebracht, die der Polizei zur Hand gingen und versteckte Lamas aufspürten. Bei den Tibetern hießen diese verabscheuungswürdigen Männer *Knochenfänger*, denn die Mönche, die sie anschleppten, waren zumeist benommene, ausgemergelte Einsiedler, die nur noch aus Haut und Knochen bestanden. Der Knochenfänger, der Jamyang in die Hände der Behörden lockte, würde damit mehr verdienen als die meisten Tibeter in einem ganzen Jahr. In der Stadt musste es einen Polizeiposten mit einem Gefängnis geben. Der Lama mit dem großen Herzen würde verloren sein.

Shan zog hektisch die zerknitterte Landkarte zu Rate, die vorn in seinem Wagen lag, und setzte sich ans Steuer. Er rief Lokesh zu, sie würden sich bei Jamyangs Schrein treffen, aber als er den Pick-up wendete, schwang der alte Tibeter sich auf die Ladefläche.

Sie rasten in halsbrecherischem Tempo den Berg hinunter. Der jahrzehntealte Wagen hüpfte und schlingerte über den lockeren, unebenen Schotter, schlängelte sich am Sockel des Gebirgsgrates entlang, auf dem Jamyang sich befand, und dann die Serpentinen auf der anderen Seite hinauf, um dem Fliehenden den Weg abzuschneiden. Von der Ladefläche hörte Shan das Klappern der losen Eimer und Schaufeln und dazu das Lachen von Lokesh, jenes sanfte Lachen, das geholfen hatte, Shan während der ersten schrecklichen Monate am Leben zu erhalten, als er vor vielen Jahren in ein Straflager geworfen worden war.

Der alte Motor ächzte und hustete, während der Wagen die unbefestigte Straße erklomm. Dann kam er zitternd an einer langen Reihe von Felsblöcken zum Stehen. Hier kreuzte der

Weg, auf dem Jamyang den Kamm überqueren würde. Unterhalb erstreckte sich offenes Weideland, gefolgt von dem kleinen Straßennetz der neuen Siedlung, nur ungefähr anderthalb Kilometer entfernt.

Der rennende Mann hatte so sehr mit seiner schweren Last und der Beobachtung des Pfades hinter sich zu tun, dass er beinahe mit Shan zusammengestoßen wäre. Er keuchte auf und wollte Shan ausweichen, indem er auf ein Sims am Wegesrand sprang. Doch sein Hinken brachte ihn aus dem Gleichgewicht, und er stürzte schwer, verstauchte sich fluchend den Knöchel und blieb bäuchlings im Gras liegen. Der Inhalt des Sacks wurde um ihn verstreut.

»Der Kerl ist wahnsinnig!«, stöhnte der Fremde mit ängstlichem Blick den Pfad hinauf und rieb sich den Knöchel. »Geht wie ein blindwütiger Yak einfach auf mich los!« Er fing an, die Gegenstände flink wieder vom Boden aufzulesen.

Shan musterte den Mann für einen Moment. Er war Mitte dreißig, von zäher, drahtiger Gestalt und mit einer langen Narbe über dem linken Auge, die unter seinem struppigen schwarzen Haar verschwand. Die zerlumpte Schaffellweste und -mütze schienen ihn als Hirten auszuweisen, aber unter der Weste trug der Tibeter ein schwarzes T-Shirt mit dem Bild eines Skeletts, das eine Sichel hielt. Shan nahm seinen Hut ab.

Der Fremde erstarrte kurz, als er Shans chinesische Gesichtszüge sah. »Er ist nicht registriert, Genosse!«, rief der Tibeter mit dünner Stimme und hob eine kleine kupferne Opferschale auf. »Sonst würde er sich wohl kaum wie ein wildes Tier in dieser Hütte verstecken.« Er richtete sich auf und zuckte zusammen, als er seinen Fuß belastete. Dann humpelte er auf das größte seiner Beutestücke zu, zwei armlange Bretter, fest verschnürt mit den Bändern, die man benutzte, um die in Holz geschnitzten Druckstöcke tibetischer Schriften zusammenzuhalten.

Shan machte in Gedanken eine schnelle Bestandsaufnahme der anderen Gegenstände, die der Hinkende aufhob. Das zusammengerollte Gemälde einer Gottheit, die kleine Bronzefigur einer *dakini*-Göttin, zwei Teile einer Zeremonientrompete und ein silbernes *gau*, eines jener Amulette, wie es fromme Tibeter, mit geheimen Gebeten darin, um den Hals trugen. Zusammen mit den Druckstöcken würde das auf dem Schwarzmarkt genug einbringen, um den Mann für mehrere Wochen zu ernähren.

Der Hirte wollte sich die Bretter auf die Schultern wuchten, hielt dann aber erschrocken inne und wich zurück. Ein Stück neben ihm war der große schlanke Mann mit dem kastanienbraunen Gewand aufgetaucht. Jamyang lächelte. »*Lha gyal lo*«, sagte er zu dem Dieb. *Den Göttern der Sieg.*

Der Fremde hielt die Druckstöcke wie einen Schild vor sich. Als Jamyang seine Hände darauf legte, zog er daran und versuchte, sie dem Griff des Lama wieder zu entreißen. »Auf diesen Zauberer ist bestimmt ein Kopfgeld ausgesetzt!«, rief er Shan zu und deutete auf die unterhalb gelegene Siedlung. »Dort in Baiyun gibt es einen Polizeiposten!«

Shan begriff, dass der Mann sich vor dem freundlichen Lama mittleren Alters tatsächlich fürchtete. Jamyang war an seiner Seite erschienen, und zwar nicht etwa von dem Pfad, sondern wie aus dem Nichts. Und er war kein bisschen außer Atem. In der tibetischen Überlieferung gab es viele Geschichten über Lamas, die sich auf magische Art und Weise an andere Orte transportieren konnten.

»Wie hoch ist das Kopfgeld für Diebe?«, fragte Shan den Fremden.

Der Mann richtete seinen provisorischen Schild gegen Shan, dann gegen das Heck des Pick-ups, wo Lokesh inzwischen stand. Er gab sich geschlagen und ließ die Bretter sinken. Doch als er die verblasste Aufschrift auf der Wagentür sah, verflog sein Kummer sogleich wieder. »Du kontrollierst bloß irgendwelche armseligen Gräben«, sagte er.

»Ich bin der *offizielle* Aufsichtsbeamte für Gräben«, erwiderte Shan, »und glaub mir, eine nähere Bekanntschaft mit der Regierung der Volksrepublik möchtest du heute nicht schließen.«

Der Tibeter starrte Shan ein paar Herzschläge lang an, runzelte dann die Stirn und blickte verwirrt zu Jamyang, der eine Hand noch immer auf den Druckstöcken hatte und ihm mit der anderen die kleine bronzene *dakini* entgegenstreckte. Der Mann ließ die Bretter los, schnappte sich die Figur und stopfte sie sich in die Tasche, bevor er den Rest des Diebesguts auf die Ladefläche des Pick-ups legte. Nach einem Moment ging Lokesh ihm zur Hand, forderte den Dieb dann gutmütig auf, sich ebenfalls auf die Heckklappe zu setzen, und schob ihm das Hosenbein hoch, um den Knöchel zu untersuchen. Lokesh seufzte und schaute zu Shan. Der Mann mochte sich den Knöchel verstaucht haben, aber sein Bein war bereits von einem früheren, nicht richtig verheilten Bruch in Mitleidenschaft gezogen.

»Du brauchst eine Krücke«, stellte Jamyang fest und ließ den Blick über den Hang schweifen. Die nächstgelegenen Bäume befanden sich weit unten, entlang des Baches, der neben der neuen Siedlung verlief.

»Ich werde ihn fahren«, sagte Shan.

»Das wirst du natürlich nicht«, widersprach Lokesh prompt. »Du wirst Jamyang zurückbringen und mit der Feier beginnen. Auf der Straße sind es viele Kilometer bis in die Stadt, aber auf diesem Ziegenpfad ist es nur eine kurze Strecke. Ich werde seine Krücke sein und treffe euch dann später beim Schrein.«

Shan hatte kein gutes Gefühl dabei, aber er wusste, dass es aussichtslos war, mit dem alten Tibeter diskutieren zu wollen.

»Hast du deine Papiere?«, fragte er seinen Freund. Die Polizei tauchte beunruhigend häufig im Tal auf und überprüfte doppelt und dreifach die Registrierungen, legte zum Teil sogar unerwartete Hinterhalte auf Nebenstrecken. Die Leute im Tal waren tief in der tibetischen Tradition verwurzelt, was sie für die Regierung automatisch verdächtig machte. Lokesh wies auf seine Hemdtasche und nickte, dann drückte er kurz das *gau*, das um seinen Hals hing, als wolle er auf die wahre Quelle seines Schutzes hinweisen.

Shan nickte zögernd. »*Lha gyal lo*. Wir erwarten dich noch vor dem Abendmahl.«

Der Hirte hob eine Hand, als Lokesh ihm auf die Beine half. Er griff in seine Tasche und streckte Jamyang die bronzene Göttin entgegen. »Nein«, sagte der Lama. »Ich habe sie dir aus freiem Willen gegeben. Heute ist ein glücklicher Tag.«

Das Gesicht des Diebes umwölkte sich. Er blieb stumm und starrte den Lama aus großen Augen an, während er mit einem Arm über Lokeshs Schultern davonhumpelte. Auch Shan war verblüfft. Die kleine *dakini* hatte zu den ältesten und kostbarsten Stücken aus Jamyangs Schrein gezählt.

Der Lama ging ohne ein weiteres Wort um den verbeulten Pick-up herum und nahm auf der Beifahrerseite Platz. Als Shan sich ans Steuer setzte, ließ Jamyang bereits mit befremdlicher Inbrunst seine Gebetskette durch die Finger gleiten und murmelte ein Mantra vor sich hin, eine lange, sich wiederholende Anrufung, die Shan nicht erkannte.

Das Schweigen zwischen ihnen war merkwürdig angespannt. Shan fragte sich, ob der Lama der Ansicht war, er hätte sich dem Dieb nicht in den Weg stellen sollen. Und ob ihm bewusst war, wie gefährlich es sein konnte, wenn ein solcher Mann den Ort kannte, an dem seine Hütte stand. »Dir ist nicht immer klar, wie riskant es ist«, rechtfertigte er sich.

Jamyang sah ihn an und neigte den Kopf, als hätten Shans Worte ihn überrascht. Ein winziges Lächeln huschte über sein Gesicht, und er fuhr sich mit der Hand durch das kurze schwarze Haar. »Dir ist nicht immer klar, wie riskant es ist«, wiederholte der Lama flüsternd und nahm dann sein Mantra wieder auf.

Nach einigen Minuten schien Jamyang sich zu entspannen, und als sie behutsam einem langen Sims folgten, hob er bedächtig eine Hand. Seine Stimme war leicht wie eine Feder. »Ich glaube, ich sollte Worte an euren Pilgerschreinen sprechen. Nur für einige Momente.«

Sie hatten eine scharfe Kurve am Ende einer der steilen Serpentinen erreicht. Von hier aus hatte man freie Sicht auf den Yangon, den heiligen Berg, der das lange Tal beherrschte, den majestätischen Gipfel, von dem es hieß, er verbinde die Einheimischen mit den alten Bräuchen und den alten schlafenden Gottheiten. Neben der Straße ragten vier Steinhaufen auf, die Lokesh und Shan wiederhergestellt hatten. Sie waren aus *mani*-Steinen errichtet, Steinen mit eingeritzten Gebeten, und markierten nicht nur den Schnittpunkt der Straße mit einem der zahlreichen Pilgerpfade des Tals, sondern auch eine halbkreisförmige flache Stelle aus festgetretener Erde oberhalb einer schroffen Klippe. Die Pilger hatten den Landgottheiten an diesem Aussichtspunkt viele Jahrhunderte lang ihre Hochachtung bezeigt.

Noch bevor der Wagen stand, sprang der Lama bereits heraus, eilte mit langen, energisch wippenden Schritten zum Rand des Simses und breitete begeistert die Arme aus, als wolle er dem Berg um den Hals fallen. Shan verfolgte, wie er leise, vertrauensvolle Worte an den Gipfel richtete und danach jeden der vier Steinhaufen aufsuchte.

Heute war ein außergewöhnlich schöner Tag. Die Schneekappe des Berges schimmerte unter einem kobaltblauen Himmel, und seine Hänge waren in die Farben des Frühsommers getaucht. Beim Anblick des Lama verflüchtigten Shans Sorgen sich und wichen einer neuen Zufriedenheit. Sie hatten Jamyang nicht zum ersten Mal vor einer Entdeckung durch die Behörden bewahrt, aber so knapp wie heute war es noch nie gewesen. Und wie immer würde Lokesh ihm später erklären, dass es dem Lama nicht bestimmt sei, den Knochenfängern in die Hände zu fallen, und dass er und Shan von den Gottheiten erwählt worden seien, Jamyang zu retten, damit dieser seinem übergeordneten Schicksal gerecht werden und helfen könne, die alten Bräuche am Leben zu erhalten.

Shan pflückte einen Zweig Heidekraut und legte ihn auf den Steinhaufen neben Jamyang. Er war sich nicht sicher, ob der Lama ihn überhaupt bemerkt hatte, bis dieser plötzlich das Wort ergriff. »Ich habe mal etwas über das Alter des Planeten gelesen. Wir haben vier Milliarden Jahre benötigt, um dahin zu kommen, wo wir sind«, sagte er mit wehmütigem Lächeln.

Shan hatte den Lama sehr lieb gewonnen, seit er und Lokesh ihm vor Monaten begegnet waren, als er in einem der hohen Seitentäler eine *mani*-Mauer, entlang eines einsamen Pfades, wiederaufbaute. Jamyang war Ende fünfzig und somit einige Jahre älter als Shan, aber nicht annähernd so alt wie Lokesh. Wie viele der Lamas sprach auch er niemals über seine Vergangenheit, doch er war eindeutig hochgebildet, und zwar nicht nur auf dem Gebiet der buddhistischen Schriften, sondern auch in Bezug auf Geschichte, Literatur und das Wesen der Welt. Shan wusste, dass sein alter Freund den Mönch mittlerweile als eine Art Brücke betrachtete, als einen der seltenen unabhängigen, unverdorbenen Lehrer, die noch eine Generation weiterleben würden, nachdem Lokesh und die anderen Vertreter des alten Tibet nicht mehr da waren. Jamyang schloss sich nie an, wenn die anderen vom Ende der Zeit sprachen. Er hegte immer noch Hoffnung, wusste Shan, wenngleich diese Saat in zahllosen anderen Tibetern allmählich vertrocknete und starb.

»Lokesh und ich klettern nachts bisweilen die Hänge hinauf, um einfach nur unter dem Himmel zu sitzen«, sagte Shan. »Letzten Monat haben wir Meteoritenschauer beobachtet. Sie schienen alle auf dem Yangon zu landen, als hätte der heilige Berg sie zu sich gerufen.«

Jamyang nickte. »Der Berg und seine Gottheit sind schon seit jeher da. Sie werden immer da sein, noch lange nach uns allen. Der Mensch kann das nicht ändern, oder?«

Shan musterte den Lama einen Moment lang; er war sich nicht sicher, ob er ihn richtig verstanden hatte. »Nein«, antwortete er zögernd, »das können wir nicht.« Er verfolgte schweigend, wie Jamyang zum Wagen ging und ein Kupferrohr holte, eines der Trompetenteile, die der Dieb gestohlen hatte. Der Lama entfernte einen Holzstöpsel und holte aus dem Rohr eine kleine verschnürte Stoffrolle hervor. Es war eine Leine mit selbstgefertigten Gebetsfahnen, eine jede versehen mit einem heiligen Bildnis und einer Inschrift von Jamyangs Hand. Er gab Shan das eine Ende. Sie spannten die Schnur wortlos zwischen zwei der Steinhaufen auf und klemmten die Enden unter den obersten Steinen fest. Ein jedes Flattern im Wind würde die Gebete erneuern.

Als sie fertig waren, nickte der Lama ihm dankbar zu und deutete dann auf eine Ansammlung zerfallender Gebäude in der Ferne, auf dem Grund des Haupttals. »An einem solchen Tag gibt es vermutlich Anzeichen für Besucher«, sagte er. Es dauerte einen Moment, bis Shan begriff, dass Jamyangs Tonfall fragend klang. Er holte sein Fernglas und richtete es auf die Ruinen. Die örtlichen Bauern und Hirten hatten vor einigen Monaten mit dem Wiederaufbau des uralten verlassenen Klosters begonnen. Sie opferten dafür ihre Mußestunden. Andere, wie Lokesh und Jamyang, arbeiteten dort für gewöhnlich im Schutz der Nacht.

»Ja«, berichtete er. »Ich sehe einen Lastwagen.«

Der Lama nickte. »Ich komme gleich zu dir«, sagte er und bedeutete Shan, er möge zum Wagen gehen. Shan setzte sich ans Steuer und beobachtete, wie Jamyang die Gebetsfahnen abschritt, eine jede dabei berührte und Worte murmelte, die sie zu ihrer Aufgabe befähigen würden. Dann wandte er sich dem Berg zu und ließ sich jäh zu Boden fallen, um sich wie ein Pilger bäuchlings vor Yangon auszustrecken.

Bis sie den Wagen geparkt hatten und den knappen Kilometer zur Hütte des Lama emporgestiegen waren, war es später Nachmittag. Das kleine Gebäude, in dem Jamyang schlief – ursprünglich ein Unterschlupf der Hirten –, war so karg wie die Zelle eines Einsiedlers. Der Lama verbrachte den größten Teil seiner Zeit in der oberhalb gelegenen flachen Höhle, in der er ein uraltes Basrelief restauriert hatte, das mehrere Gottheiten und heilige Symbole zeigte.

In der Hütte erweckte Shan die schwelende Glut der Kohlenpfanne zu neuem Leben und legte etwas von dem getrockneten Yakdung nach, den der Lama als Brennstoff sammelte. Schweigend tranken sie einen Tee, dann füllte Jamyang einen kleinen Holzeimer mit Wasser, und sie gingen den Pfad hinauf zum Schrein.

Jamyang hatte unterhalb der alten Felsfiguren als provisorische Altäre zwei primitive Bänke aufgestellt, die nun mit Opfergaben bedeckt waren. Es würde weder ein spezielles Gebet gesprochen noch eine Feier angefangen werden, bevor nicht alle Opfer gereinigt waren. Jamyang legte die Gegenstände zurück, die sie dem Dieb abgenommen hatten, und füllte eine Opferschale mit Wasser. Dann brachte er einen Lappen zum Vorschein und fing ehrfürchtig an, die Stücke auf dem Altar zu putzen. Shan schüttete die Asche aus einer kleinen zeremoniellen Kohlenpfanne und begab sich auf den Hang, um etwas duftendes Wacholderholz zu sammeln, dessen Rauch die Gottheiten anlockte. Derweil grübelte er über die melancholische, ungewisse Stimmung nach, die sich auf der Rückfahrt über den Lama gelegt hatte. Jamyang hatte so gewirkt, als wolle er Shan gern etwas mitteilen, finde aber nicht die passenden Worte. Nun jedoch war der Lama zu Hause, bei seinem geheimen Schrein, und wieder heiter und gelassen.

Es war in der Tat ein Festtag. Da der schlichte, elegante Schrein wiederhergestellt war, würden Jamyang und Lokesh anfangen, die Tibeter der Gegend herzubringen, damit sie den Göttern huldigen konnten und lernen würden, dass die alten Bräuche nicht vergessen waren. Die Gefahr für den Lama würde immer größer werden. Shan musste den beiden unbedingt begreiflich machen, dass sie nie mehr als eine Handvoll Gläubige gleichzeitig mitbringen durften. Eine größere Gruppe könnte die Aufmerksamkeit der Behörden erregen. Peking bemühte sich sehr, alle Überbleibsel der tibetischen Tradition im Land zu tilgen, würde aber nie Erfolg haben, solange es Männer wie Lokesh und Jamyang gab. Während der letzten Wochen hatten fromme Tibeter an anderen Stellen des Tals damit begonnen, der Polizei durch spontane Gebetsversammlungen die Stirn zu bieten. Angekündigt wurden sie durch den Klang der langen, weithin und tief hallenden *dungchen*-Hörner, mit denen man einst die Gläubigen in den Tempel gerufen hatte. Die verwegene Gruppe, die dafür verantwortlich war, würde zweifellos auch zu Jamyangs Schrein kommen und die Behörden von hier aus mit ihrem Horn verhöhnen. Shan ertappte sich dabei, dass er wie ein Soldat die Landschaft begutachtete und sich überlegte, wo er als unsichtbarer Wächter der Besucher Position beziehen könnte und welche Fluchtrouten es für die Tibeter gab, wenn die Polizei den Berg heraufkam.

Eine halbe Stunde später, während der duftende Rauch in den ruhigen, klaren Himmel emporstieg, ließ Jamyang sich mit übergeschlagenen Beinen nieder und fing an, den aus dem Stein gehauenen Gottheiten heilige Schriften vorzulesen. Während er sprach, wich auch der letzte Rest Sorge aus seinem Gesicht. Shan setzte sich in der Haltung eines Novizen neben ihn, achtete auf die korrekte Reihenfolge der langen losen Seiten und hielt sie am Boden fest, als der Wind auffrischte. Sein Blick wanderte über die Behelfsaltäre. Jamyang war ein vollendeter Künstler im traditionellen Stil und hatte sich angewöhnt, Alltagsgegenstände mit religiösen Symbolen zu verzieren. Entlang des Randes eines Butterfasses hatte er eine Muschel aufgemalt, einen springenden Fisch, eine Vase und die anderen acht Glückszeichen des tibetischen Rituals. Von einer Kupferkanne starrte ein großes Auge. Der Griff einer kleinen Gerstensense wurde durch eine Ranke mit Lotusblüten geschmückt.

Plötzlich erstarrte Shan. In der Mitte der Bank vor Jamyang lag etwas Neues, ein schwarzes und fremdes Objekt. Eine kleine Automatikpistole. Der Lama konnte unmöglich eine solche Waffe besitzen, doch dann sah Shan, dass auch sie mit einer Blume verziert worden war und dass auf dem Lauf das Mantra an den Mitfühlenden Buddha geschrieben stand. Shan wäre am liebsten aufgesprungen und hätte das tückische, hässliche Ding den Hang hinuntergeschleudert. Er sagte sich, dass es sich hierbei nur um eine weitere von Jamyangs Maßnahmen zur Befriedung der Welt handle und dass auch die Pistole für den Lama lediglich ein alltäglicher Gegenstand sei, der durch heilige Worte gereinigt werden könne. Die Alten glaubten, nach einer solchen Reinigung würde eine Waffe nie wieder Schaden anrichten.

Shan widerstand dem Impuls und bemühte sich, sein wild klopfendes Herz zu beruhigen. Im Verlauf seiner Haft hatte er mehr als einmal mit angesehen, wie ein Mönch mit genau so einer Pistole exekutiert wurde, kniend und Mantras rezitierend, während der Henker über ihm stand. Er dachte daran, dass andere den Schrein besuchen würden, andere, die wussten, dass der Besitz einer solchen Waffe ein schweres Verbrechen war, andere, die Jamyangs Vorgehen womöglich nicht verstehen würden. Wo konnte der Lama die Pistole gefunden haben? Shan schob seine Angst beiseite und hielt sich vor Augen, dass Jamyangs Naivität in gewisser Weise eine Gabe war, ein Teil der Reinheit dieses Lehrers. Er lehnte sich zurück und beschloss, das Ritual nicht zu stören. Heute Nacht aber würde er zurückkehren und die Waffe verschwinden lassen.

Sie saßen in der Nachmittagssonne und schauten dabei zu, wie die sich verändernden Schatten den Gottheiten auf dem Fels Bewegung verliehen. Der süßliche Rauch umwehte sie, und das einzige Geräusch kam von Jamyangs leisem Mantra und dem gelegentlichen Lied einer Lerche. Shan entspannte sich wieder und ließ nur die ehrerbietigen Worte in sein Bewusstsein, so wie die Lamas es ihn gelehrt hatten. Eine Pforte in seiner Erinnerung öffnete sich, und er fing an, die gleichförmigen Gebete der Mönche seiner ehemaligen Sträflingsbaracke zu hören, was sich auch diesmal wieder lindernd auf seine Befürchtungen auswirkte. In diesem Moment spielte es keine Rolle, dass ganze Brigaden chinesischer Polizisten nach Männern wie Lokesh und Jamyang fahndeten, zwei der sanftmütigsten, freundlichsten Menschen, die er je gekannt hatte. Es war egal, dass Knochenfänger durch die Hügel streiften, dass Außenstehende sich im Tal ansiedelten und tibetische Familien vertrieben, die hier seit Jahrhunderten verwurzelt gewesen waren. Er konnte vorübergehend die Todesträume vergessen, die immer häufiger seinen Schlaf heimsuchten. Er würde nicht einmal zulassen, dass Gedanken an seinen Sohn, der fünfzig Kilometer von hier in einem Straflager eingesperrt war, einen Schatten auf diesen Tag warfen. Shan hatte von seinen Freunden zu akzeptieren gelernt, dass das Hier und Jetzt zählte, die Erfahrung dieses Moments. Und dieser Moment – in der Gegenwart des betenden Lama, mit einem Herz voller Vorfreude, weil Lokesh bald eintreffen würde und weitere andächtige Stunden bevorstanden – war perfekt.

Jamyang blickte von seiner Meditation auf, als hätte er Shans Gedanken gelesen. »Die Götter sind zufrieden genug«, verkündete der Lama mit heiterem Lächeln. Er griff durch den duftenden Rauch und drückte Shans Hand. »Es gibt mir Kraft, dass du jetzt hier bist«, flüsterte Jamyang und wickelte sich seine Gebetskette um die Finger.

Dann nahm der Lama die Pistole und schoss sich in den Kopf.

KAPITEL ZWEI

Der Todestraum hatte wieder einmal von Shan Besitz ergriffen. Es musste sich um eine dieser unbarmherzigen Visionen handeln, die seinen Schlaf mit den Bildern gefolterter Lamas und hingerichteter Mönche zur Qual werden ließen. Ein leise schluchzendes Stöhnen hallte in der flachen Höhle wider, und er schaute sich hektisch nach dem Ursprung um, bis ihm bewusst wurde, dass es aus seiner eigenen Kehle drang. Dann sah er die karmesinroten Tropfen, die über seine Hand rannen, weil Blut auf ihn gespritzt war. Er stürzte an Jamyangs Seite.

Die Augen des Lama waren offen und auf die herausgemeißelten Gottheiten über dem Altar gerichtet. Doch er sah nichts mehr. Das Einschussloch in der Mitte seiner Stirn war sauber und rund, wie ein drittes Auge. Die Austrittswunde am Hinterkopf war ein blutiger Krater voller Knochensplitter und Hirnmasse.

Shan liefen Tränen über das Gesicht, als er den toten Lama auf seinem Schoß barg. »Erkenne das strahlende Licht, das deinen Tod bedeutet.« Er hatte die Worte des Bardo, des traditionellen tibetischen Todesritus, schon so oft gehört, dass sie ihm wie von selbst über die Lippen kamen. Jamyangs Seele würde verwirrt sein und sich schrecklich vor der schwierigen Reise fürchten, die so unvermittelt anbrach. Daher mussten die Lebenden sie trösten. »Erkenne, dass dein Bewusstsein ohne Geburt oder Tod ist.« Er stieß die Worte mit kleinen erstickten Atemzügen hervor, leiser und leiser, bis sie schließlich ganz erstarben.

Shan wusste nicht, wie lange er dort, gelähmt vor Kummer, saß, wusste nicht, wie lange Lokesh schon zugegen war, aber als er aufblickte, stand sein Freund nur ein kurzes Stück entfernt und starrte den toten Lama mit gramerfüllter Miene an.

»Wir haben die Opfergaben gereinigt«, erklärte Shan mit verzweifeltem Flüstern. »Diese Pistole hatte ich bis dahin noch nie gesehen. Ich wollte sie heute Nacht verschwinden lassen. Aber er hat sie genommen und so schnell den Abzug gedrückt, dass ich nicht ...« Lokesh trat vor und kniete sich neben den Leichnam. »Warum, Lokesh? Warum?«, krächzte Shan heiser. »Wir wollten doch seine Götter feiern ...«

Der alte Tibeter hob mit zitternder Hand Jamyangs Kopf von Shans Schoß, und sie legten den Toten vor dem Schrein auf die Erde. Lokesh stand reglos da und betrachtete den Leichnam. Dann, als würde die Wahrheit ihm letztendlich bewusst werden, sackten seine Schultern herab, und er fiel auf die Knie. Shans Herz zog sich regelrecht zusammen, als er sah, wie sein Freund sich den Kopf des Toten an die Brust drückte und sich hin- und herwiegte. Als Lokeshs Rücken an die Felswand stieß, rutschte er daran entlang zu Boden und stimmte starr vor Entsetzen erneut die Worte des Bardo-Ritus an. Der alte Tibeter kümmerte sich nicht um die Tränen, die über seine ledrigen Wangen flossen.

Schließlich stand Shan auf, ging zu dem Eimer und spritzte sich kaltes Wasser ins Gesicht, bevor er hinaus in den kühlen Wind trat und nach oben blickte. Es hieß, die Seelen der reinsten Lamas würden in einem Regenbogen aus Licht zum Himmel auffahren. Doch für Jamyang würde es keinen Regenbogen geben. Am Ende seines reinen Lebens hatte er eine schwere Sünde begangen, eine unreine Tat, die seine Seele dazu verdammen würde, unter den niedrigsten Lebensformen wiedergeboren zu werden. Die alten Tibeter damals im Straflager hatten es als Viererwahl bezeichnet, wenn jemand seinen Qualen ein Ende setzte, obwohl es für ihn eine Reinkarnation als vierbeinige Kreatur bedeutete. Shan unterdrückte ein weiteres Schluchzen. Was waren Jamyangs Qualen gewesen? Er hatte so viel gehabt, wofür es sich zu leben lohnte. Doch so unglaublich und unerklärlich es auch schien, er hatte die Viererwahl getroffen.

Shan wusste, er musste seine Angst und Trauer beiseite schieben. Es gab viel zu tun, und zwar unter großen Risiken.

»Hier können jederzeit Bauern und Hirten auftauchen«, sagte er zu Lokesh. »Das hier wird sich unmöglich geheim halten lassen.« Die Nachricht über einen unregistrierten Mönch, der an einem Kopfschuss gestorben war, würde zu viel Aufmerksamkeit erregen. »Die Kriecher werden davon erfahren«, sagte er und meinte damit die gefürchteten Schergen der Öffentlichen Sicherheit, die Elite von Pekings vielen Vollstreckungsorganen. Falls die Kriecher herausfanden, dass hier einer der geächteten Mönche unter dem Schutz der Tibeter gelebt hatte, würden sie das als Vorwand dafür benutzen, zwei oder drei Dutzend Einheimische zusammenzutreiben und in eines von Pekings neuen Befriedungslagern zu verfrachten.

Lokesh blickte fragend und unter Tränen auf.

»Wir müssen ihn zur Hütte tragen, damit er gesäubert werden kann«, fuhr Shan fort. »Ich hole Hilfe aus der Einsiedelei.« Die acht Kilometer entfernt gelegene Nonnenklause war winzig, aber er wusste, dass die Bewohnerinnen Jamyangs Geheimnisse geteilt hatten. »Dann müssen wir ihn schnell wegbringen, bevor etwas hiervon durchsickert. Falls die Kriecher den Schrein entdecken, werden sie ihn zerstören.« Shan schaute mit neuer Pein zu den Basrelief-Gottheiten. Erst vor einer Woche hatte Jamyang gesagt, sie müssten jeden dieser Schreine so behandeln, als wäre er der letzte in Tibet, der letzte auf der ganzen Welt, denn eines Tages würde einer von ihnen es sein. Peking duldete solche geheimen Kultstätten nicht. Die Kriecher hatten spezielle Teams, Gottkiller-Kommandos, die Dynamit und sogar tragbare Presslufthämmer benutzten, um sie zu zerstören. »Jamyang würde das nicht wollen. Er war das genaue Gegenteil eines Gottkillers.«

Lokesh hatte unterdessen nicht aufgehört, die uralten Worte des Bardo zu flüstern, auch während Shan redete, aber nun hielt er inne. »Die alten Klosterruinen sind näher«, sagte er mit heiserer Stimme. »Wahrscheinlich sind Nonnen aus der Einsiedelei dort zugegen und helfen beim Wiederaufbau.« Er hob Jamyangs Schultern an und bedeutete Shan, er solle die Füße nehmen.

***

Shan hielt mit dem Pick-up am Rand eines breiten ansteigenden Simses und kletterte schnell zur Kante empor, um sich zu vergewissern, dass bei dem verlassenen Kloster, das vor fünfzig Jahren weitgehend zerstört worden war, keine neuen Fahrzeuge standen. Schon beim ersten Blick auf die unterhalb gelegenen Ruinen zuckte er erschrocken zurück, holte hastig sein Fernglas aus dem Wagen und stieg abermals das Sims hinauf. Das letzte Stück kroch er bäuchlings bis zum Rand.

Dort unten herrschte rege Betriebsamkeit. Shan hatte mit dem Lastwagen gerechnet, den er zuvor aus einiger Entfernung entdeckt hatte, und vielleicht mit einigen der Traktoren und Esel, wie sie von den einheimischen Tibetern benutzt wurden. Stattdessen parkten am vorderen Tor ein Krankenwagen sowie drei der Geländefahrzeuge, die die Polizei bevorzugte. Im Innenhof standen mehrere Uniformierte versammelt.

Shan drehte sich um und schaute in Richtung des südlichen Horizonts, zu einem fernen Berg. Dort befand sich das Straflager, in dem sein Sohn Ko, sein einziges Fleisch und Blut, inhaftiert war. Shan hatte sein Dasein als hochrangiger Ermittler schon vor langer Zeit aufgegeben. Er hatte sogar Angebote abgelehnt, nach Peking zurückzukehren, trotz seiner Jahre als Gefangener des Gulag. Aber seinen Sohn würde er niemals im Stich lassen. Er lebte in Zwei-Wochen-Intervallen, für jeweils den ersten Sonntag eines Monats, wenn er Ko besuchen durfte, und für den Brief in der Mitte des Monats, den er ihm schreiben durfte. Oberst Tan, der eisenharte Militärkommandant des Bezirks, hatte keinen Zweifel daran gelassen, dass Shan sämtliche Besuchsrechte verlieren würde, falls er Tan irgendwelche Probleme bescherte. Nein, Shan würde seinen Sohn niemals im Stich lassen – genauso wenig wie er die alten Tibeter im Stich lassen würde.

Die Polizei konnte aus allen möglichen Gründen über die Klosterruine hergefallen sein. Der wahrscheinlichste Anlass war, dass sie vermuteten, Schmuggler würden den Ort nach Artefakten durchstöbern. Falls die Beamten jedoch beschlossen, die verängstigten Tibeter zu verhören, die beim Wiederaufbau der alten Gebäude halfen, könnte einer der Leute ihnen durchaus von Jamyangs Schrein erzählen. Shan wurde sich noch einer weiteren schrecklichen Möglichkeit bewusst. Falls die Polizei Lokesh mit der Leiche und einer illegalen Pistole aufgriff, würde dies das Ende des alten Mannes bedeuten, und der Gedanke war für Shan unerträglich. Er musste wissen, was die Polizei vorhatte, und sie irgendwie von dem Grat fernhalten, damit Jamyangs unersetzliche Reliquien nicht den Gottkillern in die Hände fielen. Er schlich sich das Sims hinunter zu seinem Pick-up und klopfte sich den Staub von der Kleidung.

Eine halbe Stunde später stand er hinter den Ruinen im Schatten. Seinen Wagen hatte er noch ein Stück weiter hinten zwischen einigen Felsvorsprüngen zurückgelassen. Er rief sich die Anordnung der alten Gebäude eilig ins Gedächtnis. Das

Kloster war zwar nur klein gewesen, aber bei seiner Errichtung hatte man sich strikt an die buddhistische Tradition gehalten. Unterhalb des Innenhofs lag die *dukhang*, die Versammlungshalle, mit Nebenkapellen entlang der Wände. Im rückwärtigen Bereich hatte es zwei *kangtsangs* gegeben, Wohngebäude, sowie die kleinen düsteren Kapellen, die für Schutzdämonen reserviert waren und in denen die Restauratoren einige der wichtigsten aus dem Schutt geborgenen Artefakte verstaut hatten. In der Mitte des Innenhofs stand ein *chorten*, einer der uralten Reliquienschreine mit ballonförmiger Kuppel und Spitze, der hier als erstes Bauwerk wiederhergestellt worden war. Erst vor ein paar Wochen hatten Shan und Lokesh im Schein der aufgehenden Sonne Jamyang dabei geholfen, den *chorten* weiß zu tünchen. Shan riskierte einen Blick von der Ecke eines der zerfallenden Gebäude zum vorderen Teil des Innenhofs. Dort auf der anderen Seite stand, mit dem Rücken zu Shan, fast ein Dutzend Gestalten, die meisten davon in Uniform. Sie blickten in den Schatten des strahlend weißen *chorten*. Shan ging über ein Stück offenes Gelände geradewegs auf den nächstgelegenen der alten Dämonenschreine zu. Als er die Rückseite des kleinen Steingebäudes erreichte, schlug ihm das Herz bis zum Hals. Er lehnte sich an die Wand und beruhigte sich. Dann warf er einen Blick durch die Lücke im Schutt, die früher das hintere Tor gewesen war, und fragte sich, ob er versuchen sollte, einige der hier versteckten Artefakte zu retten. Alles, was die Polizei fand, würde zum Staatseigentum erklärt und zerstört oder in irgendein verstaubtes Lagerhaus im Osten abtransportiert werden.

»Es heißt, diese alten Ruinen seien voller Geister.«

Er wirbelte zu der Frau herum, die gesprochen hatte. Ihre Uniform war die eines Leutnants der Öffentlichen Sicherheit und sah frisch gebügelt aus, der rote Emaillestern auf ihrer Mütze kürzlich poliert.

»Und es werden immer mehr«, fügte sie beiläufig hinzu, als sie kurz zu ihm aufsah und dann wieder den Boden neben Shans Füßen absuchte.

Shan bemühte sich, gleichmütig zu klingen. »Hier haben jahrhundertelang Menschen gelebt. Sie haben hier gelebt und sind hier gestorben.«

Die Mittdreißigerin blickte erneut und lange genug auf, um ihn kühl anzulächeln, als hätte er einen Witz gemacht. Dann bückte sie sich und studierte das Muster der Schatten in der Erde um sie herum. »Im richtigen Licht hat sogar ein flacher Fußabdruck eine Geschichte zu erzählen«, verkündete sie in professionellem Tonfall.

Während sie dort kniete, sah Shan die Latexhandschuhe, die gefaltet hinter ihrem Gürtel steckten, gleich neben einer kleinen Automatikpistole. Er wäre am liebsten einfach weggerannt, wich stattdessen aber einen Schritt zur Ecke des mit Gips verputzten Gebäudes zurück und legte seine Hand auf ein verblichenes religiöses Symbol, das in einem früheren Jahrhundert dort aufgemalt worden war. Ein allsehendes Auge.

»Von einer solchen Wand kann man keine Abdrücke nehmen«, sagte die Offizierin, stand auf und zog ihre Uniform glatt.

»Aber im Vorbeigehen können an einer rauen Oberfläche Fasern hängenbleiben.« Shan verspürte jähe Scham darüber, dass die Worte des ehemaligen Pekinger Ermittlers ihm so bereitwillig über die Lippen kamen. Er hatte dieses Leben aufgegeben und weit hinter sich zurückgelassen, nachdem er hier in Tibet seine neue Inkarnation gefunden hatte.

Die Frau neigte den Kopf und versuchte ihn einzuschätzen, musterte eingehend seine zerlumpte Kleidung und die verschrammten Stiefel. Dann nickte sie zögernd und griff in eine der tiefen Taschen ihres Waffenrocks. Erschrocken sah Shan, dass sie mehrere Zellophanbeutel zum Vorschein brachte und an ihn weiterreichte. Jeder war am unteren Rand mit einem einzeiligen Aufdruck versehen: *Büro für Öffentliche Sicherheit – Beweismittel.* »Major Liang nimmt es mit den Vorschriften ganz genau«, sagte sie, ging weiter und verschwand um die nächste Ecke, den Blick wieder auf den Boden gerichtet.

Shan starrte mit einer bösen Vorahnung die Tüten in seiner Hand an. Die Frau war nicht hier, um das Kloster zu zerstören, und nach Schmugglern suchte sie auch nicht. Und wieso hatte sie ihn so anstandslos akzeptiert? Sie hatte angenommen, dass er ungeachtet seines schäbigen Erscheinungsbildes irgendwie an einer Ermittlung beteiligt sei. Er trat ein paar Schritte vor und betrachtete die Personen in fünfzig Metern Entfernung. Jenseits der Gruppe Uniformierter stiegen Staubwolken von der Straße auf. Es näherten sich weitere Fahrzeuge. Shan wollte fliehen. Er musste fliehen. Dann dachte er an Lokesh, der bei dem Schrein mit dem Leichnam ihres Freundes wartete. Jamyang hatte an jenem Nachmittag ungewöhnlich interessiert an den Ruinen gewirkt. Shan drückte seine Hand ein weiteres Mal auf das Auge der Gottheit, murmelte ein schnelles Gebet und schlug dann einen langsamen, aber zielstrebigen Kurs zu den Polizisten ein.

Er tat so, als würde ihn der Boden interessieren, während er die Stationen abschritt, an denen die Pilger einst große Gebetsmühlen gedreht hatten. Er hielt bei einem Haufen Zimmermannswerkzeuge inne, den die Restauratoren zurückgelassen hatten, und verweilte dann bei einem kleinen Kreis roter Tropfen neben einer der wenigen verbliebenen Gebetsmühlen, wo offenbar ein Farbtopf gestanden hatte. Jemand hatte das Gestell der Mühle gestrichen und war gestört worden. Auf der Wand dahinter war rote Farbe verspritzt und davor lag ein abgenutzter Pinsel mit rotverklebten Borsten. Die Spritzer bildeten einen hohen Bogen, abgesehen von einem Fleck in der Mitte in einem etwas anderen Farbton, der auch der kleinen

Lache entsprach, die zwei Meter vor der Mauer austrocknete. Shan steckte seine Hand in einen der Beutel, hob damit den Pinsel auf, steckte ihn in eine andere Tüte und legte ihn zurück an die ursprüngliche Stelle. Als er sich aufrichtete, spürte er den Blick eines Offiziers der Öffentlichen Sicherheit, der am vorderen Tor auf einer Bank im Schatten saß. Seine kalte, harte Miene änderte sich nicht, als Shan ihm zunickte. Er starrte Shan unverwandt an, als ein Untergebener zu ihm gelaufen kam, und starrte weiter, während er dem rangniederen Beamten zuhörte und ihm dann eine kurze barsche Antwort erteilte, die den jüngeren Kriecher wie einen verängstigten Höfling zurückweichen ließ.

Shan erschauderte unwillkürlich, als er sich von dem frostigen Blick des Mannes löste und das Ende des *chorten* umrundete. Dann erstarrte er abrupt.

Er hatte den Tod in Tibet öfter gesehen, als er sich erinnern wollte, hatte ihn sogar am heutigen Tag schon gesehen, doch ein Gemetzel wie hier im alten Kloster war ihm noch nie untergekommen. In einer roten Pfütze lagen drei Körper am Boden. Sie waren wie ein U angeordnet, die beiden größeren nebeneinander im Abstand von einem Meter zwanzig, der dritte im rechten Winkel zu ihren Füßen. Der Kopf des von Shan am weitesten entfernten Mannes lag nahezu abgetrennt auf der Schulter seines Eigentümers; jemand musste mit einer schweren Klinge mehrmals zugeschlagen haben.

Der parallel dazu liegende Leichnam hatte kein Gesicht. Auf den Kopf des Mannes war eingehackt worden, so dass von seinem Antlitz und den Seiten seines Kopfes nur noch rohes, zerfetztes Fleisch geblieben war. Zwischen all dem Rot schimmerte sein Schädelknochen weiß hervor. Und das Rot war zum größten Teil gar kein Blut, erkannte Shan. Die beiden Leichen waren fast vollständig mit Farbe bedeckt. In der Mitte wurden ihre Hände – eine Linke, eine Rechte – durch einen Stein am Boden gehalten. Die abgenutzten Wanderstiefel des Gesichtslosen lagen auf dem Bauch des dritten Leichnams, der, so sah Shan nun, einer tibetischen Frau mit einer Wollmütze gehörte. Die teuren Sportschuhe des Geköpften lagen auf ihren Beinen.

Das mechanische Klicken einer Kamera riss Shan aus seiner Erstarrung. Zwei Polizisten fertigten Fotos der Toten an. Er trat hinter sie, umrundete dann die Leichen und zwang sich, genau hinzusehen. Die Frau hatte eine Schusswunde in der Brust. Er erkannte nun, dass die Männer nicht nur in einer großen roten Pfütze lagen, sondern in einem Rechteck, und der Mörder hatte nicht nur rote Farbe benutzt. In der oberen linken Ecke gab es einen großen gelben Klecks mit vier kleineren im Halbkreis rechts daneben. Die braunen Augen des Gesichtslosen blickten leblos auf den *chorten*, und aus einem Einschussloch in seinem Hals war Blut gesickert. Der andere Mann, dessen Kopf nur noch an ein paar Hautstreifen hing, lag mit dem Gesicht zum Schrein, und seine Miene war zu einem brütenden, zornigen Ausdruck erstarrt. Er war Chinese. Ein Chinese, eine Tibeterin und ein gesichtsloses Ungeheuer, alle drei ermordet im Schatten des Berges, auf dem ein Lama sich gerade erst selbst getötet hatte.

Einer der Polizeifotografen griff sich plötzlich an den Bauch und lief ein Stück weg, um seine letzte Mahlzeit zu erbrechen. Ein junger Offizier tadelte ihn und stieß ihn zurück zu den Leichen. »Der Tatort muss lückenlos dokumentiert werden!«, herrschte er den sich duckenden Polizisten an.

»Die Tatorte.« Shan hatte das nur vor sich hin geflüstert, aber nicht bedacht, wie still es im Innenhof war.

»Du wagst es, mich zu korrigieren?«, zischte der Offizier. »Du …« Er musterte Shan verwirrt.

Shan wollte sich zurückziehen und sah sich auf einmal der Offizierin gegenüber, die ihm zuvor bereits begegnet war. Sie erwiderte seinen Blick erwartungsvoll und wandte ihr schmales Gesicht dann ihrem Kollegen zu. »Ich bin mir nicht sicher, ob die Frage der Zuständigkeit schon geklärt wurde«, verkündete sie, als wolle sie Shan verteidigen. Der Offizier zuckte bei den Worten zusammen, und Shan nahm zum ersten Mal von den unterschiedlichen Uniformen Notiz. Der junge Offizier, der ihn zurechtgewiesen hatte, trug das Oliv der Bewaffneten Volkspolizei, der Schlägertypen unter den chinesischen Strafverfolgungsbehörden. Viele Tibeter nannten sie die *grünen Affen.* Die Frau trug das Grau des Büros für Öffentliche Sicherheit. Zwei andere Männer, beide Tibeter, trugen das Blau der örtlichen Polizei und wiederum andere das Hellgrün des medizinischen Personals.

Zuständigkeit. Die Frau war klug genug, um zu wissen, dass diejenigen, die in der Volksrepublik die größte Macht besaßen, überhaupt keine Uniformen trugen. Das war der dünne Faden, an dem Shans Freiheit in diesem Moment hing. Sobald jemand merkte, dass er sich unter Vorspiegelung falscher Tatsachen dort aufhielt, würde man ihn sofort festnehmen. Wer sich als Polizist ausgab, wurde erschossen.

Die Frau drehte sich wieder gespannt zu ihm um. Ihm blieb keine andere Wahl, als mit der Scharade fortzufahren. Shan atmete tief durch und zeigte dann auf den Mann mit dem verstümmelten Gesicht. »Nur er wurde hier getötet. Er hat aus der Schusswunde in seiner Kehle geblutet. Nur unter ihm hat sich eine Blutlache angesammelt.« Shan wies auf die tote Tibeterin. »Sie hat eine Schussverletzung in der Brust, aber keine Blutlache.«

Die Frau schien nicht überzeugt zu sein. »Aber hier ist alles rot. Woher wollen Sie das wissen?«

»Sehen Sie genauer hin. Das Blut ist dunkler. Es trocknet anders.« Er zeigte auf eine Stelle, an der die beiden Rottöne nebeneinanderlagen. »Der Unterschied ist derzeit noch gering, aber wahrnehmbar. In einer Stunde wird das Blut nahezu braun sein. Die Wunden der beiden anderen haben nicht hier geblutet. Man hat bestimmt sehen können, von wo sie hergeschleift wurden, aber ...« Er zuckte die Achseln und deutete auf die Füße der versammelten Beamten. Sie hatten mit ihren Stiefeln den gesamten Innenhof zertrampelt.

Shans Blick verweilte für einen Moment auf einem Topf roter Farbe am Sockel des *chorten* und richtete sich dann wieder auf das rote Rechteck mit dem Muster aus gelben Klecksen. Der Täter hatte sich bei der Anordnung des Ganzen große Mühe gegeben, als wolle er eine Botschaft senden. Ein Schaudern durchfuhr Shan, als er endlich erkannte, was das Rechteck unter den Leichen darstellen sollte: die chinesische Flagge, rot mit einem großen und vier kleineren gelben Sternen in der oberen linken Ecke.

»Narren!«, fuhr der junge Offizier die anderen an, beruhigte sich aber sofort, als er hinter sich Schritte nahen hörte. Die Wut auf seinem Gesicht verschwand, und Angst trat an ihre Stelle. Der hagere ältere Offizier war von seinem Platz im Schatten aufgestanden. Einen Moment lang glaubte Shan, der Mann in der grünen Uniform würde auf die Knie fallen.

»Alle zurück!«, knurrte der ältere Kriecher. »Sie und Ihre Leute sichern das Gelände ab«, befahl er dem Offizier in dem olivfarbenen Waffenrock. »Ein Mann ans Tor, die anderen errichten in einem Kilometer Abstand eine Straßensperre.« Wie hatte die Offizierin ihren Vorgesetzten genannt? Major Liang.

Der junge Offizier nickte unterwürfig und erteilte seinen Leuten dann leise und hastige Befehle. Die Männer in Blau, die örtlichen Polizisten, zogen sich wortlos zum Tor zurück. Als die Männer in Grün sich auf den Weg machten, tauchten zwei weitere Männer in Grau aus den Schatten auf. Die Frage der Zuständigkeit beantwortete sich von selbst.

»Ihre Hände«, sagte Shan und wies auf die tote Frau. »Das an den Fingern ist rote Farbe, kein Blut. Sie hat die alte Gebetsmühle an der Mauer gestrichen. Die Farbe ist in hohem Bogen an die Wand gespritzt, als der Pinsel ihr aus der Hand flog. Unter den Spritzern ist ein Blutfleck. Sie wurde dort bei der Arbeit überrascht und erschossen, mit dem Gesicht zur Wand. Ich glaube, Sie werden feststellen, dass die Kugel am Rücken eingedrungen und aus der Brust wieder ausgetreten ist. Sie steckt vermutlich in der Mauer. Sofern die Waffe kein Revolver war, dürfte dort in der Nähe auch eine Patronenhülse liegen.«

Die Offizierin erteilte sogleich ein paar knappe Befehle, und die Kriechersoldaten liefen zu der Wand. Major Liang warf Shan einen warnenden Blick zu und folgte dann den anderen.

Shan war unvermittelt allein mit den Toten. Er schaute nur kurz den Uniformierten nach, die hinter dem *chorten* verschwanden, und machte sich dann flink ans Werk, ließ sich ganz von seinen alten Instinkten leiten. Er wusste aus Erfahrung, dass solche Offiziere die Wahrheit derartiger Morde auf seltsame Weise verdrehen konnten, so dass unbequeme Verbrechen sich einfach in Luft auflösten. Und schlimmer noch, sie konnten Morde an einem heiligen Ort wie diesem als Vorwand benutzen, um auch noch die Überreste der Gebäude dem Erdboden gleichzumachen. Shan war es Jamyang, Lokesh und all den alten Tibetern schuldig, zu ergründen, was sich hier ereignet hatte.

Er strich mit den Fingern über das tote Fleisch, hob Gliedmaßen an, prüfte die Totenstarre und Körpertemperatur. Die Leute mussten seit vier oder fünf Stunden tot sein. Er beugte sich über den Gesichtslosen und biss bei dem Anblick die Zähne zusammen. Man hatte ihm das Gesicht nicht einfach abgeschnitten, sondern die Haut und das Fleisch vom Knochen gehackt, als würde man einen Baumstamm entrinden.

In den Taschen des Mannes mit dem fast vollständig abgetrennten Kopf fanden sich lediglich ein Wagenschlüssel und eine Schachtel filterlose Zigaretten. Eine Tätowierung auf der Innenseite seines Unterarms zeigte einen Vogel, eventuell eine Krähe, der eine Schlange in den Fängen hielt. Durch die brutalen Hiebe, die ihn beinahe geköpft hatten, war eine weitere Tätowierung im Nacken zerteilt worden: ein Geschöpf mit Schuppen, womöglich ein Drache. Shan bemerkte nun die Schmutzkruste an den Absätzen der teuren Schuhe und bückte sich, um die von ihnen hinterlassene Schleifspur zu betrachten, die weitgehend von den Polizeistiefeln zertrampelt worden war. Man hatte den Mann aus dem vorderen Teil des Geländes hergezerrt, vielleicht sogar direkt vom Tor. Shan hob einen der Schuhe an, die auf der Toten lagen, um sich den Schmutz genauer anzusehen, spürte etwas am Knöchel und schob das Hosenbein hoch. Überrascht hielt er inne. Er hatte schon seit Jahren kein Knöchelholster mehr gesehen. Außerhalb der großen Städte im Osten war ein so subtiles, verstecktes Ding eine echte Seltenheit. In Tibet machte man aus dem Einsatz von Schusswaffen kein großes Geheimnis. In dem Holster steckte keine Waffe, sondern tief unten nur ein gefaltetes Stück Papier. Shan vergewisserte sich, dass die Beamten immer noch außer Sicht waren, und verstaute das Papier in seiner Tasche. Er stand auf, beugte sich erneut über den Leichnam und schob die Finger tiefer in dessen Taschen. Als er die halb leere Zigarettenschachtel betastete, spürte er eine feste, unnachgiebige Oberfläche. Ein Stück Metall rutschte heraus, ein kunstvoll gearbeitetes Trapez mit eingeritzten buddhistischen Gebeten rund um zwei große Löcher im schmalen Ende. Ein Feuereisen. Der tote Chinese mit der teuren Kleidung trug ein primitives tibetisches Werkzeug zum Feueranzünden bei sich.

Shan steckte das Feuereisen zurück an seinen Platz und sah sich dann die beiden Hände im Zentrum der Flagge genauer an. Sie wurden nicht durch einen Stein am Boden gehalten, sondern durch ein verwittertes Trümmerteil aus den Ruinen. Darin war ein Bild eingemeißelt, eines der acht Glückszeichen. Shan bückte sich und erkannte Stoffgirlanden. Es war das Siegesbanner und pries den Triumph der buddhistischen Weisheit über die Ignoranz.

Dann widmete Shan sich zögernd der Frau. Er wusste, dass ihm wahrscheinlich nicht mehr als eine Minute bis zur Rückkehr der Kriecher blieb. Die Tibeterin schien Mitte fünfzig gewesen zu sein, mit zierlichem Antlitz, obwohl ihr verschlissener brauner Kittel und die rauen Hände die einer Bäuerin waren. Ihr dünner Halsschmuck war zerrissen, vermutlich als der Täter sie über den Boden geschleift hatte. Shan schloss ihr mit zwei Fingern sanft die blicklosen Augen und murmelte ein Gebet.

Das Loch über ihrem Herzen war nicht zu übersehen. Es handelte sich um eine große, hässliche Austrittswunde. Der Frau war demnach tatsächlich in den Rücken geschossen worden. Das Projektil hatte beim Austritt rote und weiße Stofffasern mit herausgerissen. Shan schaute genauer nach und stellte fest, dass ihre Brust unter dem Kittel mit einem Baumwollstreifen umwickelt war. Ein kleines steifes Rechteck in der Größe einer Ausweiskarte ragte darunter hervor. Mit einem Anflug von Schuldgefühl hob Shan den Stoff an, zog das Rechteck heraus und steckte es schnell ein, ohne einen Blick darauf zu werfen. Falls die Behörden die Identität eines tibetischen Opfers herausfanden, konnten sie den Angehörigen das Leben überaus schwermachen, denn sie gingen stets davon aus, dass die Familie Informationen über die betreffende Person zurückhielt. Shan ging ein gewaltiges Risiko ein. Die Kriecher würden jeden Moment zurückkommen und außer sich sein, falls sie ihn beim Herumhantieren an den Leichen erwischten, doch er traute ihnen nicht hinsichtlich der Beweise und brachte es einfach nicht über sich, die Frau zu verlassen. Er zog an ihrem Kittel und versuchte unbeholfen, die schreckliche Wunde zu bedecken. Da erst fiel ihm auf, dass an dem Stoff getrocknete Farbe in mehreren Schattierungen klebte. Es war bloß ein Arbeitskittel. Sie hatte ihn über ihrem dunkelroten Kleid angezogen.

Lauf weg, schrie eine Stimme in seinem Innern. *Flieh zwischen die Felsen. Lokesh braucht dich.*

Nach einem weiteren besorgten Blick in Richtung der Kriecher bückte er sich, um den zerrissenen Halsschmuck zu untersuchen, der aus fest geflochtenem Yakhaar angefertigt worden war. Shan zog an einem Ende, wodurch sich unter ihrer Schulter ein verziertes silbernes Kästchen löste. Ein *gau*. Sie hatte eine traditionelle Halskette mit einem traditionellen Amulett getragen.

In der Ferne erklang eine Sirene, die rasch näher kam, aber Shan rührte sich noch immer nicht. Schaudernd schob er die Wollmütze von ihrem Kopf und sah das kurze schwarze Haar, dann schlug er den Kittel zurück.

Beim Anblick des rotbraunen Stoffes schluchzte er unwillkürlich auf. Es war ein Mönchsgewand. Man hatte hier in der alten Klosterruine eine buddhistische Nonne ermordet und unter die Füße zweier Chinesen gelegt. Shan schnappte sich ihr *gau* und floh.

KAPITEL DREI

Er fuhr so schnell wie möglich, über flache Gebirgsgrate hinweg und schmale Wege hinauf, die kaum mehr als ausgetrocknete Bachbetten waren. An der Kreuzung des alten Pilgerpfades kam er schlitternd zum Stehen. Auch jetzt noch hielt er mit weißen Knöcheln und gesenktem Kopf das Lenkrad umklammert und schaffte es nicht, das tiefe Schluchzen zu unterdrücken, das seine Brust erbeben ließ. Der Tag, der so fromm und heiter begonnen hatte, war zu einem Albtraum geworden. Jamyang war nicht nur tot, er hatte Selbstmord und damit eine schwere Sünde begangen. Das alte Kloster, das für die geplagten Tibeter ein Symbol der Hoffnung geworden war, hatte sich in ein Schlachthaus verwandelt und befand sich in den Händen der Kriecher.

Jamyang war gestorben. Dann waren die Nonne und die beiden Männer gestorben. Nein, zwang er sich einzugestehen, die Leichen im Kloster waren seit mindestens vier Stunden tot gewesen. Also hatten sie als Erste ihr Leben verloren. Eine neue Woge der Verzweiflung schlug über Shan zusammen, als er die grausige Möglichkeit in Betracht zog, dass Jamyang die Taten verübt haben und dann von seinen Schuldgefühlen in den Selbstmord getrieben worden sein könnte. Hektisch versuchte er, den Tag Stunde für Stunde zu rekonstruieren. Die Morde hatten sich ungefähr zwei Stunden vor dem Zeitpunkt zugetragen, an dem sie Jamyang bei der Verfolgung des Diebs auf dem Berghang gesehen hatten. Shan erinnerte sich nun, dass Jamyangs Erscheinen dort unerwartet, ja sogar verblüffend gewesen war. Falls der Lama den hinkenden Dieb vom Schrein an verfolgt hätte, hätte er ihn viel früher einholen müssen.

Shan stieg aus dem Wagen und trat auf das Sims, auf dem Jamyang einige Stunden zuvor so merkwürdig gefühlsbetont verweilt hatte. Shan hatte geglaubt, der Lama habe den heiligen Berg betrachten wollen, aber das war von vielen Stellen aus möglich. Nur dieser Aussichtspunkt bot zudem aber einen freien Blick auf das alte Kloster. Jamyang hatte gefragt, ob Shan dort Anzeichen für Besucher ausmachen könne. *Nein*, rief eine Stimme in seinem Innern, *das ist unmöglich*. Der Lama hatte Gebete gesprochen, hatte sich bäuchlings vor dem Berg niedergeworfen und dann am Schrein die Opfergaben gereinigt. Shan hatte den wehmütigen Tonfall seiner Worte ignorieren wollen. Jamyang hatte sich von den Gottheiten verabschiedet. Er hatte aus irgendeinem Grund von den Morden gewusst.

Als Shan die Hütte erreichte, war Lokesh mit dem Leichnam des Lama allein. Er saß an Jamyangs Kopf und intonierte immer noch die Worte des Todesritus. Shan schürte die Glut in der kleinen Kohlenpfanne und bereitete Tee zu. Dann stellte er einen Becher davon neben seinen Freund, warf etwas Wacholder in die Flammen und wartete.

Als der alte Tibeter schließlich in seiner Rezitation innehielt, konnte er sich nur mit Mühe erheben, als sei seine Trauer eine zu schwere Last. Shan half ihm auf die Beine und reichte ihm seinen Tee. Das heiße Gebräu weckte Lokeshs Lebensgeister, und während er daran nippte, sah er den Toten an und neigte seinen Kopf erst auf die eine und dann auf die andere Seite, als würde er etwas lauschen, das Jamyang von sich gab. Genau wie Shan war er immer noch vollkommen bestürzt über das, was sich am Schrein zugetragen hatte.

»Wir können nicht drei Tage mit ihm hier bleiben«, sagte Shan und meinte damit die überlieferte Frist, die von den meisten Tibetern bei den Riten eingehalten wurde. »Im Tal ist Polizei. Es werden noch viel mehr kommen.«

Lokesh nickte ernst. »Hirten waren hier.« Seine Stimme war trocken wie Reisig. »Sie werden vor Mitternacht mit Pferden und einem Maulesel zurückkehren. Bis zu den Knochenebenen ist es fast ein Tagesritt.« Er meinte das versteckte Hochplateau in den Bergen, wo die *ragyapas*, die traditionellen Leichenzerleger, die Toten in Stücke zerteilten und an die Geier verfütterten. Die uralte Konvention des Himmelsbegräbnisses wurde von der Regierung strikt abgelehnt und war – wie so viele tibetische Bräuche – in die Illegalität gezwungen worden.

»Du musst mit ihnen gehen«, sagte Shan. »Bleib dort oben, und beende die Riten.«

Doch Lokesh hörte ihm nicht zu. Er strich über das Einschussloch in Jamyangs Stirn. »Das ist nicht, wie es sein sollte«, sagte der alte Tibeter, wischte erneut über die Wunde und beobachtete sie erwartungsvoll. »Wir sollten nach einigen der Weisen schicken. Die wissen bestimmt, wie man ihn herausruft.«

Shan musterte seinen alten Freund, der vor der Invasion der Chinesen als Beamter in der Regierung des Dalai Lama gearbeitet hatte. Er kannte niemanden, der so häufig wortlos kommunizierte wie Lokesh, und wenn er etwas sagte, schien er oft in Rätseln zu sprechen. Als er nun sah, dass Lokesh mit hohler Hand etwas von dem duftenden Wacholderrauch über das Einschussloch verteilte, begriff er endlich. Die alten Tibeter glaubten, dass die Seele eines Menschen nach dessen Tod desorientiert in der leblosen Hülle verweilte und letztendlich ihren natürlichen Weg nach draußen durch eine winzige Öffnung im Schädeldach fand. Alte Lamas rissen einem Toten häufig die Haare am Scheitel aus, um den Weg frei zu machen. Doch Jamyangs Schädel hatte nun zwei neue und unnatürliche Löcher.

»Sein Geist war sehr konzentriert«, wandte Shan ein.

»Nein«, widersprach Lokesh bedächtig und zutiefst überzeugt. »Er hat sich selbst getötet. Was bedeutet, dass etwas von seinem Geist Besitz ergriffen hatte. Es hat sich um ihn gewickelt wie eine Schlange. Es ist immer noch da. Wir müssen es vertreiben.« Seine Finger berührten sanft die Seite von Jamyangs Gesicht und hielten über dem Muttermal an seinem Unterkiefer inne, das wie eine Lotusblüte aussah, eines der heiligen Symbole.

Shan wollte etwas einwenden und Lokesh irgendwie trösten, aber er wusste, dass sein Freund – ganz gleich, was Shan sagte – noch wochenlang unter diesen Seelenqualen leiden würde. Und vielleicht lag Lokesh mit seiner Behauptung, ein böser Geist habe den Lama befallen, gar nicht mal so falsch. Denn gewiss hatte ihn irgendetwas Böses gequält und in den jähen Selbstmord getrieben. Auch über das alte Kloster war an jenem Tag das Böse hereingebrochen, und insgesamt vier Menschen hatten einen gewaltsamen Tod erlitten. Der logische Teil von Shans Verstand teilte ihm mit, dass die Ereignisse unmöglich miteinander in Beziehung stehen konnten. Doch die Instinkte des ehemaligen Ermittlers sagten ihm das Gegenteil.

»Mehr Polizei im Tal?«, fragte Lokesh auf einmal, als hätte er Shans Warnung erst jetzt gehört.

Shan schloss kurz die Augen. Er war sich nicht sicher, ob er die Kraft aufbringen würde, Lokesh von den Vorfällen im Kloster zu erzählen. Der alte Tibeter verspürte schon genug Schmerz; Shan wollte nicht noch mehr dazu beitragen.

Er wurde sich bewusst, dass sein Freund den Dienst an dem Leichnam unterbrochen hatte und ihn anstarrte. »Du wolltest die Nonnen holen«, stellte Lokesh treffend fest.

Shan hatte das Gefühl, eine schwere Last zu tragen. »Ich wollte im Kloster um Hilfe bitten. Stattdessen habe ich Leichen gefunden.« Die Worte schienen schon beim Sprechen in seiner Kehle zu brennen. »Dort wurden drei Menschen ermordet.«

Lokesh sagte nichts, sondern behielt die feuchten Augen fest auf eine der kleinen Bronzegottheiten neben Jamyangs Bettstatt gerichtet, während Shan ihm schilderte, was im Kloster vorgefallen war. Damals im Straflager waren Lokesh und die ältesten Lamas inmitten all der Schrecken stets Quellen heiterer Gelassenheit gewesen und hatten den neuen Gefangenen gesagt, die unmenschlichen Bedingungen ihrer Haft seien lediglich eine Prüfung ihres Glaubens. Sie waren Shan wie Felsen in einem Meer aus Folter und Entbehrungen vorgekommen. Doch wenn eine Brandung jahrelang anhält, kann sogar der härteste Fels bersten. Zum ersten Mal seit Shan ihn kannte, lag Verzweiflung im Blick seines Freundes. Als Shan mit seinem Bericht fertig war, fand Lokesh noch immer keine Worte, sondern entzündete nur etwas Weihrauch auf Jamyangs kleinem Altar und nahm wieder die Bardo-Rezitation auf. Es brach Shan das Herz, die Hand des alten Mannes zittern zu sehen, wo vorher kein Zittern gewesen war, und seine Stimme bei Worten stocken zu hören, die er schon unzählige Male gesprochen hatte.

Als die Hirten eintrafen, stand der Mond hoch am Himmel. Sie weigerten sich, mit Shan zu reden, und ließen nicht zu, dass er ihnen half, Jamyangs Leichnam in ein Tuch zu hüllen und auf dem Rücken des Maulesels zu verzurren. Lokesh hatte sich immer tiefer in sich selbst zurückgezogen. Er war zu einem alten, gebrechlichen Wesen geworden, das Hilfe brauchte, um auf den Rücken des Pferdes zu steigen, das die Hirten für ihn mitgebracht hatten. Als Shan sich von ihm verabschiedete, reagierte er nicht.

Shan stieg auf den Kamm oberhalb der Hütte und beobachtete die einsame Karawane auf ihrem Weg durch das mondbeschienene Tal. Dann blickte er zu den Sternen empor und bemühte sich, seine aufgewühlten Gefühle in den Griff zu bekommen. Schließlich rollte er sich vor der kleinen Hütte auf einer Decke zusammen, fand aber nur unruhigen Schlaf, der von abscheulichen Träumen heimgesucht wurde. Wagenladungen von Uniformierten ergossen sich als Folge der Morde in das Tal. Bauern wurden gewaltsam aus ihren Heimen vertrieben. Als ein Schlagstock sich erhob, um auf Lokesh niederzusausen, schreckte Shan stöhnend hoch. Er blieb wach und starrte in den Himmel. Bei Tagesanbruch war er zurück in Jamyangs Höhle.

Das Rätsel hinter dem Selbstmord fing mit dem Rätsel der Pistole an. Er legte die Waffe auf einen flachen Felsen in die Sonne. Sie war bemalt worden, und zwar nicht nur mit einer Lotusblüte, sondern auch mit Bildern einer heiligen Muschel und eines Fisches. Aber warum? Hatte Jamyang wirklich vorgehabt, die Waffe irgendwie zu neutralisieren, wie Shan anfangs geglaubt hatte, oder sollte sie für ihren geplanten Einsatz geweiht werden? Es war eine kleine Halbautomatik, wie Polizisten und Soldaten sie als Dienstwaffe trugen. Der Privatbesitz einer solchen Waffe galt überall in China als schweres Verbrechen, doch wenn ein Tibeter der Besitzer war, würde er nicht nur als Straftäter, sondern als Verräter behandelt werden. Es schien unmöglich zu sein, dass Jamyang an eine solche Waffe gelangt war, ohne von ihrem rechtmäßigen Eigentümer verhaftet zu werden, und ebenso unmöglich, dass ein anderer Tibeter sie ihm gegeben hatte. Aber Shan hätte sich auch nicht vorstellen können, dass der Lama wissen würde, wie man eine Pistole bediente. Trotzdem hatte Jamyang sie im letzten Moment seines Lebens wie ein geübter Schütze genommen und in einer flüssigen Bewegung erst den Sicherungshebel umgelegt und dann den Abzug gedrückt. Shan nahm die Pistole und überprüfte das Magazin. Es war leer. Jamyang hatte nur eine einzige Patrone zurückbehalten.

Als Shan versucht hatte, ihn vor den Gefahren im Tal zu warnen, hatte Jamyang seine Worte wiederholt. *Dir ist nicht immer klar, wie riskant es ist.* Nur ein einziges Mal, und zwar erst letzte Woche, hatte Jamyang sich nach Shans Vorgeschichte erkundigt und überraschend großes Interesse an dessen Jahren als Ermittler gezeigt. Hatte der Lama ihn deshalb in seinen letzten Momenten bei sich haben wollen? Hatte er die Feier geplant, um Shans Erscheinen auf jeden Fall zu sichern? Hatte er Shan indirekt gebeten, das Geheimnis sowohl seines Todes als auch der drei Morde im Tal zu ergründen? Jamyangs Gesicht stieg vor ihm auf, mit genau der rätselhaften, fragenden Miene wie auch bei den Pilgerschreinen. Einen Moment lang war es so real, dass Shan beinahe die Hand nach dem Schmutzfleck ausgestreckt hätte, wo die Stirn des Lama den Boden berührt hatte. *Wir haben vier Milliarden Jahre benötigt, um dahin zu kommen, wo wir sind,* hatte er gesagt.

Plötzlich war die Vision weg, und Shan sah nur noch die Pistole. Er starrte die Waffe bekümmert an, stand schließlich auf, entfernte sich mit ihr dreißig Meter von dem Schrein und vergrub sie unter einem flachen Stein neben einem Strauch Heidekraut.

Die Gottheiten auf der Felswand schienen seinen Blick zu erwidern, als er sich vor ihnen niederließ, und sahen ihn trübsinnig und fragend an. Er musste an die erste Begegnung mit Jamyang denken. Lokesh und er hatten den Lama auf einem einsamen Pfad im oberen Tal dabei überrascht, wie er versuchte, eine *mani*-Mauer wiederaufzubauen. Bevor sie ihn auch nur grüßen konnten, war Jamyang schon wie ein scheues Wildtier davongehuscht. Daraufhin hatten Lokesh und Shan selbst eine Stunde an der Mauer gearbeitet und gehofft, er würde begreifen, dass sie ihm nichts Böses wollten. Seine Blicke hatten sie die ganze Zeit gespürt, aber er hatte sich nicht wieder vorgewagt. Eine Woche später, als Shan den Schreien eines Hirtenmädchens gefolgt und in ein Treibsandbecken gesprungen war, um ihr Lamm zu retten, war Jamyang dann unversehens aufgetaucht und hatte Lokesh geholfen, Shan und das Tier in Sicherheit zu ziehen. Er erinnerte sich an das schüchterne Lächeln auf Jamyangs Gesicht und dessen Lachen, als Lokesh gewitzelt hatte, Shan sehe wie eine der aus Schlamm geformten Opferfiguren der Nomadenfamilien aus. Danach hatten sie Jamyang häufiger auf den hohen Pfaden gesehen. Manchmal winkte er ihnen wie ein alter Freund zu, manchmal beobachtete er sie schweigend dabei, wie sie einen Graben säuberten, oder blieb sogar eine Weile in ihrer Nähe, um zu meditieren. Shan hatte das schon häufiger erlebt. Tibeter, vor allem jene ab einem gewissen Alter, lernten einander bisweilen kennen, indem sie gemeinsam schwiegen. Er wusste noch, wie zufrieden der Lama ausgesehen hatte, als er sie schließlich zu den Gottheiten mitnahm, die er voller Ehrfurcht restaurierte, und welch große Freude es ihm gemacht hatte, von Lokesh zu erfahren, dass ein ganz ähnliches Relief einst an der Außenwand einer vor langer Zeit zerstörten Privatkapelle des Dalai Lama in Lhasa existiert habe.

Lokesh hatte vorgeschlagen, sie könnten die verblassten und von zähem Schmutz bedeckten Gemälde auf dem Fels oberhalb des Reliefs säubern, und sie hatten sich zu dritt an die Arbeit gemacht. Während der folgenden Wochen brachten sie viele Stunden damit zu, und gelegentlich hallte die Luft von den Freudenschreien der beiden Tibeter wider, wenn ihre vorsichtigen Bemühungen die Bilder fast vergessener Götter freilegten. Die Bänke, die als Altäre dienten, waren erst später hinzugekommen, um Platz für die Opfergaben der Hirten und Bauern zu bieten. Die Menschen brachten so viele, dass

Jamyang einen Teil davon im Hintergrund der flachen Höhle unter einem Stück Segeltuch gelagert hatte.

Shan ging an den Altären entlang, berührte manche der Gaben und hielt inne, als erst eine, dann noch eine ihn daran denken ließ, wie Jamyang oder Lokesh begeistert ihre kunstvolle Ausführung gepriesen hatte. Ein alter silberner Federkasten mit Türkisintarsien. Ein kleiner Jadedrache, der eher chinesisch als tibetisch aussah. Eine Bronzestatuette des Mitfühlenden Buddhas mit Edelsteinbesatz am Sockel. Ein *purba* – der kurze, stachelähnliche Dolch der tibetischen Zeremonien. Eine dicke Jadescheibe mit breiter Rinne in der Mitte und eingemeißelten Blumen am Rand, die merkwürdig vertraut aussahen, zweifellos der Sockel einer fehlenden Statue. Shan nahm den *purba*. Jemand hatte ein schmales braunes Band daran befestigt. Der Dolch hatte wochenlang auf dem Altar gelegen, da aber noch ohne Band. Shan spielte unschlüssig an dem Band herum und fragte sich, weshalb es ihm so bekannt vorkam. Er nahm an, dass Jamyang es dort befestigt hatte, während sie kurz vor seinem Tod die Opfergaben gereinigt hatten. Der Lama hatte dafür das Werkzeug gewählt, das im Ritual zur Zerteilung des Bewusstseins diente. Shan legte es beunruhigt wieder hin und ging dann zu dem Haufen unter dem Segeltuch, weiter hinten im Schatten. Die Kriecher würden den Schrein letzten Endes entdecken, und auch der Dieb würde sicherlich zurückkehren. Die Schätze mussten in Sicherheit gebracht werden.

Shan hob die Plane an. Oben auf dem Haufen lagen die mit Bändern verschnürten Druckstöcke, die Jamyang dem Dieb wieder abgenommen hatte. Shan hatte sie hier noch nie zuvor gesehen. Das Band. Er schaute zurück zu dem *purba*. Das Band daran stammte ursprünglich von den Druckstöcken, als hätte der Lama Shans Aufmerksamkeit darauf lenken wollen. Lokesh und er waren zuletzt vor zwei Wochen hier gewesen und hatten bei der Reinigung von allem geholfen, einschließlich der Gegenstände in der kleinen Höhle. Zu dem Zeitpunkt waren die Druckstöcke noch nicht darunter gewesen. Shan trug sie hinaus ins Licht des frühen Morgens, legte sie auf das Ende einer Bank und löste die Verschnürung. Dann klappte er sie auseinander, um ihre Inschriften zu lesen. Schockiert und ungläubig hielt er inne.

Das waren keine Druckstöcke. Sie waren in der Tat alt, in der Tat heilig, aber sie waren nicht tibetisch. Zitternd vor Aufregung fuhr er mit einem Finger die eingeschnitzten Schriftzeichen entlang. Eine der beiden Tafeln war mit einer einzelnen vertikalen Linie chinesischer Ideogramme eines sehr alten Stils versehen, die andere mit den gleichen Symbolen und zusätzlich kleinen Legenden zu beiden Seiten. Shan blickte zum Altar auf und begriff, wieso die Jadescheibe so vertraut gewirkt hatte. Er holte sie. Dann tat er etwas, das er zuletzt in seiner Jugend getan hatte: Er presste die beiden Bretter aneinander, diesmal aber mit der Schrift nach außen, und steckte ihre Enden in die Rinne der Scheibe. Sie passten perfekt und wurden durch den schweren Standfuß aufrecht gehalten. Das hier war, so unglaublich es auch scheinen mochte, eine chinesische Ahnentafel. In der fernen, verlorenen Welt von Shans Kindheit hatte er Familienschreine besucht, in denen reihenweise derartige Tafeln standen, eine jede versehen mit dem Namen eines toten Vorfahren. An Festtagen wurden sie von den lebenden Verwandten ehrfürchtig gereinigt, und dann wurden Gebete über sie gesprochen. Die alten taoistischen Priester hatten erklärt, die Tafeln dienten als Behausungen für die Seelen der Verstorbenen. Shan hatte seit Jahren, sogar seit Jahrzehnten keine mehr gesehen. Er würde niemals den Tag vergessen, an dem die Roten Garden die Familienschreine seines Wohnviertels geplündert und aus den Tafeln einen großen Scheiterhaufen errichtet hatten. Eine alte Witwe aus seiner

Straße war untröstlich gewesen und hatte gesagt, die Kommunisten hätten die Seelen ihrer Vorfahren eingeäschert.

Yuan Yi, stand auf der Tafel, Mandarin dritten Ranges, sei im neunundfünfzigsten Jahr des Kaisers Kangxi gestorben. Auf der anderen Seite war zudem der Ort seines Begräbnisses in der Provinz Heilongjiang verzeichnet. Shan rechnete kurz nach. Der Mandarin von sehr hohem kaiserlichen Rang war im Jahr 1721 gestorben und in den kalten Bergen der fernen Mandschurei bestattet worden. Jamyang hatte sein kostbarstes buddhistisches Artefakt für eine dreihundert Jahre alte chinesische Geistertafel hergegeben. Shan ließ die Begegnung mit dem Dieb noch einmal Revue passieren. Der Mann hatte die Tafeln fest umklammert gehalten und schien bereit gewesen zu sein, um sie zu kämpfen. Vielleicht hatte Shan die Situation falsch verstanden. Der hinkende Hirte hatte womöglich gar nicht vorgehabt, Jamyang wegen des Kopfgeldes zur Polizei zu locken, sondern er wollte die Tafeln in die Stadt schaffen. Als Jamyang den Dieb gestellt hatte, waren die Tafeln ihm wichtiger gewesen als die von seinem Altar gestohlenen Gegenstände.

Es schien undenkbar, dass der sanfte, ehrfurchtsvolle Tibeter, der sich vor den chinesischen Behörden verbarg, ein chinesisches Artefakt verstecken und beschützen würde. Was hatte Shan in Bezug auf Jamyang sonst noch missverstanden? Die unregistrierten Mönche lebten wie in einem Spionagenetzwerk; keiner von ihnen kannte die Aufenthaltsorte und Vorgeschichten der anderen, damit sie im Falle einer Ergreifung nicht zur Preisgabe gezwungen werden konnten. Die Kriecher bezeichneten solche Mönche als Verräter. Da sie nicht mit den chinesischen Behörden kooperierten, galten sie per definitionem als Revisionisten, als verabscheuungswürdige Verfechter eines unabhängigen Tibet. Es verstand sich stets von selbst, dass solche Männer Geheimnisse hatten, aber die von Jamyang hatten zu Gewalt und Tod geführt.

Shan starrte die Ahnentafel an. Dieses Geisterbrett eines seit dreihundert Jahren toten chinesischen Beamten konnte doch unmöglich etwas mit Jamyangs Tod zu tun haben. Der Lama hatte den Selbstmord sorgfältig geplant und seine letzten Stunden in Andacht verbringen wollen. Dann aber hatte er diese Pläne über den Haufen geworfen und war dem Dieb gefolgt, als müsse er vor seinem Tod unbedingt die Tafel zurückerlangen. Shans Verwirrung war wie ein körperlicher Schmerz. Je länger er über Jamyangs letzten Tag nachdachte, desto weniger Sinn ergab alles. Er notierte sich die Inschriften von beiden Seiten der Ahnentafel und verstaute die Bretter wieder in der Höhle. Dann nahm er den kleinen Jadedrachen. In den Sockel war ein kompliziertes Siegel eingraviert. Shan tauchte es in den Wassereimer unter der Bank und drückte es auf das trockene Holz. Yuan Yi. Der nasse Abdruck war der Name des seit langem toten Mandarins. Shan stellte den Drachen zurück auf die Bank. Das kleine Jadegeschöpf rief in ihm eine seltsame Unruhe wach.

Die Hütte des Lama war die eines wahren Asketen. Auf einem Regal über seiner Bettstatt stand eine Blechtasse mit einer Zahnbürste. Neben einem kleinen persönlichen Altar mit einem Gipsbuddha und Räuchervasen lag ein abgenutztes Brett, auf dem Jamyang stundenlang gesessen und meditiert hatte. In der Ecke, die als provisorische Kochnische diente, gab es ein gesprungenes Emaillebecken, die Kohlenpfanne, einen fast leeren Sack Gerste, einen kleinen Teeziegel und einen der kleinen Holzeimer, in denen die Hirten Butter transportierten.

Die Hirten. Einer von ihnen hatte Jamyang ursprünglich zu dem entlegenen, vernachlässigten Schrein gebracht, der nahezu vollständig von Ranken und Unkraut überwuchert gewesen war. Und es waren hauptsächlich fromme Hirten gewesen, die zu Besuch kamen, um sich von dem Lama segnen zu lassen, und ihn manchmal sogar baten, den Namen für ein neugeborenes Kind auszuwählen. Doch ein anderer Hirte hatte die Artefakte gestohlen, ein verbitterter, hinkender Hirte mit einer Narbe auf der Stirn. War der Dieb tatsächlich mehr daran interessiert gewesen, die Tafel in die neue Siedlung zu schaffen, als eine Belohnung für Jamyang einzustreichen? Shan verstand nichts an Jamyangs Tod, aber ihm wurde allmählich klar, dass er auch vom Leben des Lama nichts begriff.

Er ließ sich vor Jamyangs Altar nieder. Der Lama hatte ein einzelnes beschriebenes Blatt zurückgelassen, wie eine Opfergabe an Buddha. Es war ein Abschnitt des Diamant-Sutra. *So sollst du dir diese vergängliche Welt vorstellen*, stand dort. *Als einen Sturm bei Tagesanbruch, eine Luftblase in einem Bach, einen Blitz in einer Sommerwolke, eine flackernde Lampe, ein Phantom und einen Traum.* Mit neuerlicher Verzweiflung trat Shan nach draußen und wandte sich dem heiligen Berg zu, der im Licht des frühen Morgens erstrahlte. Die Wolkendecke darunter ließ es so aussehen, als würde er am Himmel schweben.

Shans Finger berührten etwas in seiner Tasche. Er zog das Stück Papier heraus, das er aus dem Knöchelholster des beinahe Geköpften mitgenommen hatte. Es war eine Liste von Orten und Zeitangaben; jeder Name tauchte mindestens zweimal auf, und die Daten erstreckten sich über das vergangene Jahr, abgesehen von den letzten beiden, die in den kommenden Wochen lagen. Die Namen gehörten allesamt zu tibetischen Städten. Tawang. Zayu. Zhangmu. Yadong. Und es war Jamyangs Handschrift. Shan fiel ein, dass er außer dem Zettel noch etwas bei den Leichen gefunden und eingesteckt hatte. Er kramte tiefer in seiner Tasche und holte die blutbefleckte Karte der Nonne hervor. Das Projektil, das sie getötet hatte, hatte an der Unterkante einen Halbkreis ausgestanzt. Auf der Rückseite standen Gebete in winziger und beengter tibetischer Schrift. Als Shan die Karte umdrehte, stockte ihm unwillkürlich der Atem, und er erkannte seinen Irrtum. Das war kein Ausweis. Es war ein Foto des Dalai Lama, bedeckt vom Blut der toten Nonne.

***

Shan hatte die Einwanderersiedlung während seiner Monate im Tal sorgsam gemieden, wodurch seine Fahrten häufig eine halbe Stunde länger ausfielen, weil er auf alte Straßen auswich und die kleine Stadt umrundete. Ein Parteifunktionär hatte in der *Lhasa Times* kürzlich geschrieben, die chinesischen Immigranten, die solche neuen ländlichen Zentren besiedelten, seien die »Frontkämpfer« in Pekings Krieg gegen die Vergangenheit. *Willkommen in Baiyun*, stand auf einem bereits verblassenden Schild am Stadtrand. Der Name hieß übersetzt Weiße Wolke. Das klang wie ein Touristenziel. Über dem Namen stand *Pioniere des Mutterlandes* und darunter ein weiterer Parteislogan: *Die vorderste Welle in der Flut der Modernisierung*.

Die Welle war über mehreren traditionellen tibetischen Bauernhöfen zusammengeschlagen, die sich an der Kreuzung zweier Landstraßen befunden hatten. Nun gab es die Höfe nicht mehr. Statt der alten Häuser standen an der Kreuzung eine Tankstelle, ein Teehaus und ein kleines Lebensmittelgeschäft, und an die Stelle der Nebengebäude und Äcker waren einige weitgehend identische Wohnblöcke aus Betonziegeln und Gipsputz mit Wellblechdächern getreten.

Shan fuhr langsam an einem eingezäunten Gelände vorbei, in dessen Mitte ein flacher Plattenbau stand. An einem Metallmast flatterte die chinesische Flagge. Daneben standen zwei Polizeiwagen geparkt, eine verbeulte Limousine mit den Insignien der örtlichen Polizei und einer der grauen Geländewagen, wie die Öffentliche Sicherheit sie bevorzugte. Das Stadtzentrum schien völlig verlassen zu sein; auf dem kleinen verstaubten Platz stand lediglich eine der Fiberglasstatuen des Großen Steuermanns, die man derzeit überall in Tibet errichtete. Shan fragte sich, wieso hier eine so unnatürliche Stimmung herrschte. Nirgendwo waren Kinder zu sehen. Der einzige Besucher des Parks war ein einsamer Hund, der dasaß und die Statue anstarrte.

Shan verlangsamte auf Schrittgeschwindigkeit und parkte vor dem letzten Häuserblock. Er hatte sich gerade zu Fuß auf den Rückweg zum Platz gemacht, als ihm eine Menschenansammlung auf dem Feld hinter den Häusern auffiel. Unter einem langen Blechdach, das ohne Seitenwände auf Pfeilern aus Betonziegeln ruhte, wurden Schafe und Yaks gehandelt. Ein Dutzend tibetische Verkäufer hatte neben dem Pavillon Decken im Gras ausgebreitet und bot Waren an. Auf der anderen Seite des Feldes stand ein verwitterter Stall aus Steinen und Holzbalken – das einzige noch existierende Gebäude der alten Höfe.

Shan schlenderte am Rand der Menge entlang und musterte die Tibeter auf diesem behelfsmäßigen Markt. Eine alte Frau mit einem Gesicht wie runzliges Leder verkaufte Nudelsuppe. Ein fast zahnloser Mann in einer zerlumpten Jacke bot Yakbutter in alten Konservendosen an, sowie zweieinhalb Zentimeter große, aus Ton modellierte Gottheiten. Shan kaufte etwas Weihrauch und zwei der kleinen Gottheiten, dann lehnte er sich an einen der Pfeiler des Pavillons und ließ den Blick in die Runde schweifen. Auf einer der Decken saß eine Frau mit einem breitkrempigen Hut und hatte lange Spulen gesponnener Wolle im Angebot. In dem Moment tauchte neben ihr aus der Menge ein Mann mit struppigem Haar und schmutziger Fellweste auf und führte ein junges Mutterschaf zum Stall. Shan zog sich schnell zurück und umrundete das Gebäude.

Er wartete, bis der Hirte das Tier in der hinteren Box angebunden hatte, trat dann aus dem Schatten vor und blockierte den Eingang. »Du hinkst nicht mehr so stark wie beim letzten Mal«, stellte er beiläufig fest.

Die Augen des Hirten weiteten sich überrascht. Er schaute zu der quadratischen Fensteröffnung in der Wand, als wolle er die Flucht ergreifen.

»Jamyang hatte noch andere Artefakte. Ein Jadesiegel. Einige mit Edelsteinen besetzte Figuren«, sagte Shan. »Aber du hast sie dagelassen und diese schweren Tafeln geschultert. Warum?«

»Schwarzmarkt«, sagte der Mann mit gesenktem Blick. »Touristen kaufen solches Zeug.«

»Die Touristen in Tibet wollen tibetische Dinge«, widersprach Shan. »Kleine Gegenstände, die im Koffer verstaut werden können.«

Der Mann zuckte die Achseln. »Manche Außenseiter brauchen andere Sachen. Lebensmittelkonserven. Decken.«

Shan war verwirrt. Außenseiter. Ausländern war der Besuch des Bezirks Lhadrung strengstens untersagt. »Wie heißt du?«

Der Hirte machte einen Schritt zur Seite, als überlege er sich, an Shan vorbeizurennen. »Ich bin ein ehrbarer Bürger.«

»Ich kann auch auf den Markt gehen«, sagte Shan. »Nach fünf Minuten weiß ich deinen Namen. Und alle anderen werden dann wissen, dass jemand von den Behörden nach dir sucht.«

Die Augen des Mannes verengten sich. Er wirkte wie ein in die Enge getriebener Wolf.

»Tenzin Gyalo«, sagte er.

»Nein. Du bist nicht der Dalai Lama.« Shan kam einen Schritt näher. »Du bist ein Hirte, der von der Herde abgekommen ist.«

Die Worte schienen den Mann für einen Moment aus dem Konzept zu bringen. Er sah zu den Tieren in der Box und wirkte dabei regelrecht wehmütig. »An den Markttagen helfe ich manchmal aus. Es ist gut, wieder mit den Tieren zu arbeiten.« Er machte unterdessen noch einen Schritt zur Seite, täuschte nach links an und lief dann rechts an Shan vorbei.

Als Shan herumwirbelte und die Verfolgung aufnehmen wollte, steckte jemand dem Mann einen Schaufelstiel zwischen die Beine. Der Hirte strauchelte und fiel bäuchlings zu Boden. Er sprang flink wieder auf, aber genauso flink packte eine Hand ihn am Kragen und stieß ihn mit Schwung zurück in den Stall.

»Du kannst entweder hier kooperieren oder in meiner Arrestzelle«, ertönte eine ruhige Stimme.

Shans Kehle wurde schlagartig trocken, denn ein uniformierter Kriecher betrat den Stall. Er schaute selbst instinktiv zum Fenster und wollte fliehen, aber dann erkannte er die Frau. Es war die Offizierin, mit der er im Kloster gesprochen hatte. Sie ging auf den Hirten zu und griff nach den Handschellen an ihrem Gürtel.

»Jigten«, sagte der Mann erschrocken. »Ich heiße Jigten.«

Die Frau streckte den Arm aus, mit der Handfläche nach oben. Der Mann öffnete den Knopf seiner Hemdtasche und holte seine Ausweiskarte hervor.

»Gefällt dir dein neues Zuhause im Umsiedlungslager, Jigten Somala?«, fragte die Offizierin, während sie die Karte las.

»Das Volk des Mutterlandes ist sehr großzügig«, murmelte er. Jeder Tibeter, den Shan kannte, hatte Sätze für die Begegnung mit einem Behördenvertreter einstudiert.

»Du brauchst dir die Hände nicht mit all den Tieren schmutzig zu machen«, sagte die Frau. »Du hast jetzt sogar Strom.«

»Wir streben danach, die Güte des Volkes zu vergelten«, deklamierte Jigten.

»Strom. Freie Kost. Freie Unterbringung. Ein Paradies auf Erden.«

Shan sah sie an. Es kam ihm fast so vor, als hätte auch sie ihren Text eingeübt.

»Ein Paradies auf Erden«, wiederholte Jigten.

»Du wolltest gerade auf Genosse …« Sie sah Shan erwartungsvoll an.

»Shan.«

»Du wolltest soeben auf Genosse Shans Fragen antworten«, fuhr sie fort.

Als Jigten wieder Shan ansah, lag Angst in seinem Blick. Früher hatten die Leute in Tibet dämonische Gottheiten gefürchtet, deren leichteste Berührung sie vernichten konnte. Im einundzwanzigsten Jahrhundert waren die Dämonen zurückgekehrt, nun in den grauen Uniformen der Öffentlichen Sicherheit.

Die Offizierin lächelte Shan verschwörerisch zu und zog sich dann wieder nach draußen zurück. Jigten ließ sich auf einen Melkschemel sinken. »Die geben uns in dem Lager kein Geld, bloß ein wenig zu essen. Und schlafen müssen wir in diesen verdammten Kästen, die sie Häuser nennen.«

»Du bist nicht aus Baiyun?«, fragte Shan.

»Das ist nur für chinesische Pioniere.« Er deutete auf eine flache Kammlinie jenseits der Stadt. Shan sah dahinter mehrere dünne Rauchfahnen aufsteigen, wie von fernen Lagerfeuern. »Es wurden hundert Nomaden aus der Changtang hierher verfrachtet, fast unser ganzer Clan. Die Chinesen lehren uns, was es heißt, zivilisiert zu sein.«

Shan erschauderte. Eine von Pekings neuesten Kampagnen beinhaltete die Vertreibung der *dropkas* von der Changtang-Hochebene, einer riesigen Graslandschaft, die sich über den größten Teil von Zentraltibet erstreckte. Die nomadischen Hirten wurden stattdessen in Lager gesteckt. Shan hätte Jigten am liebsten zum Fenster hinausgeholfen und wäre ihm gefolgt. Doch die Offizierin war bestimmt noch dort draußen. »Das erklärt, warum du gestohlen hast«, flüsterte er. »Aber ich habe dich nach diesen Tafeln gefragt.«

Jigten hob eine Handvoll Wolle vom Erdboden auf. Es war gerade die Zeit der Schafschur. Als er sich die Wolle an die Nase drückte, nahm sein Gesicht einen wehmütigen Ausdruck an.

»Das hier ist eine Stadt der Professoren«, erklärte Jigten. »Die mögen alte Dinge, vor allem alte chinesische Dinge. Sie sprechen von toten Kaisern, als wären das ihre alten Freunde. Manchmal haben sie Medizin, die ich eintauschen kann. Das ist alles, was ich will. Medizin. In unserem Lager wird uns richtige Medizin verweigert. Es gibt hier einen Professor mit einem Brillengestell aus Metall. Seine Tochter leidet an einer Lungenkrankheit. Manchmal hat er Extramedizin. Diese Tafeln hätten für mindestens einen Wochenvorrat gereicht.« Er schien Shans Zögern zu spüren und merkte auch, dass Shan besorgt zum Eingang schaute. Jigten stand auf und ging einen Schritt auf das Fenster zu, dann noch einen.

»Hat Jamyang diese Professoren gekannt?«, fragte Shan.

»Jamyang war ein Geist«, sagte Jigten und machte einen weiteren Schritt. »Geister kann man eigentlich nicht richtig kennen. Und man kann sie auch nicht richtig bestehlen.« Er legte eine Hand auf das Fensterbrett, wartete ab, ob Shan ihn aufhalten würde, und stieg dann nach draußen.

Shan blickte dem unglücklichen, hinkenden Hirten hinterher und sah, wie er wieder in der Menge am Marktplatz verschwand.

»Interessante Technik«, erklang eine belustigte Stimme hinter ihm. »Davon habe ich mal in einem Seminar gehört. Der Jo-Jo-Stil. Wickel sie ein, und mach ihnen gehörige Angst. Wenn sie schon gar nicht mehr damit rechnen, lass sie gehen. Wenn du sie dann wieder einholst, sobald es wirklich darauf ankommt, werden sie dich förmlich anflehen, dir zu Diensten sein zu dürfen.«

Als Shan sich zu der Kriecher-Offizierin umdrehte, holte

sie aus ihrer Tasche eine Tüte gesalzene Sonnenblumenkerne hervor, bot Shan davon an und bedeutete ihm dann, er möge draußen auf der Bank vor dem Stall Platz nehmen.

Er warf einen langen verstohlenen Blick auf die Frau, während sie sich neben ihn setzte. Sie gehörte der Öffentlichen Sicherheit vermutlich schon seit Jahren an, aber sie hatte weder die gereizte Miene noch die frostigen Augen der meisten Kriecher-Offiziere, die Shan gekannt hatte. Ihr Gesicht wirkte unerwartet weich, und in ihrem Blick lag intelligente Neugier. An einem anderen Ort, nicht in Uniform, mit dem Haar offen über den hohen Wangenknochen wäre sie attraktiv gewesen.

Doch ihre Reflexe waren die eines Kriechers. »Ich werde mich bemühen, ihn demnächst wegen irgendwas festzunehmen«, sagte sie beiläufig und musterte die Menschenmenge. »Ich stecke ihn für eine Nacht in die Arrestzelle. Wenn ich ihn dann wieder auf freien Fuß setze, werde ich behaupten, es geschehe Ihnen zuliebe. Ein Gefallen für den Genossen Shan.«

Er hielt ihrem ruhigen Blick stand, als er sich ein paar Sonnenblumenkerne nahm, und hoffte, sie würde ihm die Angst nicht anmerken. In Tibet wimmelte es von chinesischen Spionen. Die Frau hielt ihn für irgendeinen Geheimagenten, der ein Netzwerk aus Informanten aufbaute.

»Wem habe ich das alles zu verdanken?«, fragte er.

»Leutnant Meng Limei. Ich bin die örtliche Verbindungsoffizierin der Öffentlichen Sicherheit«, sagte sie und beobachtete dann weiter den Markt. Shan stellte erschrocken fest, dass zwei Fahrzeuge der Öffentlichen Sicherheit eingetroffen waren und zu beiden Seiten des Marktes parkten. In diesem Moment hielt auf der Straße ein Mannschaftstransporter der Bewaffneten Volkspolizei. »In der Zentrale des Büros heißt es immer, man könne die Traditionalisten nur aus ihren Löchern locken, indem man unsere Einsatzgruppen die Berge durchkämmen lässt. Dann ist Major Liang hier eingetroffen. Geht doch nicht so plump vor, hat er gesagt. Habt ihr denn noch nie davon gehört, dass man zunächst die Blumen blühen lässt?«

Das war eine von Maos berüchtigtsten Kampagnen gewesen. *Lasst hundert Blumen blühen.* Mao hatte den Intellektuellen und anderen Bürgerrechtlern zugesichert, sie dürften die Regierung ungestraft kritisieren. Er hatte sie sogar ermutigt, sich zu Protestversammlungen zu treffen und demokratische Parolen an die Wände zu malen. Die Öffentliche Sicherheit nutzte die Zeit, um die Teilnehmer insgeheim zu fotografieren und identifizieren. Dann schlug sie zu und verhaftete Tausende.

»Bringt sie dazu, von selbst herunterzukommen, hat Liang gesagt«, fuhr sie fort. »Gebt ihnen die Möglichkeit, ihre überlieferten Bräuche zu pflegen. Kündigt irgendeine Art von tibetischem Fest an, hat er vorgeschlagen. Ich habe zu ihm gesagt, dass dieser Markt bereits jede Woche einen großen Teil der einheimischen Bevölkerung anlockt.«

Shan ließ den Blick über die versammelten Tibeter schweifen und rief sich ins Gedächtnis, dass die Razzien, mit denen er nach den Morden gerechnet hatte, noch nicht angelaufen waren. Ein alter Mann mit funkelnden Augen saß mit einem Brett über den Beinen da, schrieb kurze Gebete auf und verteilte sie an die Passanten. Ein kleines Mädchen kreischte vor Vergnügen, als ein anderer Mann es mit ausgestreckten Fingern an den Schläfen wie ein wilder Yak verfolgte. »Das hier sind aber nur die Frühblüher«, sagte er, während ihm fast das Herz stehen blieb. »Wenn Sie die festnehmen, werden Ihre eigentlichen Zielpersonen sich dermaßen tief eingraben, dass Sie Jahre brauchen werden, um sie aufzuspüren.«

Leutnant Meng musterte ihn. »Sie wissen mehr über die hiesigen Tibeter, als Sie sagen.«

»Und Sie wissen mehr über die Morde im Kloster, als Sie sagen.«

Meng kaute auf ihren Sonnenblumenkernen. »Der Fall wird von unserem auswärtigen Spezialisten geleitet. Major Liang ist dafür zuständig.« Shan wusste, was das hieß: Liang war ein hochrangiger Sonderbevollmächtigter aus Lhasa oder sogar Peking. »Als leitende Offizierin vor Ort leiste ich ihm lediglich Unterstützung.«

»Sie meinen, Ihre Hauptaufgabe ist die Befriedung.«

Sie widersprach nicht. »Es gab ein neues Memo. Wir sollen es ab jetzt Assimilierung nennen. Wir umarmen die einheimische Bevölkerung mit dem offenen Herzen des chinesischen Mutterlandes.« Sie sprach die Worte mit hochgezogenen Augenbrauen. Einen Moment lang glaubte Shan, in ihrer Stimme Sarkasmus mitschwingen zu hören.

»Liangs Lösung wird irgendeinen Politoffizier zweifellos stolz machen«, behauptete Shan. »Er klärt einen Mord auf, indem er eine Granate in eine Menschenmenge wirft.«

»Ich bin mir nicht sicher, dass ich Ihnen folgen kann.«

Shan beobachtete mit dunkler Vorahnung, wie die kräftigen chinesischen Männer in Zivil rund um den Markt Aufstellung nahmen. »Peking erwartet kühne Reaktionen auf Morde. In Tibet ist das immer einfach. Man treibt zwei Dutzend Tibeter zusammen, nimmt einige bei Verhören in die Mangel und presst ihnen irgendwelche Anschuldigungen ab. Sobald man genügend Aussagen gesammelt hat, verhaftet man einen Dissidenten und erklärt den Fall auf einer Pressekonferenz für abgeschlossen, gefolgt von einem Artikel in der *Lhasa Times*, der vor der anhaltenden Gefahr durch Revisionisten warnt. Das mag in Peking gut klingen, aber es hält keinen Mörder auf. Es wird Ihre Aufgabe hundertmal schwieriger machen, Leutnant.«

Meng runzelte die Stirn. »Die Tatortfotos haben in Peking zu heftigen Wutausbrüchen geführt. Eine chinesische Flagge aus roter Farbe und Blut. Zwei tote Chinesen, deren Stiefel auf irgendeiner Bäuerin liegen. Selbstverständlich steckt ein Dissident dahinter.«

»Sie meinen, Peking will, dass ein Dissident dahintersteckt. Und macht sich dadurch zur Marionette des Mörders. Sie sind für die örtliche Assimilierung zuständig. Von Peking gesandte Sonderbevollmächtigte kommen und gehen. Sie werden danach immer noch hier sein. Sie werden zulassen, dass diese Leute alles hier um Jahre zurückwerfen. Und damit auch Ihre Karriere.«

Sie ließ die Tüte Sonnenblumenkerne sinken. »Ich höre.«

»Die haben es noch nicht durchdacht, aber das ist nur eine Frage der Zeit. Es wird anfangen wie eine kleine Glocke, die irgendwo in einem langen Tunnel erklingt. Bei einem Fall wie diesem könnte es Wochen dauern, bis jemand auch nur anhält, um hinzuhören. Doch dann wird man sie hören. Und am Ende wird der Klöppel der Glocke sich wie ein Hammer anfühlen, der auf die Köpfe mancher der Beteiligten niedersaust.«

Meng war skeptisch. »Sprechen Sie immer in Rätseln?«

»Die Wahrheit wird zurückkommen und Sie heimsuchen. Ganz gleich, welches Etikett man dem Fall nach außen hin verpasst, Peking wird letztlich begreifen, dass dies kein Akt des politischen Widerstands gewesen sein kann. Es war viel zu brachial, zu unauffällig, zu simpel.«

»Das hier sind einfache Leute.«

»Einfach. Aber nicht einfältig. Wahllos ein paar Aufwiegler zu verhaften, mag sich heute gut anfühlen, doch schlussendlich wird Peking es als Auslöser eines größeren Problems betrachten. In der Partei macht ein neuer Begriff die Runde. Ziviler Ungehorsam mit physischen Manifestationen. Die Art von Problem, die sich nur noch mit einem Bataillon Soldaten lösen lässt. Oberst Tan ist der Leiter dieses Bezirks. Es werden seine Truppen sein, angeführt von ihm persönlich. Kennen Sie ihn?«

»Tan der Schmiedehammer. Er löffelt Patronen zum Frühstück.«

»Wenn er kommt, wird es ihn nicht kümmern, ob Sie Chinesin sind oder eine Uniform tragen. Falls Sie seiner Maschine im Weg stehen, wird er Sie einfach überrollen.«

Meng sah ihn an, als würde sie Shan zum ersten Mal erblicken. »Sie sprechen wie jemand, der sich mit den Gepflogenheiten in Peking gut auskennt.«

»Ich habe fünfundzwanzig Jahre an der Seite derer verbracht, die diese Gepflogenheiten etablieren.«

Diese Neuigkeit schien Meng zu beunruhigen. »Alles, was ich tue, geschieht in Übereinstimmung mit den Vorgaben aus Peking«, versicherte sie eilig.

»Die Vorgaben aus Peking sind absichtlich nur vage formuliert. Damit man der Leiterin eines entlegenen Zuständigkeitsbereiches, die sich darauf beruft, später vorwerfen kann, sie habe die Vorgaben falsch ausgelegt oder sogar missachtet.« Er schaute zu den fernen Bergen. Lokesh war dort oben. Er musste für Lokeshs Sicherheit sorgen – und für die Sicherheit von Jamyangs geheimer Existenz. Er wies auf den Markt. »Natürlich können Sie diese Leute heute zusammentreiben. Aber das wird bloß die Lunte entzünden. Es dauert Wochen, bis das Pulverfass explodiert und die Unvernunft der Aktion offensichtlich wird. Dann folgen weitere Wochen voller Besprechungen oder sogar geheimer Anhörungen. Ich habe früher die Texte solcher Anhörungen vorbereitet. Am Ende ist es immer der Fehler des Offiziers vor Ort. Der Leiter vor Ort hätte es stets besser wissen müssen.« Shan sprach leise und ruhig. »Sie werden eine politische Umschulung benötigen, Leutnant Meng, in einem dieser großen Institute im Osten. Dort leben Sie dann in einem Wohnheim, rezitieren jeden Tag stundenlang die Schriften der Partei, bringen weitere Stunden in Kritiksitzungen zu und müssen ständig damit rechnen, selbst zum Thema der nächsten Sitzung bestimmt zu werden. Man wird von Ihnen erwarten, dass Sie sich freiwillig zu einer dieser patriotischen Brigaden melden, die bei Paraden Fahnen schwenken. Manch einer findet das recht erfrischend. Als würde man einen ausgedehnten Urlaub mit dem Großen Steuermann verbringen.«

Sie erwiderte seinen festen Blick mit regloser Miene und wandte sich dann ab, um abermals die Tibeter zu betrachten. Er war sich nicht sicher, ob er ihr wirklich Angst eingejagt oder nur ihre Neugier geweckt hatte.

»Ich brauche mehr«, sagte sie schließlich. »Ich muss der Zentrale einen Grund liefern, damit die ihre Befehle ändern.«

Shan zeigte in Richtung der Tibeter. »Auf dem Markt wird die Wahrheit gesprochen. Sie erledigen Ihren Auftrag, halten ständig die Ohren nach neuen Informationen offen. Sie haben ein Gerücht gehört. Die Leute wissen von der toten Frau.«

»Was denn? Wer auch immer sie ist, sie war allein. Niemand hat sie vermisst gemeldet. Niemand hat sich nach ihrem Leichnam erkundigt.«

Shan sah sie kurz an. »Wurde Ihnen das nicht mitgeteilt? Die Frau war eine Nonne.«

Mengs Hand zerdrückte die Tüte Sonnenblumenkerne. Ihr Gesicht umwölkte sich.

»Erklären Sie, dass das die gesamte Deutung des Tatorts ändert«, sagte Shan. »Die Flagge, die Stiefel auf der Frau, die Mütze über ihrem kurzen Haar – das alles war eine Pose für die Polizeifotografen, eine List des Täters, um den Verdacht auf einen Dissidenten zu lenken. Sie haben das durchschaut, weil kein Dissident eine Nonne töten würde.«

Nach einem langen Moment stand sie auf und ging mehrere Schritte, bevor sie das kleine Funkgerät von ihrem Gürtel nahm. Der Transporter der Bewaffneten Volkspolizei, der noch immer auf der Straße wartete, fuhr weg. Die Männer in Zivil zogen sich zu den grauen Fahrzeugen zurück.

Die Offizierin wartete, bis alle abgerückt waren. Dann drehte sie sich wieder zu Shan um. »Gut. Ich habe getan, worum Sie gebeten haben. Das wird mich einige unerfreuliche Stunden in der Zentrale kosten.«

Shan hörte ihren erwartungsvollen Tonfall und neigte den Kopf. »Ist dies eine Verhandlung, Leutnant?«

»Aber selbstverständlich«, erwiderte sie schroff. »Norden. Süden. Westen. Fehlt nur noch Nummer vier. Ich habe die Gebetshörner gehört, die uns von hoch oben verspotten. In der Nacht nach den Morden ging das schon wieder los.«

»Jetzt sind Sie es, die in Rätseln spricht.«

»Sie werden mir von diesem Lama erzählen, der wie ein verfluchter Bandit in den Hügeln umherschleicht.«

KAPITEL VIER

Als Shan nicht reagierte, drehte Meng sich um und zeigte die staubige Straße hinunter in Richtung des Stadtzentrums. Sie gingen schweigend los, vorbei an einer weiteren Tankstelle, vorbei an einem Postamt, das in einem Fertighaus untergebracht war, und dann in das kleine Gebäude, das Baiyuns größtes Lebensmittelgeschäft zu sein schien. Am Eingang saß einer der tibetischen Polizisten. Eine matronenhafte Verkäuferin am Tresen sah sie und floh nach hinten in einen Korridor.

Meng führte Shan in ebendiesen Gang und weiter ins Warenlager. Eine Tür, die nach draußen führte, stand ein Stück offen. Die Verkäuferin war nicht nur vom Tresen, sondern gleich aus dem Gebäude geflohen. Meng öffnete die schwere Metalltür des Kühlraums und winkte Shan hinein.

Das frischeste Fleisch lag ausgestreckt auf drei langen Tischen. Die gefrorenen Hühner hatte man im Hintergrund der Metallkammer einfach auf einen Haufen geworfen. Zwei der Tische standen an den Wänden, und der dritte nahm so viel Platz in der Mitte ein, dass Shan sich kaum durch die verbleibende Lücke zwängen konnte. Man hatte die Leichen mit Tüchern abgedeckt. Auf einem Klebeband um ihre Daumen war die jeweilige Position am Tatort vermerkt. Bei, Nan, Xi. Norden, Süden, Westen.

»Die sollten in der Rechtsmedizin liegen«, sagte Shan beunruhigt.

»Machen Sie sich nicht lächerlich. Das nächste Institut mit entsprechendem Labor befindet sich Hunderte von Kilometern entfernt. Man würde eine so wertvolle Einrichtung niemals an ein« – die Offizierin suchte nach dem passenden Wort – »lokales Verbrechen verschwenden.«

Shan sah sie durchdringend an. Sie befanden sich nun beide auf gefährlichem Terrain. »Ich glaube, Leutnant, wir sind hier, weil Sie wissen, dass es sich keineswegs um irgendein lokales Verbrechen handelt. Weil Sie wissen, was es mit Sonderbevollmächtigten auf sich hat, die von weit her geschickt werden: dass deren Priorität nämlich nicht die Suche nach der Wahrheit, sondern nach einer politisch verträglichen Lösung ist. Aber kann es sein, dass Sie sich tatsächlich für die Wahrheit interessieren?«

Meng ignorierte die Frage. »Nan und Xi sind an anderen Stellen gestorben und wurden zu dem *chorten* geschleift. Sie hatten recht. Die Frau Xi wurde an der Mauer erschossen, aus der wir übrigens ein Neun-Millimeter-Projektil geborgen haben. Bei wurde erst zum *chorten* gezerrt und dort erschossen. Er ist verblutet. Der Mann Nan hatte ein leeres Holster, aber wir haben keine Pistole gefunden. Er wurde an der Ecke eines Gebäudes am vorderen Tor angegriffen. Sein Blut ist an die Wand gespritzt und hat am Boden eine Pfütze hinterlassen.«

Shan starrte unterdessen den Leichnam der Frau an. Auf dem Tuch, das sie bedeckte, lag ein Zweig Heidekraut. »Wer war hier?«

»Niemand«, sagte Meng. »Wir bewachen den Laden.« Sie wischte den Zweig vom Tisch.

Shan sah sie an. Sie meinte, die Polizei bewachte den Laden. Ihre tibetischen Beamten.

»Ich habe Sie nach diesem Lama gefragt«, drängte Meng.

Shan hielt ihrem Blick stand. »Lamas begehen keine Morde.«

Die Offizierin runzelte die Stirn und trat dann an die Seite des mit Bei bezeichneten Leichnams. Das war der Gesichtslose. »Am ersten Abend, an dem die Toten hier lagen, ist Liang mit einem Arzt hergekommen. Soweit es den Major betrifft, habe ich als örtliche Verbindungsoffizierin seine Begleitung zu spielen und ihm die Einheimischen vom Hals zu halten. Der Arzt hat sich nur für Bei interessiert. Liang ist hiergeblieben und hat mir befohlen, in meinem Büro einen Bericht über die hiesige politische Lage für ihn zu verfassen. Am Morgen bin ich hierher zurückgekommen. Der Ladenbesitzer hatte schreckliche Angst und hat nichts gesagt. Ich habe das hier gefunden.« Sie hob das Tuch über dem nackten Oberschenkel des Mannes an. Seine Haut war bleicher als die der anderen. Es gab einen zwanzig Zentimeter langen, frisch vernähten Einschnitt.

Shan beugte sich darüber. Da war keine Schwellung, keine Blutergüsse, kein Schorf. Er deutete auf eine kleine Gewebewulst unmittelbar oberhalb des Einschnitts. »Er hat das Bein des Mannes entlang einer alten Narbe geöffnet.«

Meng nickte wortlos.

Shan wurde misstrauisch, vermutete eine Falle. Ein Offizier der Kriecher konnte unmöglich so eigensinnig sein. Es war undenkbar, dass diese Frau versuchen würde, die Geheimnisse ihrer Vorgesetzten zu ergründen. Sie war nur ein Leutnant, hielt er sich vor Augen. Die meisten Offiziere ihres Alters hatten bereits einen höheren Rang erreicht. »Falls Sie diese Naht auftrennen würden, wäre das eine Insubordination«, folgerte Shan. »Also soll ich das übernehmen.«

In Mengs schmalem Lächeln lag Übermut, aber auch eine gewisse Nervosität, die Shan bisher noch nicht an ihr bemerkt hatte.

»Kennen Sie die Todeszeitpunkte?«, fragte er und nahm ein Messer von einem Wandgestell.

»Natürlich. Irgendwann letzte Woche, plus-minus ein Tag. Ich bewundere Ihren Glauben an unsere Fähigkeiten. Wir verfügen über die persönliche Habe, zwei Patronenhülsen und eine Holzfälleraxt, die mit anderen Werkzeugen in der Nähe des vorderen Tors gelagert war und eventuell benutzt wurde, um Nans Kopf abzuschlagen. Es ist aber kein Blut darauf. Liang hat die Kugel, die wir aus der Mauer geholt haben. Wir sind uns ziemlich sicher, dass es sich bei den Opfern um zwei Männer und eine Frau handelt. Das, Genosse, ist das gesamte Ausmaß unserer forensischen Untersuchung.«

»Aber Liang kann auf Hilfsmittel zurückgreifen, hat Zugang zu Laboren. Sie haben gesagt, er sei mit einem Arzt hergekommen.«

»Soweit ich weiß, geht der Major derzeit die Akten jedes einzelnen Bewohners von Baiyun durch.«

Der Einschnitt war tief, bis hinunter zum Knochen. Nur dass es kaum noch einen Knochen gab. Er war nach einem Trümmerbruch vor langer Zeit durch eine Prothese ersetzt worden. Shan fühlte, wie sich bei dem Anblick seine Brust zusammenzog.

»Das verstehe ich nicht«, sagte Meng, beugte sich über den Einschnitt und zog das Fleisch mit den Händen auseinander.

»Titan«, erklärte Shan. »Das wurde nicht in China gemacht.« Er ging zum Kopf des Mannes und öffnete dessen Mund. Man hatte ihm mindestens ein halbes Dutzend Zähne gezogen. »Wenn man genau genug hinsieht, erzählen Leichen von ihrer Herkunft.«

»Ein Ausländer!«, keuchte Meng.

Das änderte alles. Ihre Neugier wich schlagartig großer Angst. Meng nahm hektisch das Tuch und bedeckte den Leichnam. »Wir müssen weg von hier! Sofort!«

»Nein«, erwiderte Shan. »Sie gehen! Gehen Sie raus! Vergessen Sie, dass wir hier waren!« Er ging zu dem anderen Mann,

Nan, dem Chinesen, dem beinahe der Kopf abgetrennt worden war.

»Der nicht!«, sagte Meng. »Das hat keinen Zweck.«

Shan schlug das Tuch zurück. Der Kopf des zweiten Mannes war provisorisch wieder angenäht worden. Trotzdem war der Mann klein, erkannte Shan. Klein und stämmig und von dunkler Hautfarbe.

Meng hielt an der Tür inne. »Major Liang wollte heute auch noch mal herkommen. Wenn er Sie hier bei einem ermordeten Ausländer antrifft, wird es keine Rolle spielen, für wen Sie arbeiten.«

»Umso mehr ein Grund, dass Sie von hier verschwinden sollten.«

Sie musterte ihn kühl, drehte sich dann um und ging ohne ein weiteres Wort. Eilig zog Shan das Tuch ganz von Nans Körper. Das Holster am Knöchel des Mannes war entfernt worden, genau wie alles andere. Shans Blick fiel auf den eintätowierten schwarzen Vogel auf Nans Unterarm. Der Mann hatte mit seiner teuren Kleidung wie ein wohlhabender Geschäftsmann gewirkt, womöglich sogar ein hoher Funktionär. Als Shan ihn nun wieder mit dem Tuch bedeckte, war er sich nicht mehr so sicher. Meng hatte ihn gekannt und ihn und seinen Tod auf seltsame Weise abgetan. Doch auch Jamyang hatte ihn gekannt und ihm einen Zettel mit einer Liste tibetischer Städte gegeben. Shan umrundete ihn langsam, hob seine Gliedmaßen an, untersuchte sogar sein langes schwarzes Haar und die Kopfhaut und roch dann an den schwarzen Ablagerungen unter seinen Fingernägeln. Motoröl.

Als er das Gebäude verließ, war Meng nirgendwo zu sehen. Das verschlafene kleine Baiyun erwachte am späten Nachmittag zum Leben. Lastwagen bogen von der einzigen asphaltierten Straße des Tals auf die Tankstelle ab. Von dem kleinen Teehaus wehte der Geruch von gedünstetem Reis und Zwiebeln herüber. Auf dem Platz saßen vier Chinesen, alle älter als Shan, jeweils zu zweit beim Damespiel zusammen. Er zog eine Zeitung aus einer Abfalltonne und ließ sich auf einer Bank nieder. Während er so tat, als würde er lesen, beobachtete er die Damespieler und die Gebäude hinter ihnen.

Baiyun in den entlegenen Bergen Zentraltibets hatte nichts Tibetisches an sich. Es war eine chinesische Stadt beziehungsweise die Vorstellung irgendeines fernen Bürokraten, wie eine chinesische Stadt in Tibet aussehen sollte. Weiße Wolke. Eine chinesische Pseudostadt in einer Pseudoprovinz von China. Jemand hatte versucht, am Rand des Parks Ginkgos und Platanen zu pflanzen, aber die Schösslinge waren fast alle eingegangen oder standen kurz davor. Die Parkbänke fielen auseinander; einige ihrer Bretter fehlten. Die Fiberglasstatue von Mao, die als Brennpunkt des Platzes gedacht war, hatte bereits sichtlich unter den starken Staubwinden gelitten, die häufig durch das Tal tosten. In den Warenlagern der Regierung standen zahllose dieser Statuen bereit, um die jahrhundertealten *chorten*-Schreine zu ersetzen, die einst zu jedem tibetischen Dorf gehört hatten. Die Parteiführung in Tibet hatte einen neuen politischen Lieblingsslogan erkoren: *Die Kommunistische Partei ist dein neuer Buddha.* Als Shan das zum ersten Mal gehört hatte, hatte er es tatsächlich für einen Witz gehalten. Doch inzwischen prangte der Spruch auf Wänden und Bannern in ganz Tibet, und die tibetischen Schulkinder mussten ihn wie ein militantes Mantra aufsagen.

Shan schaute wieder zu der Statue. Die einzige tibetische Inschrift, die ihm in ganz Baiyun aufgefallen war, stand dort an der Oberkante des Sockels. *Gelobt sei der Große Führer, dem wir unser Leben und unseren Wohlstand verdanken.*

Er musterte geistesabwesend die Worte und zwang sich, an die schaurige Szene im Kühlraum des Ladens zurückzudenken. Liangs besonderer Arzt hatte Beis Bein geöffnet und ihm mehrere Zähne gezogen. Die Männer hatten in ihm einen Ausländer vermutet, aber im modernen China waren gepflegte Zähne kein verlässlicher Beleg für eine ausländische Herkunft mehr. Der Titanstab lieferte jedoch einen stichhaltigen Beweis. Sie hatten die Narbe vernäht und ihm dann obendrein die Zähne gezogen. Shan blickte auf und suchte abermals die Straßen ab. Diese Pionierstadt kam ihm immer noch unnatürlich vor, und zwar nicht bloß weil sie eine von Pekings standardisierten Fertigbausiedlungen war.

Er klemmte sich die zusammengefaltete Zeitung unter den Arm, schlenderte um den Platz und setzte sich wieder, diesmal näher bei den Damespielern, die ihre Bretter auf umgedrehten Kisten aufgebaut hatten. Und erneut nahm er den Park und die vom Wind geplagten bescheidenen Häuser in Augenschein. Auf der Rückseite des Sockels stand ein weiterer Wahlspruch, diesmal auf Chinesisch. Er war kaum noch leserlich, obwohl die Statue wahrscheinlich nicht älter als ein Jahr war. Shan stand auf und versuchte, die Worte zu entziffern. Sie waren sehr sauber und mit überaus leichter Hand geschrieben, um den Anschein einer offiziellen, aber verblassten Aufschrift zu erwecken. Doch das war kein offizieller Slogan. *Die wahren Herrscher sind die, deren Existenz kaum bekannt ist.*

Shan starrte die Worte ungläubig an und las sie noch einmal. Das war die erste Zeile von Kapitel siebzehn des Tao-te-king, verfasst vor mehr als zweitausend Jahren. Dort wurde ausgeführt, dass die besten Herrscher die seien, die für ihre Untertanen kaum in Erscheinung traten, und die schlimmsten diejenigen, die sich in das tägliche Leben einmischten. Worte wie diese wurden von Peking nicht geduldet, es waren die Worte von Dissidenten, wenngleich nicht tibetischen Ursprungs.

Als er sich wieder zu den Damespielern umdrehte, kam es ihm so vor, als hätten sie ihn alle beobachtet. Langsam ging er zwischen ihnen umher. Merkwürdigerweise hatte jeder der Männer ein Buch dabei. Ein Buch über europäische Geschichte, in Englisch. Ein Buch über die Knochenorakel des frühen China. Ein Buch über Zeremonien der letzten Dynastie. Drei der vier Spieler blickten kurz auf und nickten Shan beiläufig zu. Der Vierte hingegen, ein älterer, kultiviert wirkender Herr mit einem grauen Pullunder und einer Brille mit Metallgestell, schien sorgfältig darauf bedacht zu sein, Shan nicht zur Kenntnis zu nehmen. Auf seinem Schoß lag ein Buch mit Gedichten der Sung-Dynastie.

Shan ging weiter, blieb unter einem der Bäume stehen und schaute zurück. In Baiyun gebe es Professoren, hatte Jigten erklärt. Er hatte Jamyangs Geistertafeln an einen Professor verkaufen wollen. Ein junger Mann mit einem Sack Reis auf der Schulter kam vorbei. Er war von gedrungener Statur, seine Haut war fast olivfarben. Die meisten der Stadtbewohner waren hochgewachsen, mit langen, markanten Gesichtern – sie stammten aus dem fernen Nordosten, der Mandschurei. Dieser Mann sah nach Chinas tropischem Südwesten aus, nicht weit von den Stämmen des Regenwalds. Er bog nun in eine Gasse ein. Auch der tätowierte Tote hatte so ausgesehen.

Shan blickte wieder zu den Männern auf dem Platz und versuchte zu begreifen, weshalb er sich so unbehaglich fühlte. Er verspürte so stark wie noch nie den Drang zu fliehen, Lokesh zu finden und in Sicherheit zu bringen. Doch er empfand auch immer mehr das Bedürfnis, diese seltsame, unwirkliche Stadt mit drei Leichen im Kühlraum zu verstehen.

Ein Schmerzensschrei ließ ihn zusammenzucken. Aus der Gasse erklangen leise, hastige Stimmen. Eine Frau stieß einen Fluch aus und keuchte dann auf. Gestalten rannten weg, verschwanden zwischen den Gebäuden.

Als Shan sie erreichte, kniete Meng am Boden und übergab sich.

»Es geht mir gut!«, knurrte sie, als Shan ihr eine Hand auf die Schulter legte.

»Das tut es nicht«, widersprach er. »Sie wurden angegriffen. Ich sollte einen Arzt holen.« Er suchte flink die Umgebung ab. Um die Frau lagen Reiskörner verstreut, der zugehörige Sack ein Stück weiter. Shan sah sich argwöhnisch um. Jemand im Schatten machte kehrt und lief weg, als Shan einen Schritt auf ihn zukam.

»Kein Arzt!«, befahl Meng. Sie beugte sich vor und schüttelte sich den Reis aus den Haaren. Dann stützte sie sich an der Hauswand ab und stand mit einiger Mühe auf. Sie griff sich an die Oberlippe. Aus ihrer Nase tropfte Blut. »Ich bekomme leicht Nasenbluten«, sagte sie. »Sie wissen schon, wegen der Höhe.«

»Sie wurden soeben angegriffen, Leutnant.« Er reichte Meng ihre Mütze. »Eine Offizierin der Öffentlichen Sicherheit wurde angegriffen.«

»Unsinn. Wir … sind zusammengestoßen«, sagte Meng mit schwacher Stimme. »Ich habe nicht aufgepasst.«

Shan schaute die Gasse entlang und hinaus auf den Platz. »Sie haben mich beobachtet. Sie sind mir gefolgt.«

»Ich bemühe mich, von Älteren zu lernen. Wie ich schon sagte, Sie kennen sich mit Pekings Gepflogenheiten gut aus.«

Er starrte sie an. Je mehr er mit Meng zu tun hatte, desto mehr war sie ihm ein Rätsel. Eigentlich hätte sie ihr Funkgerät zücken und eine stadtweite Fahndung anordnen müssen. Wer die Hand gegen einen Offizier der Kriecher erhob, kam für Jahre ins Gefängnis. Shan grübelte über ihre Worte nach. Welche von Pekings Gepflogenheiten machten ihr denn Sorgen?

»Sie wissen, wer das war«, stellte er fest. »Und Sie wissen auch, wer dieser andere Mann ist. Den man als Süden etikettiert hat. Seine Tätowierung sieht wie das Symbol einer Bande aus.«

Meng zog eine Serviette aus der Tasche und hielt sie sich unter die Nase. »Die bezeichnen sich eher als eine Art Geselligkeitsverein. Sie nennen sich die Jadekrähen, eine Gruppe unerwünschter Elemente aus Yunnan. Jemand dort hat beschlossen, sie lieber nach Tibet als hinter Gitter zu verfrachten.«

»Sie wollen sagen, die haben irgendeinen Gerichtsbeamten bestochen.«

Meng tat so, als hätte sie es nicht gehört. »Das gehört zum Prinzip der Pionierstädte. Mische die Bevölkerungsgruppen. Lass nicht zu, dass eine die Überhand gewinnt.«

»Es deutet aber alles darauf hin, dass sie die Stadt bereits übernommen haben, Leutnant. Ihre Stadt.« In der Gasse wurden Schritte laut. Shan drehte sich um. Die tibetischen Polizisten rannten auf sie zu.

Meng schien etwas einwenden zu wollen, sah dann aber ihre blutige Serviette an. »Es ist schon spät. Ich habe noch eine lange Fahrt zur Zentrale vor mir«, sagte sie, wandte sich ab und verschwand um die Ecke des Gebäudes.

Zentrale. Sie meinte die Gebietszentrale der Öffentlichen Sicherheit, dreißig Kilometer nördlich der Grenze des Bezirks Lhadrung. Shan rief sich ins Gedächtnis, dass sie nicht Liang unterstellt war, sondern anderen Offizieren, die die Befriedung als Mengs Hauptaufgabe festgelegt hatten. Er war versucht, ihr zu folgen, aber dann wäre er vollkommen schutzlos gewesen. Außerhalb von Lhadrung war er ein Niemand, ein ehemaliger Strafgefangener, der gegen die Vorschrift verstoßen hatte, den ihm zugewiesenen Bezirk nicht zu verlassen.

Er schaute zurück zum Platz. Die Damespieler waren alle verschwunden.

***

Der Aufsichtsbeamte für die Gräben des nördlichen Abschnitts des Bezirks Lhadrung kam viel herum. Shan war für ein Gebiet von etwa zweitausendfünfhundert Quadratkilometern zuständig. Sein erster jährlicher Rechenschaftsbericht für die Bezirksverwaltung hatte zweihundertfünfundzwanzig Abzugskanäle, zwanzig Erddämme und fünfhundertfünfzig Kilometer Entwässerungsgräben aufgeführt. In einem unbeschwerten Moment hatte er mal zu Lokesh gesagt, das sei ein ehrwürdiger Posten, den es schon unter den alten chinesischen Kaisern gegeben habe. Daraufhin hatte der Tibeter ihn eine Woche lang nur noch mit kaiserlichen Ehrentiteln angeredet. In Wahrheit sorgte diese Tätigkeit dafür, dass Shan häufig mit Schlamm bespritzt war. Sie ging auf den schlauen und hinterlistigen Einfall des Bezirkskommandanten Oberst Tan zurück, der es widerwillig als seine Pflicht angesehen hatte, Shan zu beschützen, nachdem dieser ihn vor einer falschen Mordanklage gerettet hatte. Doch Tan wollte Shan möglichst weit weg von sich wissen und ihn so erniedrigen, dass er geneigt sein könnte zu fliehen. Diese Anstellung sowie die Verlegung von Shans Sohn Ko in Shans einstiges Straflager in Lhadrung würden die letzten Gefallen sein, die Shan je von ihm erwarten dürfe, hatte Tan streng gewarnt.

Das Gute an dieser Aufgabe war, dass Shan keinen direkten Vorgesetzten hatte und sich in seinem Zuständigkeitsbereich völlig frei bewegen konnte. Zudem stand ihm ein verbeultes altes Dienstfahrzeug zur Verfügung. Er stützte sich nun auf seine Schaufel und beobachtete die unterhalb gelegenen Klosterruinen. An der Zufahrt zum Tatort gab es noch immer eine mit zwei Mann besetzte Straßensperre der Polizei, aber auf dem eigentlichen Klostergelände schien sich nichts zu rühren. Er schwang sich die Schaufel wie eine Dienstwaffe auf die Schulter und machte sich zu Fuß auf den Weg zu den Ruinen.

Als er mit Jamyang nachgesehen hatte, war dort am Tor nur ein Fahrzeug gewesen. Die Nonne, der Ausländer, der Chinese und ihr Mörder waren jedoch gewiss nicht alle gemeinsam dort eingetroffen. Oberhalb des Klosters gab es mehrere alte Pilgerpfade, aber sie liefen in der Nähe des Geländes alle zusammen, so dass aus jeder Richtung nur ein Hauptweg zu den alten Mauern führte.

Einen knappen Kilometer von dem Kloster entfernt, blieb Shan an einer Wegkreuzung stehen und schaute den Pfad hinauf, der aus einem schmalen Hochtal herführte. Dort lag Tausend Stufen, die Einsiedelei der Nonnen. Die ermordete Nonne war zweifellos auf diesem Weg zum Kloster gelangt. Es war ein herrlicher Frühsommertag gewesen. Die Vögel hatten gesungen und die Frau in unbeschwerte Stimmung versetzt. Bei den Ruinen hatte sie dann die Arbeit an einer der alten Gebetsmühlen aufgenommen. Sobald ein oder zwei dieser Mühlen wiederhergestellt seien und von den Gläubigen gedreht würden, wäre das Kloster unbezwingbar, hatte Lokesh zu ihm gesagt, als könnten die Mühlen es so sicher wie Kanonen verteidigen.

Shan drehte sich langsam auf der Stelle und ließ den Blick über die Landschaft schweifen. Die Nonne war von oben gekommen, der Chinese war gefahren, aber was war mit dem Ausländer, was mit dem Mörder? Das Kloster hatte einst das Zentrum des oberen Tals dargestellt. Pfade aus den Hirtengründen im Hochgebirge liefen hier zusammen, dazu andere von den Bauernhöfen und sogar von Chegar gompa, dem großen Kloster am Eingang des Tals, viele Kilometer von hier entfernt. Shan achtete darauf, für die Polizisten an der Straßensperre außer Sicht zu bleiben, und überprüfte die Pfade, die sich dem Kloster von den anderen drei Seiten näherten. Auf allen gab es eine Linie aus Spuren schwerer Stiefel, wo die Polizei das Gelände umrundet hatte. Näher an den Mauern fanden sich dann nur noch die Abdrücke der weichen und abgetragenen Schuhe der Tibeter. An der hinteren Mauer, wo der Pfad sich schon bald in einem Dickicht verlor, stieß Shan auf die Spur eines einzelnen Fahrrades. Jemand war damit zum Kloster gefahren und hatte es zwischen den Felsen versteckt. Später war er wieder weggefahren.

Unten im Tal waren Fahrräder keine Seltenheit mehr, denn man redete den Leuten aus, weiterhin ihre Yaks und Esel einzusetzen, doch Shan konnte sich nicht entsinnen, je eines abseits der Straßen gesehen zu haben. Der Zustand der meisten Pfade ließ ohnehin keine Fahrzeuge zu. Er musterte die felsige Landschaft, in der der Pfad verschwand. Man gelangte auf ihm womöglich auf die oberen Hänge, aber Shan bezweifelte, dass man dort ein Fahrrad benutzen konnte. Der große Weg, der entlang des unteren Teils der Kammlinie verlief, eignete sich schon sehr viel eher dazu. Es handelte sich um den deutlich frequentierteren Pilgerpfad, der das Kloster und Chegar gompa verband.

Gerade als Shan über die zerbröckelnde Mauer klettern wollte, hörte er ein lautes Knacken. Er fuhr herum und sah in fünfzig Metern Entfernung eine reglose Gestalt in einem Mönchsgewand stehen, die ihn anstarrte.

Shan lief los, doch der Mönch war schneller. Er schlängelte sich zwischen einigen Felsblöcken hindurch und verschwand in dem Gewirr aus Vorsprüngen. Shan blieb keuchend stehen und hielt erwartungsvoll Ausschau. Ein einziges Mal bekam er den Unbekannten noch von fern zu sehen, einen kurzgeschorenen Kopf mit Sonnenbrille, der für eine Sekunde hinter einem Felsen hervorblickte. Das war alles. Dieser Mönch war nicht hergekommen, um beim Wiederaufbau zu helfen. Shan ging zu der Stelle, an der der Mann zunächst gestanden hatte. Unter seinem Fuß zerbrach etwas. Er bückte sich und hob ein schwarzes Stück Plastik auf. Dann sah er noch eines und noch eines, dann kleine, aber dicke Glasscherben. Hinter einem Felsen war der Boden mit Dutzenden dieser Bruchstücke übersät. Shan sammelte einige der größten Exemplare ein, legte sie vor sich hin und versuchte, sie irgendwie zusammenzusetzen. Eine Kamera. Jemand hatte eine Kamera gegen den Felsen geschmettert. Eine sehr teure Kamera, nach den Bruchstücken zu urteilen. Der Mönch war es jedenfalls nicht gewesen; er war nur versehentlich auf ein Stück Plastik getreten. Hatte auch dies der Mörder zu verantworten?

Shan kehrte zum Kloster zurück, huschte im Schatten von einem Gebäude zum nächsten und hielt oft inne, um über die Schulter zu schauen. Gelbes Absperrband markierte die Stelle neben dem *chorten*, an der die Leichen gelegen hatten. Das Rechteck aus roter Farbe war noch immer schwach erkennbar. Shan verspürte einen seltsamen Widerwillen, das Band zu übertreten, und beschrieb einen großen Bogen zu der Gebetsmühle, bei der die Nonne ermordet worden war. Ohne darüber nachzudenken, versetzte er die Mühle in Drehung, blieb dann stehen und sah zu. Es war ein Reflex, den er in den Jahren mit Lokesh erworben hatte. Die meisten Tibeter taten das, wann immer sie auf eine Gebetsmühle stießen.

Vor ihm hatte vermutlich die Nonne als Letzte die Mühle angestoßen. Nun hatte Shan die Kette der Gebete aufgegriffen, wie Lokesh es ausdrücken würde, und sein Kettenglied an das der toten Frau gehängt, so wie Nonnen und Pilger es an diesem Fleck mit genau dieser Gebetsmühle seit Jahrhunderten getan hatten.

Er hielt die Mühle weiter in Bewegung, und das leise mahlende Geräusch wurde zu seiner Begleitmusik, als er sich die Nonne bei der Arbeit vorstellte. Ihr war in den Rücken geschossen worden, aber aus schrägem Winkel. Es hatte eine zusätzliche Blutlache gegeben. Der Westler war bei ihr gewesen, hatte ihr geholfen. Der Mörder hatte erst ihm in den Hals geschossen und dann sofort die Nonne getötet, als die sich umdrehen wollte.

Shan drehte erneut die Gebetsmühle und betrachtete sie bekümmert, bevor er sich zum Hof wandte und für einen Moment vergaß, dass er sich am Schauplatz mehrerer Morde befand. Er hatte mit Lokesh schon viele solcher Orte besucht, und der alte Tibeter vermittelte ihm stets irgendwie einen Eindruck von ihrer früheren Pracht, von der vornehmen und ehrfürchtigen Stimmung, die dort über so viele Jahre vorgeherrscht hatte. Doch heute, allein, kam Shan sich klein und leer vor, wie ein Pilger auf Wanderschaft, der sich verirrt hatte.

Zögernd näherte er sich dem *chorten*. Erst vor wenigen Wochen hatten Shan, Lokesh und Jamyang hier bei Tagesanbruch viel gelacht, während sie gemeinsam den Schrein tünchten. Die lockeren Steine waren neu verlegt und frisch verputzt worden, und während sie ihre Pinsel vorbereiteten, hatten die beiden Tibeter ihm die vielen Arten von *chorten* aufgezählt, die in den alten Schriften genannt wurden, und dazu jeweils eine Skizze in den Sand gezeichnet. Der Schrein der Erleuchtung, der Lotusschrein, der Radschrein, der Wunderschrein, der Schrein der himmlischen Herkunft, der Siegesschrein, der Nirwanaschrein. Shan erinnerte sich nun, wie Lokesh am Sockel einen Stein entdeckt hatte, der durch den frischen Putz gedrungen war, als hätte sich etwas von innen einen Weg nach draußen gebahnt. Der alte Tibeter hatte nichts dazu gesagt, sondern den Stein einfach wieder an die ursprüngliche Stelle gesteckt und sie übermalt, aber Shan hatte die Sorge auf seinem Gesicht gesehen. Er wusste, dass es *chorten* gab, die als Fallen und Gefängnisse für Dämonen dienten.

Shan ging auf die andere Seite. Der frische Putz war geborsten. Der Stein war abermals herausgefallen.

Er wich unwillkürlich zurück und starrte den Stein erschrocken an. Dann wandte er sich ab und ging zum vorderen Tor.

Der Farbfleck, der eine weitere Blutlache bedeutete, war an einer Ecke des ersten Gebäudes neben dem Tor deutlich zu sehen. Hier war das dritte Opfer beinahe enthauptet worden. Shan schaute in die kleine Nische beim Tor, in der die Tibeter Werkzeuge aufbewahrt hatten. Meng hatte berichtet, man habe dort eine Holzfälleraxt gefunden und halte sie für die Tatwaffe. Doch mit seinem langen Stiel war ein solches Werkzeug eigentlich viel zu unhandlich dafür. Shan glaubte nicht, dass die breiten, sauberen Schnitte, mit denen das Fleisch vom Schädel des Ausländers gehackt worden war, von einer Axt herrührten. Das karge Werkzeugangebot präsentierte allerdings nur wenige Alternativen. Ein primitiver Spaten. Zwei Hacken. Ein Rechen. Eine kleine und sehr stumpfe Sichel. Shan fiel ein, dass einige Bauern angefangen hatten, die rückwärtige Mauer vom Wildwuchs zu befreien.

Es dauerte mehrere Minuten, bis er die Ausrüstung der Bauern gefunden hatte, und zwar in der kleinen Kapelle, bei der er zum ersten Mal Meng begegnet war. Unter einer zerlumpten Filzdecke lagen hier eine Kette, ein Seil, ein kleines Brecheisen und eine schwere Kultursichel mit einer langen gebogenen Klinge an einem robusten Stiel von der Länge seines Unterarms. Er trug die Sichel hinaus in die Sonne und strich mit einem Finger über die Schneide. Shan hatte die Männer bei der Arbeit gesehen; sie konnten mit dieser Klinge daumendicke Äste durchtrennen. Nun hielt er sie sich dicht vor die Augen. Die zerkratzte Oberfläche wies einige Roststellen auf, doch es klebte auch etwas Dunkleres daran. Shan riss ein Stück von dem Filz ab, wickelte es um die Klinge und lehnte die Kultursichel im Eingang der Kapelle an die Wand. Dann nahm er sich die Spuren außerhalb des Gebäudes vor. Meng hatte bei ihrem ersten Treffen den Boden abgesucht. Mittlerweile gab es noch mindestens ein halbes Dutzend weitere Spuren. Zwei oder drei stammten von Polizeistiefeln, zwei waren Shans eigene, aber zwei weitere rührten von weichen Schuhen mit geflochtener Sohle her und führten zurück über die Mauer. Eine davon verlief weiter zu der Stelle, an der die Fahrradspur anfing, die in die Richtung führte, in die auch der Mönch geflohen war, in die Richtung von Chegar gompa, dem Kloster am oberen Ende des Tals. Shan überlegte, ob er der Reifenspur folgen sollte, nahm dann seine Schaufel und steuerte den Pfad an, auf dem er hergekommen war. Er durfte nicht riskieren, dass sein abgestellter Wagen von der Polizei entdeckt wurde.

Eine halbe Stunde später stand er bei seinem Pick-up, schaute enttäuscht nach unten auf die Ruinen und bemühte sich ein weiteres Mal, die Bewegungen der Mordopfer und des Täters zu rekonstruieren.

»Vielleicht will er noch nicht wieder zum Leben erwachen.«

Shan drehte sich langsam zu der unbekannten Stimme um und packte die Schaufel. Er benötigte einen Moment, um die junge Frau auszumachen, denn ihr braunes Gewand hob sich kaum von der Farbe des Hangs ab. Sie saß mit übergeschlagenen Beinen neben einem Strauch Heidekraut.

»Als ich noch klein war, ist häufig ein alter Lama zu unseren Zelten gekommen«, fuhr sie fort. »Er hat gesagt, dass an solchen Orten uralte Geister schlafen. Man kann sie nicht aufwecken, hat er gesagt. Sie wachen von selbst auf, wenn sie es wollen. Und dann können sie unter uns wandeln und sehen wie gewöhnliche Menschen aus.«

Sie war höchstens Anfang zwanzig, aber ihr Gesicht, das auf einer Seite stark vernarbt war und auf der anderen einen melancholischen Ausdruck trug, besagte, dass sie schon viel vom Leben gesehen hatte. Ihr Gewand war das einer Laiennonne, der inoffiziellen Begleiterin und Schülerin einer geweihten Nonne. Auf diese Weise umgingen die Tibeter die immer größeren Einschränkungen, die mit dem Tragen eines kastanienbraunen Gewands verbunden waren.

»Ich habe gelernt, alten Lamas weitgehend zu vertrauen«, erwiderte Shan und lockerte den Griff um die Schaufel.

»Äbtissin Tomo kommt nicht zurück, nicht wahr?«

»Äbtissin?«, fragte Shan überrascht.

»Das Oberhaupt unserer Einsiedelei.«

Die Frau war keine gewöhnliche Nonne gewesen, sondern die ranghöchste Nonne im ganzen Tal. Er schüttelte langsam den Kopf. »Sie kommt nicht zurück.«

»Niemand will über sie reden. Die anderen tun so, als hätte sie sich bloß irgendwohin zurückgezogen.«

»Ich habe ihren Leichnam gesehen.«

Die Frau biss sich auf die Lippe. »Sie hat mich aufgezogen, seit ich zehn Jahre alt war. Seit ...« Sie deutete auf ihr Gesicht. »Mein Vater hatte sich einen Lastwagen geliehen, um unsere Schafe zum Markt zu bringen. Es sollte wie ein Festtag sein, und meine Mutter und Großmutter haben uns begleitet. Niemand hatte ihn gewarnt, dass die Bremsen schlecht waren. Wir sind von einer Bergstraße abgekommen. Als der Wagen unten aufgeschlagen ist, gab es eine Explosion und ein Feuer. Nur ein Lamm und ich haben überlebt. Ich nicht mal ganz.« Sie zeigte wieder auf ihr Gesicht.

»Ich heiße Shan«, sagte er.

»Ich bin Chenmo. Manche der älteren Nonnen sagen die Todesriten auf, ganz heimlich, in einer der alten Eremitenhütten. Ich dachte, die wären für Jamyang, also habe ich mich gestern Abend hinter die Hütte gesetzt und mitgemacht. Als ich dann hörte, dass sie ihren Namen sagten, habe ich vor Schmerz kaum noch Luft gekriegt.«

»Es gibt viele Möglichkeiten, sich zu verabschieden.«

Chenmo nickte traurig. »Sie haben mit den Todesriten für Jamyang angefangen, nachdem Onkel Lokesh vorbeigekommen war und mit den Nonnen gesprochen hatte. Er hatte den toten Lama auf einem Maulesel dabei. Nun sprechen sie die

Riten für zwei. Ich verstehe diesen Tag des Blutes nicht.« Sie hielt inne und wischte sich Tränen von den Wangen. »Er hat gesagt, wir sollten auf einen Chinesen mit Augen wie tiefe Brunnen und schmutzigen Fingernägeln achten. Er hat gesagt, der Mann würde violette Zahlen auf der Haut tragen. Onkel Lokesh hat gesagt, wir könnten ihm vertrauen.«

Tag des Blutes. Der schreckliche Nachmittag der Morde und des Selbstmords würde unauslöschlich in den mentalen Kalendern der Einheimischen vermerkt bleiben, und zwar viele Jahre lang, vielleicht sogar für Generationen.

»Ich sehe alles außer den Zahlen«, sagte Chenmo und rang sich ein Lächeln ab. »Was hat er damit gemeint?«

Shan schob seinen Ärmel hoch und zeigte ihr seinen Unterarm.

»Oh«, sagte Chenmo überrascht. Dann noch einmal. »Oh«, aber düsterer, weil ihr klar wurde, was die Nummer bedeutete. »Lokesh hat gesagt, du siehst Geheimnisse in Todesfällen. Warst du damals ein Mörder?«

»Nein. Einige Minister in Peking fühlten sich sicherer, wenn man mich wegschicken würde. Sie wussten ja nicht, was für einen Segen sie mir erwiesen haben, als sie mich in ein Gefängnis voller Lamas und Mönche steckten. Während der ersten paar Wochen wusste ich es auch nicht. Aber am Ende wurde ich wiedergeboren.«

Chenmo nickte, als verstehe sie das voll und ganz. »Wir kennen Onkel Lokesh, aber dich haben wir noch nie gesehen.«

»Ich möchte die Ruhe eines Klosters nicht stören.« Er wusste, dass Lokesh an solchen Orten stets willkommen sein würde. Doch das galt nicht unbedingt für einen Chinesen im Dienst der Regierung, mochte seine Arbeit auch noch so niedrig sein.

»Wir sind kein Kloster, sondern eine Einsiedelei für Nonnen. Kein Ort für Besucher.«

»Ich wollte aber vorbeikommen. Ich muss etwas dort abgeben.«

Als Chenmo nichts dazu sagte, wies er auf seinen Pick-up, der dicht an der Felswand geparkt stand, die über ihnen aufragte. Die junge Frau stand auf und folgte ihm misstrauisch in mehreren Schritten Abstand. Als er unter das Armaturenbrett griff und das *gau* hervorholte, das er der toten Nonne abgenommen hatte, legte sich Chenmos Verunsicherung. Mit zitternder Hand nahm sie das silberne Amulett entgegen. Dann schluchzte sie auf und drückte es sich fest an die Brust.

Das *gau* schien all den Kummer freizusetzen, der sich in der jungen Novizin aufgestaut hatte. Die Tränen flossen nun haltlos über ihre Wangen. Sie ließ sich von Shan zu einem großen flachen Felsblock führen, auf dem sie dann weinend dasaß und das *gau* in ihren Händen betrachtete.

Nach einigen Minuten brachte er ihr eine Flasche Wasser aus dem Wagen und setzte sich neben sie, während sie trank.

»Es tut mir leid«, sagte Chenmo. »Ich bemühe mich, nicht vor den Nonnen zu weinen.«

»Ich bin sicher, die haben auch geweint, nur eben auf ihre eigene Weise«, sagte Shan.

Die junge Frau lächelte bekümmert.

»Bist du Äbtissin Tomo in den alten Ruinen je zur Hand gegangen?«, fragte er.

Als sie nickte, fuhr er fort. »Es waren noch zwei andere bei ihr, zwei andere, die gemeinsam mit ihr in den Ruinen getötet wurden. Ein Chinese mit Tätowierungen und ein Ausländer. Hast du sie gekannt?«

»Da kamen keine Chinesen, nicht zu den Ruinen.«

»Aber es gab einen Ausländer.«

Chenmo wandte den Blick nicht von dem *gau* ab, während sie sprach. »Mutter Tomo hat gesagt, wir sollen nicht darüber reden. Sie waren geheim und wurden von geheimen Leuten hergebracht.«

Shan überlegte. Es gab also mehr als einen Ausländer. »Du meinst den Widerstand. Die *purbas.*« Der tibetische Untergrund hatte sich nach dem Dolch der buddhistischen Zeremonien benannt.

»Sie benutzen keine Namen. Nur Dharamsala. Das sagen sie wie ein Passwort.« Es war der Name einer Stadt in Nordindien, die als Sitz der tibetischen Exilregierung fungierte. »Manchmal kommen sie aus Indien herüber. Sie handeln im Schatten und gehen zurück im Schatten.«

Shan hatte gesehen, wie der Widerstand agierte. Es wurden Gebete von hochrangigen Lamas gebracht oder Briefe zwischen Familienmitgliedern zugestellt, die durch die Schließung der Grenze voneinander getrennt worden waren. Doch es gab auch Tankwagen, die unter rätselhaften Umständen in Brand gerieten oder entlegene Strom- und Telefonmasten, die nachts umkippten. Die Schergen der Öffentlichen Sicherheit waren schon besessen hinter abtrünnigen Mönchen her, aber wenn sie von solchen Vorgängen Wind bekamen, wurden sie zu tollwütigen Hunden. Die Aggressivsten der jungen Widerständler hielten sich nicht immer an die friedfertigen Methoden ihrer Ältesten.

»Sie hat gesagt, wir sollten sie uns wie Phantome vorstellen, wie Schutzdämonen, die man nicht sehen kann. Ist es das, was du bist?«

Shan zuckte die Achseln. »Ich bin bloß ein ehemaliger Sträfling, den alle sehen können.« Dann wurde ihm bewusst, was sie zuvor gesagt hatte. »Du meinst, die *purbas* haben die Westler gebracht?«

Chenmo sah wieder das alte *gau* an, als würde sie es um Rat fragen. »Ein Deutscher und eine Amerikanerin. Sie machen Filme. Sie haben zu uns gesagt, wenn sie die Restaurierung filmen dürfen und den Film dann im Westen zeigen, wäre das Kloster geschützt, und Peking könnte es nicht mehr zerstören.«

»Warum ihr?«

»Weil es mal unseres war. Ich meine, die Einsiedelei war früher mal Teil des Klosters. Wir sind, wo der Funke am Leben erhalten wird, nachdem das Kloster bombardiert wurde.«

»Und die Ausländer haben die Restaurierung gefilmt?«

»Ja. Mit kleinen Kameras. Und sie haben Interviews gemacht.«

»Meinst du Videokameras?«

Chenmo zuckte die Achseln, formte mit Daumen und Zeigefinger einen Kreis und hielt ihn sich vor ein Auge. »Kleine Kameras.« Shan wusste, dass es immer noch viele Tibeter gab, die wenig oder keine Erfahrung mit moderner Technik hatten und auch wenig oder keine Neigung verspürten, jemals welche zu sammeln.

»Haben diese Fremden bei euch in der Einsiedelei gewohnt?«

»Wir leben in gefährlichen Zeiten, hat die Äbtissin uns gewarnt. Es sind Chinesen in den Hügeln unterwegs. Knochenfänger und andere, die Bauern verprügeln. Wir konnten nicht riskieren, die beiden nach Tausend Stufen zu bringen. Nur wenige von uns in der Einsiedelei haben überhaupt davon gewusst. Sie hat gesagt, falls die Behörden herausfänden, dass wir illegale Ausländer beherbergen, würden sie die Einsiedelei zerstören und uns alle ins Gefängnis werfen.« Die nördliche Region des Bezirks Lhadrung zählte zu den Gebieten Tibets, die aufgrund ihrer vielen Straflager für Ausländer verboten blieben.

Shan wusste, dass die junge Frau ihre Grenzen hatte und es an Orten wie Einsiedeleien verschiedene Schichten von Geheimnissen gab, die man nur vorsichtig eine nach der anderen lüften konnte. »Lokesh sagt, wir können viel über die Vorgänge im Innern Tibets lernen, indem wir denen zuhören, die von außerhalb kommen. Wie lauten ihre Namen?«

»Rutger und Cora. Die beiden waren immer zusammen«, murmelte sie und hob dann stirnrunzelnd den Kopf, als hätte sie nicht beabsichtigt, die Namen preiszugeben.

»Rutger«, sagte Shan. »Dunkles Haar. Acht oder zehn Zentimeter größer als ich. Mit kantigem Kinn.«

»Wenn du ihn getroffen hast, warum fragst du?«

»Ich habe ihn nur kurz getroffen«, erklärte Shan. Ohne sein Gesicht. Ohne seine Zähne. Ohne sein Leben. »Auch er wurde ermordet, Chenmo, gemeinsam mit der Äbtissin.«

Sie nickte ernst. Sie hatte vom Tod des Deutschen gewusst.

»Ich mache mir Sorgen um Cora. Sie ist nun ganz allein. Weißt du, wo sie sich aufhält?«

»Ich bete, dass sie nachts nicht mehr schreit. Ich bete um Stille«, erwiderte Chenmo. »Denn in Stille muss sie ab jetzt leben.«

Shan begriff nicht. »Du meinst, sie ist in der Einsiedelei?«

Doch Chenmo deutete nur auf einen Schmetterling. Dann stand sie wortlos auf, lief dem Insekt hinterher und entfernte sich immer weiter. Da erst verstand Shan, was sie ihm mitgeteilt hatte. Cora und Rutger waren immer zusammen. Cora schreckte nachts schreiend aus Albträumen hoch. Sie musste still sein, um zu überleben. Die vermisste Amerikanerin war Zeugin der Morde gewesen.

KAPITEL FÜNF

Einige Monate zuvor hatte Shan Lastwagen gesehen, die Leute und Ausrüstung in das flache Hügelgebiet jenseits der chinesischen Siedlung transportierten. Doch in einem Land zahlreicher Gefängnisse und ständiger Militäroperationen lernte man, keine Fragen über seltsame Fahrzeugkolonnen zu stellen, und hielt sich von den Staubwolken fern, die von Bautätigkeit zeugten. Er wusste noch, wie er am Straßenrand gehalten hatte, um eine dieser Kolonnen passieren zu lassen. Die Aufschriften auf den Begleitfahrzeugen waren seinem grimmigen Blick nicht entgangen. Das Büro für Religiöse Angelegenheiten, Pekings bevorzugter Arm, um Parteidogmen in ethnische Propaganda zu verwandeln. Die Öffentliche Sicherheit. Das Institut für Tibetische Angelegenheiten, dem es oblag, die zunehmende Menge chinesischer Einwanderer zu verteilen und die einheimischen Tibeter dafür umzusiedeln.

Das Lager des Reinen Wassers sei eine der neuen Umsiedlungseinrichtungen, hatte Lokesh berichtet, nachdem er einigen der Bewohner begegnet war, die nach essbaren Wurzeln gruben. Die Regierung verabscheute die Nomaden der Changtang, der hohen wilden Grasebene, die sich über den größten Teil von Zentraltibet erstreckte, denn die Menschen waren inmitten der endlosen Weiten kaum ausfindig zu machen und erst recht nicht zu kontrollieren. Und sie waren, so hatten Untersuchungen der Behörden ergeben, Brutstätten der tibetischen Tradition. Einrichtungen wie das Reine Wasser waren als Übergangslösung gedacht, als vorübergehender Aufenthaltsort, um die Tibeter an Lebensweisen zu gewöhnen, die mehr auf der Linie der sozialistischen Sache lagen.

Als sein Pick-up die Hügelkuppe erreichte, keuchte Shan unwillkürlich auf. Er hielt an, mit beiden Händen am Lenkrad. Er war über die Changtang gereist und hatte sich mit einigen der lebensfrohen und unkonventionellen Nomaden angefreundet, deren Clans schon seit Hunderten, wenn nicht gar Tausenden von Jahren in dieser Wildnis lebten. Nun hatte man sie eingepfercht wie eine Herde Schafe. Vor ihm erstreckten sich Reihen von identischen, kleinen, quadratischen Häusern, alle mit den gleichen Wellblechdächern und Metalltüren, dem gleichen einzelnen Fenster und stählernen Rauchabzug.

Als er an der Einfahrt aus seinem Wagen stieg, kam ein dicker Chinese aus einem langen Betonziegelbau gelaufen, der anscheinend als Verwaltungsgebäude des Lagers diente.

Er begrüßte Shan wie einen langersehnten Gast. »Genosse! Willkommen im Umsiedlungslager des Reinen Wassers!« Er hielt inne und warf einen Blick auf Shans Pick-up, der weit genug weg stand, dass man das verblichene Behördenemblem noch erkennen konnte, aber nicht mehr die Worte, die darunter standen. »Wie darf ich Ihnen behilflich sein?«

»Ich sehe mich nur schnell mal um«, sagte Shan und bedachte den Mann mit einem strengen Blick. »Wie hoch ist die Belegung?«

»Wir beherbergen derzeit einhundertsiebenundzwanzig Bürger, hätten aber noch Platz für Dutzende mehr. Einer der großen Erfolge der Neuverteilung.«

»Erfolge?«, fragte Shan.

»Natürlich. Wir stellen eine medizinische Versorgung bereit, ein trockenes Schlafquartier und zwei Mahlzeiten pro

Tag. Demnächst auch Schullehrer. Diesen Bürgern stand zuvor nichts davon zur Verfügung. Sechzig Prozent haben bereits chinesische Namen angenommen, wodurch sie das Anrecht auf einen Stromanschluss erwerben. Daher sind die Haushalte reformierter Nomaden in beispielloser Menge elektrifiziert. Fast die Hälfte nimmt die Module über chinesische Geschichte an, die Peking geschickt hat. Das sind sehr ermutigende Statistiken. Wir verteilen gerade neues Bettzeug.« Er wies auf einen Haufen schäbiger Laken neben der Tür zu seinem Büro. »Historische Durchbrüche.«

Shan sah die leeren Blicke der tibetischen Männer und Frauen, die vor den kleinen Hütten saßen. Die ermutigenden Statistiken.

»Wo arbeiten diese Leute?«

»Das brauchen sie nicht. Für sie wird gesorgt. In ein paar Monaten wird man ihnen Anstellungen zuweisen, nachdem sie meine Abschlussklasse bestanden haben«, erklärte der Verwalter und grinste selbstgefällig. »Einige kümmern sich um ein paar Schafe. Aber das sind eher Haustiere.« Der Mann deutete auf das Verwaltungsgebäude, dessen verputzte Wand von einem Gemälde geziert wurde, das tatkräftige Fabrikarbeiter zeigte. »Ich habe die Zahlen, falls Sie einen Blick darauf werfen möchten. Wir liegen über unseren Quoten. Die besten Leistungswerte in der gesamten Präfektur.«

Shan kämpfte gegen ein Schaudern an. »Ich schätze, ich sehe mich lieber selbst um«, sagte er.

»Lassen Sie mich nur schnell die Tür abschließen«, sagte der Verwalter.

»Allein.«

»Für gewöhnlich lasse ich niemanden …«

»Soll ich Oberst Tan mitteilen, dass Sie meine Arbeit erschweren?«

Der Mann wich zurück und warf einen nervösen Blick die

Straße hinauf. Dann verschwand er wieder in seinem Gebäude.

Keiner der verschleppten Hirten sah Shan an, als dieser die erste der schmalen Straßen hinunterging. Die kleinen Fertigbauten, jeweils von den Ausmaßen einer bescheidenen Garage, bestanden aus Metallrahmen mit eingesetzten Sperrholzplatten. Nur aus einer Handvoll der metallenen Schornsteine stieg Rauch empor. Mehrere der Bewohner kochten auf kleinen Kohlenpfannen am Eingang. Zwischen den Häusern baumelten Stromleitungen. Aus einem langen, flachen Gebäude am Ende des Blocks traten drei Kinder und eine Frau mit Handtüchern. Das musste das Gemeinschaftswaschhaus sein. Ein halbes Dutzend anderer Frauen hatte sich mit Eimern vor einem Wasserhahn angestellt, der braune Brühe ausspuckte.

Shan versuchte, den Menschen in die Gesichter zu sehen. Die meisten wandten sich von ihm ab. Ein alter Mann, der auf einer Bank aus Betonziegeln und Brettern saß, blickte von dem Stück Holz auf, an dem er schnitzte. Shan setzte sich neben ihn und bot ihm eine Rolle Bonbons an, die er in seiner Tasche gefunden hatte. Der Mann nahm das Geschenk nickend an und widmete sich wieder seiner Aufgabe. Er arbeitete an der Figur eines Schafes.

»Sag mir, Großvater, was ist aus euren Herden geworden?«

Der Mann rieb sich die Bartstoppeln, bevor er antwortete. »Die haben gewartet, bis wir alle Herden zusammengetrieben hatten. Wir wollten das Lammzeitfest unseres Clans feiern. An jenem Tag sind zwei Kolonnen Viehtransporter gekommen. Die eine Kolonne hat die Schafe mitgenommen, die andere die Hirten. In manchen Lagern haben sie die Tiere einfach alle erschossen, auch die Hunde. Meine Enkelin hatte es geschafft, einen Welpen auf den Lastwagen zu schmuggeln. Am nächsten Tag hat ein Soldat das Tier mit dem Gewehrkolben erschlagen und gesagt, es habe gerade die richtige Größe für den Kochtopf der Kompanie.«

Shan schaute zurück zu dem Verwaltungsgebäude. Der Verwalter beobachtete ihn durch einen Türspalt. »Das tut mir leid.«

Der Mann nickte erneut.

Während er weiterschnitzte, musterte Shan sein ledriges, runzliges Gesicht. Er war alt, Mitte achtzig oder sogar schon über neunzig. »Ich bin mal über die Changtang gereist«, sagte Shan. »Ein Meer aus Gras, so weit man sehen konnte, und es wogte im Wind wie Wellen. Ich glaube, ich habe mich noch nie so frei gefühlt.«

»Manche von uns sind an jenem Tag weggelaufen. Ich war ihr Clanältester. Sie nennen mich Rapeche. Sie brauchen mich. Hier bin ich nutzlos. In meinen Adern fließt unser Heimatland. Ich wollte zurückkehren. Letzten Monat bin ich einfach losgegangen, aber einen Tag später haben die Kriecher mich wieder eingesammelt.« Der alte Hirte hielt inne und zuckte dann die Achseln. »Die haben uns Papiere gegeben, in denen steht, dass wir in diesem Bezirk bleiben müssen, es sei denn, wir haben einen Passierschein. Nur stellen die uns nie einen Passierschein aus.«

Das hier war ein Gefängnis ohne Gitter. Shan blickte den Weg zwischen den Häusern hinauf und hinunter. »Wo sind die jungen Männer und Frauen?«

»Die Chinesen von der Umsiedlungsbehörde haben allen Familien mitgeteilt, ihre jungen Mitglieder hätten dem Volk zu dienen. Sie wurden in chinesische Fabriken geschickt. Ich sagte, wir seien doch auch ein Volk, aber da haben sie nur gelacht. Meine Enkelin ist jetzt in Guangdong. Sie schreibt uns einmal im Monat. Sie stellt Socken her, die in Amerika verkauft werden, und muss jeden Tag zwölf, manchmal vierzehn Stunden arbeiten. Ihr Bett steht in einem Schlafsaal mit zweihundert anderen Mädchen. Sie sagt, sie hat einen alten Tempel entdeckt und leiht sich an ihrem freien Tag ein Fahrrad, um dorthin zu fahren. Sie zündet Weihrauch für uns an.«

Zwei kleine Jungen rannten vorbei und spielten Fußball mit einer Blechdose. In der Nähe des Wasserhahns blieben sie stehen. Eine der Frauen war weinend auf die Knie gesunken, eine andere trat gegen den Hahn.

Der Clanälteste runzelte die Stirn. »Die Narren, die diesen Ort errichtet haben, wussten nichts über Lagerplätze. Kein Schutz vor dem Wind. Kaum Wasser. Die haben ein halbes Dutzend Brunnen gebohrt, aber alle bis auf den dort sind versiegt. Lager des Reinen Wassers, von wegen.« Er zuckte abermals die Achseln. »Die sagen, sie stellen einen Tanklaster auf den Parkplatz.«

»Ich suche nach einem Mann namens Jigten. Er humpelt.«

»Weswegen sie ihn nicht in die Fabriken geschickt haben«, sagte Rapeche. »Seine Mutter ist kaum noch kräftig genug, um aus dem Bett zu kommen. Ihre Lunge rasselt. Um ihr zu helfen, macht er Sachen, die sie niemals gutheißen würde, falls sie davon wüsste.« Er schnitzte weiter. »Wir tun, was wir müssen, um zu überleben.«

Die Hütte, die der alte Mann Shan nannte, die letzte in der nördlichsten Reihe, schien unbewohnt zu sein. Die Kohlenpfanne an der Tür war leer, und entlang der Vorderwand ragten auch keine sorgsam gehegten Gemüsetriebe aus dem Boden, so wie vor anderen Behausungen. Doch von einem Seil, das an die hintere Ecke genagelt war, flatterten Stofffetzen im Wind. Jemand hatte das neue Laken in Gebetsfahnen verwandelt.

Die dünne Tür stand ein Stück offen. Shan schob sie behutsam auf, und als niemand reagierte, trat er ein. Durch eine kleine Kochnische gelangte er in den Raum, der den Rest der Hütte darstellte. Unter dem einzigen Fenster saß Jigten zusammengesunken vor der Wand. Anscheinend war er vor lauter Erschöpfung ohnmächtig geworden. Vor ihm lag eine alte Frau auf einer Pritsche. Ihr ledriges Gesicht zeugte von großer Stärke und Entschlossenheit, obwohl es sie viel Kraft zu kosten schien, ihren Kopf in Shans Richtung zu drehen. Trotz ihrer offensichtlichen Erkrankung lächelte sie einladend. »Es kommen nicht viele Besucher zu unserem Zelt«, sagte sie heiser.

»*Tashi delay*«, grüßte er sie auf Tibetisch.

»Ich sollte Tee machen«. Ihre Stimme war wie Sandpapier.

»Ich habe gerade Tee getrunken, Großmutter«, erwiderte er. »Mir gefallen eure Gebetsfahnen.«

»Jigten hat die ganze Nacht daran gearbeitet und mich gebeten, jede Einzelne zu segnen. Ich sagte, dass dieser fette Ziegenbock von Verwalter sich bestimmt darüber aufregen wird. Aber mein Sohn hat gemeint, sobald die Fahnen hängen, würden die Götter sie für die Augen der Beamten unsichtbar machen.«

Shan griff in die Tasche, holte eine der kleinen Ton-Gottheiten hervor, die er auf dem Markt in Baiyun gekauft hatte, und drückte sie der Frau in die Hand.

Ihr dankbares Lächeln wurde durch trockenen, stoßweisen Husten unterbrochen. Shan sah die Schweißperlen auf ihrer Stirn. Sie hatte Fieber. Auf einem Hocker neben ihr stand eine Schale Wasser mit einem Lappen. Shan tauchte ihn ein, wrang ihn aus und wischte ihr die Stirn ab.

»Ich war mal auf der Changtang«, sagte er. »Da habe ich Antilopenherden gesehen, die sind wie der Wind über das Gras gesaust. An meinem letzten Tag kam ein großes Tier zu mir, ein altes Männchen. Es hat mich mitleidig angesehen, als würde es sagen, was für ein armer Narr ich doch sei mit meinen zwei Beinen, und dann ist es davongelaufen. Ich schwöre, seine Hufe haben den Boden gar nicht berührt, es ist einfach über das Gras geflogen. Ich träume immer noch von ihm.«

»Ein *chiru*. Sein Geist hat sich mit deinem vermischt. Ein gutes Zeichen«, sagte die Frau und fing dann an, von ihrer Jugend zu erzählen, als die Antilopenherden noch Zehntausende von Köpfen gezählt hatten.

Shan wrang den Lappen zum dritten Mal aus, als er plötzlich ein lautes Keuchen hörte und Jigten auf ihn zusprang, als wolle er ihn angreifen. Seine Faust holte bereits zum Schlag aus, als er erstarrte und nach unten blickte. Die knochendürre Hand seiner Mutter hatte ihn am Knöchel gepackt. »Wir haben einen Gast im Haus«, tadelte sie, als hätte Shan soeben ihre Jurte in der Wildnis betreten.

»Er ist ein Chinese!«, protestierte Jigten. »Ein Beamter!«

»Nein, er ist etwas anderes«, beteuerte seine Mutter. »Er hat die Gebetsfahnen gesehen. Der Geist eines *chiru* lebt in seinen Träumen.«

Jigten gab klein bei. Er blickte nach oben, und nun sah auch Shan dort ein Brett über zwei Zementblöcken liegen, den Familienaltar. Darauf stand die alte bronzene *dakini*, die Jamyang dem Dieb gegeben hatte. Mit zutiefst bekümmerter Miene streckte Jigten den Arm aus, nahm die kleine Statue und hielt sie Shan hin.

»Nein«, lehnte Shan ab. »Dies ist ihr Platz, sie wacht über euer Heim. Sie ist eine Schutzdämonin.«

»Ich glaube, er ist hergekommen, weil er mit dir sprechen möchte, Sohn«, sagte die Frau.

Der verkrüppelte Dieb schob die Hand seiner Mutter sanft unter die Decke. »Ich könnte etwas Gerstenbrei machen«, bot er an, um seiner Mutter willen.

»Es wäre mir eine Ehre«, sagte Shan. »Vielleicht bei meinem nächsten Besuch. Warum bist du zu Jamyangs Schrein gegangen?«

Jigtens Kopf ruckte zu seiner Mutter herum, die Augen vor Bestürzung weit aufgerissen. Er tat Dinge, die die alte Frau nicht gutheißen würde. »Manchmal tauchen Sachen einfach auf, wenn man sie braucht«, sagte er unbeholfen.

»Wieso genau an jenem Tag?«

Der Hirte schaute zu seiner Mutter, die ihn erwartungsvoll ansah, und runzelte dann die Stirn. Er würde es nicht fertigbringen, in Gegenwart seiner sterbenden Mutter zu lügen. Als er antwortete, flüsterte er. »Am Straßenrand gab es einen alten Steinhaufen. Ein Lastwagen hatte ihn gerammt. Ich habe Jamyang dort unten gesehen, wie er ihn wiederaufgebaut hat.«

Shan blickte wieder zu der alten Frau. Jigten stahl für Medizin. Falls Jamyang das gewusst hätte, hätte er ihm die meisten der Gegenstände auf seinem Altar gegeben. Shan winkte Jigten in die Kochnische, bevor er ihm die nächste Frage stellte. »Du hast Außenseiter erwähnt, die Lebensmittelkonserven und Decken brauchen. Du hast diese Dinge an Ausländer verkauft. An einen Deutschen und eine Amerikanerin. Wo hast du die beiden getroffen?«

Jigten überlegte. »Wir haben bei dem alten Kloster gearbeitet und Schutt weggeräumt. Da habe ich sie zwei- oder dreimal gesehen. Einmal auch in den Hügeln oberhalb, wie sie Fotos gemacht haben. Da gibt es ein Hirtenmädchen mit vernarbtem Gesicht, das Nonne werden will. Sie passt auf die beiden auf.«

»Wo haben die zwei gewohnt?«

»Sie sind immer aus der Richtung der Einsiedelei gekommen, zusammen mit diesem Mädchen, das sie geführt hat.«

»Was genau hast du ihnen verkauft?«

»Ein paar Seile und Vorräte. Und ein paar Decken.«

»Und woher hast du dir die Sachen besorgt?«

»Hauptsächlich von den Jadekrähen. Ich erledige hin und wieder etwas für die. Sie liefern Vorräte an die Befriedungslager. Manchmal arbeite ich für sie als Fahrer oder mache Reparaturen.«

Shan sah ihn überrascht an. »Aber die Lager werden von der Bewaffneten Volkspolizei geleitet. Soll das heißen, die Jadekrähen haben einen Vertrag mit der Polizei?«

»Ja, sicher. Die grünen Affen leiten die Lager und stellen die Lastwagen.«

Shan dachte nach. »Die Chinesen, die auf den Bauernhöfen in den Hügeln für Unruhe sorgen. Das sind die Jadekrähen, im Auftrag der Polizei.«

Jigten zuckte die Achseln. »Wie gesagt, zwischen denen gibt es irgendeine Art von Vereinbarung. Die Polizisten gehen nur ungern in die Hügel. Sie werden dort von Hunden gebissen. Sie hören die Phantomhörner. Sie werden von Geistern gejagt.«

»Ein Abkommen mit der Bewaffneten Volkspolizei«, grübelte Shan laut. »Aber nicht mit der Öffentlichen Sicherheit.«

Jigten gab keine Antwort. Shan brauchte auch keine. Die Leute, die Meng in der Stadt angegriffen hatten, verachteten die Öffentliche Sicherheit. Und Meng war nicht nur überfallen worden, sondern hatte deswegen auch gelogen, als fürchte sie sich, den Vorfall zu melden. Er zögerte kurz und versuchte ein weiteres Mal zu ergründen, weshalb sie angegriffen worden war. Nicht mal die arrogantesten Banden würden es ohne guten Grund riskieren, einen Kriecher niederzuschlagen.

»Unser Clanältester, Rapeche, hat ein Schutzamulett für den Verwalter angefertigt«, sagte Jigten plötzlich und schaute dabei in die Schatten im hinteren Teil des Raumes. »Für den Fettsack am Eingang. Er hat Angst, weil er allein in diesem Betongebäude schlafen muss. Nachts steigen alte tibetische Geister empor und suchen die Chinesen in diesem Tal heim.« Er klang befriedigt. »Danach hat er sich Rapeche anvertraut und gesagt, wir würden hier nicht für immer bleiben. Es werden wieder Lastwagen kommen. Dann teilt man uns auf und bringt uns weit weg, in chinesische Städte. Es heißt, dort gibt es ganze Häuserblocks, in denen nichts Grünes wächst, und der Wind stinkt nach zerlassenem Fett und Chemikalien. Dann wird uns dieser Ort wie eine glückliche Zeit vorkommen. Wenigstens wird immer noch ein großer Teil des Clans zusammen sein.«

Er warf Shan einen beunruhigten Blick zu, als falle ihm gerade ein, wer sein Besucher war.

»*Lha gyal lo*«, flüsterte Shan betrübt.

»Du hast ja keine Ahnung, was in Tibet vor sich geht. Nicht mehr lange, und es gibt hier nur noch Lager und deren Aufseher«, sagte Jigten mit tonloser Stimme. »Auf der anderen Seite des Berges wurde ein alter Armeestützpunkt in ein Befriedungslager umgewandelt. Die Polizei liefert fast jede Woche eine weitere Wagenladung Tibeter dort ab. Sie bezeichnen den Ort zwar nicht als Gefängnis, aber es gibt dort Stacheldraht und bewaffnete Wachen. Es ist ein Käfig ohne Ausweg. Letzten Monat haben sie dort einen Friedhof angelegt.«

Noch während er sprach, wurden draußen bestürzte Rufe laut. Jigten lief sofort hinaus, dicht gefolgt von Shan.

Ein Mann auf dem flachen Hügelkamm oberhalb des Lagers schrie hektisch etwas und zeigte hinunter ins Tal. Der chinesische Verwalter stand in der Zufahrt und befahl mit schriller Stimme, alle sollten in ihre Hütten zurückkehren. Die Hirten ignorierten ihn und liefen den Hügel hinauf.

Als Shan keuchend dort oben eintraf, folgte sein Blick dem ausgestreckten Arm eines nahen Hirten. Der Mann deutete zunächst auf eine dichte schwarze Wolkenfront, die vom heiligen Berg heranzog, und dann auf die blauen und roten Blitze in Baiyun. Die Stadt lag zwei Kilometer entfernt, doch die blinkenden Signalleuchten der Polizeiwagen waren deutlich zu erkennen. Eine Linie aus Schatten bewegte sich quer über die Felder. Die Hälfte der Stadtbevölkerung schien aus ihren Häusern zu fliehen.

Shan lief zu seinem Pick-up.

Als er die Stadt erreichte, sah er mehr als ein Dutzend Polizeifahrzeuge und sechs große Lastwagen, allesamt Mannschaftstransporter der Bewaffneten Volkspolizei, der grünen Affen, die für die Öffentliche Sicherheit die Drecksarbeit erledigten. Er brauchte gar nicht erst nach Meng zu suchen, denn sie stellte sich ihm in den Weg und stieg dann auf der Beifahrerseite ein, als wolle sie Schutz suchen. Die Polizei durchsuchte in Scharen sämtliche Gebäude und trieb die wenigen verbliebenen Einwohner auf dem zentralen Platz zusammen, während andere Beamte am Rand des Feldes standen und die Fliehenden mit lauten Pfeifensignalen zur Umkehr aufforderten.

Meng wies auf das Chaos. »Willkommen in unserer Musterpioniergemeinde«, sagte sie. »Wenn es nach Major Liang ginge, würde er hier wahrscheinlich alles niederbrennen.«

»Das verstehe ich nicht.«

»Die Leichen. Jemand hat gestern Abend die Leichen gestohlen.«

Shan überlegte. »Jemand hat Sie gestern Abend angegriffen«, gab er zu bedenken. »Die Polizisten sind angerannt gekommen und haben den Kühlraum unbewacht gelassen.«

»Der Besitzer des Ladens ist geflohen. Nur ein einziger Umstand hält Liang davon ab, die ganze Stadt zu verhaften.«

»Die Morde haben offiziell gar nicht stattgefunden«, mutmaßte Shan. »Man kann schwerlich jemanden für den Diebstahl von Mordopfern festnehmen, wenn überhaupt kein Mord gemeldet wurde.«

»Genau.« Meng beobachtete die schwarzen Wolken, die sich jäh über der Stadt zusammenzogen. »Die heroischen Gesichter unserer Pioniere sollen mit keinerlei Makel behaftet werden. Wir wollen nur …«

Im ersten Moment glaubte Shan, Meng sei verstummt, weil

jemand mit Steinen nach seinem Wagen warf. Dann klang es eher wie Schüsse, die sich bis zum Stakkato eines Maschinengewehrs beschleunigten. Die Leute schrien vor Schmerz auf, zuckten zusammen, griffen sich an die Arme und Schultern, als würde etwas sie stechen. Manche der Einwanderer ließen sich zu Boden fallen und rollten sich zusammen, mit den Händen über den Köpfen. Andere nutzten die nächstbeste Gelegenheit, sich unterzustellen.

Hagelstürme kamen und gingen in Tibet sehr schnell, aber sie brachten stets Zerstörung und Schrecken mit sich, bisweilen sogar Tod. Shan blickte zum Lager des Reinen Wassers zurück. Der Hügelkamm war leer. Die *dropkas* mochten die Anweisungen ihres Lagerverwalters ignorieren, aber sie wussten, wie man Wolken las.

Shan zog sich seinen breitkrempigen Hut tief in die Stirn, sprang aus dem Wagen, schnappte sich zwei der Eimer von der Ladefläche und lief zu den Feldern. Er half einem alten Mann auf, der auf die Knie gefallen war und die Hände vor das blutende Gesicht geschlagen hatte, und hielt einen Eimer über seinen Kopf. Der Mann war im ersten Augenblick verwirrt, packte dann selbst den Eimer und zeigte auf eine Frau, die wenige Schritte entfernt lag.

»Ich hab sie!«, rief Shan über das Tosen des Sturms hinweg, zog die Frau auf die Beine und schützte ihren Kopf mit dem zweiten Eimer. Wie die meisten der Leute auf den Feldern rannten auch sie nun zu dem offenen Pavillon, der für den Markt errichtet worden war. Shan stieß die Frau unter das Dach und wandte sich wieder dem Feld zu, als der Hagel abrupt aufhörte.

Manche der Menschen weinten. Ein Esel schrie. Hunde bellten. Die Polizisten schienen ihre Durchsuchungen vergessen zu haben und stiegen zurück in ihre Transporter. Einige starrten verblüfft auf ihre Fahrzeuge. Die meisten der Signalleuchten auf den Dächern waren zertrümmert worden, desgleichen drei Windschutzscheiben. Aus den Funkgeräten ertönten knisternd zahlreiche Stimmen, manche davon panisch. Ein tibetischer Polizist blickte verängstigt zu dem gewaltigen Berg empor, der drohend über dem Tal aufragte. Der wütende Sturm war vom Yangon gekommen, dem Zuhause der Gottheiten, die das Tal beschützten.

Shan suchte die Menge ab, entdeckte den Mann mit der Brille, den er beim Damespiel gesehen hatte, und folgte ihm in die Seitenstraße hinter dem bescheidenen Teehaus der Stadt zu einem kleinen Bungalow.

Als der Mann vor seiner Tür stehen blieb, um mit einem Nachbarn zu sprechen, begab Shan sich flink auf die Rückseite des Hauses und trat durch die Hintertür ein. Als der Mann hereinkam, saß Shan in der Küche. Es schien ihn nicht zu überraschen, einen Fremden in seinem Haus vorzufinden.

»Ihre Männer haben hier bereits alles durchsucht«, sagte der Mann ruhig. »Wie Sie sehen, haben wir nur wenige Besitztümer und noch viel weniger Platz, um etwas zu verstecken.« Seine Stimme erstarb, denn ihm fielen Shans schmutzige Stiefel und die schäbige Arbeitskleidung auf.

Shan sagte nichts. Er griff in die Tasche und stellte den kleinen Jadedrachen von Jamyangs Altar vor sich auf den Tisch. »Bei den Ständen abseits des Tiananmen-Platzes kostet so einer vierzig Renminbi. Eine echte Antiquität aus der Zeit des Kaisers Kangxi, sagen die Verkäufer, und die Touristen wissen es nicht besser. Aber mein Instinkt sagt mir, dass dies keine Nachbildung ist.«

Der Mann ließ sich auf einen Stuhl sinken, den Blick unverwandt auf den kleinen Drachen gerichtet. »Sie sind also hier, um mir mitzuteilen, dass dieses Stück dem Staat gehört«, stellte er angespannt fest. Sein langes, schmales Gesicht schien dabei einen müden Ausdruck anzunehmen.

Shan musterte den Mann für einen langen Moment. In seinem Blick lag Tiefe und Verunsicherung, große Intelligenz und auch ein Anflug von Furcht. »Mein Vater hat eine kleine Sammlung von Siegeln aus der Kaiserzeit besessen und sehr geschätzt«, erklärte Shan. »Als ich noch ganz klein war, ist er mit mir in den Wandschrank gegangen und hat sie mir beim Schein einer Kerze gezeigt. Und er hat von den geschichtlichen Ereignissen erzählt, deren Zeugen sie gewesen sein mussten. Hin und wieder hat er auf dem Markt die Antiquitätenstände besucht und gehofft, er würde vielleicht ein Dokument mit einem passenden Siegelabdruck finden. Doch bis dahin hatten die Roten Garden bereits fast alle kaiserlichen Dokumente verbrannt. Als man uns zur Umerziehung aufs Land geschickt hat, hat er sie auf einem Feld vergraben und es nie mehr geschafft, sie zurückzuholen. Wahrscheinlich wurden sie schon vor langer Zeit von einer Planierraupe zerstört.«

Der Mann starrte Shan an. »Es gab ursprünglich zwei davon«, räumte er schließlich ein. »Ich musste das andere Stück schon vor Jahren gegen Medizin eintauschen, als meine Tochter zum ersten Mal krank wurde.«

Shan schob ihm das kunstvoll gefertigte Siegel über den Tisch zu. Der Mann streichelte es sanft und betrachtete es mit traurigem Lächeln. Als draußen auf der Straße ein Polizeifunkgerät ertönte, schob er es zurück zu Shan. »Es ist hier nicht sicher. Falls es heute diesen Schlägern in die Hände gefallen wäre, hätten sie es einfach mit ihren Stiefeln zertreten und gelacht. Es hat nun einen neuen Beschützer in den Bergen.«

»Jamyang ist tot«, sagte Shan.

Die Augen des Mannes weiteten sich bestürzt. »Nein. Nicht Jamyang. Er weiß, wie man überlebt.«

»Ich war bei ihm, als er sich getötet hat.«

Der Mann wurde bleich. Sein Gesicht verzog sich vor Schmerz. Er presste sich eine Faust an den Mund, als müsse er ein Schluchzen unterdrücken, und schlug dann die Hände vor das Gesicht. »Ich glaube, ich mache jetzt Tee«, verkündete er seufzend.

»Ich heiße Yuan Guo«, erklärte der Fremde, während er wartete, dass die Kochplatte das Wasser zum Kochen bringen würde. »Ich züchte Ziegen.«

Shan hielt einen Moment inne. Auch der Mann auf der Ahnentafel in den Bergen hatte Yuan geheißen. »Mein Name ist Shan Tao Yun«, erwiderte Shan. »Ich inspiziere Gräben, was bedeutet, dass ich mich meistens durch Schlamm und Dung schaufele. Ich habe nicht immer Gräben inspiziert. Sie haben nicht immer Ziegen gezüchtet.«

Yuans Miene hellte sich etwas auf. »Ich war Geschichtsprofessor in Harbin.« Das war eine der großen Städte der Mandschurei. »Schon seit die Universität vor fünfundzwanzig Jahren wiedereröffnet wurde. Ich habe beschlossen, am Pionierprogramm teilzunehmen. Der Staat verspricht mir Landrechte, sofern ich fünf Jahre dabeibleibe. Und in der Zwischenzeit« – er wies mit ausholender Geste auf den kargen, kalten Raum – »bekomme ich all das hier.« Er nahm eine Gabel und raspelte damit Späne von einem Teeziegel. Aus einem Zimmer am Ende des dunklen Flurs erklang ein Husten.

»Ich habe einen alten Verwandten von Ihnen getroffen. Yuan Yi. Ich möchte ihn zu Ihnen zurückbringen.«

Yuans Hand erstarrte mitten in der Bewegung. Er wirbelte zu Shan herum. »Das dürfen Sie nicht!«, rief er. Dann schien er sich zusammenzureißen und ließ weiter schweigend die Teeblätter in zwei angeschlagene Tassen rieseln, bevor er sich zu Shan an den Tisch gesellte. »Bitte«, sagte er leise und flehentlich. »Er muss auf dem Berg bleiben. Auch er befindet sich im Exil.«

Shan wartete, bis seine Tasse gefüllt war. Dann sprach er durch den Dampf, der vom Tee aufstieg. »Vielleicht sollten Sie mit Harbin beginnen.«

Professor Yuan Guo hatte den größten Teil seines Lebens in Harbin verbracht, erklärte er. Er war Doktorand an der dortigen Universität gewesen, als sie von Mao geschlossen wurde, und arbeitete bis zu ihrer Wiedereröffnung in einer Lokomotivenfabrik. Er half dabei, den Fachbereich für chinesische Geschichte aufzubauen, und heiratete eine Professorenkollegin, die während ihrer Umerziehung in einem Chemiewerk beschäftigt gewesen war. Zehn Jahre später starb sie an Krebs. Yuan zog seine Tochter fortan allein auf. Vor vier Jahren war er dann in den Ruhestand gegangen und hatte sein beschauliches Dasein damit verbracht, in der Universitätsbibliothek alte Manuskripte zu erforschen, bis seine Tochter Sansan wegen regierungsfeindlicher Internetaktivitäten verhaftet worden war. »Ihr drohten einige Monate Gefängnis, aber die Öffentliche Sicherheit machte erschwerende Umstände geltend. Sansan wurde als Rädelsführerin einer Gruppe von Demokratiebefürwortern identifiziert. Auch die anderen Mitglieder waren Kinder der pensionierten Professoren in unserem Gebäude. Es gab eines dieser Treffen, die wir früher Kritiksitzungen genannt haben. Man befand uns für politisch verantwortungslos. Zu Maos Zeiten hätte man uns als Unruhestifter gebrandmarkt und mit Eselsmützen durch die Straßen getrieben.«

Shan trank einen Schluck Tee. »Meine Familie wurde auf die Reisfelder geschickt, weil wir den stinkenden Neunten angehörten.« Damit waren die niedersten Kreaturen auf Maos berüchtigter Liste der neun schädlichen Elemente gemeint, die Intellektuellen.

Yuan grinste, beugte sich vor und erzählte seine Geschichte etwas detaillierter. Sie waren wie zwei alte Soldaten, die Kriegserlebnisse austauschten. Yuan hatte sich auf die Geschichte der chinesischen Kaiserzeit spezialisiert, seine Frau auf westliche Geschichte. Ihre Tochter hatte ein Anthropologiestudium abgeschlossen und zwei Jahre für eine westliche Computerfirma gearbeitet, bis sie in einem Internetcafé festgenommen wurde. Der Besitzer des Cafés war eine Woche zuvor verhaftet worden, weil er die Personalien seiner Kunden nicht sorgfältig genug erfasst hatte. Um freizukommen, hatte er eingewilligt, der Öffentlichen Sicherheit dabei behilflich zu sein, seinen Kunden eine Falle zu stellen.

»Man sagte uns, unsere Kinder würden entweder zu langjährigen Haftstrafen verurteilt oder wir könnten uns alle dem Pionierprogramm anschließen. Jede Familie in unserem Gebäude musste sich um drei Uhr morgens am Bahnhof einfinden, mit nicht mehr als fünfzig Kilo Gepäck.«

»Das gesamte Gebäude?«

»Wir waren ein Sonderfall, ein Haus voller Professoren, teilweise noch aktiv, teilweise im Ruhestand, deren Kinder alle gut ausgebildet waren und sich mit Internetdemokratie auskannten.« Internetdemokratie. Das war einer der Begriffe des neuen Zeitalters; er bezeichnete all jene, die ihr Dissidententum anonym über das Internet ausübten. Nur dass die Regierung inzwischen über Möglichkeiten verfügte, die sicherstellten, dass niemand mehr das Internet anonym nutzen konnte. »Wir würden das Bildungssystem kontaminieren, hat jemand aus der Partei gesagt. Also sollten wir verschwinden. Von der Universität. Aus der Stadt. Aus der Mandschurei. Manche meiner Kollegen glauben, der wahre Grund war, dass ein Stadtplaner aus der Partei das Gebäude abreißen und einen Wolkenkratzer errichten wollte.«

»Und alle waren einverstanden, nach Tibet zu gehen?«

Auf Yuans Gesicht erschien wieder dieses traurige Lächeln. »Wir wurden in einen Zug gesetzt. Unter Bewachung. Wir hatten keine Ahnung, was das Ziel der Reise sein würde. Da könnte man beinahe nostalgisch werden. Es war wie früher.« Er meinte die Jahre unter Mao, als die Bevölkerung ganzer Häuserblocks einfach in die neuen chinesischen Städte beordert wurde, die man in den moslemischen und buddhistischen Regionen im Westen Chinas errichtete.

Shan neigte ungläubig den Kopf. »Sie wollen sagen, die Behörden haben eine Dissidentenzelle intakt gelassen und einfach nur verpflanzt?«

»Die wussten, wohin man uns bringen würde. In eine Wildnis im Hochgebirge. Mit so knappen Ressourcen, dass es kaum zum Überleben reicht. Die haben darauf vertraut, dass Tibet uns in die Knie zwingen würde. Wir konnten hier ohnehin keinen Schaden anrichten. Und die Partei hatte den neuen Pioniersiedlungen ehrgeizige Vorgaben auferlegt. Die hatten Probleme, ihre Quoten zu erfüllen.«

»Aber das Leben eines pensionierten Professors in Harbin …« Shans Stimme erstarb. Sie wussten beide, was er meinte. Professoren arbeiteten während ihrer gesamten Laufbahn für ein niedriges Gehalt, weil ihnen für den Ruhestand Privilegien zugesichert wurden: eine komfortable Unterbringung, die uneingeschränkte Nutzung der universitären Einrichtungen, die Möglichkeit, zu studieren und zu schreiben, was sie wünschten, und die Berufung in renommierte Kommissionen.

»Meine Tochter Sansan ist schon immer von zarter Gesundheit gewesen. Sie hätte die Haft niemals überlebt. Nun können wir jeden Tag an der frischen Luft spazieren gehen. Die Ziegen geben uns Milch. Sansan wird jeden Tag kräftiger.«

»Professoren und Jadekrähen. Das nenne ich aber mal ein sozialistisches Experiment.«

»Mehr als neunzig Prozent von uns kommen aus Harbin. Der Rest stammt aus den Dschungeln der Provinz Yunnan.«

»Kriminelle, die sich mit Schmiergeld einen Weg ins Exil anstatt ins Gefängnis erkauft haben«, sagte Shan.

Der Professor lächelte matt. »Wir stellen sie uns lieber als einen tropischen Geselligkeitsverein mit Wanderlust vor. Wie ich gehört habe, sind die Strafanstalten in Yunnan auch ziemlich überbelegt.«

»Aber sie haben bereits begonnen, die …« Shan wurde durch neuerliche Rufe von draußen unterbrochen. Yuan lief zum vorderen Fenster.

Es war nun wieder mehr Polizei zu sehen. Die Beamten schoben mehrere Mülltonnen auseinander und öffneten die Kofferräume von Fahrzeugen. Als ein Mann in grauer Uniform auf Yuans Haustür zukam, keuchte dieser unwillkürlich auf. Er eilte zu seinem Esstisch, schnappte sich eine Rolle Papier, setzte sich auf einen der beiden Sessel im Raum, nahm ein Buch und schlug es auf. Die Rolle versteckte er hinter seinem Rücken. Während er noch damit beschäftigt war, rannte eine dünne Frau Ende zwanzig aus ihrem Schlafzimmer. Auf ihre Berührung hin leuchtete ein Computerbildschirm auf. Yuans Tochter tippte hastig etwas ein, zog eine Speicherkarte heraus und lief zurück in ihr Zimmer.

Der Kriecher-Sergeant machte sich nicht die Mühe, anzuklopfen oder seinen Namen zu nennen. Er stieß einfach die Tür auf und starrte den Professor wütend und herausfordernd an. »Unser Haus steht Ihnen offen«, sagte Yuan und hob dabei nur kurz den Blick von seinem Buch.

»Selbstverständlich tut es das«, herrschte der Mann ihn an, winkte dann zwei Begleiter herein und schickte sie in die anderen Zimmer. Er selbst fing an, im ersten Raum herumzulaufen, hob Bücher an und zog einen Stapel Kissen zurück, der an einer Wand lehnte. Von weiter hinten erklang leise Marschmusik. Sansan hatte eine der patriotischen Internetseiten der Partei aufgerufen, auf der rund um die Uhr Militärparaden und marschierende Fabrikarbeiter gezeigt wurden.

Der Kriecher öffnete den Wandschrank neben der Tür

und klappte dann mit dem Fuß eine Ecke des Teppichs um, als könnte sich dort eine Falltür befinden. Danach ging er in die Küche, klopfte die Wände ab und öffnete sogar den Kühlschrank. »Der ist kaputt«, verkündete er und nahm eine Schachtel Salzgebäck und ein Buch heraus.

»Der hat noch nie funktioniert«, sagte Yuan fröhlich. »Aber er ist ein großartiges Statussymbol. Keiner der Tibeter besitzt einen.«

Der Sergeant nickte beifällig. Seine Männer kamen zurück. Als die drei das Haus durch den Ausgang in der Küche verließen, erteilte er den Befehl, den kleinen Geräteschuppen am Ende des Hinterhofs zu durchsuchen.

»Die haben sich heute zweimal Ihr Haus vorgenommen«, stellte Shan fest, während Yuan von der Tür aus beobachtete, wie die Kriecher kurz den Schuppen betraten und dann seinen Hof verließen. »War es beide Male die Öffentliche Sicherheit?«

»Keine Ahnung«, sagte Yuan mit einem nervösen Blick zum Schlafzimmer. »Nein. Die Ersten waren bloß von der Bewaffneten Volkspolizei. Sie haben uns mit Megafonen befohlen, hinaus auf die Straße zu treten. Die sind nicht ganz so subtil.«

»Aus dem Kühlraum des Ladens wurden die Leichen mehrerer Mordopfer gestohlen. Beim ersten Mal haben sie nach denen gesucht.«

Der Professor sah Shan ausdruckslos an. Er wusste von den Morden. Shan schaute zurück zu den grauen Fahrzeugen auf der Straße und nahm dann wieder den Raum in Augenschein. »Die Bewaffnete Volkspolizei hat nach Toten gesucht«, sagte er. »Diese Kriecher hingegen nach einer lebenden Person.«

Der Professor sagte nichts, sondern runzelte nur die Stirn, öffnete die Tür und bedeutete Shan, er möge sein Haus verlassen.

KAPITEL SECHS

Auf dem Weg zu seinem Wagen blickte Shan besorgt hinauf in die Berge. Am Abend zuvor war Lokesh nicht bei dem kleinen Haus in den Hügeln gewesen, in dem sie sich beide einquartiert hatten. Er müsste inzwischen eigentlich zurück sein. War sein alter Freund bei den Leichenzerlegern geblieben, um weitere Zeremonien für den toten Lama abzuhalten? Oder hielt er sich womöglich bei Jamyangs Schrein auf, der durch den Selbstmord besudelt worden war, und reinigte ihn? Shan betete, dass er bei den Leichenzerlegern geblieben war. Das obere Tal quoll fast über von Polizei. Meng hatte berichtet, dass Liang bereits Patrouillen in die Hochtäler schickte. Bei Tagesanbruch waren abermals die langen Gebetshörner erklungen, als wollten sie die Suchtrupps verhöhnen. Die wiederum würden ihr Suchgebiet immer mehr erweitern. Der sanftmütige alte Tibeter wäre wie Frischfleisch, das diesen gierigen Hunden zum Fraß vorgeworfen wurde.

Ganz in Gedanken versunken, öffnete Shan die Wagentür und setzte sich ans Steuer. Er merkte gar nicht, dass jemand neben ihm saß, bis die tätowierte Hand ihn am Arm packte.

»Wir unternehmen eine kleine Spritztour«, knurrte der Fremde. Ein langes Springmesser erschien in seiner anderen Hand. Er hielt es nicht für nötig, die Klinge auszuklappen. »Du machst genau, was ich sage, alter Mao. Keine Fragen.«

Alter Mao. Das war der Jargon der chinesischen Städte, ein Ausdruck der Straßenbanden für graue Anzugträger.

Shan sah den Fremden an. Er war noch fast ein Halbwüchsiger, nicht viel jünger als sein eigener Sohn, der einst eine Straßenbande angeführt hatte. Shan hatte ihn schon mal gesehen, mit einem Sack Reis auf der Schulter. »Falls du deinen Ärmel hochziehen würdest, würde ich dann einen schwarzen Vogel sehen?«, fragte Shan im Plauderton.

Der Fremde schlug ihm mit dem Handrücken ins Gesicht. Das war Antwort genug. Shan schüttelte den Schmerz ab und ließ den Motor an.

Der alte Bauernhof war schon vor Jahren aufgegeben worden, wie so viele andere hier in der Gegend. Er zählte zu den Opfern der ersten Kampagnen gegen die Landbesitzer, kurz nach dem Eintreffen der chinesischen Armee. Die Äcker waren von Sträuchern und kleinen Bäumen überwuchert, und Unkraut wuchs auf dem Dach des steinernen Stallgebäudes, das am anderen Ende der ehemaligen Weide oberhalb des Hauses stand. Ein kleiner Getreidespeicher war teilweise demontiert worden. An einer Seite des Hauses hatte man auf Pfählen ein hohes Dach errichtet, unter dem die Führerhäuser zweier schwerer Lastwagen parkten. Als Shan anhielt, blickte ein Mann mit ölverschmiertem Gesicht unter einer geöffneten Motorhaube hervor.

Das Haus war im traditionellen Stil errichtet, mit einem Stall im Erdgeschoss und Quartieren für die Bewohner im ersten Stock. Auch hier schien schon seit Jahren niemand mehr Hand angelegt zu haben. Die Fenster waren gesprungen, und die aufgemalte Schutzgottheit am Eingang war so verblasst, dass man sie beinahe nicht mehr erkennen konnte. Doch im Innern reflektierten frisch getünchte Wände das Licht mehrerer hängender Laternen.

Zwei chinesische Jugendliche am Ende der Kammer blickten auf, als Shan in Richtung der Treppe gestoßen wurde. Einer, mit einer Zigarette zwischen den Lippen, hielt ein Messer in der Hand, der andere zog soeben eines aus der Wand. Als Ziel hatten sie sich ein altes *thangka* aufgehängt, das Stoffgemälde einer der heiligen weiblichen *dakinis*, gehalten in vornehmen Blau- und Goldtönen. Die Gottheit hing mittlerweile in Fetzen. Die jungen Männer hatten mit den Messern auf ihren Kopf gezielt. Einen Moment lang vergaß Shan alles andere, während er ungläubig das Gemälde anstarrte. Er musste gegen den Drang ankämpfen, vorzuspringen und es von der Wand zu reißen. Lokesh hätte sich schützend vor die *dakini* gestellt.

Einer der Jugendlichen bemerkte Shans Miene und grinste ihn höhnisch an. »*Cao ni ma*!« *Fick deine Mutter.*

Sein Begleiter schob ihn die Treppe hinauf in einen Raum, der gut zu einem Bordell in einer beliebigen Stadt im Osten gepasst hätte. Die Bretterwände des Obergeschosses verschwanden hinter bunten Siebdruckbehängen aus Seide, Bildern von kämpfenden Drachen, kämpfenden Hähnen, kämpfenden Schlangen und sparsam bekleideten Frauen, die mit Pandas herumtollten. Der Geruch von Zwiebeln und gedünstetem Reis vermischte sich mit dem von Weihrauch, allerdings nicht von der Sorte, die bei tibetischen Zeremonien verwendet wurde, sondern eine widerliche Mischung aus Jasmin und Zimt. Eine helle Laterne hing über einem Tisch, an dem vier Männer Mah-Jongg spielten.

»Es heißt, du kennst diesen Lama, der allein oben auf dem Berg lebt.« Der Mann, der sprach, verscheuchte die anderen mit einer Handbewegung vom Tisch. Er war Mitte vierzig, von gedrungener Statur, mit langem schwarzen Haar und dem harten, kleinen Gesicht eines Dschungelkriegers.

Shan nahm gegenüber von ihm Platz, bevor er antwortete. »Seit wann interessieren die Jadekrähen sich für Einsiedler?«

»Bei uns zu Hause zählen Mönche zu unseren besten Kunden.«

»Ihr seid weit weg von Yunnan.« Shan warf einen Blick auf die anderen Männer, die im Schatten standen, als würden sie auf Befehle warten.

»Die frische Bergluft tut uns allen gut.« Der Mann zündete sich eine Zigarette an.

»Der Lama war ein Freund von mir. Er ist tot.«

Der Fremde zögerte. »Tot? Jamyang ist gestorben? Wann?«

»Am selben Tag wie die Opfer im Kloster. Die habe ich aber nicht gekannt.«

Der Mann musterte Shan mit kaltem Blick, wie der einer zusammengerollten Schlange. »Du hast sie erst nach ihrem Tod kennengelernt. Du hast im Kloster über ihnen gestanden und sie dann in diesem Kühlraum aufgesucht, nackte tote Menschen. Bei uns zu Hause hätten wir dir jede Woche zu einem solchen Erlebnis verhelfen können. Mit Fetischen lässt sich viel Geld machen.« Er blies Shan eine Rauchwolke ins Gesicht. »Nur dass es mein Bruder war, den du wie ein Stück Fleisch behandelt hast.«

»Ich weiß nicht, was mit den Leichen geschehen ist, wenn du das meinst.«

»Der Anführer unseres Clans hatte Besseres verdient.«

Der Anführer des Clans. Der Tote war das Oberhaupt der Jadekrähen gewesen. »Niemand verdient es, dass ihm der Kopf abgeschlagen wird«, entgegnete Shan.

Die Worte ließen den Mann wütend das Gesicht verziehen.

Shan schaute zu den anderen Männern, die ihn eiskalt und erwartungsvoll beobachteten. Zu Beginn seiner Laufbahn war er mal im Zuge einer Ermittlung nach Yunnan gereist, wo ein großer Teil der Bevölkerung nur zwei oder drei Generationen von den kriegerischen Stämmen entfernt war, die einst die Dschungel der Provinz beherrscht hatten. Der Fall verlief letztlich im Sande, denn Shans Informant wurde gefoltert und ermordet. Die Täter hatten ihm Bambusspäne unter die Fingernägel getrieben und ihm dann die Kehle aufgeschlitzt. Shan hatte darauf bestanden, sich die Fotos des Toten anzusehen, und dafür mit mehreren schlaflosen Nächten bezahlt. »Ich bin nicht der Mörder.«

»Du?«, stieß der Anführer mit spöttischem Lachen hervor. »Mein Bruder wurde mal von drei Konkurrenten gleichzeitig überfallen und hat einen ins Grab und die anderen beiden ins Krankenhaus geschickt. Ich bin Lung Tso. Mein Bruder war Lung Ma. Die Leute in Kunming erzittern, wenn sie den Namen der Brüder Lung hören.« Lung betrachtete Shan und seine schäbige Kleidung. »Jemand wie du könnte nie und nimmer eine Jadekrähe töten.«

»Und wer könnte es?«, fragte Shan.

Lung griff unter den Tisch. Es gab eine kaum wahrnehmbare Bewegung, und seine Faust hämmerte einen Dolch in die Tischplatte, nur wenige Zentimeter von Shans Hand entfernt. Shan rührte sich nicht. »Du wurdest nicht hergebracht, um *uns* Fragen zu stellen! Ich will zurückhaben, was uns gehört!«

»Ich bin der Aufsichtsbeamte für die Gräben des nördlichen Abschnitts. Du verwechselst mich mit jemand anderem.«

Shan wappnete sich, denn Lung sprang von seinem Stuhl auf, zog den Dolch aus dem Holz und richtete ihn auf Shans Kehle. »Du magst die Kleidung eines Grabeninspektors tragen und den Wagen eines Grabeninspektors fahren, aber ich kann deine Augen sehen. Und du warst in dem alten Kloster bei den Leichen. Wir sehen dich mit dieser verfluchten Kriecher-Offizierin sprechen. Du bist kein Grabeninspektor. Was hat ein Grabeninspektor am Schauplatz eines Mordes verloren? Du bist ein verdammter Spitzel. Für wen arbeitest du? Jedenfalls nicht für die Bewaffnete Volkspolizei, so viel ist sicher.«

»Das heißt dann wohl, dass die Bewaffnete Volkspolizei dir erzählt hat, dass ich bei dem Kloster gewesen bin«, erwiderte Shan. Er erinnerte sich besorgt daran, dass Liang einen der oliv uniformierten Beamten am Tor postiert hatte. Dieser Mann hatte beobachten können, wie Shan die Toten untersuchte.

Lung Tso ließ den Dolch in der Luft herumwirbeln und fing ihn am Griff wieder auf, ohne seinen Blick von Shan abzuwenden.

»Meine Ernennungsurkunde wurde vom Kommandanten des Bezirks unterzeichnet. Oberst Tan. Du hast doch sicherlich seine Bekanntschaft gemacht.« Shan konnte sich nicht vorstellen, dass Tan derartige Einwanderer in seinem Bezirk zulassen würde, ohne sich einen persönlichen Eindruck von den Neubürgern zu verschaffen und ihnen zu demonstrieren, dass er hier mit harter Hand regierte.

Lung verzog das Gesicht. »Eisenfaust Tan haben die ihn genannt. Der Wichser ist in die Stadt gekommen und hat uns auf dem Platz antreten lassen, als wären wir neue Rekruten. Er sah alt aus. Eher wie eine rostige Faust.«

»Er könnte dich immer noch ungespitzt in den Boden rammen, ohne auch nur mit der Wimper zu zucken.«

Lung nickte kaum merklich. Shan sah den Stock nicht kommen, der ihm von hinten auf die Wange schlug. Er keuchte auf, weil der stechende Schmerz ihn unvorbereitet erwischte. Als er den Kopf wandte, sah er den jungen Mann, der ihn aus der Stadt hergebracht hatte, mit einem dünnen Bambusrohr in der Hand. Nun nahm er einen mit Leder umwickelten Knüppel von einem Wandhaken. Aus dem Ende ragten zahlreiche verbogene Drahtstücke. Pionieren war normalerweise nur wenig Gepäck gestattet, aber die Siedler aus Kunming hatten es geschafft, ihr Handwerkszeug mitzubringen.

»Dschingis kennst du ja bereits«, sagte Lung mit schmalem Lächeln und deutete auf den jungen Mann.

Shan bemühte sich, möglichst ruhig zu klingen. »Er kommt mir gar nicht wie ein Mongole vor.«

»Ihm gefällt bloß der Name. Ein blutrünstiger Bastard, der dafür gesorgt hat, dass die ganze bekannte Welt seinen Clan respektieren musste.«

Wie aufs Stichwort hieb Dschingis mit dem Ende des Schlagstocks gegen eine Stuhllehne. Das Holz zersplitterte. Shan ignorierte das Blut, das von seiner Wange tropfte. Er behielt die Drahtstücke des Knüppels im Blick. Falls die sein Gesicht trafen, konnte es ihn ein Auge kosten.

Lung murmelte eine knappe Silbe, und plötzlich wurde Shan von mehreren Händen gepackt, die ihn auf die Beine zogen, seine Taschen durchsuchten, seine Socken herunterschoben und dann die Funde auf den Tisch warfen. Sein Wagenschlüssel. Sein Taschenmesser. Ein blauer Stein, den er während seiner Haftjahre glatt gerieben hatte. Kurze Weihrauchstäbchen. Die verbliebene Tongottheit, die er in Baiyun gekauft hatte. Lung Tso nahm die kleine Figur, dann den Stein und musterte beides einen Moment lang, bevor er es wieder hinlegte. Es war, als wüsste der Bandenführer nicht genau, wonach er suchte. »Wenn du mir vielleicht sagen würdest, was du willst …«, sagte Shan.

Lung ohrfeigte ihn. »Wer, zum Teufel, bist du?«, herrschte er ihn an. Er hieb mit der Faust auf die kleine Gottheit und zertrümmerte sie. Dann gab er den Männern hinter Shan ein Zeichen, und starke Arme drückten ihn zurück auf den Stuhl. Dschingis zog Shans Hemd auf, hielt dann inne und holte das kleine *gau* hervor, das Shan um den Hals trug. Das brachte die Bande vorübergehend zum Verstummen. Viele Chinesen bezeichneten ein solches Amulett als Geisterkapsel. Die Leute aus Yunnan waren für ihren Aberglauben bekannt.

»In dem Kühlraum haben drei Leichen gelegen«, sagte Shan und versuchte, im Hinblick auf das *gau* unbekümmert zu wirken. Der Zettel, den er Lung Ma abgenommen hatte, steckte darin.

»Ich weiß nur von zweien. Und ich will zurück, was uns gehört«, wiederholte Lung.

Er wusste nur von zweien. Meng war angegriffen worden, und die Polizisten waren zu ihr gerannt und hatten die Leichen unbewacht gelassen. Falls Shan etwas gesucht hätte, das einem Mordopfer gehört hat, würde er als Erstes bei dem Leichnam nachsehen. Doch Lung wusste, dass es nicht dort zu finden war.

»Es spielt keine Rolle, welche Vereinbarung ihr mit der Bewaffneten Volkspolizei getroffen habt. Diese Toten fallen in die Zuständigkeit eines Sonderbevollmächtigten der Öffentlichen Sicherheit und seiner Leute. Falls die glauben, dass ihr die Leichen habt, werden sie den Jadekrähen den Krieg erklären.«

Lung starrte ihn schweigend an.

»Und es *waren* drei«, versicherte Shan. »Dein Bruder. Eine Nonne. Und ein Ausländer. Finde heraus, was die gemeinsam hatten, und wir werden ihren Mörder finden.«

»Wir?«, höhnte Lung.

»Wie gesagt, mein Freund hat ebenfalls an jenem Tag sein Leben verloren. Und zwar wegen dieser Morde. Als er starb, war er aufgewühlt. Ich habe ihm versprochen, ich würde der Sache auf den Grund gehen.«

Die Männer, die Shan festhielten, ließen ihn los und wichen zurück. Lung warf ihnen einen nervösen Blick zu. Die dunklen, dichten Wälder von Yunnan waren für ihre Gespenster berüchtigt. »Du hast es ihm versprochen?«, fragte er verunsichert. »Er ist tot.«

»In Tibet wandern die Geister derjenigen, die einen gewaltsamen Tod erlitten haben, verzweifelt umher, bis es eine Lösung gibt.« Seine Bewacher schritten nicht ein, als er anfing, seine Habseligkeiten wieder in den Taschen zu verstauen. »Man nennt sie *jungpos*. Hungrige Geister. Sie mögen die Nacht. Sie suchen gern diejenigen heim, die ihnen etwas schuldig geblieben sind.«

Die Worte zogen abermals ein langes Schweigen nach sich. Dschingis stieß einen leisen Fluch aus und wich noch einen Schritt zurück.

Nur Lung wirkte unbeeindruckt. »Ein Chinese, der irgendeinem toten Tibeter hilft? Wohl kaum. Eher ein gottverdammter Spitzel, der auf Beute aus ist.«

»Mein Freund Jamyang. Die Äbtissin. Dein Bruder. Sie alle sind jetzt *jungpos*. Das alte Kloster ist nicht allzu weit von hier entfernt. Lung Ma wird vermutlich herkommen und nach dir suchen. Was wirst du zu ihm sagen, wenn er dich fragt, wieso er sterben musste? Was wirst du ihm versprechen, wenn er verlangt, dass man seinen Mörder findet?«

Lung schaute erneut zu seinen Männern. Shans Worte hatten sie eindeutig aus der Fassung gebracht. Der Dolch in seiner Hand schoss ein weiteres Mal vor und grub sich direkt an Shans Hand in den Tisch. Etwas Blut tröpfelte hervor. »Du bist es, den mein Bruder sich vornehmen wird, falls du dich weiterhin einmischst«, knurrte er und hob die Klinge. Shan wurde sehr ruhig, als die Spitze sein Handgelenk berührte und seinen Ärmel hochschob, als suche sie nach einem Blutgefäß. Bei der eintätowierten Nummer auf Shans Unterarm hielt sie an. Ein grausames Grinsen erschien auf Lungs Gesicht. »*Lao gai*?«, fragte er. Das war die Bezeichnung für die Zwangsarbeitskolonnen, die schlimmsten aller Straflager in Lhadrung.

Shan nickte stumm.

»Wie lange?«

»Fünf Jahre.«

»Wo?«

»Bei der 404. Baubrigade des Volkes. Fünfzig Kilometer südlich von hier.«

Lung grinste. »Perfekt. Das ist praktisch ein Geständnis, dass du ein Mörder und Dieb bist.«

Shan verfolgte überrascht, wie Lung die Klinge weglegte, dann einen Bleistift und ein Stück Papier hervorholte und sich die Nummer notierte. »Falls du etwas mit dem Tod meines Bruders zu tun gehabt hast, werde ich dafür sorgen, dass dein Sterben sich über Tage hinzieht«, knurrte er.

Lung steckte den Zettel ein, setzte das Messer schräg an der Tischkante an und schnitt einen langen, breiten Splitter davon ab. Diesen zerteilte er dann systematisch in fünf kleinere, flachere Späne und legte sie vor sich hin. Unterdessen packte einer der Männer von hinten Shans Handgelenk und zwang ihn dazu, die Hand mit gespreizten Fingern auf den Tisch zu legen. »Wir machen das hier, werde ich zu meinem Bruder sagen, falls er kommt und danach fragt. So verfahren die Jadekrähen mit Spitzeln.« Er schaute zu Dschingis. »Wodka«, befahl er, als mache er es sich für das Unterhaltungsprogramm des Abends gemütlich.

Der Bandenführer starrte Shan an, bis der junge Mann ihm die Flasche brachte und ein Glas einschenkte. Lung kippte die Hälfte mit einem Schluck hinunter. »Die Sonne ist untergegangen. Wir haben die ganze Nacht«, sagte er dann. Seine Stimme nahm einen sachlichen Tonfall an. »Zuerst wirst du mir verraten, wo es ist, was dieser elende Lama meinem Bruder gegeben hat.« Er zog die Schublade des Tisches auf, nahm einen kleinen Hammer heraus und dazu einen der langen Späne. Dann hielt er inne und blickte verwirrt hoch. Auf einem der Wandbehänge mit Drachen pulsierte ein rotes Licht.

Dschingis schob ihn beiseite und legte das Fenster dahinter frei. Er fluchte. »Diese Kriecher-Schlampe!«

Als sie Shan nach draußen brachten, lehnte Leutnant Meng

an ihrem Wagen und hielt ihr Polizeifunkgerät wie eine Waffe in der Hand. Hinter ihr blitzte eine Signalleuchte mit Magnetsockel auf einem Autodach. Ein weiteres Fahrzeug mit zwei Beamten wartete ein Stück den Weg entlang. Dschingis stieß Shan auf Meng zu und zog sich zurück.

»Fahren Sie mir hinterher«, war alles, was sie sagte.

***

Seine Hand zitterte so stark, dass Shan Mühe hatte, den Schlüssel ins Zündschloss zu stecken. Er raste davon und geriet auf dem Schotter ins Schlingern. Als der Bauernhof hinter einem Hügel verschwand, hielt er an – das Lenkrad fest umklammert –, und ein Schluchzen entrang sich seiner Kehle. Jigten hatte recht. Er hatte keine Ahnung, was in Tibet vor sich ging. In dem Tibet, das er kannte, gab es keine chinesischen Banden in entlegenen Tälern und keine chinesischen Intellektuellen in Blöcken schäbiger kleiner Häuser. Genau wie seine tibetischen Freunde hatte er zu lange am Rand der Gesellschaft gelebt und zu ignorieren versucht, dass Scharen von Einwanderern ins Land kamen, deren Zahl seit dem Bau einer Bahnlinie nach Lhasa in die Tausende ging. Das Tibet, das er kennengelernt hatte, war ein besetztes Land, in dem Millionen von Tibetern durch kleine bewaffnete Stützpunkte der Chinesen kontrolliert wurden und in dem kein Zweifel daran bestanden hatte, dass Tibet wieder zu seiner eigenen Kultur zurückfinden würde, sobald diese Stützpunkte einmal beseitigt waren. Doch jenes Tibet wurde nun von innen heraus aufgezehrt.

Er registrierte, dass Mengs Wagen ebenfalls angehalten hatte und auf ihn wartete. In dem Tibet, das er kannte, gab es außerdem keine Offiziere der Öffentlichen Sicherheit, die ihm halfen. Er legte die Stirn auf das Lenkrad und beruhigte sich.

Wenn die Welt auf dem Kopf steht, hatte Lokesh mal zu ihm gesagt, mach einfach einen Purzelbaum und such dir neuen Halt. Er wischte sich das Blut von der Hand und legte wieder den Gang ein.

Meng fuhr voran in die Stadt und auf den Schotterparkplatz neben dem Polizeiposten. »Woher haben Sie gewusst, dass ich da bin?«, fragte er, nachdem sie beide ausgestiegen waren.

»Einer der tibetischen Polizisten hat Dschingis in Ihrem Wagen sitzen gesehen. Das ist der kleine Mistkerl, den Lung schickt, um Leute herbeizuzitieren.« Sie machte einen Schritt und zeigte auf das Teehaus an der Ecke, das die einzige Gaststätte der Stadt darstellte.

»Ich brauche eine Karte von Tibet und eine Taschenlampe«, sagte er und griff unter sein Hemd, um das *gau* zu öffnen.

Sie runzelte sichtlich ungehalten die Stirn. Trotzdem holte sie das Gewünschte aus ihrem Wagen.

Shan suchte nacheinander die Städte auf Jamyangs Liste heraus, dem Zettel, für den Lung Tso ihn hatte foltern wollen. Es waren alles Grenzorte, gelegen an Straßen, die über die tibetische Grenze nach Nepal, Indien und Bhutan führten. Als Shan aufblickte, stand Meng an seiner Schulter. »Mir wurde befohlen, für mehr Druck in den Hügeln zu sorgen«, verkündete sie angespannt und wies erneut auf das Teehaus.

»Druck?«

»Man nennt es auch Erkundung in voller Stärke. Wer nicht kooperiert, wird in Haft genommen. Auch der Besitzer des Teehauses wurde zum Verhör einbestellt.«

»Warum?«

»Weil er keine vollständige Liste derjenigen angelegt hat, die Gebrauch von den Internetzugängen an seinen Tischen machen. Es werden weitere Patrouillen ausgesandt. Jemand reißt die neuen chinesischen Straßenschilder nieder. Die Bewaffnete Volkspolizei hat gestern einen Bauern angehalten, und als er keine Papiere vorweisen konnte, haben sie den Yak erschossen, den er zum Markt bringen wollte.«

»Diese vierbeinigen Feinde sind ja auch gefährlich.«

Meng runzelte wieder die Stirn. »Die tibetischen Polizisten wurden später losgeschickt, um das Tier für die Küche der Gebietszentrale zu bergen. Sie haben berichtet, sie hätten es nicht finden können.«

Shan ging zu der verbeulten Limousine neben Mengs Wagen, die von der örtlichen Polizei benutzt wurde. Er leuchtete mit der Taschenlampe das Heck ab und zog ein Büschel lange schwarze Haare aus dem Kofferraumspalt. Meng sagte nichts, als er die Haare in den Lichtstrahl hielt und dann vom Wind davonwehen ließ. Sie hatte gewusst, dass die Männer den Yak gefunden und das Fleisch wahrscheinlich zu dem rechtmäßigen Eigentümer gebracht hatten. Und sie hatte gewollt, dass Shan erfuhr, dass sie es wusste.

Einige Herzschläge lang sahen sie einander an. Dann deutete Meng auf die Hintertür des Teehauses. »Und mir wurde befohlen, diejenigen zu finden, die diese verfluchten Hörner spielen. Wir sind zu dem Schluss gelangt, dass es sich nicht um Patrioten handelt.«

Shan zögerte, als sie das Gebäude erreichten. »Wurde Ihnen auch befohlen, mich zu finden?«

Statt zu antworten, öffnete sie die Tür.

In dem kleinen Café war es dunkel, abgesehen von einem einzelnen Tisch in der Mitte, über dem eine nackte Glühbirne von der Decke hing. Dort saß Major Liang vor einer Akte und starrte die Glut seiner Zigarette an. Meng nahm gegenüber von dem Major Platz und blickte erwartungsvoll zu Shan hoch. *Er sollte weglaufen. Er sollte Lokesh ausfindig machen und sich mit ihm in einer Höhle verkriechen, um ein paar Monate lang zu meditieren.* Shan setzte sich, obwohl alles in ihm lautstark dagegen protestierte.

»Ich werde nur ganz besonderen Projekten zugewiesen«, sagte Liang zu seiner Zigarette. »Vor drei Jahren ist ein Kloster in Streik getreten, fünf Tage vor dem geplanten Besuch einiger ausländischer Diplomaten. Die Mönche dachten, der Besuch könne ihnen als Druckmittel gegen uns dienen. Sie haben ihre Treueide zerrissen und ein Bild ihres verdammten Revisionistenführers aufgestellt. Also wurde ich gerufen. Bis zum Abend des ersten Tages befanden die Mönche sich auf dem Weg in zehn verschiedene Gefängnisse und würden sich nie wiedersehen. Bis zum Ende des zweiten Tages hatten Planierraupen das Kloster dem Erdboden gleichgemacht. Bis zum Ende des vierten Tages war sämtlicher Schutt abtransportiert, und ich hatte frisch gedruckte Straßenkarten vorliegen, auf denen das Kloster nicht mehr verzeichnet war. Als die Würdenträger eintrafen, haben wir uns entschuldigt und erklärt, es habe einen dummen Fehler gegeben, irgendein Missverständnis bei der Planung. Wir haben ihnen die neue Karte gezeigt und sie stattdessen zu einem folgsamen Kloster gebracht, in dem die Mönche ihnen zur Begrüßung patriotische Lieder vorgesungen haben. Nachdem alle wieder weg waren, habe ich zehn Lastwagenladungen Salz über das ehemalige Klostergelände verteilen lassen. Für die nächsten Jahrzehnte wird dort nichts wachsen.« Er hob schließlich den Kopf und sah Shan an. »Das hat mir einen Orden und eine Beförderung eingebracht.«

»Ein Mann mit Ihren Talenten gehört ganz eindeutig nach Peking«, stellte Shan tonlos fest.

»Aber ich habe so viel Freude an dem, was ich tue. Ich bin ein Feldkommandant, kein Bürohengst. In einer Woche erwartet man mich in Rutog zur Lösung eines anderen Problems.« Das war ein Bezirk im äußersten Westen von Tibet, dessen hohe Zahl von Gefängnissen und Internierungslagern es sogar mit der von Lhadrung aufnehmen konnte. »Da hat sich mal wieder irgendein verfluchter Mönch angezündet. Ein deutlicher Hinweis darauf, dass es den örtlichen Behörden an Durchsetzungsvermögen mangelt.« Dabei sah er Meng an, die seinem Blick auswich. »Mir bleibt nicht viel Zeit. Sagen wir, sechs Tage.«

»Was die Spurenuntersuchung angeht, habe ich um Hilfe aus Lhasa ersucht«, sagte Meng. »Aber man ...«

Liang hob eine Hand und ließ sie verstummen. »Ich bin mir nur zu bewusst, wie unzureichend Sie hier die Auswertung von Beweisen beherrschen, Leutnant. Ganz gleich, wie viel Zeit wir Ihnen einräumen, Sie werden einfach Ihre Untersuchung beenden und erklären, es gäbe nicht genug, um weiterzumachen.« Liang blies zwei Rauchschwaden aus den Nasenlöchern. »Die Morde wurden von einem tibetischen Lama namens Jamyang verübt. Einem Abtrünnigen, der allein in den Bergen lebt und nach Möglichkeiten sucht, die Sache der Revisionisten zu befördern.«

Shan konnte sich nicht überwinden, Liang in die Augen zu sehen. Er sprach mit Blick auf den Aschenbecher voller zerdrückter Zigarettenstummel neben Liangs Ellbogen. »Die Morde waren keine politische Verlautbarung.«

»Dann verschwenden Sie meine Zeit. Leutnant Meng hat behauptet, Sie würden sich mit den Tibetern auskennen.« Der Major griff hinter seinen Stuhl in eine offene Aktentasche und legte einen Stein auf den Tisch. »Sagen Sie mir, was das ist.«

Shan biss die Zähne zusammen. Das war der Stein, der im Kloster die Hände der Toten am Boden gehalten hatte. »Ein altes, verwittertes Stück Fels.«

»Sagen Sie mir, was das ist!«, wiederholte Liang, und jedes einzelne Wort klang wie ein Gewehrschuss.

»Ein Zierstein, vermutlich von einem alten Tempel oder Schrein.«

»Sie sind wirklich zu nichts nütze, Meng«, fuhr Liang sie an. »Sie lassen mich meine Zeit mit diesem ...«

»Ein eingemeißeltes heiliges Symbol«, warf Shan ein.

Liang nickte langsam. Shan erkannte, dass der Major ihn getestet hatte. Liang nahm den Stein und starrte ihn durchdringend an, als würden sich ihm dadurch alle finsteren Geheimnisse des Tals erschließen. »Dieser Mörder hat komplexe Überlegungen angestellt, Genosse. Angefangen mit der Inszenierung als vermeintliches Werk eines Dissidenten, zwei tote Männer auf einer chinesischen Flagge, ihre Stiefel auf einer Tibeterin. Da würde jeder doch sofort an einen Abweichler denken. Doch dann hat er gerade genug Spuren hinterlassen, um die Frau als Nonne zu identifizieren. Damit schied ein Tibeter als Täter aus. Also müssten wir nach einem wahnsinnigen chinesischen Killer suchen, Genosse. Wäre da nicht …« Liang sah nun Shan an. »Wäre da nicht dieser Stein. Der Täter konnte der Versuchung nicht widerstehen, als wolle er insgeheim ein wenig prahlen. Die Polizei würde es nie begreifen. Es ist zu subtil. Er konnte es sich nicht verkneifen, er musste sich ausgerechnet diesen Stein aussuchen. Wussten Sie, dass es im rückwärtigen Teil des Klosters ein altes Gebäude gibt, dessen Boden mit Fragmenten wie diesem bedeckt ist? Er ist den ganzen Weg bis dahinten gegangen, nur um diesen Stein zu holen. Nicht irgendeinen Stein. Weshalb diesen Stein, Genosse Shan?«

Shan hatte bei dem seltsamen Spiel, das Liang hier spielte, beileibe kein gutes Gefühl. »Es ist eines der acht Glückszeichen.«

»Welches genau?«

Shan zögerte. »Das Siegesbanner. Um den Triumph der buddhistischen Weisheit über die Ignoranz zu feiern.«

Liang lächelte matt. Er hatte es bereits gewusst, davon war Shan überzeugt. Er musste einräumen, dass der Major das Rätsel dieser Morde zumindest richtig erkannt hatte. Kein Tibeter würde jemals die Äbtissin töten. Kein Chinese würde jemals den Bannerstein hinterlassen.

»Und außer Ihnen gibt es im Umkreis von zweihundert Kilometern vermutlich nicht einen einzigen Chinesen, der das weiß. Dieses Zeichen war für die Tibeter bestimmt. Der Mörder war ein Tibeter. Sie haben mir immer noch nichts von diesem abtrünnigen Lama erzählt. Diesem Revisionisten Jamyang, der wie ein Gesetzloser in unseren Bergen lebt. Diesem Feind unseres Mutterlandes. Wir hätten schon vor dieser Tragödie ein stattliches Kopfgeld für ihn bezahlt.«

Der Major sah unverwandt Shan an. Was er über die Morde gesagt hatte, war noch nicht offiziell. Liang überprüfte seine Theorie. Shan erwiderte den Blick, ohne mit der Wimper zu zucken. »Jamyang ist tot.«

»Sie scheinen sich da sehr sicher zu sein, Genosse.«

»Er ist tot.«

Liang schwieg für einen langen Moment. »Wie günstig für ihn«, sagte er dann.

»Ich bezweifle, dass er das ebenso gesehen hat.« Shan löste sich aus der Umklammerung von Liangs Blick und schaute den Scheinwerfern eines vorbeifahrenden Lastwagens hinterher. Ihm wurde schlagartig eine weitere Gefahr bewusst. Falls Oberst Tan nun zur Tür hereinkäme, während Shan der Öffentlichen Sicherheit Geheimnisse entlockte, würde er noch am selben Tag wieder in einem von Tans Gefängnissen landen.

»Ich will seinen Leichnam.«

Shan zuckte die Achseln. »In diesem Tal neigen Leichen zum Verschwinden. Es heißt, die Körper mancher Lamas würden auf einem Regenbogen gen Himmel emporgehoben werden. Die Wege der tibetischen Götter sind wahrhaft unergründlich.«

Das Feuer in Liangs Augen loderte auf. »Ich weiß bereits, wer die Götter in diesem Tal sind. Muss ich Ihnen das etwa beibringen wie einem beliebigen halsstarrigen Tibeter?«

Shan schaute zu Meng, die nervös auf ihre verschränkten

Hände blickte, und dann wieder zum Fenster hinaus, diesmal zu dem hohen Gebirgsgrat oberhalb der Stadt. Vor seinem inneren Auge stieg der vertraute Anblick von Jamyang auf, wie er voller Freude einige jüngst erblühte Frühlingsblumen entdeckte. Der Lama hätte gelacht, wenn man ihm erzählt hätte, sein Tod könne dazu beitragen, das Tal von einem Mann wie Liang zu befreien.

»Es besteht kein Anlass für Sie, Ihren Auftrag in Rutog zu vernachlässigen, Major«, sagte Shan. »Der von der Öffentlichen Sicherheit ermittelte Mörder ist tot. Fall abgeschlossen. Wieder einmal hat politische Zwietracht zu einer Tragödie geführt.« Das war genau das gleichnishafte Ende, das Peking stets bevorzugte.

Liangs Lippen verzogen sich zu einem dünnen, frostigen Lächeln. Er betrachtete Shan, als versuche er sich darüber klar zu werden, ob Shan sich einen Scherz mit ihm erlaubte. Sie wussten beide, dass der Major noch aus einem anderen Grund nicht abreisen konnte. Die Jadekrähen hatten zwei Leichen gestohlen. Die Kriecher hatten heimlich den dritten Toten, den Ausländer, verschwinden lassen, aber seine amerikanische Begleiterin blieb verschollen. Shan biss die Zähne zusammen, um sich die jähe Erkenntnis nicht anmerken zu lassen. Liang konnte mit den Morden auf verschiedene Weise umgehen. Doch ganz gleich, für welchen Weg er sich entschied, die Amerikanerin stellte weiterhin eine direkte Bedrohung dar.

»Falls es natürlich noch offene Fragen gäbe, etwa wegen eventueller Mitverschwörer …« Shan zuckte die Achseln und senkte die Stimme. »Dann sollten Sie sich vielleicht nach Norden wenden.«

»Norden?«

»Jeder an dieser Schweinerei beteiligte Ausländer würde wissen, dass er von hier verschwinden muss, und zwar so schnell und so weit weg wie möglich. Da läge für die meisten die Annahme nahe, dass der Betreffende sich zur nächstgelegenen Grenze wenden würde, also nach Süden. Und genau aus diesem Grund würde jemand, der schnell und vor allem unauffällig weg will, den Zug nehmen«, erklärte Shan. »Niemand würde damit rechnen, dass ein Ausländer tiefer ins chinesische Landesinnere flieht. Die Armee patrouilliert entlang der Bahnstrecke zum Schutz vor Saboteuren, aber an Bord des Zuges herrschen angeblich nur lockere Sicherheitsvorkehrungen. Es gibt Geschichten über blinde Passagiere. Und mit dem richtigen Papier könnte man sich auch direkt durchs Tor bluffen.«

»Papier?«

»Sagen wir, ein großer Geldschein und ein amerikanischer Pass.«

Liang beugte sich vor. Shan hatte seine Aufmerksamkeit.

»Am schwierigsten für einen Ausländer wäre es, den Bahnhof in Lhasa zu erreichen. Die Straße dorthin führt quer durch den Bezirk Lhadrung, und Oberst Tan hat auf ihr feste Kontrollpunkte eingerichtet. Die einzige sichere Möglichkeit wäre, die Straßensperren im Schutz der Nacht zu umgehen. Doch das verlängert die Reise um zwei oder drei Tage. Der theoretische Mitverschwörer würde also morgen oder übermorgen Abend in Golmud eintreffen.« Das war der nördliche Endpunkt der Bahnstrecke. »Theoretisch jedenfalls«, wiederholte Shan. Es war ein verlockender Köder, wusste er. Die Bewaffnete Volkspolizei war für die Sicherheit an Bord des Zuges zuständig, nicht die Kriecher. Falls ein Flüchtiger auf diesem Weg entwischte, würde also eine andere Regierungsbehörde verantwortlich sein. »Andererseits ist es vielleicht am besten, einen beteiligten Ausländer einfach gehen zu lassen. Falls er sich illegal im Land aufhält, wird auch niemand nach ihm fragen. Da kann man doch froh sein, ihn loszuwerden, oder?«

Liang nahm einen tiefen Zug von seiner Zigarette, runzelte die Stirn, drückte die Zigarette aus und stand in einer Rauchwolke vom Tisch auf. Als Shan ihm hinterherschaute, wie er den Raum verließ, kam ihm eine neue Frage in den Sinn: Woher hatte Liang Jamyangs Namen gekannt?

Shan wandte den Kopf und bemerkte, dass Meng ihn ansah. Sie griff nach Liangs Akte und klappte mit einem Finger den Deckel auf. Das Passfoto war blass und körnig, denn es war mehrmals gefaxt und eingescannt worden, doch Shan wusste nun endlich, wie das Phantom aussah, das er suchte. Die Frau hatte ein schmales Gesicht mit hohen Wangenknochen und starkem Kinn. *Vermisste Person* lautete die englische Überschrift. Unter dem Foto stand der Name Cora Michener. Die Suchanzeige stammte von der amerikanischen Botschaft.

***

Die tausend Stufen, denen die Einsiedelei der Nonnen ihren Namen verdankte, waren nach Jahrhunderten des Gebrauchs abgenutzt und ausgehöhlt. Shan hatte die Hälfte der langen Treppe erklommen, als er schwer atmend eine Pause einlegte und die kleine Anlage in Augenschein nahm. Die alten Bauten klebten an der steilen Hügelflanke, als wären sie ein Teil des Berges. Der schmale Turm und die schrägen Mauern des äußersten Gebäudes hingen an der Kante einer Klippe, was darauf hindeutete, dass dies ursprünglich ein *dzong* gewesen war, eine der kleinen Bergfestungen, die es einst überall in Tibet gegeben hatte.

Shan hatte seinen Pick-up weit unten außer Sicht abgestellt, um die Nonnen nicht zu ängstigen, und während er sich den Gebäuden näherte, blieb er bei jedem der kleinen Schreine stehen, die man entlang des letzten Teilstücks der Stufen errichtet hatte, und rezitierte gemäß der Tradition ein Mantra.

Doch seine Gebete wurden nicht erhört. Die erste Nonne, die ihn erblickte, kniete gerade mit einem Eimer Wasser über einigen Pflanzen am Rand des Innenhofs. Sie stand erschrocken auf, wich zurück, drehte sich dann um und rannte um die Ecke des nächstgelegenen Gebäudes. Shan blieb stehen und widerstand dem Impuls, ihr zu folgen. Dies war eine Einsiedelei, in der die Nonnen gelobten, jeden Tag stundenlang zu meditieren oder Mantras aufzusagen, und das manchmal für Wochen oder gar Monate am Stück. Shan wollte nicht derjenige sein, der eine solche ehrerbietige Handlung störte. Er ging zu dem kleinen Gartenstück, nahm die Schöpfkelle aus dem Eimer und fuhr fort, die Pflanzen zu wässern. Als er fertig war, spürte er bereits unsichtbare Blicke auf sich ruhen. Er ließ sich mit übergeschlagenen Beinen vor dem kleinen *chorten* in der Mitte des Hofs nieder und streckte die rechte Hand nach unten zum sogenannten *mudra* der Erdberührung aus, einem traditionellen Handgebet, das die Erde zur Bezeugung des Glaubens anrief. Aus dem Augenwinkel registrierte er auf einem Pfad weiter oben am Hang eine Bewegung. Mehrere Nonnen eilten davon. Sie flohen vor ihm.

Mehr als eine Viertelstunde verstrich, bis eine Frau mittleren Alters mit kurzgeschorenem Haar am Sockel des alten Turms erschien und Shan kühl abschätzte, bevor sie näher kam.

»Du bist der Chinese, der Jamyang geholfen hat«, verkündete sie. Ihre Stimme klang nicht einladend. Eine weitere Frau näherte sich, blieb aber ein Stück zurück, als wäre sie ein Faktotum der Nonne. Shan erkannte Chenmo, die junge *dropka*, die von der Äbtissin aufgezogen worden war. Aus dem Turm kamen noch drei Gestalten in Gewändern zum Vorschein und folgten ihr verunsichert.

»Ich war ein Schüler zu Füßen des Lama«, erwiderte er. Dann hielt er inne und konnte seine Überraschung nicht verbergen. Die drei anderen Personen waren Mönche.

»Du bist der Chinese, der sich in den Ruinen am verstümmelten Leichnam unserer Äbtissin geweidet hat.«

Shans Hand sackte herab und gab das *mudra* auf. Das war nicht die freundliche Begrüßung, die er sich erhofft hatte. Er stand auf und zog seine Kleidung zurecht. »Ich war lediglich der Erste, der ihren Tod beklagt hat. Ich habe ihre Augen geschlossen.«

»Du hast ihr *gau* gestohlen.«

Etwas in Shan zog sich zusammen. Nonnen und Mönche hatten ihn sonst stets willkommen geheißen. »Die Öffentliche Sicherheit öffnet derartige Amulette, fotografiert sie und katalogisiert den Inhalt. Und oft stößt sie dabei auf Hinweise, die zu Ermittlungen gegen die Freunde und Angehörigen des Besitzers führen.«

Die Nonne starrte ihn wütend an. Sie schien Shan am liebsten die Treppe hinunterstoßen zu wollen. Der älteste der Mönche, ein Mann Ende vierzig, trat vor, als wolle er einschreiten. Seine Stimme war ruhiger, beinahe freundlich, und sein Gesicht war stark und intelligent. »Es gibt Geschichten über einen weißhaarigen Onkel, der wie ein uralter Yak durch die oberen Täler zieht. Man sagt, er habe einen chinesischen Begleiter.« Der Mönch trug einen blassgelben Gürtel locker um sein Gewand. Daran hing ein verzierter Federkasten, seit jeher ein Zeichen für einen tibetischen Lehrer.

Shan lächelte. »Ich habe von diesem alten Yak viel gelernt.«

»Ich habe gehört, die beiden stehen bisweilen schlammbespritzt in Gräben.«

»Lokesh sagt, Gräben zu säubern sei eine läuternde Tätigkeit. Er sagt, die Magie der Erdgötter fange mit Erde und Wasser an.«

Der Mönch wandte sich an die Nonne, die Shan noch immer mit kühler Missbilligung musterte. »Wir können doch gemeinsam einen Tee trinken, Mutter«, sagte der Mönch.

Die Nonne bewegte nur eine Hand und gab Chenmo ein Zeichen. Die junge Novizin lief zu einer Tür, vor der eine Kohlenpfanne stand, und verschwand im Innern.

»Mein Name ist Shan«, sagte er.

»Und ich heiße Trisong Norbu.«

Shan war überrascht. Er kannte den Namen. »Abt Norbu.« Er neigte leicht den Kopf. Was machte der Abt von Chegar gompa in dieser entlegenen Einsiedelei?

Der Abt schien Shans Gedanken gelesen zu haben. »Du und ich mögen unterschiedliche Fragen haben, aber ich glaube, wir suchen vielleicht nach den gleichen Antworten. Das Tal wird keinen Frieden mehr finden, solange diese schrecklichen Todesfälle nicht geklärt sind.« Norbu deutete auf einige Hocker in einer sonnenbeschienenen Ecke des kleinen Hofs, von dem sich ein Ausblick über zerklüftete Bergketten und von Blumen gerötete Hänge bot. Die Nonne und widerwillige Gastgeberin setzte sich wortlos zu ihnen. Eine andere Nonne erschien und fing an, eine schwere Gebetsmühle zu drehen, die an der gegenüberliegenden Wand befestigt war. Dabei behielt sie Shan argwöhnisch im Blick.

»Die Leute im Tal sagen, wir seien ihre Anker«, erklärte Norbu. »Mein Chegar am Kopf des Tals und dieses Kloster an seinem Fuß. Verzeihung, diese Einsiedelei. Unsere geliebte Äbtissin hat uns oft ermahnt, dass dieser Ort nur ein Außenposten des alten Klosters war, ein Zufluchtsort für Nonnen, die die Abgeschiedenheit suchten. Sie sagte, das Kloster sei es gewesen, das diesem Ort seine Bedeutung verlieh.«

»Was auch der Grund dafür war, dass sie versucht hat, das alte Kloster wieder mit Leben zu erfüllen«, sagte Shan. Er schaute zu den anderen beiden Mönchen, die ihren Abt wie getreue Diener nicht aus den Augen ließen. »Doch warum gerade jetzt, nach all den Jahren?« Auf diese Frage war er bisher noch gar nicht gekommen.

»Sie hat es als ihre heilige Pflicht angesehen«, erwiderte Norbu und nickte Chenmo zu, die den Tee brachte.

»Obwohl der Wiederaufbau nicht genehmigt worden war«, mutmaßte Shan.

Der Abt hielt inne und musterte Shan, als versuche er zu ergründen, ob die Worte als Warnung gedacht waren. Er lächelte matt und wies auf seine Gehilfen. »Dakpo, Trinle und ich müssen uns mit Bergen von Formularen des Büros für Religiöse Angelegenheiten herumschlagen. Es gibt leider kein Anforderungsformular für Hoffnung und Glauben. Unser Tal ist ein besonderer Ort und entlegen genug, dass wir Traditionen hier länger bewahren können als in anderen Teilen von Tibet. Die Regierung scheint uns das nicht zu gönnen. Angesichts der neuen Stadt und des neuen Umsiedlungslagers haben die Äbtissin und ich uns gedacht, es wäre an der Zeit, das Kloster auferstehen zu lassen.«

Shan trank einen Schluck Tee und dachte nicht nur über Norbus Worte nach, sondern auch über seinen umsichtigen Tonfall. Als Abt ein Kloster in Tibet zu leiten war wie die Fahrt durch ein Minenfeld. Die Bewohner des *gompa* und alle Gläubigen der näheren Umgebung erwarteten geistige Führung von solch einem Mann. Peking hingegen erwartete politische Führung. Norbu war sich zweifellos schmerzlich bewusst, dass viele Äbte, die Peking den Kotau verweigert hatten, ihrer Posten und oft auch ihrer Gewänder enthoben worden waren. Shan nickte respektvoll und leerte seine Tasse.

Chenmo schenkte ihnen Tee nach, und die Männer plauderten ein wenig, wie Freunde es tun würden – über das Wetter, über die Lämmergeier, die anmutig am Himmel schwebten, und über den wahrscheinlichen Ursprung der kleinen Einsiedelei als eine von Bogenschützen bemannte Festung.

»Du sprichst besser Tibetisch als jeder Chinese, den ich je kennengelernt habe«, stellte der Abt fest.

»Ich habe einige Jahre in ausschließlich tibetischer Gesellschaft verbracht«, entgegnete Shan. »Als einziger Chinese mit zwanzig Tibetern in derselben Baracke.«

Norbu sah ihn mit neuerlichem Interesse an. »In Lhadrung?«

»Bei der 404. Baubrigade des Volkes.«

Norbu nickte ernst. Der Mann des Glaubens war auch in weltlichen Dingen bewandert. Er schwieg eine Weile und trank seinen Tee. »Für einen ehemaligen chinesischen Sträfling kann das Leben in Tibet sehr schwierig sein«, sagte er dann.

»Für einen tibetischen Abt in Tibet aber auch«, gab Shan zurück.

Norbu lächelte mild.

»Ich hatte einen Traum«, rief plötzlich Dakpo aus, der jüngere der beiden Begleiter. »Einen Albtraum, um genau zu sein. Die Geister von Äbtissin Tomo und Jamyang waren in einer tiefen Grube und konnten sich nicht aus ihr befreien. Sie waren blind. Und sie haben geweint und mich um Hilfe gebeten.«

Einen Moment lang sah Shan Schmerz im Blick des Abtes. Als Norbu sprach, klang er bekümmert. »Die Nonnen haben große Angst. Meine Mönche ebenfalls. Ich kann diese Dinge, diese brutalen Morde nicht verstehen. So etwas ist nicht Teil unserer Welt.«

»Es ist nicht Teil der Welt, die wir uns wünschen würden«, sagte Shan. »Und diese Morde ergeben keinen Sinn.«

»Wie meinst du das?«

»Es gibt Leute, die sind dafür ausgebildet, derartige Taten zu ergründen. Sie suchen nach Motiven, nach Mustern, nach Spuren dessen, was geschehen ist. Aber es hängt alles vom Motiv ab. Es könnte zum Beispiel Leute geben, die Anlass für den Mord an einem Ausländer haben. Es könnte Gründe geben, den Anführer einer Verbrecherbande zu töten. Und es sind sogar Motive denkbar, aus denen jemand eine Äbtissin umbringen würde. Wenn man jedes Opfer für sich betrachtet, könnte die Polizei eine Liste von Verdächtigen erstellen. Aber die Listen wären völlig verschieden. Es gibt nichts, das die drei Opfer verbindet. Es ist, als würde es sich um drei unterschiedliche Morde handeln, die bloß am selben Ort stattgefunden haben.«

Norbu griff nach der Gebetskette an seinem Gürtel. »Wenn ein Mann von einem Dämon befallen wird, gibt es womöglich kein Motiv, sondern nur den Dämon«, sagte er mit traurigem Blick und seufzte. »Aber die Behörden werden es nicht so sehen. Sie werden ein Motiv verkünden, damit sie jemanden verhaften können.« Er sah Shan an.

Shan wusste nichts zu sagen.

Dakpo schüttelte mehrmals den Kopf. »Und wie soll ich Jamyang und der Äbtissin die Wahrheit mitteilen, wenn sie das nächste Mal zu mir kommen?«, fragte er verzweifelt. »Wie soll ich ihnen beibringen, dass sie auf ewig blind und verängstigt umherwandern müssen?«

Der Abt ließ kurz den Kopf hängen. »Ich möchte weinen«, sagte er auf Chinesisch, als seien die Worte nur für Shan bestimmt, »aber ich bin der Abt.« Nach einem Moment öffnete er wieder den Mund, schüttelte dann aber nur den Kopf, als wäre das Sprechen eine zu große Last geworden. Er nahm seine Gebetskette und flüsterte ein Mantra.

Shan stand auf, ging im Hof umher und ließ den Blick erneut über die hohen Hänge schweifen. Ein Dämon war entfesselt und Lokesh ohne Schutz. Die Kriecher suchten nach der Amerikanerin, und Shans versuchte Irreführung Liangs würde ihr höchstens ein oder zwei Tage erkaufen. Wenn der Major sich wieder auf das Tal konzentrierte, würde er seine ausgehungertsten Hunde von der Leine lassen.

Als Shan sich umdrehte, sah er den Abt leise mit Chenmo sprechen. Norbu berührte sein *gau*, als würde er die Frau segnen, nickte Shan dann zum Abschied zu und machte sich mit Dakpo und Trinle an seiner Seite langsam an den steilen Abstieg, der von der Einsiedelei ins Tal führte. Ein schweres Gewicht schien sich auf seine Schultern gelegt zu haben.

Auch Chenmo war das nicht entgangen. »Seit seiner Ankunft vor einem Jahr ist aus ihm ein in diesem Tal innig geliebter Mann geworden«, sagte sie mit hörbar großer Sorge. »Er hat eine silberne Drachenglocke mitgebracht, die einst jahrhundertelang dem Kloster gehört hatte, bis die Regierung sie wegnahm. Es ist ihm gelungen, irgendein Museum davon zu überzeugen, sie den rechtmäßigen Eigentümern zurückzugeben. Er nimmt kein Blatt vor den Mund, wenn die Behörden zu viel Druck ausüben, obwohl er weiß, dass der letzte Abt ins Gefängnis geschickt wurde. Was mit der Äbtissin geschehen ist, macht ihm sehr zu schaffen. Er befürchtet, die Regierung wird es als Vorwand benutzen, um noch mehr Tibeter einzusperren. Er bleibt bis weit in die Nacht auf und betet für Mutter Tomo, betet für Gerechtigkeit. Ein Mann wie er ist für das Überleben dieses Tals wichtig. Aber man hört jetzt immer öfter, er könnte verhaftet werden. Falls der Zorn der Regierung zu einem Sturm anwächst, wird Abt Norbu der Blitzableiter sein.« Die Novizin blickte unverwandt die Treppe hinunter, während die Gewänder des Abtes und seiner Gefährten mit den Schatten verschmolzen.

»Die Amerikanerin ist in großer Gefahr«, sagte Shan leise. »Sie muss gewarnt werden. Sie muss versteckt werden.«

»Sie ist nicht hier«, erwiderte Chenmo. »Sie …«

»Genug!« Die strenge Nonne, die ihn empfangen hatte, trat aus dem Hintergrund hervor und deutete auf den Turm. Chenmo eilte mit gesenktem Kopf an Shan vorbei, warf aber zuvor einen langen Blick auf den Hang oberhalb der Einsiedelei, zu einer der kleinen Steinhütten, die von Eremiten und für Exerzitien genutzt wurden. Die Nonne stellte sich zwischen

Shan und den Turm, als wolle sie jeden Versuch unterbinden, der Novizin zu folgen.

»Sie werden kommen und nach der Amerikanerin suchen«, teilte Shan ihr mit. »Sie werden Verhöre durchführen. Und überaus grobe Durchsuchungen. Sind alle hier registriert? Könnt ihr belegen, dass alle einen Treueid abgelegt haben?«

»Die Worte eines wahren Patrioten aus Peking.«

»Die Worte eines Mannes, der verhindern möchte, dass die Nonnen der Tausend Stufen noch mehr leiden müssen«, gab Shan zurück. »Die Kriecher wissen vermutlich bereits, dass die Äbtissin die Restaurierung des Klosters koordiniert hat. Sie wissen von den Ausländern. Sie werden es nicht für möglich halten, dass die Ausländer insgeheim die Klosterruinen besucht haben könnten, ohne dass die Äbtissin davon gewusst hat.«

»Ich vermag nicht zu sagen, welches Wissen die Äbtissin mit ins Grab genommen hat.«

»Ich habe einst in einer Einsiedelei gelebt, Äbtissin. Unter den Mönchen gab es keine Geheimnisse. Es war wie eine große Familie.«

»Ich trage keinen Wedel«, berichtigte die Nonne ihn und bezog sich damit auf den Wedel aus Yakhaar, der das traditionelle Amtszeichen für Äbte und Äbtissinnen war. »Die neue Äbtissin, Ani Ama, wurde weggerufen. Während ihrer Abwesenheit bin ich für die anderen verantwortlich.« Die Nonne verstummte, während ein Dutzend andere aus diversen Bauten zum Vorschein kamen und ein kleines Gebäude betraten, dessen Eingang von Gebetsmühlen flankiert wurde. Auf dem Turm erschien ebenfalls eine Nonne und läutete eine Handglocke.

»Falls sie kommen, was wird geschehen?«, fragte die Leiterin flüsternd.

»Sie werden euch voneinander trennen und jede einzeln verhören. Die Kriecher werden es darauf anlegen, Zwietracht zu säen und euch gegeneinander auszuspielen. Zuerst kommen die an die Reihe, die keinen schriftlichen Nachweis für ihren Treueid haben. Wer keinen Eid unterzeichnet hat, respektiert Peking nicht. Eine Tibeterin, die Peking nicht respektiert, ist eine Revisionistin. Eine Revisionistin ist eine Verräterin. Verräterinnen haben keine Rechte. Dafür kommt man normalerweise ins Gefängnis und darf sich nie wieder als Nonne registrieren lassen. Aber du kannst der Bestrafung entgehen, wenn du einfach nur von den subversiven Machenschaften der Äbtissin erzählst oder die Namen der Verräter nennst, die die Amerikanerin versteckt haben.

Falls das nicht funktioniert, werden sie mit denjenigen unter euch sprechen, die aus schlechten Familien kommen, also von Kaufleuten und Landbesitzern abstammen, deren Akten von den Politoffizieren jederzeit wieder eröffnet werden können. Und wenn alle Stricke reißen, werden sie herausfinden, wer Fotos des Dalai Lama versteckt hat, und das als Druckmittel benutzen. Dies sind unruhige Zeiten in Tibet. Die örtlichen Strafverfolgungsbehörden können nahezu ungehindert agieren und eigenmächtig Strafen verhängen. Sie brauchen bloß die Worte ›Dalai Lama‹ und ›Revisionistin‹ zu rufen, und dein Leben ist ruiniert. Falls es den Kriechern beliebt, können sie morgens hier eintreffen und bis Mittag sind alle von hier weggeschafft und werden sich nie wiedersehen.«

In die trostlose Miene der Frau stahl sich ein Anflug von Trotz. Shan konnte erkennen, dass sie eine *khampa* war – aus der alten tibetischen Provinz Kham, in der sowohl die Männer als auch die Frauen einst furchtlose Krieger gewesen waren. »Falls sie kommen«, sagte sie.

»Nicht falls, Mutter«, widersprach Shan. »Nur wann.«

»Aber du bist nicht hergekommen, um uns zu warnen.«

Shan blickte erneut hinaus über die Berge. Er war sich keineswegs sicher, dass der Pfad, nach dem er suchte, weniger schmerzvoll für die Nonnen sein würde. »Die einzige Möglichkeit, den Lauf der Dinge zu verändern, ist die Ergründung der Wahrheit.«

»Wir kennen die Chinesen und ihre Wahrheiten. Als Beleg können wir fünfzig Jahre Leid vorweisen.«

»Im Gefängnis hatte ich einen Lehrer. Einen Lama, der geholfen hatte, den Dalai Lama auszubilden, als der noch ein Junge war. Er sagte, der Grund dafür, dass die Tibeter in ihren Herzen frei blieben, sei ihre Gewissheit, dass die Wahrheit stärker ist als jedes Gesetz, jedes Gefängnis und jede Armee.« Der Zorn im Blick der Nonne begann sich zu legen. »Warum könnte die Äbtissin sich in Gegenwart eines chinesischen Bandenführers befunden haben?«, fragte Shan abrupt.

Die Nonne blickte verwirrt in ihre verschränkten Hände. »Ich muss die Gebete leiten«, sagte sie, drehte sich um und eilte in die Kapelle.

Shan folgte ihr und setzte sich im Lotussitz vor die Rückwand der kleinen Kammer. Das einzige Licht fiel durch die offene Tür herein oder stammte von den Butterlampen, die auf dem Altar unter einem kleinen Bronzebuddha flackerten. Als die Mantras begannen, schloss Shan die Augen und versuchte, die nagende Furcht zu verdrängen. Der leise Chor der Nonnen war wie Balsam für seinen geschundenen Geist. Er ertappte sich dabei, wie er anfing, die vertrauten Worte mit den Lippen zu formen. Dann gesellte seine Stimme sich zu den anderen.

Als die Nonnen hinausgingen, rührte er sich nicht von der Stelle, sondern prüfte ihre verängstigten Gesichter. Keine der Frauen sah ihn an. Nur die Leiterin blieb in der Kapelle und füllte die Weihrauchfässer auf dem Altar nach, bevor sie sich zu Shan umdrehte.

»Vor einigen Monaten sind zum ersten Mal Chinesen bei den entlegenen Lagern und Höfen aufgetaucht, ganz oben auf den Hängen«, verkündete sie plötzlich. »Sie haben die Leute mit Stöcken geschlagen, ihre Werkzeuge zerbrochen, gestohlen, was immer sie wollten, und manchmal das Viehfutter verbrannt. Es schien ihnen weniger ums Plündern zu gehen, denn diese Leute haben so gut wie nichts Wertvolles besessen. Eher darum, die Menschen zu vertreiben. Sie haben jedes Mal eine schwarze Feder zurückgelassen. Chinesen, aber nicht in Uniform. Kleiner und dunkler als die meisten in dieser Pionierstadt. Als wir hörten, dass sie tätowiert sind, haben wir sie für flüchtige Sträflinge gehalten. Die Äbtissin ist zu einem der tibetischen Polizisten gegangen, um es zu melden. Der Mann sagte, er könne nichts tun, das sei eine Angelegenheit dieser Bewaffneten Volkspolizei.«

»Du willst sagen, die chinesische Bande aus Baiyun hat diese Überfälle begangen.«

»Du hast Abt Norbu doch gehört. Das Kloster und Chegar gompa waren jahrhundertelang die beiden Anker des Tals, einer an jedem Ende, und haben für Ruhe und Frieden gesorgt. Es war stets die Pflicht des Abtes und der Äbtissin, über die Sorgen der Menschen Bescheid zu wissen und Möglichkeiten zur Linderung zu finden. Nach der Zerstörung des Klosters kamen die wenigen überlebenden Nonnen hierher, und die Leiterin der Einsiedelei wurde zur Äbtissin. Wir sind für die Menschen des Tals verantwortlich. Wenn eine Bauernfamilie im Herbst krank wird, gehen wir Nonnen aufs Feld und ernten die Gerste für sie.«

»Und deshalb hat sie ein Treffen mit dem Anführer der Bande vereinbart. Lung Ma.«

»Sie ist einfach zu dem alten Hof gegangen, auf dem die hausen. Zusammen mit der ältesten unserer Nonnen, Ani Ama. Die Äbtissin hat die Tür aufgestoßen und ist die Treppe zu ihrem Anführer hinaufgestiegen. Ani Ama hat erzählt, seine Männer hätten gelacht, aber er nicht. Er schien beunruhigt zu sein, sie zu sehen. Er hat nur zugehört, während sie ihn zurechtgewiesen und verlangt hat, er solle unsere Leute in Ruhe lassen. Manche seiner Männer haben Messer gezogen, aber er hat ihnen einen strengen Befehl erteilt, und sie haben die Waffen gesenkt.«

»Und das war kurz vor ihrer Ermordung?«

»Nein. Vor vielen Wochen. Vor zwei oder drei Monaten. Letzten Monat ist er dann zu ihr gekommen. Den ganzen Weg die Stufen hoch, und als er hier oben ankam, war er völlig außer Atem.«

»Um mit ihr zum Kloster zu gehen.«

»Nein. Das war später. Er ist wegen seines toten Sohnes gekommen.«

Shan blickte überrascht auf. »Der Sohn des Bandenführers ist gestorben?«

Die Nonne nickte. »Bei einem Verkehrsunfall. Er wollte, dass sie den Leichnam nach altem Brauch herrichten würde.«

»Die Jadekrähen hatten sie mit Messern bedroht, und sie ist trotzdem mitgegangen?«

»Aber natürlich. Es ging doch um den toten Jungen. Sein Vater war ein anderer Mann, zutiefst erschüttert. Danach haben all diese Überfälle aufgehört.«

Shan überlegte. »Also ist sie ihm dieses eine Mal nach Hause gefolgt«, sagte er. »Und später ist er wiederum ihr zu dem Kloster gefolgt, wo beide umgebracht wurden.«

Die Nonne schüttelte den Kopf. »Du irrst dich. Sie ist nicht wegen Lung zum Kloster gegangen und Lung auch nicht wegen ihr. Sie gingen beide wegen Jamyang. Jamyang hat zu ihr gesagt, ein Dämon sei aus der Erde gekrochen und müsse vernichtet werden.«

KAPITEL SIEBEN

Auf halbem Weg die ausgetretenen Steinstufen hinunter wich Shan seitlich auf den steilen Hang voller Felsvorsprünge aus. Im Schutz der Felsen bewegte er sich dann langsam wieder bergauf und hoffte, keine Aufmerksamkeit zu erregen. Er konnte sich nicht sicher sein, dass Chenmo ihm tatsächlich einen Hinweis auf die kleine Meditationsklause oberhalb des Geländes gegeben hatte, und war sogar noch unschlüssiger, als er sie erreichte.

Die Hütte war menschenleer und besaß keinerlei Mobiliar außer zwei mit Stroh gestopfte Schlaflager, zwei abgenutzte Kissen, einen niedrigen Hocker und einen Eimer. An der Wand hing ein zehn Jahre alter Touristenkalender mit einem Hochglanzfoto des Kailas, des heiligsten aller Pilgerberge. Shan stand im Eingang der baufälligen, windschiefen Hütte und schaute schon wieder zu den höheren Hängen empor. Er erkannte, dass es ihm nicht gelingen würde, sich auf die Morde zu konzentrieren, solange Lokesh verschollen blieb.

Eine Windbö ließ die Tür in ihren hölzernen Angeln rattern und zerrte dann an einer Schnur mit Gebetsfahnen, die an der Ecke des Gebäudes an einem Nagel festgebunden war. Der größte Teil der Leine war leer. Nur ein halbes Dutzend Fahnen blieb und flatterte nun für einen Moment im Wind. Vier der Fahnen bestanden aus verblichener Baumwolle, die letzten beiden hingegen aus einem leuchtend roten Material, was zudem nicht dem herkömmlichen Farbmuster entsprach.

Shan packte die Schnur und holte die roten Fahnen ein. Sie waren mit dem üblichen tibetischen *mani*-Mantra beschriftet, der Anrufung des Mitfühlenden Buddhas. Doch auf der Rückseite stand das gleiche Mantra und zwar offenbar mit einem Kugelschreiber geschrieben: *Om mani padme hum*. Das Material war Nylon und an den Kanten mit schmalen Streifen Heftpflaster eingefasst. Jemand hatte einen Anorak oder ein Zelt zerschnitten und daraus Gebetsfahnen gefertigt.

Mit neuerlicher Entschlossenheit betrat Shan die Hütte und fing an, sie systematisch zu durchsuchen, hob die Schlaflager und die kleinen Beutel aus Yakfilz an, die mit einer Füllung aus Schaffell als Kissen dienten. Unter einem der Lager befanden sich ein ausgetretenes Paar Ledersandalen und ein Kamm, unter dem anderen zehn Seiten tibetischer heiliger Schriften. Shan blickte zurück zu der ersten Schlafstelle. Ein Kamm. Die Nonnen trugen ihr Haar sehr kurz oder schoren es sich ganz ab. Er hielt sich den kleinen schwarzen Kamm an die Nase. Es hing ein seltsam schwerer Duft daran, aber zu undeutlich, um sich genau bestimmen zu lassen. Shan nahm die Kissen mit hinaus und schlug die Stoffklappen auf, um an die Füllung zu gelangen. Das erste enthielt lediglich die vertraute gewaschene Wolle, die in solchen Kissen Verwendung fand. Das zweite war ebenfalls mit Wolle gefüllt, doch ganz unten steckte noch etwas, von dem ein Geruch nach Zitrone und Kokosnuss aufstieg. Er holte die Wolle heraus, dann einen langen seidigen Strang, den er in die Sonne trug. Es war dunkelbraunes Haar, ungefähr einen halben Meter lang.

»Ich dachte, ich hätte es gut versteckt«, gestand Chenmo, die an der Ecke der Hütte stand.

»Du hast mich hergeschickt, damit ich es finde«, erwiderte Shan.

»Ich dachte, du würdest bloß die Gebetsfahnen finden. Ich wusste nicht, was ich mit ihnen machen sollte. Ein starker

Wind hat die meisten davongeweht. Der Berggott hätte sie nehmen können, falls er gewollt hätte, aber er hat sie hiergelassen. Es steht mir nicht zu, sie zu zerstören.«

»Aber du dachtest, ich würde es tun«, sagte Shan. Ohne weiter darüber nachzudenken, roch er an dem Haar. Dann war es ihm plötzlich peinlich, und er ließ es wieder sinken. »Wissen die Nonnen davon?«, fragte er.

»Ich weiß es nicht. Ich habe ihnen jedenfalls nichts davon erzählt.«

»Für die Öffentliche Sicherheit steht fest, dass die Ausländer Freunde der Äbtissin gewesen sind und mit ihr bei den Ruinen gearbeitet haben. Es gibt nicht viele Orte, an denen Ausländer sich aufhalten könnten, ohne beträchtliche Aufmerksamkeit zu erregen. Letztendlich wird den Kriechern klar werden, dass die Einsiedelei ihnen als Operationsbasis gedient haben muss.«

»Aber so war es nicht. Rutger und Cora haben begriffen, in welche Gefahr wir dadurch geraten würden. Sie hatten ein Lager weiter oben und sind nur manchmal hergekommen, um an den Gebeten teilzunehmen und mit den Nonnen zu sprechen.«

»Und wieso hat die Frau sich dann nicht an dem Lagerplatz versteckt?«

»Sie hat ihn aus irgendeinem Grund nicht mehr für sicher gehalten. Sie hatte schreckliche Angst.«

»Weil sie dabei war, an jenem Tag in den Ruinen.«

Chenmo nickte. »Sie wusste davon und hatte den Mörder gesehen. Da bin ich mir sicher. Aber sie wollte nichts von den Ereignissen erzählen. Sie hat bloß immer wieder gesagt, sie müsse weg von hier und es sei alles ein gewaltiger Fehler gewesen.«

»Was war ein Fehler?«, hakte Shan nach. »Soll das heißen, die Leute, die im Kloster umgebracht wurden, hätten einen Fehler begangen?«

Chenmo zuckte die Achseln.

»Wie hast du sie nach den Morden gefunden?«

»Sie wusste, dass ich oft auf den Hängen unterwegs bin und nach Kräutern suche oder alte Pilgerpfade säubere. Als sie am Tag nach den Morden zu mir gekommen ist, war sie wie ein wildes Tier, kaum mehr bei Sinnen, bedeckt mit Dorngestrüpp und mit getrocknetem Blut an den Händen. Sie konnte kaum sprechen.«

»Sie spricht Tibetisch?«

»Nicht viel. Sie hatte ein kleines Wörterbuch, aber das ging verloren. Rutger hat Tibetisch gesprochen. Er hat dann meistens für sie ins Englische übersetzt. Sie spricht etwas Chinesisch, so wie ich. Aber als sie mich gefunden hatte, war sie zu entsetzt für Worte. Nach Einbruch der Dunkelheit habe ich sie hergebracht. Sie hat die ganze Nacht geweint. Ich habe sie gehalten, und sie hat geweint, bis keine Tränen mehr gekommen sind. Am nächsten Tag haben wir geredet, und sie hat mich mit Gesten um eine Schere gebeten. Nachdem ich verstanden hatte, was ihre Absicht war, habe ich ihr die richtige Kleidung besorgt und ihr einige der Mantras beigebracht, die wir aufsagen.«

»Du kannst ihr Haar nicht hierlassen«, sagte Shan. »Es trägt den Geruch einer Ausländerin.«

Chenmo war verunsichert. »Es ist von ihrem Körper. Es muss sicher verwahrt werden.«

Shan war im ersten Moment verwirrt, dann erinnerte er sich, dass Chenmo aus einer Nomadenfamilie stammte, in deren Leben und Religion der Aberglaube eine große Rolle spielte. Viele von ihnen glaubten, man könne einer Person Schaden zufügen, indem man ihre Haare oder Fingernägel verbrannte.

»Wickel das Haar in ein Stück Leder, und dann vergrab es oben auf dem Hang unter einem Felsen«, schlug er vor. »Zusammen mit diesen beiden Gebetsfahnen.«

»Sie braucht ihre Gebete. Jetzt mehr als je zuvor.«

»Dann verlegen wir sie an eine andere Stelle. Ich helfe dir dabei, falls du mich zum Lager der Ausländer bringst.«

Chenmo wandte sich stirnrunzelnd zu den roten Nylonfahnen um und nickte.

Die Ausländer hatten ihren Lagerplatz klug gewählt. Chenmo führte Shan fast eine Stunde den zerklüfteten Hang hinauf und hielt nur kurz an einem hohen, offenen Sims, damit Shan dort einen kleinen Steinhaufen über dem Haar errichten und die beiden Fahnen an dem obersten Stein befestigen konnte. Als die Novizin schließlich an einem hohen Felsvorsprung stehen blieb, dachte Shan, sie würde sich nur ausruhen. Dann sah er, dass sie die Felswand absuchte. Sie fand einen schmalen Spalt und verschwand dort im Schatten.

Das blaue Nylonzelt war schon oft den Bergwinden ausgesetzt gewesen. Die sonstige Ausrüstung war die erfahrener Trekker. Der Lagerplatz wirkte unberührt, als wären die zwei Ausländer soeben erst zu einer kurzen Klettertour aufgebrochen.

Shan bückte sich zum Zelteingang, öffnete den Reißverschluss der Schutzklappe und trat ein. Auf einer Seite lagen zwei aufgeschlagene Daunenschlafsäcke auf Isoliermatten, eine mit einer Decke darauf. Ein Packbeutel aus Nylon enthielt Frauenkleidung, ein anderer Männerkleidung. In einem großen Rucksack waren Klettergeschirre, Fels- und Karabinerhaken verstaut. Auf der anderen Seite lagen fünf kleine, robuste Aluminiumkästen. Shan drehte sich zu Chenmo um, die nervös am Eingang verweilte. »Es müsste hier zwei Rucksäcke geben. Die Frau ist also hierher zurückgekehrt.«

»Nein. Ich wollte sie ja dazu überreden und habe immer wieder nach hier oben gezeigt und gesagt, es wäre sicherer für sie, aber sie hat sich geweigert. Sie hatte zu viel Angst.«

Drei der Metallkästen waren zum Transport von Kameras und Objektiven gedacht. Doch die schwarzen Schaumstoffeinlagen waren leer. Der Mörder hatte eine Kamera zerstört, wusste Shan. Der vierte und fünfte Kasten enthielten Plastikbehälter für kleine Videokassetten und Computer-Speicherkarten. Shan öffnete einen nach dem anderen. Sie waren alle leer.

»Sie wollte nicht herkommen, weil sie wusste, dass jemand anders hier auftauchen würde«, folgerte Shan. »Jemand, der die Kameras und den Inhalt dieser Kästen in den zweiten Rucksack geworfen hat.« Ihm fiel auf, wie Chenmo den Zugang zum Lagerplatz im Auge behielt. Sie hatte Angst.

Shan tastete die Schlafsäcke ab und hob die Decke an. Sie war aus billigem grauen Stoff. Er hatte ein ähnliches Exemplar im Lager des Reinen Wassers gesehen. »Was fehlt sonst noch?«, fragte er.

Die Novizin schritt langsam den Lagerplatz ab. »Ein kleiner Kocher, der mit Gaskartuschen funktioniert. Und Nahrung. Trockennahrung, die sie mit Wasser erhitzt haben.«

»Wer wusste von diesem Ort?«

»Die Äbtissin und ich haben Rutger und Cora hier besucht.« Sie zeigte auf einen Kreis aus flachen Felsen. »Dort haben sie eine Mahlzeit zubereitet. Die Äbtissin hat sich nach ihren Welten erkundigt.«

Shan musterte die Felswände. Auf dem Stein gab es Kreidezeichnungen, manche kunstvoll, andere sehr primitiv. Ein Buddha. Ein Hund. Ein Yak. Ein Herz. Die Ausländer hatten sich hier sicher gefühlt. Es war ihre Zuflucht gewesen. Er ging die Wand entlang und sah nun einen Fisch und eine Lotusblüte und begriff, dass er den Künstler kannte. »Jamyang war hier.« Es war eine Feststellung, keine Frage.

»Nicht, dass ich wüsste«, erwiderte Chenmo unschlüssig.

Er holte einen kleinen Plastikbuddha aus einer Felsspalte. »Hat der den beiden gehört?«

Sie nahm den Buddha und betrachtete ihn verwirrt. »Die werden in Chegar verteilt. Aber es sind keine Mönche hergekommen. Cora und Rutger haben darauf geachtet, sich vor allen außer den Nonnen und Jamyang verborgen zu halten.«

Shan ließ besorgt den Blick in die Runde schweifen. »Die Amerikanerin ist nicht zu ihrem geheimen Lager zurückgekehrt, aber ein Dieb war hier.«

Chenmo wich an eine der Wände zurück, als hätte sie plötzlich noch mehr Angst.

»Wo ist sie, Chenmo?«, fragte Shan jäh. »Sie schwebt in großer Gefahr.«

»Es kam eine Nachricht«, sagte die Novizin. »Die Äbtissin würde an der alten Straße hinter den Ruinen auf uns warten.«

»Du meinst ihre Leiche, nachdem man sie der Öffentlichen Sicherheit entwendet hatte.«

»Entwendet? Die Äbtissin hat zu uns gehört.«

»Die Öffentliche Sicherheit betrachtet den Leichnam als Beweisstück einer Mordermittlung.«

»Ihr Körper ist Beweis ihres frommen Daseins.«

»Also haben die Nonnen ihn geholt.«

Chenmo nickte langsam. »Aber am Abend zuvor war der alte Onkel vorbeigekommen. Er hat gesagt …«

Shans Herz vollführte einen Sprung. »Lokesh?«, unterbrach er sie. »Du hast Lokesh gesehen?«

»Ja. Onkel Lokesh. Er kam nach Einbruch der Dunkelheit und fragte, ob er in unserem Stall schlafen dürfe. Er hat auch nach dir gefragt und gesagt, er wolle am nächsten Tag zu Jamyangs Schrein gehen und werde dich dort treffen. Aber als er vom Leichnam der Äbtissin hörte, hat er sich eines anderen besonnen. Er sagte, der Leichnam müsse den Berg hinauf, zurück zu Jamyang, denn das hätte sie so gewollt und die Polizei könne sie ansonsten hier finden. Er sagte, er würde uns einen Weg abseits der Straßen zeigen.«

»Zu den Leichenzerlegern.«

»Den *ragyapas*, ja. Ani Ama sollte den Wedel tragen und das Amt der Äbtissin übernehmen. Sie war einverstanden. Sie sagte, sie würde gehen und noch drei weitere von uns. Mir wurde klar, dass das die Gelegenheit für Cora war. Als wir die Straße erreichten, waren wir zu fünft, dazu Lokesh und der Leichnam.«

»Die Amerikanerin hat sich der Gruppe angeschlossen.« Shan seufzte erleichtert auf. Lokesh und Cora waren in Sicherheit. Die Öffentliche Sicherheit hasste die Leichenzerleger und mied sogar jeden Kontakt mit ihnen.

»Wir sollten ihnen eine Nachricht schicken«, sagte Shan. »Die Amerikanerin soll vorläufig dort bleiben, und Lokesh kann ihr Gesellschaft leisten.«

»Lokesh ist bei ihr«, sagte Chenmo angespannt. »Aber nicht bei den Leichenzerlegern.«

»Wie meinst du das?«

Im Blick der Novizin lag großer Kummer, und sie schien nicht mehr sprechen zu können.

Shan sah sie an und glaubte zu verstehen. »Es tut mir leid. Ich verlange zu viel. Falls herauskäme, dass du mir geholfen hast, würde man dir nie gestatten, ein Gewand zu tragen.«

Chenmo benötigte lange, bis sie etwas entgegnen konnte. »Einer der *purbas*, einer der freien Tibeter, die aus Indien herübergekommen sind, hat mir etwas erklärt, als ich ihn das letzte Mal gesehen habe. Die Regierung gibt Menschen ohne Familie sowieso keine Gewänder. Sie benutzt die Angehörigen nämlich als Geiseln und lässt sie Garantien unterschreiben, dass sie ihrem Sohn oder Bruder, ihrer Tochter oder Schwester nicht gestatten werden, an verräterischen Handlungen teilzunehmen. Falls der Mönch oder die Nonne sich später als illoyal erweist, wird die Familie ins Gefängnis geworfen. Er hat gesagt, eine Waise wie ich könne sich niemals als Nonne registrieren lassen.«

Shan wusste nicht, wie er sie trösten sollte. »Ich verlange zu viel«, wiederholte er. »Sag mir einfach, wohin ich gehen muss, um zu erfahren, was vorgefallen ist.«

Chenmo biss sich auf die Lippe. »Ich glaube, das kann ich nicht. Ich werde es dir zeigen müssen.«

Die Novizin blieb stumm, während sie auf einer etwas direkteren Route zu der Stelle abstiegen, an der Shan seinen Wagen zurückgelassen hatte. Dann deutete sie ihm nur mit Gesten die Richtung an und führte ihn auf eine schmale Schotterpiste, die sie in weitem Bogen um die Klosterruinen und zu den Felsvorsprüngen dahinter führte. Er ging vom Gas, als eine Spur aus Hufabdrücken mit dem Pfad verschmolz, dann erneut, als sie die Reifenabdrücke eines Lastwagens passierten, die hinter einem riesigen Felsblock auf die Trasse einbogen. Der Weg, auf dem der Lastwagen zwischen die Felsen gelangt war, war kaum mehr als ein alter Trampelpfad. Shan schaute zu den niedrigen Hügeln, zu denen der Pfad verlief, und erkannte, dass er sie bereits von der anderen Seite aus gesehen hatte. Der Pfad führte zu dem Hof, den Lung und die Jadekrähen bewohnten.

»Hier«, sagte Chenmo unvermittelt, als der Pick-up eine kleine Freifläche zwischen den Felsen erreichte. Die Spuren vor ihnen führten genau bis hierhin.

Chenmo schien sich in sich selbst zurückzuziehen. Shan ließ sie im Wagen und erkundete den flachen Kreis. Eine nähere Erläuterung war nicht nötig, denn der Boden erzählte die Geschichte. Ein kleines Pferd in Begleitung mehrerer Leute war aus Richtung Süden gekommen, wo die Einsiedelei der Nonnen lag. Eine der Fußspuren gehörte zu Lokesh; das charakteristische Muster stammte von Gummistreifen, die ein Schuster ihm letztes Jahr auf die Stiefelsohlen geklebt hatte. Aus dem Laster waren zwei oder drei Personen mit teuren Sportschuhen ausgestiegen. Das Pferd war zur Nordseite der Freifläche weitergegangen; die Hufspur war hier tiefer, denn man hatte dem Tier eine Last aufgeladen.

Als Shan zu seinem Wagen zurückkehrte, hielt Chenmo seine Landkarte und biss sich wieder auf die Lippe. Sie zeigte auf ein neues Ziel, eine Straße, die er nicht kannte und die in steilen Serpentinen aus dem Tal führte, den hohen Gebirgskamm überquerte und dann über eine langgestreckte Ebene in die unbekannten Hügel des Nachbarbezirks verlief. Die Novizin sah ihn erwartungsvoll an.

»Erst musst du mit mir reden«, verlangte Shan. »Ich will wissen, wer in dem Lastwagen mit der Leiche gesessen hat.«

»Einige der Chinesen von diesem Bauernhof. Grobe Männer. Sie haben mir Angst eingejagt. Die meisten von uns haben sich im Hintergrund gehalten. Ani Ama hat mit ihnen gesprochen.«

»Hat Ani Ama die Männer gekannt? Schien sie ihnen schon mal begegnet zu sein?«

»Ja, sie kannte sie. Sie war ja auch mit der Äbtissin zu dem Hof gegangen.«

»Was wurde gesagt?«

»Nicht viel. Diese Männer haben sich vor der Leiche gefürchtet. Sie hatten die Äbtissin in ein Laken gewickelt und mit einem Seil verschnürt. An dem Seil hatten sie eine Art Talisman befestigt, mit Zeichnungen von schwarzen Vögeln und Schlangen darauf. Ani Ama wurde ärgerlich und sagte, sie sollten das Ding wegnehmen, denn es sei ein böser Zauber. Dann ist Onkel Lokesh aus dem Schatten vorgetreten. Einer von denen, der Älteste, hat gefragt, wie man einen Toten reinigt, und Lokesh hat erklärt, wie das bei uns üblich ist. Dann hat er den Talisman einfach weggenommen, zusammengefaltet und in die Tasche gesteckt. Er hat den Männern gedankt und noch ein paar Worte geflüstert. Da sind sie vor ihm zurückgewichen, als hätten sie Angst. Später habe ich ihn gefragt, was er gesagt hat. Er hat den Männern mitgeteilt, dass sie nicht etwa den Tod gebracht hätten, sondern einen Kokon, aus dem ein wunderschöner Schmetterling zum Vorschein kommen würde. Nachdem sie weg waren, ließ er uns die Leiche auf eine

Decke legen. Dann hat er Weihrauch entzündet und uns beim Gebet angeleitet. Erst danach konnten wir die Äbtissin für ihre Reise auf dem Pferd festbinden. Er hat ihr unterdessen fortwährend sanft auf den Rücken geklopft, als wolle er sie trösten, und die Todesriten aufgesagt. Dann hat er erklärt, die Äbtissin möge den Gottheiten nahe gewesen sein, aber der Tod habe sie an jenem Tag unvorbereitet ereilt.«

Shan betrachtete abermals die Karte und fuhr mit dem Finger eine alternative Strecke entlang, einen Umweg, der weiter oben am Hang auf Chenmos rätselhafte Straße treffen würde. Er wendete den Pick-up und folgte den Spuren des Lastwagens, der den Leichnam der Äbtissin gebracht hatte.

»Nein«, protestierte Chenmo. »Bitte, Shan. Ich habe Angst vor diesen Männern.«

»Nur ein kurzer Blick, das ist alles«, versicherte er.

Als er weiterfuhr, flüsterte sie ein Mantra.

Schließlich erreichten sie eine Hügelkuppe über dem Gelände der Jadekrähen. Chenmo keuchte auf. Von dem Hof stieg eine dunkle Rauchsäule empor. Shan rollte ein kleines Stück zurück, um von unten nicht mehr gesehen zu werden, und eilte mit seinem Fernglas zur Kante vor.

Auf der Zufahrtsstraße war ein Wächter postiert, offenbar bewaffnet mit einer Heugabel. Der kleine steinerne Stall oberhalb des Hauses hatte etwas Neues an sich, nämlich eine einzelne Gebetsfahne, die auf seinem Dach flatterte. Der kleine Getreidespeicher, den Shan teilweise demontiert gesehen hatte, war inzwischen vollständig verschwunden. Aus dem so gewonnenen Holz hatte man ein Gestell aus gekreuzten Brettern errichtet, von dem nun der Rauch aufstieg. Rund um das lodernde Feuer stand mindestens ein halbes Dutzend Gestalten. Die Jadekrähen verbrannten den Leichnam ihres Anführers.

***

Die Sonne stand tief am Horizont, als sie die lange Grasebene erreichten, die sich über die Grenze zweier Bezirke erstreckte. Shan warf unbehaglich einen Blick in den Rückspiegel. Der Grat des Gebirgskamms über ihnen war die Linie, jenseits derer der dürftige Schutz, den Shan genoss, sich verflüchtigte. Auf der anderen Seite würde er bloß ein ehemaliger Sträfling ohne Reisepapiere sein.

Chenmo hatte seit längerer Zeit nichts mehr gesagt. Sie zeigte einfach nach vorn zu der Gratlinie in etwa dreieinhalb Kilometern Entfernung.

Sie hatten den Kamm fast erklommen, als Chenmo Shan bedeutete, er möge anhalten. Die Novizin sprang aus dem Wagen und lief den Hang hinauf. Als Shan sie einholte, stand sie auf einem Sims, von dem aus man die weite Ebene hinter ihnen überblicken konnte, und hielt furchtsam Ausschau. Dabei presste sie sich eine Faust gegen den Mund, als wolle sie einen Schrei unterdrücken. Ein eisiger Schauder kroch Shans Rückgrat herauf. Wovor hatte sie solche Angst?

»Wir sind schnell aufgestiegen, anfangs auf der Straße«, erklärte sie plötzlich. Sie deutete auf das Ende der Ebene, wo das Gelände steil zu weiteren Felshängen anstieg. »Kurz vor dem Pfad, der ins Hochland führt, haben wir sie gesehen. Sie rannten auf uns zu. Es blieb keine Zeit, um zu überlegen.«

Shans Mund wurde trocken. »Du meinst Soldaten.«

Chenmo zuckte die Achseln. »Sie hatten Uniformen und Waffen. Und wir hatten so wenig Zeit. Onkel Lokesh sagte, die Äbtissin müsse entkommen. Drei von uns sind mit dem Pferd den Pfad hinaufgelaufen. Als Lokesh ins Freie rannte, um die Soldaten abzulenken, ist die Amerikanerin ihm gefolgt und hat ihn sogar überholt, als wolle sie ihm helfen. Cora war stark und sehr schnell, zu schnell. Sie ist gestürzt. Onkel Lokesh lief zu ihr und Ani Ama zu den beiden. Sie wollten Cora wegtragen, aber die Soldaten haben sie eingeholt. Wir haben von oben aus zugesehen. Als sie weg waren, wurde ich zurückgeschickt, um die Einsiedelei zu verständigen.«

Shan sank auf einem Felsen zusammen und barg kurz sein Gesicht in den Händen. »Das verstehe ich nicht«, sagte er dann und blickte auf. »Woher sind die Soldaten gekommen? Wohin sind sie gegangen? Hatten sie Fahrzeuge? Einen Hubschrauber? Was hast du noch gesehen? Ich muss herausfinden, wohin man sie gebracht hat.«

»Aber das weiß ich. Ich habe sie beobachtet und bin ihnen gefolgt. Ich hatte es schon zuvor mit Cora und Rutger gesehen.«

Shan konnte sich keinen Reim darauf machen. Die Frau raffte ihr Gewand und fing an, den kurzen Rest des steilen Hangs hinaufzuklettern. Erst kurz vor der Kammlinie holte er sie ein.

»Die Chinesen glauben, niemand kenne ihre Geheimnisse«, verkündete sie. »Als wären wir alle blind. Rutger und Cora wollten, dass alle glauben, sie wären gekommen, um den Wiederaufbau des Klosters zu filmen, aber in Wahrheit wollten sie den Chinesen mit Hilfe ihrer Kameras beweisen, dass eben nicht alle blind sind. Ich habe ihnen manchmal geholfen, und sie ließen mich durch ihre langen Objektive schauen. Alte Männer und Frauen, die mit Stöcken geschlagen werden. Mönche, die man an Pfähle fesselt und ungeschützt draußen lässt, sogar im Sturm. Letzten Monat haben sie die ersten Gräber ausgehoben.« Sie biss sich wieder auf die Lippe und blickte zurück auf die Ebene. »Meine Mutter hat mir von einer Hölle erzählt, in der Menschen in Tiere verwandelt wurden. Das hier ist sie.« Sie erreichte den Grat und wies in das abgelegene Tal unter ihnen.

Der Anblick traf Shan wie ein Fausthieb. Stöhnend fiel er auf die Knie.

Der Gebäudekomplex lag weniger als anderthalb Kilometer entfernt, ein ausgedehntes Labyrinth aus primitiven Baracken, umgeben von Stacheldraht und niedrigen Türmen, die zweifellos mit Maschinengewehren ausgestattet waren.

Als das taube Gefühl nachließ, verspürte Shan nur noch den verzweifelten, überwältigenden Drang, Lokesh zu retten. Der sanfte alte Tibeter würde eine weitere Haftstrafe niemals überleben. Shan musste ihn finden, musste ihn von den Stacheldrahtzäunen und den Gewehren wegschaffen. Er erhob sich wankend und machte erst einen, dann noch einen Schritt den Hang hinunter. Dabei suchte er das Lager mit dem Blick eines Gefangenen nach Lücken in der Überwachung ab.

Er nahm am Rande wahr, dass Chenmo ihm hinterherrief, protestierte, ihn beschwor. »Die Soldaten!«, rief sie. »Das war die Streife, die hier das Umland bewacht. Die werden auch uns entdecken. Niemand darf so nah an das Lager heran.«

Shan stolperte im dichten Gras, und als er aufstand, war sie an seiner Seite und zog an seinem Arm.

»Nein!«, rief er und schüttelte sie ab. »Lokesh wird sterben! Alles, was ich getan habe, wird wertlos sein, falls ich ihn so zugrunde gehen lasse!«

Sie schluchzte nun, aber sie versuchte nicht mehr, ihn aufzuhalten, als er den nächsten Schritt machte. Es war bloß ein Internierungslager, sagte er sich. Die Sicherheitsvorkehrungen würden nicht so streng sein wie in einem Straflager. Es würde bald dunkel sein. Bestimmt konnte er sich irgendwo auf der Rückseite des riesigen Geländes einen Weg durch den Drahtzaun bahnen.

»Ich habe ihn letzten Sommer gesehen!«, rief Chenmo.

Shan ging weiter.

Doch dann fügte sie etwas hinzu. »Ich habe Jamyang auf der Straße gesehen, die von Golmud herführt! Da war er noch kein Lama.«

KAPITEL ACHT

Shan blieb stehen und drehte sich langsam zu der Novizin um. »Sag das noch mal.«

»Einige von uns sind an der Straße gewesen, um bei den Kolonnen der umgesiedelten Hirten zu helfen. Da gab es einen Rasthof, wo sie immer Pause gemacht haben.« Chenmo warf einen weiteren besorgten Blick auf das Internierungslager. »Wir dürfen nicht hierbleiben. Die werden uns entdecken und Soldaten schicken.«

Shan schaute verzweifelt zu dem Lager, ließ sich aber zurück über den Grat führen. »Du meinst, Jamyang hat auch bei den Hirten geholfen«, sagte er, als sie außer Sicht waren.

»Nein. Er hat in einem großen schwarzen Wagen gesessen, wie die Behörden ihn benutzen. Er und andere, hauptsächlich Chinesen, sind ausgestiegen und haben drinnen einen Tee getrunken. Sie hatten Anzüge an, wie auf einer Geschäftsreise.«

Er sah sie prüfend an und versuchte zu durchschauen, welche Art von Streich sie ihm spielen wollte. »Chenmo, du irrst dich.«

»Er hatte dieses Mal auf der Wange. Die Äbtissin sagte, es sei das Zeichen der Lotusblüte, und das müsse bedeuten, dass er ein wiedergeborener Lehrer sei.« Sie meinte das kleine Muttermal über Jamyangs Unterkiefer. Der Lotus war ein Symbol der Reinheit. Man glaubte, dass die geistig besonders fortgeschrittenen Lamas, die *tulkus*, deren Reinkarnationen sich über Hunderte von Jahren zurückverfolgen ließen, oftmals auffällige Muttermale besaßen, um schon als Säuglinge identifiziert werden zu können.

Shan hatte Mühe, sich auf Chenmos Worte zu konzentrieren. Er überlegte, was sie bedeuten mochten. »Hast du der Äbtissin später von diesem Zwischenfall erzählt?«

»Das hätte keinen Sinn gehabt. Sie sprach oft darüber, wie sehr ein solcher *tulku* von uns allen geschätzt werden müsse. Sie hätte mir nicht geglaubt. Ich bin nur eine Novizin. Sie hat gern gesagt, ich hätte immer noch die Wildheit meines Clans in mir.«

»Aber du bist dir sicher?«

»Ich war an einem Wasserhahn und habe einige der Kanister von den Ladeflächen der Lastwagen aufgefüllt. Einer ist umgefallen und hat etwas Wasser auf einen der Chinesen gespritzt. Der Mann hat geflucht und den Arm gehoben, als wolle er mich schlagen. Doch der hochgewachsene Tibeter in seiner Begleitung ist vorgesprungen und hat ihn beruhigt, hat gesagt, es sei nur ein Missgeschick gewesen. Dann hat er den Kanister für mich aufgehoben und geholfen, ihn wieder zu befüllen. Er hat gelacht, weil er sich dabei selbst mit etwas Wasser bespritzt hat. Dann hat er mir die Hand gedrückt und ein kurzes Gebet gesprochen, bevor er wieder zu den anderen gelaufen ist. Ich konnte sein Gesicht genau erkennen und auch dieses Zeichen auf seiner Haut. Als ich in meine Hand gesehen habe, lag darin ein gefalteter Geldschein. Zehn Yuan. Ich habe davon Weihrauch für die Ladefläche jedes der Lastwagen gekauft, damit die Götter ihnen folgen und wissen würden, wohin diese armen Hirten gebracht wurden. Es war Jamyang, Shan, daran besteht kein Zweifel.«

Shan starrte sie an und wollte ihre Geschichte so sehnlich nicht glauben, aber er sah an ihrem Blick, dass die Frau die

Wahrheit sagte. Er bedeutete ihr, ihm zurück zum Wagen zu folgen.

***

Er hielt sich nicht damit auf, den Verwalter des Lagers des Reinen Wassers anzusprechen, der gerade ein Plakat an der Wand seines Gebäudes befestigte, als Shan aus dem Pick-up stieg. Stattdessen marschierte Shan einfach durch das Tor und spürte den besorgten Blick des Mannes auf seinem Rücken.

»Dies ist Chinas Jahrhundert, Genosse!«, rief der dicke Mann ihm hinterher. Das war wortwörtlich das, was auf dem Plakat stand.

Das karge Gebäude, das Jigten sich mit seiner Mutter teilte, schien leer zu sein, als Shan die Sackleinwand zurückzog, die das Fenster von außen bedeckte. Er klopfte einmal an die Tür und trat ein, bevor er den flachen, krächzenden Atem hörte und sah, dass der vermeintliche Haufen grauer Decken auf der Pritsche die alte Frau war, zusammengerollt wie eine schlafende Katze.

Wortlos durchsuchte er den Raum und ließ Staub aufwirbeln, als er in einem Korb voller Kleidung herumstocherte. Dann hob er eine Kiste an, die als Sitzgelegenheit fungierte. Im Innern der Kiste hatte jemand einen Stoffbeutel angeheftet. Er enthielt drei kleine Taschenrechner und zwei anscheinend defekte Armbanduhren.

Der größte Teil von Jigtens Warenlager fand sich schließlich in dem kleinen Schrank an der Rückseite der Kochnische. Im obersten Fach, hinter einer Reihe leerer Wasserflaschen, stieß Shan auf das Gesuchte. Er zog den blauen Nylonrucksack ins Licht, das zur offenen Tür hereinfiel, und öffnete jedes einzelne der Reißverschlussfächer. Als er gerade das letzte Fach durchsuchte, erschien ein Schatten im Eingang.

Die Überraschung auf Jigtens Gesicht wich sogleich großer Verärgerung. Er trat ein. »Du kannst doch nicht einfach hier hereinkommen und uns berauben«, sagte der Hirte mit bemüht leiser Stimme.

»Ich nehme die Wahrheit, wo ich sie finde«, erwiderte Shan. »Auch wenn das bedeutet, sie zu stehlen.« Die Außenfächer des Rucksacks waren mit gefriergetrockneter Nahrung vollgestopft, und im Hauptfach gab es weitere Nahrung, ein halbes Dutzend Karabinerhaken und einen kleinen Gaskocher, der in einen Anorak gewickelt war. Auf der Innenseite der Verschlussklappe stand mit schwarzem Stift ein Name geschrieben. Cora Michener.

»Die Wahrheit.« Jigten stieß das Wort wie eine Verwünschung hervor. »So wie die Chinesen, die uns in diesem Lager abgeladen und behauptet haben, sie seien nur an unserem Wohlergehen interessiert. Ich kann mich an einen Scheißkerl erinnern, der lachend unsere Schafe erschossen hat. Er hat mich gefragt, ob ich fühlen könne, wie meine Ketten von mir abfallen.«

Shan hielt Jigten den Rucksack hin. »Ich könnte das hier zur Öffentlichen Sicherheit bringen. Sobald die Kriecher feststellen, dass es ihrem toten Ausländer gehört hat, werden sie vom Schlimmsten ausgehen. Die brauchen jemanden, dem sie die Morde anhängen können. Dies wäre das einzige Beweisstück, das mit dem Deutschen zu tun hat.«

Jigten wurde bleich. Er lehnte sich neben der Tür an die Wand, schien immer kraftloser zu werden und rutschte dann langsam daran zu Boden. »Sie waren weg«, murmelte er. »Sie würden nicht zurückkommen.«

»Woher wolltest du das wissen?«

»Der Deutsche war tot. Und diese Amerikanerin war eine verängstigte Maus auf einem Feld voller Katzen. Falls nicht ich das Zeug genommen hätte, dann jemand anders.« Jigten zog eine kleine Flasche Medizin aus seiner Weste und schaute zu seiner schlafenden Mutter. »Ich habe Unkosten«, flüsterte er.

»Wie konntest du von dem Lagerplatz wissen?«

»Da gab es dieses Mädchen. Einige von uns sind manchmal hingegangen und haben bei den alten Ruinen geholfen. Meine Mutter hat gesagt, ich sollte auch gehen, denn ich müsse mir bei den Göttern Verdienste erwerben«, sagte er mit verbittertem Grinsen. »Ich habe Schutt weggeräumt. Und diesen alten *chorten* geflickt und getüncht. Sie war hin und wieder mit den Nonnen da. Zuerst habe ich auch sie für eine Nonne gehalten. Sie hat eine alte *chuba* getragen, einen Hirtenmantel, und einen Hut, wie irgendein tibetisches Mädchen. Ich habe sie nie sprechen gehört und dachte, sie hätte vielleicht eine Art Gelübde abgelegt. Doch nachdem wir eines Tages schwere Steine geschleppt hatten und gerade Pause machten, hat sie einen Schokoriegel zerbrochen und jedem von uns ein Stück gegeben. Ich habe das Einwickelpapier gesehen. Es war aus Amerika. Sie hat versucht, etwas zu erwidern, als alle ihr gedankt haben, aber ihr Tibetisch war furchtbar.«

»Also bist du ihr gefolgt, so wie du auch Jamyang zu seinem Schrein gefolgt bist.«

»Mein Großvater hat gesagt, man müsse das Land stets kennen. Er kannte jeden Bach, jeden Kaninchenbau, jede Wolfshöhle. Du kannst dir einer Person nicht sicher sein, hat er gesagt, solange du nicht weißt, wo sie nachts schläft.« Er blickte zu Shan auf. »Ich bin ihr nicht vom Kloster aus gefolgt. Sie sind meistens zusammen mit den Mönchen im Lastwagen gefahren, bis zum Anfang der tausend Stufen. Ich bin zu der Einsiedelei gegangen und habe sie beobachtet. Zum Teufel, Westler wie diese werfen Sachen weg, die für einen von uns den Wert eines Monatsverdienstes haben.«

Shan betastete die Nähte des Nylonrucksacks. »Wo sind die Bilder?«

»Ich habe keine Bilder gesehen.«

»Kleine Karten und Kassetten in Plastikhüllen.«

Jigten zuckte die Achseln. »Damit könnte ich nichts anfangen. Ein Haufen Plastik. Nichts Wirkliches.«

»Du hast sie demnach gesehen und dagelassen?«

Der Hirte nickte langsam. »Ich könnte damit nichts anfangen«, wiederholte er.

»Wie viele Kameras?«

»Eine für Videos. Eine für Fotos.«

»Wo sind sie?«

»Weg.«

»Wo genau? Waren Bilder darin gespeichert?«

Jigtens Züge verhärteten sich. »Wer weiß? Selbst wenn jemand im Lager des Reinen Wassers genug Geld hätte, um solche Dinge zu kaufen, wüsste niemand, wie man sie benutzt.«

»Also würdest du sie nach Baiyun bringen?« Shan musterte Jigten für einen Moment. Die verbannten Professoren in der Stadt konnten sich derartige Luxusgüter ebenfalls kaum leisten. »Die Jadekrähen. Lungs Bande. Die würden wissen, wie man solche Sachen auf dem Schwarzmarkt verschiebt.«

Jigten runzelte die Stirn. »Ich werde nichts tun, was den Leuten noch mehr Schwierigkeiten bereitet. Jeder in dieser Stadt hat jemanden in Peking verärgert, genau wie wir. So ist das Leben in Tibet. Für jeden in Tibet gibt es jemanden in Peking, der wütend auf ihn ist. Es kommt nur darauf an, wer der Verärgerte ist und wie stark sein Zorn ausfällt.«

Das war das Weiseste, das er je aus Jigtens Mund vernommen hatte, dachte Shan.

Der *dropka* sah ihn bekümmert an. »Wie verrückt bist du?«, fragte er.

Die Worte schmerzten mehr, als Jigten ahnte. Shan blieb stumm; ihm fehlte die Kraft, dem Hirten zu erläutern, dass jeder, der die Kameras berührt hatte, womöglich vom Erdboden verschwinden würde, falls die Polizei von ihnen erfuhr. Er warf Jigten den Rucksack zu. »Du musst den Namen von der Klappe entfernen«, sagte er und setzte sich dann auf die Türschwelle. »Schneid ihn ab. Versuch nicht, ihn einfach mit einem anderen Stift zu schwärzen, denn das lässt sich immer wieder sichtbar machen. Lass dich solange bloß nicht mit dem Ding erwischen.«

Jigten warf ihm einen verunsicherten Blick zu. »Du wirst es nicht den Kriechern erzählen?«

»Ich werde es nicht den Kriechern erzählen.« Shan hasste die Angst in den Augen des Mannes. Wäre Lokesh bei ihm gewesen, hätte der alte Tibeter eine Möglichkeit gefunden, Jigten lächeln zu lassen. Doch Shan allein brachte nur Angst.

»Geh nicht«, sagte Jigten nach kurzem Schweigen. »Geh heute nicht zu Lung.«

»Die haben den Leichnam ihres Anführers bereits verbrannt. Ich habe gestern den Scheiterhaufen gesehen.«

»Das meine ich nicht. Einer der Jüngeren, dieser Dschingis, wurde übel zusammengeschlagen. Von Kriechern, die für diesen Major Liang arbeiten. Die Jadekrähen dachten, die Bewaffnete Volkspolizei würde sie wie üblich beschützen. Aber diesmal nicht, nicht zurzeit, nicht vor Liang.«

Shan zögerte und sah Jigten prüfend an. »Ich muss mehr über das Lager auf der anderen Seite des Berges wissen, Jigten. Das mit dem Stacheldraht und den Maschinengewehren. Du hast gesagt, du bringst für die Jadekrähen manchmal Vorräte dorthin. Erzähl mir von den Lastwagen. Zu welchen Zeiten fahren sie?«

Jigten schüttelte erbittert den Kopf. »Man spricht nicht über Dämonen. Sie werden dadurch nur stärker.«

»Ich habe Freunde dort hinter dem Draht.«

»Nein, hast du nicht. Nicht mehr.« Jigten bemerkte Shans unschlüssige Miene und warf einen nervösen Blick auf seine schlafende Mutter. »Es gab einen in unserem Clan, den Sohn unseres Anführers, der hat die alten Bräuche bewahrt, hat all die Geschichten der Großväter gelernt und die Lieder der Herdfeuer vom Anbeginn der Zeit. Er war unsere Stärke und hat uns Selbstvertrauen eingeflößt. Er hat immer zu uns gesagt, die Chinesen seien bloß Besucher in unserem Land und dass wir das wahre Volk seien, genau wie die Yaks und die Schafe die wahren Tiere der Changtang sind. Aber er hat zu oft vor Karawanen und anderen Reisenden gesprochen. Eines Tages sind sie gekommen und haben ihn in ein Befriedungslager gebracht, so wie das auf der anderen Seite des Berges. Anfangs hat er uns noch geschrieben, es ginge ihm gut und er würde in ein paar Monaten wieder bei uns sein. Dann hörten die Briefe auf. Seine Mutter war blind; wir haben ihr erzählt, es kämen immer noch Briefe, und ihr sogar vermeintlich daraus vorgelesen. Es hätte dem Alten das Herz gebrochen, die Wahrheit zu erfahren. Zwei Jahre später hat sein Neffe ihn als Bettler in irgendeiner Stadt gesehen.« Jigten schaute wieder zu seiner Mutter. »Er konnte kaum noch laufen. Sie hatten ihm die Füße gebrochen. Und sie hatten etwas in seinem Kopf zerbrochen. Er kannte keine Lieder mehr, nur die Parteihymnen, die er leise anstatt eines Mantras vor sich hin gesungen hat. Er hat nicht mehr gelacht, und das Licht in seinen Augen war verloschen.«

In der Stille, die folgte, registrierte Shan, dass das gleichmäßige Atmen aus Richtung des Bettes aufgehört hatte. Die alte Frau hatte sich die Decke über den Kopf gezogen, aber Shan konnte ihre offenen, tief liegenden Augen sehen, die ihn und Jigten entsetzt anstarrten. Sie hatte mitgehört.

»Du wirst dort keine Freunde mehr haben«, sagte Jigten mit seltsam heiserer Stimme. »Es gibt sie nicht mehr. Dort gehen Menschen hinein, und leere Hüllen kommen heraus.«

***

Die Sonne stand tief am Himmel, als Shan aus dem hohen Gras aufstand, von wo aus er das Gelände der Jadekrähen beobachtet hatte. Es waren nirgendwo Wachposten zu sehen. Die großen Lastwagen waren weg. Jigten hatte ihm erklärt, sie würden zweimal pro Woche eine lange Transportfahrt absolvieren, entweder zur südlichen Grenze oder die nördliche Straße nach Chamdo hinauf, Tibets drittgrößte Stadt, und bisweilen sogar noch weiter, in die Provinz Sichuan, um Vorräte für die Lager abzuholen. Nun schien hier kaum noch jemand zu sein, abgesehen von der einsamen Gestalt, die zu dem baufälligen Stall auf dem Hang über dem Haus hinaufgestiegen war. Shan warf einen langen, besorgten Blick in die Richtung von Lokeshs neuem Gefängnis, murmelte dann ein Gebet und fing an, den Hügel zu erklimmen.

Das kleine Gebäude hatte keine Tür. Shan sah dem Mann an dem Altar aus Brettern und Steinen eine Weile zu, zog dann ein Weihrauchstäbchen aus der Tasche und riss ein Streichholz an der Wand an.

Lung Tso wirbelte herum, und sein Blick flammte ebenso auf wie das Streichholz. »Du hast ganz schön Mumm, dich hier blicken zu lassen, alter Mao«, sagte er. Seine Hand näherte sich dem Dolch, den er, wie Shan wusste, in seinem Stiefel trug.

»Ich bringe Weihrauch, um deine Götter zu ehren.«

Die Worte durchdrangen Lungs Zorn. Er schaute zurück zu dem Altar und schien unentschlossen zu sein, wie er reagieren sollte. Auf einer Seite des Altars stand eine schlichte Buddhastatue aus Sandelholz, auf der anderen ein beleibter, verzierter Buddha der tropischen Regionen. Außerdem gab es dort zwei dicke Kerzen, eine Butterlampe, ein Glas Wein und eine weiße *khata*, einen Gebetsschal. Ganz am Rand stand ein kleiner Spielzeuglastwagen, der in eine weitere *khata* gewickelt war.

Shan klemmte sein Weihrauchstäbchen zwischen zwei Steine in der Wand über dem Altar und murmelte ein schnelles Mantra, bevor er sich dem neuen Anführer der Jadekrähen zuwandte. »Verrate mir etwas, Lung. Hat dein Bruder diesen Altar errichtet, bevor oder nachdem sein Sohn ums Leben gekommen ist?« Er rechnete halb damit, dass Lung den Dolch ziehen würde, doch dann sah er, dass der Mann nicht auf einen Kampf aus war.

»Danach«, sagte Lung Tso mit Blick auf das glimmende Stäbchen. »Aber sogar da hat er es geheim gehalten. In der Nacht, in der wir den Leichnam seines Sohnes verbrannt haben, ist er nicht zurück ins Haus gekommen. Kurz vor Tagesanbruch habe ich ihn dann hier gefunden, wie er die kleinen Statuen aufgestellt hat.« Er drehte sich zu Shan um. »Als wir noch klein waren, hat unsere Mutter uns in den Tempel mitgenommen. Die Leute brachten kleine Dinge dorthin, zum Beispiel Abbilder von Häusern oder Geld, und haben sie verbrannt. Sollten wir etwas verbrennen?«

»Das war ein Tempel der Taoisten«, erklärte Shan. »Der Buddha erwartet so etwas nicht.«

»Mein Bruder hat gesagt, er habe davon geträumt, mit unserer Mutter in den Tempel zu gehen«, fuhr Lung fort. »Er sagte, es sei vielleicht ein Fehler von uns gewesen, die Götter zu ignorieren, nachdem sie gestorben war. Und womöglich sei es auch falsch gewesen, all diese Tibeter in den Hügeln zu schikanieren, nur weil die Polizei das so wollte, hat er gesagt. Er sagte, unsere Mutter habe ihn davor gewarnt, sich mit Dämonen einzulassen.«

»Du meinst, er hat den Tod seines Sohnes für eine Art Bestrafung gehalten.«

»Ich sagte zu ihm, es sei ein Verkehrsunfall gewesen und unsere Vereinbarungen mit der Polizei würden bloß ein gutes Geschäft darstellen. Die Jadekrähen hätten schon immer das Beste aus ihrer Situation gemacht, nur deshalb hätten wir überlebt. Aber er wollte davon nichts hören. Er sagte, er hätte die alte Nonne viel zu spät um Hilfe gebeten und hätte das schon viel früher machen sollen.«

Shan hielt inne. »Warst du hier, als sie gekommen ist?«

»Beim ersten Mal ist sie mit einer anderen Nonne hier hereinspaziert, einfach die Treppe hinauf, während wir am Tisch gesessen und Mah-Jongg gespielt haben. Sie hat verlangt, dass wir aufhören sollten, die Bauernhöfe zu überfallen. Mein Bruder hat dafür gesorgt, dass ihr kein Haar gekrümmt wurde, und hat den anderen sogar verboten, sie auszulachen. Aber er hat keine Zugeständnisse gemacht. Als mein Neffe starb, schien er alles noch mal zu überdenken. Lung Wi war ein guter Junge, sehr klug, sehr lebhaft. Er hat viel gelacht. Mein Bruder hat sich hingebungsvoll um ihn gekümmert. Falls wir in Yunnan geblieben wären, wären manche von uns vielleicht um eine Haftstrafe herumgekommen, aber mein Bruder hätte sich niemals von seinem Sohn getrennt. Die anderen wissen nichts davon, aber das ist der Grund, aus dem wir hergekommen sind: damit mein Bruder und sein Sohn zusammenbleiben konnten.

Als der Leichnam des Jungen zurückgebracht wurde, hat er geweint. Das war das einzige Mal, dass ich ihn je weinen gesehen habe. Er hat eine alte Schachtel mit Sachen unserer Mutter hervorgeholt und lange mit ihnen dagesessen. Dann hat er sie genommen und rund um seinen toten Sohn gelegt. Nachdem er dort zwei Stunden schweigend gesessen hatte, ist er ohne ein Wort weggegangen. Als er zurückkam, war diese alte Nonne bei ihm. Sie haben den Körper des Jungen gewaschen und gemeinsam Worte gesprochen.«

»Dein Bruder und die Äbtissin?«

Lung schüttelte den Kopf. »Die Äbtissin und diese andere, ältere Nonne. Der Mönch auch, aber die Äbtissin hatte das Sagen.«

»Ein Mönch? Wie war sein Name?«

»Dieser Jamyang.«

»Der hochgewachsene Lama mit dem roten Punkt am Unterkiefer?«

Als Lung nickte, fiel Shan ein, dass der Mann Jamyangs Namen schon bei Shans erstem Besuch erwähnt hatte. »Er war nicht so gut wie die Nonnen«, fügte der Bandenführer hinzu.

»Wie meinst du das?«

»Er hat Sachen unterbrochen, hat die Gebete gestoppt. Er ist rausgelaufen, als könne er es nicht ertragen, bei dem Toten zu sein. Was nutzt ein Mönch, der Angst vor dem Tod hat?«

Shan starrte ihn verwirrt an. »Wohin war der Junge unterwegs, als er gestorben ist?«

»In einer geschäftlichen Angelegenheit der Jadekrähen«, war Lungs einzige Antwort. Er wandte sich wieder dem Altar zu. »Hast du noch mehr von diesem Weihrauch?«

Shan ließ sich vor dem Altar nieder und reichte Lung gedankenverloren sein letztes Weihrauchstäbchen. Der Bandenführer entzündete es und betrachtete mit geneigtem Kopf den kleinen Buddha in der exotischen Tracht, als würde er sich fragen, wie man mit ihm sprechen könnte. Die letzten Sonnenstrahlen fielen zur Türöffnung herein und hüllten den Altar in einen goldenen Schimmer.

Shan griff in die Tasche und zog das gefaltete Stück Papier heraus, das er in Lung Mas Holster gefunden hatte. »Das ist, wonach du gesucht hast. Ich habe es vom Leichnam deines Bruders mitgenommen.«

Lung Tso schien es im ersten Moment nicht zu hören, dann drehte er sich langsam um und griff nach dem Zettel. Während er las, legte seine Stirn sich verwirrt in Falten. Er sah Shan an und bedeutete ihm, sich den kleinen Buddhas zu nähern. »Meine Mutter hat gesagt, im Angesicht der Götter kann kein Mensch lügen. War das hier alles, was du genommen hast?«

»Ich schwöre es. Dies waren die Worte, die ihn an jenem Tag zu dem Kloster gebracht haben.«

»Bloß Daten und Städte?«

»Bestimmte Daten. Bestimmte Städte, Grenzstädte, in deren Nähe Dinge das Land verlassen. Und ganz unten diese Adresse in Chamdo. Es ist Jamyangs Handschrift.«

»Deshalb ist mein Bruder gestorben? Wohl kaum.«

»Im Angesicht der Götter kann kein Mensch lügen, Lung. Haben die Jadekrähen bei diesen Städten etwas über die Grenze geschmuggelt? Zum Beispiel die Kameras dieser Ausländer?«

Lung nickte kaum merklich.

»Wo sind sie, wo sind die Kameras?«

»Weg. Inzwischen wahrscheinlich auf irgendeinem Markt in Katmandu.«

»Sieh dir die beiden letzten Einträge an, Lung. Eine Stadt und zwei Daten, die noch in der Zukunft lagen, als Jamyang ihm diese Liste gegeben hat. Der erste Termin ist vor ein paar Tagen verstrichen. Ihr plant dort etwas, ihr wollt an diesen Daten etwas über die Grenze nach Nepal schmuggeln. Jemand beobachtet euch.«

Lungs Augen weiteten sich, als auch er es endlich begriff. »O verdammt.«

»Dein Neffe ist gestorben«, verkündete Shan langsam. »Dein Bruder, die Äbtissin und Jamyang sind hier wegen seines Todes zusammengekommen. Und dann sind auch sie und der Deutsche gestorben.«

»O verdammt«, murmelte Lung erneut und wiederholte es noch mehrere Male. Es klang wie ein Gebet, das Mantra der Jadekrähen.

Wind kam auf und ließ draußen das Gras rascheln. Sie starrten beide den kleinen Altar an. Die Kerzen flackerten. Ein Ziegenmelker rief.

»Ich möchte doch, dass du ein Brandopfer darbringst«, sagte Shan schließlich. Lung blickte auf. »Ich möchte, dass du für deinen Bruder einen Lastwagen verbrennst.«

KAPITEL NEUN

Shan harrte fast eine Stunde im Schatten aus und spähte immer wieder durch das Fenster, bevor er Baiyuns kleinen Polizeiposten durch den Nebeneingang betrat. »Der Deutsche war ein Demokratie-Agitator«, sagte er zu Mengs Rücken, die an ihrem Schreibtisch saß. »Das wussten Sie.«

Meng wurde sehr still und drehte sich dann langsam zu ihm um. »Er war ein Ausländer«, entgegnete sie, als wäre das ein und dasselbe.

»Sie wussten, dass er das neue Befriedungslager beobachtet hat.«

»Ein Ausländer, der als Dokumentarfilmer bekannt ist, reist illegal in einen Bezirk ein, in dem es so viele Straflager wie kaum sonst irgendwo in China gibt. Da liegt diese Vermutung nahe.«

»Für Sie.«

»Und für Major Liang«, gab sie schroff zurück.

Shan zögerte einen Moment. Es verwirrte ihn, dass sie so verunsichert wirkte. »Ich muss in dieses Lager gelangen.«

»Seien Sie kein Narr. Das ist unmöglich.«

»Verhaften Sie mich.«

Meng strich sich eine Haarsträhne aus dem Gesicht. Shan fiel auf, wie zerzaust und müde sie war. Sie wies in Richtung des Computers auf ihrem Schreibtisch. »Ich habe heute zwei Stunden damit zugebracht, herausfinden zu wollen, wer Sie sind, Genosse Shan. Die Öffentliche Sicherheit führt dermaßen viele Geheimoperationen durch, dass Peking nicht mal einen vollständigen Überblick besitzt. Und Sie sind eigentlich nicht der Typ für die Öffentliche Sicherheit, oder?«

Shan erwiderte nichts. Er ging an der Arrestzelle entlang und strich mit den Fingern über das Gitter.

»Einer der grünen Affen aus diesem neuen Befriedungslager hat uns gebeten, eine *lao gai* Registrierungsnummer zu überprüfen. Es war Ihre, Shan.«

Er hatte vergessen, dass Lung Tso sich die eintätowierte Nummer notiert hatte. Und die Jadekrähen arbeiteten bekanntlich mit der Bewaffneten Volkspolizei zusammen.

»Aber das war auch schon alles«, fuhr Meng fort. »Bloß Ihr Name und ein viele Jahre altes Überstellungsdatum. Zur 404. Baubrigade des Volkes. Sonst nichts. Eines von Oberst Tans berühmtesten Straflagern. Tan verliert keine Unterlagen. Es müsse sich um eine fingierte Sache handeln, hat der Beamte gesagt, eine verdeckte Ermittlung. Ich habe den Narr nicht darauf hingewiesen, dass niemand einen falschen Lebenslauf erschaffen würde, der überhaupt nichts beinhaltet. Doch andererseits würde wohl kein Sträfling so schlau sein, Tan irgendwie dazu zu bringen, seine Akte zu vernichten, um dann unter seinem echten Namen in Tans Bezirk zu bleiben.«

»Ich könnte Ihnen eine Karte all der Straßen zeichnen, an denen ich bei der 404ten gearbeitet habe. Verhaften Sie mich.«

»Warum haben Sie nicht Ihren Namen geändert?«

Er ging vor der Zelle, die an das Büro grenzte, auf und ab und berührte auch weiterhin jeden Gitterstab. »Die 404. Baubrigade des Volkes. Das wissen die dort von mir. So komme ich herein.«

»Sie reden wirres Zeug.«

Shan packte die Gitterstäbe und blickte in die Schatten der Zelle. »Ich habe einen Sohn namens Ko«, erklärte er nach einem langen Moment. »Er ist mein einziges Fleisch und Blut. Von seiner Strafe sind noch knapp zehn Jahre übrig. Ehemalige Insassen dürfen sich normalerweise nicht dort aufhalten, aber Tan und ich haben eine Vereinbarung. Ich darf Ko am ersten Sonntag eines jeden Monats besuchen und ihm einmal im Monat einen Brief schreiben.«

In der langen Stille, die folgte, konnten sie das Blöken der Schafe von dem Gehege am Marktplatz hören.

Er drehte sich zu ihr um. »Ein Freund von mir sitzt in diesem neuen Lager. Er heißt Lokesh.«

»Man zieht in Erwägung, ein Besuchsprogramm einzurichten.«

»Wie bald?«

Sie zuckte die Achseln. »In ein paar Monaten. Bis zum Ende des Jahres, sofern die Tibeter sich ruhig verhalten. Letzte Nacht haben sie wieder dieses verdammte Horn geblasen. Jemand hat bei einer der Kreuzungen ein Freudenfeuer aus chinesischen Straßenschildern entzündet. Und in Sichuan hat sich ein weiterer Mönch verbrannt.«

»Und falls sie keine Ruhe geben?«

Meng zuckte abermals die Achseln. »Dann wird man weitere sechs dieser Lager errichten. Es gibt eine neue Verfahrensweise. Für jeden Tibeter, der bei einem Streik oder einer Protestaktion festgenommen wird, landen auch zwei seiner Angehörigen in Haft.«

Shan ließ sich auf einen Stuhl vor Mengs Schreibtisch fallen. »Ich muss da rein, Leutnant. Ich habe auf der Welt nur noch meinen Sohn und diesen alten Tibeter in dem Lager. Bitte.«

Meng wurde wieder still. Shan empfand ihre nachdenkliche Miene als irgendwie beunruhigend. »Sie können sich glücklich schätzen, einen Sohn zu haben«, sagte sie dann. »Mir war nie ein Kind vergönnt.«

Zu der Stimmung zwischen ihnen gesellte sich ein merkwürdiger Hauch von Verlegenheit.

»Ich glaube, es hat mir besser gefallen, dass Sie mich für einen Dummkopf gehalten haben. Verhaften Sie mich«, drängte Shan.

»Das Lager untersteht der Bewaffneten Volkspolizei. Die könnten es einrichten, dass Sie sich für ein paar Stunden hineinschleichen.«

»Niemals. Die Gefangenen würden einen Spitzel sofort riechen.«

Meng sah ihn an und dann weg, mehrmals hintereinander, als wüsste sie nicht, wie sie reagieren sollte. Schließlich sah sie aus dem Fenster. »Ich war schon mal da. Es ist kein Zwangsarbeitslager, aber die Insassen werden wie Vieh behandelt. Es gibt erste Typhusfälle. Als ich dort herumgeführt wurde, hat gerade ein Traktor hinter dem Lager einen breiten Graben gezogen. Die Wachen haben gelacht, als ich fragte, ob das das Fundament eines neuen Gebäudes sein würde, und dann wieder, als man die ersten Leichen hineingeworfen hat. Sie sagten, sie würden das beste Lager in Tibet leiten, denn bei ihnen sei die Befriedung von Dauer.«

Sie sind eine Offizierin der Öffentlichen Sicherheit, hätte Shan beinahe erwidert. *Tun Sie nicht so, als mache Ihnen das etwas aus.* Doch dann sah er, dass sie sich auf die Lippe biss. Es gab Momente, in denen Meng einfach nur wie ein normales Mädchen wirkte, das hilflos in dem bitteren Meer Chinas umhertrieb.

»Meng, ich weiß, wie man an solchen Orten überlebt. Ich spreche Tibetisch.«

Als sie nichts entgegnete, schob er den Ärmel hoch und hielt ihr seinen Unterarm hin. Sie starrte die Registrierungsnummer an.

»Die stechen dabei mit der Nadel tief ein«, sagte er leise. »Und die Nadel ist glühend heiß, um verletzte Blutgefäße gleich zu veröden. Ich wollte schreien, aber ich war der einzige chinesische Häftling und dachte, ich sollte ein gutes Beispiel abgeben.«

Sie schaute wieder zum Fenster hinaus, als wolle sie ihm nicht zuhören.

»Ich wurde nicht als Informant eingeschleust, Meng. Ich bin bei einer Ermittlung zu weit gegangen, bis in die höchsten Ränge der Partei. Einige Minister in Peking wollten mich lebendig begraben. Sie haben mich in das Lager mit der höchsten Sterberate von ganz China geschickt. Doch ich habe überlebt, dank Lokesh und anderen wie ihm. Fünf Jahre, Meng. Ich war fünf Jahre drin. Ich kenne die Krankheiten. Ich habe dabei geholfen, Massengräber auszuheben.«

Als sie ihn ansah, hatten ihre Züge sich verhärtet. »Ist Ihnen eigentlich klar, wie viele Behörden es gibt, die Geheimagenten im Einsatz haben?«, fragte sie. »Mindestens zwölf sind weithin bekannt, und das ist allenfalls die Hälfte. Agenten bauen ihre Tarnung über Jahre hinweg auf. Es gibt sogar Schulen, in denen man ihnen das beibringt. Sie brechen alle Kontakte zu ihrer früheren Existenz ab. Und sie leben nur noch ihre Tarnidentität, jede Stunde, jede Minute, ohne sich jemals jemandem anzuvertrauen. Sie verschwinden für Monate oder sogar Jahre von der Bildfläche, und nicht einmal ihre Agentenführer wissen, wo sie stecken. Für das Mutterland ist kein Opfer zu groß.«

Shans Mund wurde trocken.

»Ein Agent könnte sich eine solche Nummer auf den Arm tätowieren lassen und eine Tarnung aufbauen, die nur für ihn und seine Führungsoffiziere einen Sinn ergibt. Die besten dieser Agenten könnten fünf Jahre in einem Straflager überstehen, um das Vertrauen ihrer Zielpersonen zu gewinnen. Falls Sie ein solcher Agent wären, was würden Sie mir erzählen?«

Er blickte hinab in seine offenen Hände. »Dass ich nicht als

Informant eingeschleust wurde. Dass man mich wirklich ins Gefängnis gesteckt hat, um mich zu bestrafen.«

»Genau.«

Shan wollte widersprechen, zögerte jedoch. Er begriff nicht, weshalb ihm so viel daran lag, dieser Frau seine wahren Lebensumstände zu vermitteln. Letztlich gab es keine Möglichkeit, sie zu widerlegen. Sie wollte unbedingt glauben, dass er nicht real, sondern ein Agent war, ein Spitzel. In ihrer Welt musste niemand real sein. Es gab in ihrer Welt keine Wahrheit, nur ein größeres oder kleineres Maß an Propaganda. Und in gewisser Weise hatte sie ja recht. Er führte eine verdeckte Existenz, er verbarg die wichtigsten Bestandteile seines Lebens, er hielt seine bedeutendsten Wahrheiten geheim.

Er zog den Ärmel wieder herunter. »Ich weiß, wie man überlebt«, wiederholte er angespannt.

»Sie sind ein Narr, das zu glauben. Das Überleben an einem solchen Ort ist ein Glücksspiel. Ein einziges Mal Pech gehabt, und Sie landen in der Grube. Es gibt nicht mal ein Leichentuch. Man wirft Sie hinein und schaufelt Ihnen vielleicht noch etwas Kalk ins Gesicht. Die Vögel werden an Ihnen herumpicken, bis Ihr Massengrab voll ist und eine Planierraupe Erde darüber schiebt. In China bedeuten Tote nicht das Geringste.« Der letzte Satz klang regelrecht verbittert.

Shan musterte sie. Sie hatte vor seinem Eintreffen im Halbdunkel dagesessen und ihren Schreibtisch angestarrt. »Was ist passiert, Leutnant?«

Sie blickte wieder zum Fenster hinaus in den Abend. »Ich hätte es nicht sehen sollen. Ich wollte es nicht sehen. Hinter der Gebietszentrale gibt es einen Schuppen neben dem Zellenblock. Die Tür stand offen. Im Innern waren Eisblöcke gestapelt, und da bin ich neugierig geworden. Wenn ich gewusst hätte, dass das Eis für ihn bestimmt war, wäre ich weggeblieben.«

»Sie meinen den Deutschen. Es wurden nur zwei Leichen gestohlen, denn Liang hatte den Deutschen bereits wegschaffen lassen.«

Meng nickte. »Aber sie hatten ihn misshandelt.«

Shan erschauderte. »Er war bereits tot, Meng.«

»Sie haben auf ihn eingeschlagen, ihm den Rest seines Gesichts zertrümmert, ihm die Arme und Beine gebrochen. Neben dem Tisch hat ein Vorschlaghammer gelegen.«

Nun starrte Shan den leeren Schreibtisch an. »Ist der Major abgereist?«

»Nein. Er war nach dem Gespräch mit Ihnen einen Tag weg. Nun ist er wütend auf jeden. Er hat mehr Leute angefordert, um hier für mächtig viel Unruhe zu sorgen. Er sagt, das hätten wir davon, dass wir den Tibetern in diesem Tal so viele Freiheiten einräumen würden. Er bleibt so lange, bis alles erledigt ist.«

»Sie meinen, bis man die Amerikanerin gefunden hat.«

»Falls sie etwas weiß, sollte sie sich melden.«

»Und Sie halten mich für einen Dummkopf? Sie wissen, was als offizielle Todesursache des Deutschen beschlossen wurde. Er hat einen Unfall erlitten, vermutlich beim Bergsteigen, und ist Hunderte von Metern in die Tiefe gestürzt. Ausländer sind ja bekannt dafür, dass sie heimlich auf verbotene Berge klettern. Zu schade um seine Freundin. Sie wird wohl an ihn angeseilt gewesen sein.«

»Das ergibt keinen Sinn.«

»Die Amerikanerin ist Zeugin der Morde gewesen. Sie ist tot, sie weiß nur noch nichts davon.«

***

Dschingis war so zäh wie sein mongolischer Namensvetter. Der junge Mann litt sichtlich unter starken Schmerzen und hielt bei seiner Arbeit im Park immer wieder inne, um sich an die Seite zu greifen oder den Kopfverband zurechtzuziehen. Er hatte es auf die großen Bolzen abgesehen, mit denen die Bretter der Parkbänke befestigt waren, und er machte das eindeutig nicht zum ersten Mal. Mit einem Schraubenschlüssel in einer Hand und einem Hammer in der anderen ging er äußerst effizient ans Werk und ließ dabei jedes zweite Brett aus, als wolle er seinen Diebstahl tarnen.

Shan sah ein Motorrad im Schatten an einem Baum lehnen. »Die Jadekrähen hatten die Kameras des toten Ausländers«, sagte er. »Ich wette, du hast dir die Fotos angesehen.«

Dschingis wirbelte herum und hob den Hammer. »Du bist verrückt, alter Mao. Der Handel mit Diebesgut verstößt gegen das Gesetz.«

Shan grinste und zeigte auf den Eimer voller Bolzen. »Eine kühne Behauptung, alles in allem.« Dschingis drohte immer noch mit dem Hammer.

Shan wies auf die dunklen Häuser am Rand des Platzes. »Niemand in dieser Stadt kann bezahlen, was diese Kameras wert sind, oder auch nur riskieren, mit ihnen erwischt zu werden. Die Kameras sind auf einem eurer Lastwagen nach Nepal gelangt. Du fährst manchmal mit. Das muss doch langweilig sein. Du hast dir bestimmt die Fotos angeschaut.«

Dschingis grinste. Seine Zähne waren dunkelrot verfärbt. Das Kauen von Betelnüssen zählte zu den lässlicheren Sünden der Leute aus Yunnan. »Du dämlicher Hurensohn. Du willst dich wegen ein paar Fotos von Tibetern mit den Jadekrähen anlegen?«

»Tibetern wo?«

Dschingis zuckte die Achseln. »Tibetern bei der Herstellung von diesem verfluchten getrockneten Käse. Tibetern beim Blasen großer Hörner. Tibetern bei einer Yak-Karawane, bei der Arbeit in diesem Kloster, beim Beten.« Er hob eine Hand und ahmte das Klicken eines Blendenverschlusses nach. »So wie du lieber beten solltest, wenn du den Jadekrähen in die Quere kommst.«

»Ich bin nicht derjenige mit gebrochenen Rippen, Dschingis. Du kannst nicht einfach in der Gegend herumlaufen und Leichen oder öffentliches Eigentum stehlen.«

»Das ist bloß Altmetall fürs Recycling.«

»Hier tauchen gleich Polizisten auf. Ich habe dem Beamten vor dem Polizeiposten mitgeteilt, dass jemand mutwillig die Statue beschädigt. Die werden nicht nachsichtig sein. Du hättest wenigstens warten können, bis es richtig dunkel ist. So fällst du doch auf.«

Die Augen des jungen Mannes funkelten. »Keiner dieser armseligen Eierköpfe aus der Mandschurei wird es wagen, den Mund aufzumachen. Ich könnte ...« Er verstummte abrupt. »*Cao ni ma!*«, rief er dann.

Shan konnte in den weit aufgerissenen Augen seines Gegenübers die Signalleuchte eines Polizeiwagens aufblitzen sehen. Er zwang sich, nicht den Kopf zu wenden und möglichst desinteressiert zu wirken. »Welche Farbe haben die Uniformen?«, fragte er. Er konnte nun das Knistern von Polizeifunkgeräten hören.

Dschingis verzog beunruhigt das Gesicht. »Grüne Affen«, sagte er und hielt nach einem Fluchtweg Ausschau. Er sah wieder Shan an. »Spielt das eine Rolle?«

»Eine sehr große sogar. Lass deine Tasche fallen, und schieb sie mit dem Fuß unter die Bank.« Dschingis gehorchte. »Gib mir deinen Hammer.« Auf der anderen Seite des Platzes hielt ein weiteres Fahrzeug, Mengs grauer Geländewagen.

Als der Junge unschlüssig verharrte, nahm Shan ihm den Hammer einfach aus der Hand. »Jetzt geh zu deinem Motorrad, und schieb es weg. Fang nicht an zu laufen, und lass den Motor nicht an, bevor das Geschrei losgeht.«

»Geschrei?«

Doch Shan blieb keine Zeit für eine Erklärung. Er stieß Dschingis in Richtung der Schatten und warf einen Blick über die Schulter. Auf beiden Seiten des Platzes näherten sich je zwei der grün uniformierten Beamten mit langen Schlagstöcken in den Händen. Shan ging direkt auf die Statue in der Mitte des Platzes zu.

»Shan! Nein!«, rief Meng, als er auf den Sockel stieg. Sie rannte los. Die Polizisten hinter ihm riefen nun etwas. Er hörte das Trommeln ihrer Stiefel auf dem Pflaster.

Shan hielt sich an der Taille des Fiberglas-Mao fest und rückte um die Statue herum. Dann richtete er sich auf und legte einen Arm um den kurzen dicken Hals. Die Polizisten beschimpften ihn und liefen schneller. Er nickte dem Großen Steuermann zu.

»Dir haben wir das alles zu verdanken, du Scheißkerl«, herrschte er Mao an. Dann hob er den Hammer und schlug ihm die Visage ein.

KAPITEL ZEHN

Die sanfte Berührung war wie kühles Wasser auf seinen brennenden Schmerzen. Seine Arme und sein Rücken pochten von den Schlägen, seine Ohren klingelten von den Hieben der Knüppel gegen seinen Kopf. Shan spürte, dass Blut aus einem halben Dutzend Platzwunden tröpfelte. Doch eine Stimme rief ihn aus der tiefen Grube seiner Pein nach oben.

»Ich fürchte mich nicht vor Dämonen«, flüsterte die Stimme. »Falls ich Dämonen fürchten würde, wäre es kaum von Nutzen, die wahre Natur der Dinge zu kennen.« Das war kein Gebet, sondern ein Gedicht von Milarepa, Tibets Dichter und Heiligem aus alter Zeit, über eine Begegnung mit bösen Göttern. »Wie schön, dass du gekommen bist. Bitte bleib, damit du allen auf die Nerven gehen kannst«, fuhr die sanfte Stimme fort und zog Shan hoch zum Licht.

Dann endlich, mit dem Keuchen eines Ertrinkenden, der wieder an die Luft gelangte, wachte er auf. Das ledrige, unrasierte Gesicht, das über ihm schwebte, lächelte. Er packte Lokeshs Hand.

»Falls ich geahnt hätte, dass ich dir während meines Urlaubs so fehlen würde, hätte ich dir eine Karte geschrieben«, scherzte der alte Tibeter.

Shan umschloss Lokeshs Finger mit beiden Händen und drückte sie fest, während er von Erleichterung durchströmt wurde. Er versuchte zu sprechen, aber aus seinem Mund kam nur ein trockenes Krächzen. Lokesh richtete ihn auf und hielt ihm einen hölzernen Schöpflöffel mit Wasser an die Lippen.

»Geht es dir gut, mein Freund?«, fragte Shan, nachdem er getrunken hatte.

»Ach, du kennst doch die Ferienlager der Regierung. An den Mahlzeiten und Betten wird immer zuerst gespart.«

Shan schob sich mit Mühe und unter Schmerzen ein Stück zurück und lehnte sich an die Wand, um sich besser umsehen zu können. Sie befanden sich in einer Ecke eines lang gestreckten, an einer Seite offenen Gebäudes, anscheinend eine Art Garage. Draußen gab es Reihen heruntergekommener Baracken. »Ein Armeestützpunkt?«

»Ursprünglich ein Ausbildungslager für den Sommer«, ertönte eine leise Stimme hinter Lokesh. Eine stämmige Frau mit kurz geschorenem grauen Haar trat vor. »Es wurde schon vor Jahren aufgegeben. Manche der Gebäude taugen nur noch als Brennholz.«

Shan hatte sich keine Sorgen gemacht, Lokesh und die Nonne inmitten der vielen Hundert Lagerinsassen vielleicht nicht finden zu können. Er hatte gewusst, dass sie bei den Kranken und Verwundeten sein würden.

»Ich heiße Shan«, sagte er zu der Nonne.

Die Frau nickte zurückhaltend.

»Ani Ama ist eine erfahrene Heilerin«, sagte Lokesh. »Man gesteht uns keine Ärzte zu.«

Shan nahm das Gebäude, in dem er lag, genauer in Augenschein. Die Bettstätten der Patienten standen auf voller Länge der Rückwand. Einige von ihnen, wie Shan, trugen provisorische Verbände über äußeren Verletzungen. Die meisten sahen blass und fiebrig aus. Manche zitterten unkontrolliert. Andere weinten.

Er musterte seinen Freund und bemerkte nun die grünblauen Blutergüsse auf dessen Gesicht und Unterarmen. »Haben die … bist du …?«

»Es geht mir gut«, sagte Lokesh mit angedeutetem Lächeln und warf Shan einen bedeutungsvollen Blick zu. Während ihrer gemeinsamen Haftzeit war Lokesh häufig bestraft worden, meistens für Verstöße gegen die Vorschriften, weil er einem leidenden Mithäftling geholfen hatte, doch er hatte nie von den Schlägen erzählt und sich kein einziges Mal beklagt. »Du hättest nicht kommen sollen«, fügte er hinzu. »Es ist zu gefährlich. Du musst an Ko denken.«

Als der Name seines Sohnes fiel, musste Shan gegen eine neue Gefühlswallung ankämpfen. »Ko läuft nicht weg. Ich habe nachts dein Schnarchen vermisst.«

Lokeshs Grinsen, das seit dem Tritt eines Kriecher-Stiefels vor vielen Jahren schief war, enthüllte seine gelb verfärbten, ungleichmäßigen Zähne. Er drückte für einen Moment Shans Arm und erhob sich dann, um ihm auf die Beine zu helfen.

Shan biss die Zähne zusammen und kämpfte gegen die Schmerzen in Schultern und Rücken an. Er versuchte, nicht daran zu denken, wie die Polizisten ihn von der Statue gezerrt und mit ihren Schlagstöcken malträtiert hatten. Mit Lokeshs Hilfe humpelte er hinaus in die Sonne.

»Es sind zu viele hier«, sagte Lokesh. »Das Lager ist nur für die Hälfte ausgelegt. Es gibt nicht genug zu essen. Nicht ausreichend Schlafgelegenheiten und Decken. Zu wenige Latrinen.«

Shan sah nur ein paar vereinzelte Tibeter auf dem Gelände umherwandern. »Wo sind sie?«

Lokesh zeigte auf das größte der Gebäude, zweifellos ein ehemaliger Speisesaal. »Beim Unterricht. Du kennst das alles schon. Stundenlange Vorträge, jeden Tag. Die Pflicht gegenüber dem Mutterland. Pekings Version der Geschichte von Tibet. Magische Gesänge aus dem kleinen roten Buch.«

Er führte Shan zu der nächstgelegenen Baracke und blieb an den verzogenen Holzstufen des Eingangs stehen. »Ani Ama hat sie davon überzeugt, einen Quarantänebereich einzurichten. Sie hat gesagt, die Soldaten könnten andernfalls alle krank werden. Hier gibt es keine echten Aufseher, nur Polizisten.« Shan und Lokesh kannten die Schlägertypen nur zu gut, die Chinas Zwangsarbeitslager bewachten. »Wie ein Übungsgefängnis. Es gibt nicht mal Anwesenheitsappelle. Die merken gar nicht, dass die Kranken alle paar Stunden wechseln. Diejenigen, die es am schlimmsten erwischt hat, sind in den alten Bunkern ganz hinten. Von dort ist es nur ein kurzes Stück bis zum Friedhof. Sie werden einfach mit Schubkarren fortgeschafft, fünf oder sechs am Tag, seit der Typhus ausgebrochen ist.«

Eine alte Frau, die auf der obersten Stufe stand, bedachte sie mit einem tadelnden Blick, wich nach einer kurzen Anweisung von Lokesh aber zur Seite. Shan stieß die Tür auf und sah entlang der Wände des Gebäudes weitere Reihen von Schlaflagern vor sich. Nur dass die Hälfte der Insassen nicht darauf lag, sondern mit übergeschlagenen Beinen dasaß, Gebete murmelte und *malas* durch die Finger gleiten ließ, ihre Gebetsketten. Die Rückwand der langen Halle war mit den Kreidebildern von Gottheiten verziert.

»Ani Ama hat das an unserem ersten Tag hier organisiert. Sie nennt es unsere Geheimarmee«, erklärte Lokesh und zog Shan dann wieder nach draußen.

So hart es auch war, das Internierungslager ließ sich wirklich kaum mit den Zwangsarbeitslagern vergleichen, die Shan kennengelernt hatte und in denen mit gnadenloser Brutalität ein striktes Regiment durchgesetzt wurde. Er erinnerte sich, wie Jigten diesen Ort genannt hatte. Kein Gefängnis, nur ein Käfig ohne Ausweg. Sie blieben bei einer Handpumpe stehen. Lokesh betätigte den Schwengel, und Shan hielt seinen Kopf unter den kalten Wasserstrahl. Dann setzten sie sich in einen klapprigen Unterstand, außer Sichtweite der Wachposten.

Lokesh berichtete von seiner letzten Reise mit dem toten Lama, als wäre Jamyang noch am Leben gewesen. Er erzählte von den tanzenden Sternen über ihren Köpfen während des nächtlichen Aufstiegs, von den Schmetterlingen, die sich häufig auf Jamyang niedergelassen hatten, und von den *ragyapas*, den Leichenzerlegern, die ihm ehrfürchtig einen Meteoriten gezeigt hatten, der eine Woche zuvor rot glühend auf ihrem Knochenfeld eingeschlagen war.

Shan schilderte, was er seit dem Aufbruch seines Freundes in Erfahrung gebracht hatte, wenngleich er sich nicht dazu durchringen konnte, Chenmos seltsame Geschichte über die Begegnung mit Jamyang auf dem Rasthof zu wiederholen.

»Konnten sie fliehen?«, fragte er. »Die Nonnen mit der Äbtissin?«

»Ich bin davon überzeugt.« Lokesh nickte. »Andernfalls wären sie hier im Lager gelandet. Die Äbtissin ist in Sicherheit. Dieser Meteorit war ein Zeichen, dass das Knochenfeld weiterhin unter dem Schutz der Gottheiten steht.« Er senkte die Stimme und beugte sich zu Shan herüber. »Ani Ama hat mir erzählt, dass es bei der Einsiedelei eine Hütte gibt, in der die Nonnen rund um die Uhr den vollen Zyklus der Riten aufsagen. Sie wechseln sich ab, und es sind immer mindestens zwei.«

Den vollen Zyklus. Lokesh meinte die neunundvierzig Tage der traditionellen Trauerperiode. »Für Jamyang und die Äbtissin. Es wird ihnen helfen, die nächste Stufe zu finden, die ihnen vorherbestimmt ist.« Lokesh richtete sich auf und warf einen versonnenen Blick in Richtung des heiligen Berges. »Ob aufwärts oder abwärts«, sagte er ernst.

Shan begriff erst nach einem Moment, dass sein Freund auf die nächste Existenz anspielte, die folgende spirituelle Stufe der Toten. Die Tatsache, dass Jamyang die Viererwahl getroffen hatte, lastete schwer auf Lokesh. Fromme Tibeter glaubten, dass sowohl Mörder als auch Selbstmörder schrecklich bestraft und dann weit unten in der Kette der Existenz wiedergeboren werden würden. Es konnte Hunderte von Leben dauern, bis sie wieder die menschliche Form erreichten.

»Sie werden die Amerikanerin finden, Lokesh«, sagte Shan nach langem Schweigen. »Und dann sieht es nicht gut für die Frau aus. Niemand draußen weiß, dass sie hier ist. Also muss man auch keine Rechenschaft über sie ablegen.«

»Ich denke schon die ganze Zeit darüber nach. Viele der Leute hier haben sie nicht mal als Ausländerin erkannt. Sie hat eine dunkle Gesichtsfarbe und sich die Haare abgeschnitten.« Lokesh warf Shan einen flehentlichen Blick zu. »Was ist, wenn ihr dieser Weg vorherbestimmt war? Was ist, wenn sie vorhätte, eine Nonne in Tibet zu werden? Ich habe dich so oft sagen gehört, du hättest dich verwandelt, nachdem du hergekommen warst. Vielleicht ist dies hier nur ein Teil ihrer Reise, den sie erdulden muss, um sich ebenfalls zu verwandeln.«

Shan spürte, wie sein Mund sich zu einem melancholischen Lächeln verzog. Er war so müde, so zermürbt. Nichts hätte ihm besser gefallen, als hier zu sitzen und sich mit der sanften Weltsicht seines Freundes zu trösten. »Sie werden sie finden«, sagte er stattdessen. »Jemand wird es ihnen erzählen. Es gibt immer jemanden. Du weißt, wie das läuft. Eine Kritiksitzung, in der die Häftlinge gezwungen werden, über andere Insassen zu sprechen. Oder sie wird sich irgendwie verraten. Sie spricht fast kein Tibetisch. Es ist ein Wunder, dass sie es bis hierhin geschafft hat. Ich muss mit ihr reden.«

Lokesh lächelte. Dann zuckte er die Achseln. »Ein Wunder, da hast du recht. Und was hat dich im Gefängnis am Leben erhalten, mein Freund?«

Shan wurde fast von seinen Gefühlen übermannt, als er den

Blick des alten Tibeters erwiderte. »Ein Wunder«, flüsterte er und wandte sich seufzend ab. »Ich muss sie hier wegschaffen.«

»Sie wird nicht mit dir reden.«

»Bring mich zu ihr. Ich muss es versuchen. Sie könnte sterben.«

»Tu es nicht, Shan«, bat Lokesh. »Bring sie nicht zurück zu dem Tod, zu der Schwärze des Mordens. Ich glaube, sie versucht, eine Nonne zu werden. Ani Ama sagt, die Gottheiten müssten es so beabsichtigt haben. Die Äbtissin stirbt auf unerwartete Weise, eine neue Nonne trifft auf unerwartete Weise ein.«

Shan seufzte und schaute hinaus über das Lager. »Ich erinnere mich, dass einer der alten Mönche in unserem Gefängnis mal einen verletzten Vogel gefunden hat. Jeder andere hätte das Tier gegessen, aber ihr beide habt aus einem alten Korb einen kleinen Käfig angefertigt. Der Lama schloss den Vogel sehr ins Herz. Aber als das Tier geheilt war, hast du zu ihm gesagt, er müsse die Käfigtür offen lassen. Du hast gesagt, der Vogel dürfe die Entscheidung über sein Schicksal nicht aus Angst treffen, sondern müsse seiner wahren Natur folgen. Der Vogel ist weggeflogen.«

Shan sah Lokesh an, dass der alte Tibeter es begriff. »Sie kann nicht aus Angst Nonne werden«, fuhr er fort. »Sie kann diese Entscheidung erst treffen, wenn sie wieder frei ist.«

Lokesh wandte sich ihm schweigend zu. Shan kannte diesen Blick. Es lag Geduld und Zuneigung darin, aber auch Enttäuschung.

»Damals, als man mich mal wieder zur Bestrafung weggeführt hatte …«, sagte Shan und erschauderte bei der Erinnerung. Die chinesischen Aufseher hatten ihn stets einer Sonderbehandlung unterzogen, wenn er einem der tibetischen Häftlinge geholfen hatte. In ihren Augen war das Verrat, und so waren sie auch mit ihm umgesprungen. »Du hast zu mir gesagt, der Schmerz könne mich niemals im Innern treffen, solange ich nur wahrhaftig bliebe. Auch sie muss wahrhaftig bleiben. Sie muss sich von mir helfen lassen, damit sie uns helfen kann.«

»Du meinst, sie kann nur dann eine Nonne werden, wenn sie aufhört, eine Nonne zu sein«, sagte Lokesh nach einem langen Moment. »Doch weder du noch ich können so etwas von ihr verlangen«, fügte er hinzu.

***

Während Shan durch das Lager humpelte, versuchte er sich einzureden, seine Schmerzen rührten allein von den Polizeiknüppeln her. Doch es war vergeblich. Er liebte Lokesh wie einen zweiten Vater und wusste, dass die Zuneigung erwidert wurde. Dennoch schien sich alle paar Monate eine Kluft zwischen ihnen aufzutun, eine Lücke, die unüberbrückbar wirkte. Anfangs hatte er geglaubt, die Ursache sei Lokeshs unerschütterliche Überzeugung, man müsse dem Schicksal seinen Lauf lassen, denn die Gottheiten würden am Ende die Lösungen aller Probleme finden, während Shan den Gang der Ereignisse ständig beeinflussen wollte. Doch mittlerweile neigte Shan zu einer anderen Erklärung. Männer wie Lokesh hatten jahrzehntelang von der Hoffnung gezehrt, man könne die alten Bräuche wieder aufleben lassen. Nun schwand diese Hoffnung allmählich, und Shans Land war dafür verantwortlich. So wie Lokesh einst Teil der Regierung des Dalai Lama gewesen war, hatte Shan für die Regierung gearbeitet, die Tibets Zerstörung betrieb. Sie beide waren lediglich Schauspieler auf einer Bühne am Ende der Zeit. Großer Kummer stieg in ihm auf. Seine Erschöpfung war plötzlich überwältigend.

Er setzte sich unter einen der wenigen Bäume, dessen Rinde und unteren Äste bereits irgendwo verfeuert worden waren, und beobachtete das Leben im Lager. Die Häftlinge strömten nach ihrem morgendlichen Glaubensunterricht aus dem Speisesaal. Ein Lautsprecher erwachte knisternd zum Leben, und es erklang eine beliebte Parteihymne. *Der Osten ist rot.*

Shan lehnte sich gegen den sterbenden Baum und studierte die Bewegungen der Posten, die Anordnung der Wachtürme sowie die zeitweilige Betriebsamkeit am Haupttor und an der kleineren Zufahrt im hinteren Teil der Anlage. Seine Lider wurden schwer, und er konnte nicht länger gegen die Schläfrigkeit ankämpfen.

Als er aufwachte, trug er nur noch einen Schuh. Lokesh saß neben ihm und flickte den anderen Schuh mit Nadel und Faden. An Shans Seite stand außerdem ein Blechbecher mit Gerstenbrei.

»Das ist alles, was wir zweimal am Tag zu essen bekommen«, erklärte Lokesh, als Shan den Becher nahm und einen Finger in den dünnen Brei steckte. Es fühlte sich an wie körniger Kleister.

»Sägemehl«, murmelte er angewidert. Die Wachen mischten das Getreide mit Sägemehl.

Lokesh nickte sachlich und nähte weiter. »Es herrscht dieses Jahr keine Getreideknappheit. Die leeren Mägen der Häftlinge machen irgendjemanden reich. Nicht genug Decken, nicht genug Toilettenpapier, nicht genug Kleidung.« Das galt für die meisten chinesischen Gefängnisse. Die Aufseher zweigten Vorräte ab und verkauften sie auf dem Schwarzmarkt.

Der alte Tibeter zog einen Faden fest und blickte dann zu Shan auf. »Ich kann mich an Jahre erinnern, in denen so viel Sägemehl im Gerstenbrei war, dass man ihn anzünden konnte. Wir haben daraus kleine *tormas* gemacht und sie für die Götter verbrannt.«

Shan erinnerte sich mit schwermütigem Lächeln. Die Winter in ihrem Straflager waren höllisch gewesen. Jeder Insasse hatte einfach nur versucht, die Kälte und den Hunger noch einen Tag länger auszuhalten. Ungeachtet ihrer leeren Bäuche hatten Lokesh und mehrere der älteren Lamas ihren mit Sägemehl durchsetzten Gerstenbrei dazu benutzt, kleine Opfergaben zu formen. Diese hatten sie dann auf behelfsmäßigen Altären verbrannt, so wie einst die *torma*-Butterfiguren in den Tempeln ihrer Jugend. Während vieler Nächte hatten die Lamas bei einem der Mithäftlinge gesessen, der an Unterernährung oder Typhus starb und sich oft auch vor Schmerzen den Leib hielt, und die kleinen flackernden Gottheiten beobachtet. Die Tatsache, dass der Tod bisweilen genau in dem Moment eintrat, wenn die letzte der Flammen zischend verlosch, war von ihnen als Zeichen dafür betrachtet worden, dass die Götter sie nicht vergessen hatten.

Shan schaute Lokesh hinterher, als dieser zurück zu der provisorischen Krankenstation ging, und dachte daran, wie sehr er ihn vermisst hatte. Erst nach Jahren war ihm klargeworden, dass es in ihm eine leere Stelle gab, die nur durch die Anwesenheit des alten Mannes gefüllt werden konnte. Wenn Shan sich an die Sägemehlwinter im Gulag erinnerte, dann waren das albtraumhafte Visionen von gefrorenen Leichen, die man wie Brennholz stapelte, sanften alten Lamas voller schmerzhafter Frostbeulen und Arbeitstrupps, die durch Lawinen getötet wurden. Wenn Lokesh hingegen an jene Zeit zurückdachte, dann fiel ihm als Erstes ein, wie es ihnen stets gelungen war, die Gottheiten am Leben zu erhalten.

Shan zwang sich, den Brei zu essen, und behielt dabei die Häftlinge im Blick. Viele wanderten auf dem Gelände im Kreis herum. Manche gingen in den baufälligen Baracken ein und aus, die als Unterkünfte dienten. Andere saßen allein da und ließen ihre Gebetsketten durch die Finger gleiten. Der ehemalige Armeestützpunkt war in U-Form angelegt, mit dem Speisesaal als Basis und Barackenreihen zu beiden Seiten. Die

Freifläche in der Mitte hatte als Exerzierplatz und Übungsgelände gedient. Hinter dem Speisesaal folgten Felder voller Unkraut und dann entlang des rückwärtigen Stacheldrahts mehrere kleine Erdhügel, die einstigen Munitionsbunker. An den Türen eines halben Dutzends dieser Bunker hingen gelbe Stofffetzen, genau wie an der Tür der Quarantänebaracke. Jenseits des Drahtes, am Rand eines Weges, der am hinteren Tor begann, gab es eine Müllhalde und einen breiten, frisch ausgehobenen Graben, über dem Geier kreisten.

Shan folgte der ausgetretenen Spur am Zaun entlang. Heilige Berge hatten ihre Pilgerpfade. Lagerinsassen hatten stets ihre Häftlingspfade. Er verstand nur zu gut, dass ein gefangenes Tier den natürlichen Instinkt verspürte, am Käfiggitter auf- und abzulaufen, und der Pfad hier am Zaun war bereits regelrecht ausgehöhlt. Shan reihte sich zwischen den anderen Häftlingen ein, von denen viele sehnsüchtig zu den grünen Hängen der umliegenden Berge hinaufschauten. Sie waren Hirten und wussten, dass sie mit ihren Herden auf die Sommerweiden gehörten.

Am Zaun hingen Banner. *Umarmt das sozialistische Wunder*, lautete eines. Ein anderes war vom Wind halb zerfetzt worden, und man konnte nur noch die Worte *Fortschritt gegen* erkennen. Die Wachen bemühten sich gerade, trotz der kräftigen Brise einen neuen Slogan am Draht zu befestigen. *Eine Partei, ein Volk.*

Shan blieb stehen, um sich den Komplex außerhalb des Lagers anzusehen. Am Haupttor gab es Wachbaracken und daneben ein langes Verwaltungsgebäude. Dahinter, am Ende der Straße, standen zwei quadratische Bauten mit Laderampen. Das mussten die Lagerhäuser sein, bei denen Lungs Lastwagen ihre Ladung ablieferten.

Ein Signal ertönte, eine gellende Luftdruckfanfare, bei deren Klang die Tibeter in Shans Blickfeld kollektiv zu erschaudern schienen. Eine dicke Chinesin in tadelloser brauner Uniform streckte die Fanfare über den Kopf, rief den Gefangenen etwas zu und scheuchte sie in Richtung des Speisesaals. Shan wagte es nicht, sich der Frau zu nähern, und mischte sich unter die anderen. Sie drängten auf das Gebäude zu. Auf der anderen Seite der zusammenströmenden Häftlinge tauchten noch mehr Gestalten in Braun auf, manche mit Schlagstöcken. Shan begab sich in die Mitte der Menge und ließ sich in den Speisesaal tragen.

Hier standen enge Reihen aus schlichten Brettertischen und -bänken, und auf jedem der Tische lagen Notizblöcke und Bleistifte bereit. Drei der Wände waren mit weiteren politischen Bannern versehen, an der vierten hingen große Plakate mit den Abbildern von Helden der Partei. Shan setzte sich und fand sich zwischen zwei Tibeterinnen mittleren Alters wieder, die nervös die Bühne im vorderen Teil der Halle beobachteten. Dort saß ein halbes Dutzend chinesischer Männer und Frauen an einem Tisch neben einem Podium. Diese Instrukteure schienen fast noch Halbwüchsige zu sein. Unter den Söhnen und Töchtern der Parteielite war es üblich, nach Abschluss der höheren Lehranstalt für ein oder zwei Jahre derartige Aufträge zu übernehmen. In Peking nannte man so etwas eine Missionarstätigkeit.

Der erste Sprecher las ein Kapitel aus einem Buch über die Helden der Revolution vor. Die Tibeter hörten mit ausdruckslosen Mienen zu. Dann enthüllte eine der Frauen eine Tafel und zeigte mit einem Lineal auf jedes einzelne Schriftzeichen des Slogans, der darauf stand. Gleichzeitig rief sie die Worte hinaus. *China ist mein Mutterland. Das Mutterland sorgt für uns alle.* Danach verlangte sie mit schriller, ungehaltener Stimme, dass die Häftlinge gemeinsam mit ihr jedes Wort wiederholten. Die Leute rund um Shan fingen ängstlich an zu flüstern. Er sah sich nach allen Seiten um. Manche von ihnen waren so erschrocken, dass sogar ihre Hände zitterten. Es handelte sich um Bauern oder Hirten, die man vermutlich nicht wegen eines eigenen Vergehens zusammengetrieben hatte, sondern weil einer ihrer Angehörigen oder Nachbarn einer Verfehlung beschuldigt wurde. Wer offen eine abweichende Meinung äußerte, wurde ins Gefängnis geschickt und gebrochen. Und wer Gefahr lief, von dem verderblichen Einfluss angesteckt zu werden, wurde einer Behandlung durch schrille junge Chinesen in tadellosen braunen Uniformen unterzogen.

Die Frau befahl den Häftlingen, ihre Bleistifte zu nehmen und das erste Schriftzeichen des Slogans zu schreiben. Shan nahm genervt den Bleistift, der vor ihm lag. Dann fiel ihm auf, dass niemand sonst am Tisch es ihm gleichtat. Ihm wurde plötzlich klar, dass die anderen kein Chinesisch sprachen.

Er übersetzte hastig auf Tibetisch, während die anderen Politoffiziere anfingen, mit langen Holzpaddeln die Reihen abzuschreiten. Shan schrieb das erste Zeichen auf sein Blatt. Als ein Tibeter auf der anderen Seite der Halle aufschrie, weil er geschlagen wurde, schnappte Shan sich flink die Blätter der Leute in seiner Nähe und versah auch sie mit dem Schriftzeichen.

»*Tujaychay*«, flüsterte die Frau neben ihm, als ein Offizier mit beifälligem Nicken an ihr vorbeiging. *Danke.*

»*Lha gyal lo*«, erwiderte Shan und berührte das kleine *gau*, das unter seinem Hemd hing.

Zwei Stunden später verließ er das Gebäude und blinzelte in die grelle Nachmittagssonne. Er folgte dem Häftlingspfad und blieb stehen, um sich die Erdbunker hinter dem Speisesaal und den Friedhof jenseits des rückwärtigen Tors anzusehen. Lokesh war nicht bei den Kranken, als Shan dort nachschaute, sondern saß an der Außenwand einer der klapprigen Baracken im Schatten. Shan war sich nicht sicher, ob sein Freund ihn überhaupt bemerkte, als er neben ihm Platz nahm. Lokesh blickte hinaus auf das Gelände und verfolgte, wie die Scharen von sanften, unschuldigen Tibetern von Pekings Jagdhunden zusammengetrieben wurden. Auf einmal wusste Shan genau, was Lokesh in diesem Moment dachte, und es brach ihm fast das Herz: So sah also das Ende der Welt aus.

Lokesh sagte nichts, als Shan ihn auf die Beine zog und zu der langen Schlange führte, die für das Abendessen anstand, eine wässerige Nudelsuppe.

Nach dem Essen half er Lokesh bei den Patienten in der provisorischen Krankenstation, bis es dunkel wurde. Dann legten sie sich auf einen Strohhaufen am Ende des Gebäudes. Kurz darauf fing sein erschöpfter Freund an zu schnarchen. Shan zog sich in die tiefen Schatten am Rand des Exerzierplatzes zurück und beobachtete die Wachen bei ihren Runden um das Gelände. Sie gingen langsam, redeten miteinander und blieben oft stehen, um sich eine Zigarette anzuzünden. Die Wachtürme waren nicht bemannt. Allerdings stiegen die Patrouillen gelegentlich hinauf, um das Lager kurz mit einem Suchscheinwerfer abzuleuchten. Es handelte sich in der Tat nur um ein Übungsgefängnis, genau wie Lokesh gesagt hatte. Die meisten der Wachen hielten sich von den Bunkern fern und machten am Speisesaal kehrt. Einige aber nahmen ihre Gewehre von den Schultern und gingen zumindest ein Stück auf den hinteren Draht zu. In den Bunkern lagen die Sterbenden, und nicht weit entfernt befand sich zudem das offene Massengrab voller infizierter Leichen. Shan wartete, bis eine Streife hinter dem Speisesaal verschwand, und rannte dann auf die Erdhügel zu. Falls er die Amerikanerin nicht binnen der nächsten Stunden fand, würde es womöglich zu spät für sie sein.

Die Kranken in den Bunkern wussten nicht, ob Tag oder Nacht war. Shan stieg hinunter in die erste der stinkenden Kammern und fand sich in einer Kakophonie aus Stöhnen und Mantras wieder. Im trüben Licht der Kerzen sah er vier Tibeter auf Strohlagern liegen. Der erste hielt sich mit schmerzverzerrter Miene den Bauch. Die anderen zitterten vor Fieber. Zwei Frauen, eine davon eine Nonne, kümmerten sich um sie, schöpften Wasser an ihre Lippen und kühlten ihnen die Stirn. Ein alter Mann, dessen Gesicht schweißgebadet war, umklammerte einen tiefblauen Stein. Es war ein Lapislazuli, mit dem man die heilende Gottheit um Hilfe anrief.

»Wie kann ich helfen?«, fragte Shan die Nonne. Sie warf ihm einen kurzen müden Blick zu und wies auf den Toiletteneimer in der Ecke. Shan vergewisserte sich, dass niemand sonst sich im Schatten aufhielt, holte den Eimer und brachte ihn hinaus, um ihn zu entleeren.

Im zweiten Bunker half er beim Wechseln einer Bettstatt und sah zu, wie eine Nonne und ihre Novizin ein Mandala erstellten, ein rundes Sandgemälde, um den Schutz des Lapislazuli-Buddhas zu erbitten. Das leise, gleichmäßige Klopfen gegen die schmalen Sandtrichter rief Erinnerungen an andere solcher heimlichen Mandalas wach. Shan hatte während seiner Haft Männer gekannt, die Prügelstrafen riskiert hatten, nur um solche Bilder anzufertigen.

Entmutigt verließ er den Bunker. Ihm war schmerzlich bewusst, dass die Zeit knapp wurde. Doch als er in den Mondschein trat, ertönte hinter ihm ein leiser Pfiff. Er drehte sich um und sah ein schwaches Licht im Eingang eines der zerfallenden Bunker. Es war Lokesh mit einer Kerze in einem durchlöcherten Blechbecher – eine Gefangenenlaterne, eine der improvisierten Gerätschaften, die sie einst dazu genutzt hatten, illegale Zeremonien in ihrer Lagerbaracke abzuhalten. Plötzlich erhellte ein Suchscheinwerfer des nächstgelegenen Wachturms das Feld. Shan duckte sich und rannte los.

»Wenn sie dich erwischen, werden sie dich verprügeln«, flüsterte Shan, als er seinen Freund erreichte. Das war eine ihrer geheimen Losungen gewesen, um zu den Gefängniszeremonien eingelassen zu werden.

»Sie können nur meinen Körper schlagen«, kam wie ein Reflex die korrekte Erwiderung, zusammen mit einem kurzen Lächeln. Lokesh winkte ihn hinein und zog hinter Shan eine schwere Filzdecke über den Eingang.

Der Bunker war halb zerfallen, das Dach eingesackt, die Luft feucht und muffig. Im ersten Moment glaubte Shan, Lokesh habe ihn nur gerufen, um mit ihm zu reden, aber dann sah er die kleine graue Gestalt, die in einer Ecke kauerte.

Wortlos setzten sie sich neben sie – Lokesh auf einer Seite, Shan auf der anderen –, und die provisorische Laterne stellten sie vor der Frau auf den Boden. Sie hielt mit zitternden Fingern eine *mala* umklammert. »Ani!«, rief sie mit heiserer Stimme. »Ani!« *Nonne*, hieß das, *Nonne*. Ihre Augen waren vor Angst weit aufgerissen.

Lokesh nahm ihre Hand, legte seine Finger über ihre und schob gemeinsam mit ihr erst eine Perle weiter, dann die nächste. Dabei sagte er langsam das *mani*-Mantra auf, als würde er es einem Kind beibringen.

Die Frau, die furchtsam den fremden Chinesen anstarrte, der neben ihr aufgetaucht war, schien zunächst gar nicht zu registrieren, was Lokesh da machte. Dann fing sie allmählich an – unter häufigen nervösen Blicken zu Shan –, die beiden Hände an den Perlen zu beobachten. Auf ihrer Miene machte sich eine seltsame Verwirrung breit, als begreife sie nicht, wessen Hände das waren, und ihre Finger spannten sich an, als wolle sie sie wegziehen. Dann bemerkte sie das freundliche Gesicht des alten Tibeters und beruhigte sich ein wenig.

So saßen sie einige Minuten da, und die einzigen Geräusche waren das leise Mantra und das Klicken der Perlen.

Schließlich ergriff Shan auf Englisch das Wort. »Lokesh und ich sind manchmal nachts zu den Ruinen gegangen und haben einige der alten Wandgemälde gesäubert. Im Mondlicht fühlte sich das bisweilen so an, als würden die Gottheiten zum Leben erwachen.«

Die Frau reagierte nur zögernd, als sei sie sich nicht sicher, richtig gehört zu haben. Offenbar hatte sie ihre Muttersprache schon lange nicht mehr vernommen. Sie warf einen besorgten Blick auf den Eingang.

»Ich habe eine Mao-Statue demoliert, nur um Sie zu treffen, Cora«, sagte Shan.

Sie schaute wieder zu Lokesh, der mit seinem Mantra nicht aufgehört hatte. Behutsam zog sie ihre Hand weg. Lokesh holte seine eigene *mala* hervor und setzte das Mantra fort.

»Elfen«, flüsterte sie. »Rutger und mir sind Gemälde aufgefallen, die auf geheimnisvolle Weise über Nacht gereinigt worden waren und vor denen kleine Opfergaben standen. Wir haben gescherzt, es müssten wohl magische Elfen gewesen sein. Der Abt und die Mönche haben mal ein Sandgemälde angefertigt.« Die Amerikanerin blickte auf ihre Gebetskette. »Die Äbtissin hat es am Ende des Tages gesehen und gesagt, irgendwas daran stimme nicht, einige der Gottheiten seien in der falschen Reihenfolge angeordnet. Aber am nächsten Tag war alles korrekt. Manche der Nonnen haben daraufhin von einem Wunder gesprochen, denn die Gottheiten müssten sich von selbst bewegt haben.«

»Das Wunder besteht darin, dass es unter uns noch Menschen aus dem alten Tibet gibt, die sich mit Gottheiten auskennen«, sagte Shan und wies auf Lokesh.

Die Amerikanerin musterte den alten Tibeter, als sähe sie ihn zum ersten Mal. »Spricht er Englisch?«, fragte sie Shan.

»Nein. Lokesh ist der Ansicht, die wichtigsten Dinge sage man ohne Worte.«

Der alte Tibeter murmelte mit geschlossenen Augen sein Mantra. Während Cora ihm dabei zusah, nahm ihre zunächst faszinierte Miene einen bekümmerten Ausdruck an. »Er wurde wegen mir verhaftet. Ich bin gestürzt, als man uns gejagt hat. Er hätte fliehen können, aber er wollte mir helfen. Er hat mich in meinem Gewand für eine Nonne gehalten. Wegen meiner Lüge ist er nun hier.«

Shan begann zu ahnen, welch große Qualen die Frau durchlitt. »Nein. Es hatte nichts mit dem Gewand zu tun, Cora. Sie sind gestürzt. Sie brauchten Hilfe.«

»Und er sitzt nun deshalb in diesem schrecklichen Gefängnis.«

»Lokesh und ich wissen, was ein Gefängnis ist. Das hier ist eher ein Zufluchtsort für Gleichgesinnte.«

Im Blick der Frau flackerte etwas auf und verlosch wieder. »Die Menschen sterben.«

Shan nickte. »Sie und Rutger haben recht daran getan, der Welt von solchen Orten berichten zu wollen.«

Cora blickte erschrocken auf und wollte es anscheinend abstreiten, aber dann schaute sie wieder auf ihre Gebetskette. Eine einzelne Träne rann über ihre Wange. »Rutger war der Fotograf. Ich war die Künstlerin, die Gesichter gezeichnet hat. Angefangen habe ich auf einem Fetzen Papier. Mittlerweile habe ich dreißig Seiten. Ich könnte ein ganzes Buch mit den Gesichtern füllen, die mir hier begegnet sind.«

»Machen Sie das«, sagte Shan. »Geben Sie sie der Welt.«

»Ich wollte sie in ein Stück Stoff wickeln und über den Draht werfen, damit sie vielleicht jemand findet.«

»Das ist nicht, was Rutger gewollt hätte.«

Er hätte den Namen nicht noch einmal erwähnen sollen. Die Züge der Frau verhärteten sich. Sie drückte sich an die Wand und schien vor seinen Augen kleiner zu werden. Die Knöchel, die die Perlen hielten, traten weiß hervor.

»Sie müssen mich Ihnen helfen lassen, Cora«, sagte Shan.

Sie schüttelte langsam den Kopf und fing an, sich vor und zurück zu wiegen.

»Bitte. Ihnen ist nicht klar, in welch großer Gefahr Sie sich befinden. Wir haben nicht viel Zeit. Es wird bald hell.«

Sie schien die Männer nicht mehr wahrzunehmen, wirkte wie ein verängstigtes kleines Kind. Shan und Lokesh sahen sich besorgt an. Das Risiko, von den Wachen entdeckt zu werden, stieg mit jeder Minute.

Als die Amerikanerin die Augen öffnete, blickten sie ins Leere. Dann hielt sie in ihrer Bewegung allmählich inne und schaute zu der Laterne. Lokeshs Hand zeigte nach unten, Daumen und kleiner Finger waren abgespreizt, die anderen Finger zum Daumen hin eingerollt.

»Das ist eines dieser Handgebete«, sagte Cora.

»Ein *mudra*«, bestätigte Shan. »Es ist das Zeichen der gewährten Zuflucht, Cora. Wenn wir während der langen Winternächte frierend und hungernd im Gulag gelegen haben, entzündeten die alten Lamas eine Kerze. Einer ging damit an den Betten entlang, während ein anderer ein *mudra* formte. Es war wie ein heiliges Ritual, eine alte Überlieferung, die zum Leben erweckt wurde. Sie brachten uns bei, uns darauf zu konzentrieren und alles außer dem nächtlichen *mudra* zu vergessen. Es hat manche der Gefangenen am Leben erhalten.«

Cora sah ihn an. »Gulag?«

»Lokesh hat den größten Teil seines Lebens in Haft verbracht, weil er einen Posten in der Regierung des Dalai Lama hatte.« Der alte Tibeter sah die Frau immer noch mit heiterer Miene an, und seine Hand bildete weiterhin das *mudra*. »Dies sind seine Worte an Sie«, erklärte Shan. »Er und ich bieten Ihnen eine Zuflucht an. Sie können alle seine *mudras* zeichnen. Chenmo wird Ihnen behilflich sein. Er könnte Ihnen von früher erzählen und vom Gefängnis. Das könnte Ihr Buch sein.«

»Eine Zuflucht? Die lassen keinen von hier weg. Es kommen nur immer mehr Häftlinge hinzu.«

»Sie müssen mir helfen, die Wahrheit über die Morde herauszufinden. Hier geht das nicht. Ich brauche Sie in Sicherheit, weg von den Kriechern. Dann können Sie mir von jenem Tag erzählen. Sie waren da, nicht wahr?«

Cora ließ sich mit der Antwort so lange Zeit, dass Shan schon glaubte, sie habe ihm nicht zugehört. »Ich habe so viele Albträume, dass ich gar nicht mehr schlafen will. Die Äbtissin ruft mir nachts etwas zu. Manchmal frage ich mich, was davon mein Albtraum ist und was meine Erinnerung. Es ist, als wäre ich dort gewesen und nicht dort gewesen.«

»Sie waren dort, Cora«, versicherte Shan. »Und Sie müssen sich erinnern. Um Rutgers willen. Sie haben gesehen, wer das getan hat.«

»Sie meinen das Ungeheuer. Das Ding.«

»Das Ungeheuer. Den Mörder. Ja.«

Cora schien erneut zu schrumpfen. Und sie fing wieder an, sich vor und zurück zu wiegen. »Rutger sagt, die Farben müssen genau stimmen. Man kann die alten Mauern nicht einfach rot anstreichen. Es gibt einen besonderen kastanienbraunen Farbton, wie guter tibetischer Boden. Die Tibeter haben Farben, die sie für diesen Zweck aufbewahren. Er nennt es Gebetsrot. Ich habe ein Tor in der falschen Schattierung gestrichen, und er will, dass ich es noch mal mache. Die Äbtissin wird helfen. Sie bringt mir alte Reime bei, in deren Rhythmus wir die Pinsel schwingen.«

Shans Haut kribbelte. Coras Kehle entrang sich ein trockenes, krächzendes Lachen. »Die Äbtissin hat oberhalb der Ruinen einen Fleck mit blühenden Wildblumen gefunden. Wir wollen früher Schluss machen, damit wir dort eine Mahlzeit einnehmen können. Ein Picknick, habe ich zu ihnen gesagt. Die Äbtissin hat das Wort mehrere Male wiederholt, wie ein Mantra. Picknick, Picknick, Picknick. Sie hat gelacht. Sie wollte das Gestell der alten Gebetsmühle fertig anstreichen. Rutger wollte ihr helfen, obwohl sie ihm immer wieder gesagt hat, er solle sich in den hinteren Teil des Geländes zurückziehen. Jemand wollte kommen, und er könnte den Mann verscheuchen. Ich sagte, ich würde einige der Gemälde in den kleinen Kapellen abzeichnen.« Coras Stimme erstarb. Dann nahm sie wieder ihr Mantra auf.

»Ein Chinese namens Lung ist gekommen«, sagte Shan. »Wer sonst noch?«

Doch Cora hörte ihn nicht. Sie befand sich an einem fernen, furchterregenden Ort. Tränen liefen über ihr Gesicht. »Ich hätte nicht gehen sollen. Ich hatte beschlossen, unser Essen zu der Stelle mit den Blumen zu bringen. Ich sah ihn auf einem Fahrrad kommen, aber das konnte nicht der sein, wegen dem sie sich Sorgen gemacht hat, habe ich gedacht. Ich habe bei den Blumen gesessen und gewartet. Die anderen ließen sich so lange Zeit. Ich bin wieder nach unten gegangen. Sie beten bei dem *chorten*, dachte ich. Er hatte mich nicht bemerkt. Er redete mit ihnen, war ganz wütend. Aber sie sagten nichts. Er beugte sich über Rutger – um ihm irgendwie zu helfen, dachte ich. Er hatte einen roten Lappen in der Hand. Ich dachte, sie müssen sich wohl mit der roten Farbe bekleckert haben. Dann drehte er sich um. Rutgers Kopf lag auf seinem Knie, und ich sah, was er getan hatte. Das in seiner Hand war Rutgers Gesicht. Man konnte das Blut an ihm nicht erkennen – wegen der Farbe. Ich bin gerannt. Er hat etwas gerufen, aber ich war schon an der hinteren Mauer. Ich bin gerannt. Ich bin gestürzt. Ich bin weitergerannt. Ich wusste nicht, wohin. Ich muss stundenlang gerannt sein.«

Shan sagte nichts, bis ihre Tränen getrocknet waren.

»Sie müssen Lokesh und mir vertrauen, Cora. Ich werde Sie von hier wegschaffen. Wir bringen Sie an einen sicheren Ort. Nicht in die Einsiedelei, denn die Nonnen werden beobachtet. Vielleicht zu den Mönchen. Lokesh und ich bringen Sie in das andere Kloster, Chegar.«

Cora sank in sich zusammen. Ihre Augen weiteten sich wieder angstvoll. »Verstehen Sie denn nicht? Ich habe es Ihnen doch gerade gesagt!«

»Was haben Sie mir gesagt?«, fragte Shan.

»Ich konnte all das Blut nicht erkennen, weil es sich nicht von seinem Gewand abgehoben hat. Wenn Sie mich in das Kloster bringen, ist das mein Todesurteil! Der Schlächter war ein Mönch.«

KAPITEL ELF

Ani Ama weigerte sich, an Shans Plan mitzuwirken. Sie hob eine Hand und unterbrach ihn. »Mein Platz ist hier«, sagte die Nonne. »Da sind zunächst mal die Kranken. Und nun werden auch noch Verwundete gebracht, von irgendeinem Aufruhr.« Es war mitten in der Nacht. Shan saß neben einer Toten, die von zwei anderen Frauen in ein Leinentuch gewickelt wurde.

»Was ist, wenn du draußen mehr für sie tun könntest?«, fragte Shan. »Wenn es eine Möglichkeit gäbe, der Welt zu zeigen, was hier vorgeht? Sobald es auch nur das geringste Anzeichen für einen Besuch internationaler Repräsentanten gäbe, würde man hier für richtige medizinische Betreuung und besseres Essen sorgen, das weißt du.«

»Nein«, beharrte sie. »Tu nicht so, als hätte ich solche Macht.«

»Die amerikanische und die deutsche Regierung haben solche Macht. Und sie werden diese Macht demonstrieren, wenn Cora mit Geschichten über das Lager heimkehrt – und der Geschichte eines ermordeten Deutschen und einer ermordeten Äbtissin.«

Die alte Nonne stand auf, legte der Toten eine Hand auf die Stirn und murmelte einen Segen, bevor man der Leiche das Tuch über den Kopf zog. »Das hat nichts mit mir zu tun«, sagte sie zu Shan.

»Die Äbtissin ruft nach Cora«, sagte Shan zu ihrem Rücken.

»Es gibt für die Äbtissin nur eine Möglichkeit, dorthin zu gelangen, wo sie zu sein verdient.«

Ani Ama blieb stehen. »Glaubst du nicht, dass ich jede Nacht dafür bete?«

»Einer der jungen Mönche aus Chegar hat gesagt, er hört sie stöhnen, hört es im Dunkeln zwischen den Hügeln widerhallen. Die Äbtissin wandert verloren umher und kann nicht verstehen, was ihr und den anderen zugestoßen ist.« Die Nonne drehte sich langsam zu ihm um. Shan sprach weiter. »Ein furchtbarer Schatten fällt auf all jene, die im Tal Gewänder tragen. Hilf mir, die Wahrheit zu ergründen. Die Amerikanerin war da, bei dem Kloster. Geh mit uns von hier weg, und wir werden den Mörder gemeinsam finden.«

»Die Wahrheit über die Morde ist bei denen, die gestorben sind.«

»Falls wir wissen, wie wir lauschen müssen, können wir sie immer noch hören. Du kennst bereits einen Teil davon.«

»Unsinn. Ich war nicht dort.«

»Auch Jamyang ist an jenem Tag gestorben. Das war kein Zufall. Du bist mit der Äbtissin bei dem Leichnam von Lungs Sohn gewesen. Jamyang auch. Was ist passiert? Weshalb hat er sich vor dem Toten gefürchtet?«

»Ich glaube nicht, dass es der Tod war, der ihn geängstigt hat.«

»Dann sag es mir, Ani Ama. Warum ist er an dem Tag weggelaufen?«

Ani Ama seufzte und blickte hinaus auf das Lager. »Ich wollte nicht Äbtissin werden. Ich wollte meine letzten Lebensjahre in Ruhe an einem Webstuhl verbringen. Meine Mutter war eine Weberin und ihre Mutter auch.« Sie schaute der Leiche hinterher, als sie weggetragen wurde. »Als Lung Tso kam, um die Äbtissin um Hilfe zu bitten, war Jamyang gerade bei ihr«, erklärte sie dann. »Er stellte Lung Tso Fragen und war ganz bestürzt, dass ein so junger Mensch sterben musste. Und er nahm die Einladung der Äbtissin an, sie zu begleiten. Der Lama kannte sich nämlich mit den alten Bräuchen aus und wusste, wie man die Gottheiten empfängt. Als wir bei diesem alten Stall eingetroffen sind, hat er sofort angefangen, den Raum zu säubern. Er hat die richtigen Worte gesprochen und Weihrauch für die Götter entzündet. Dann hat er sich dem Leichnam zugewandt und ihn respektvoll und geduldig gereinigt. Aber als er zum Hals kam, hat er aufgekeucht und dann hektisch die Haut mal hierhin, mal dorthin geschoben. Die Äbtissin hat gefragt, was denn los sei, aber er schien sie nicht zu hören.«

»Und was war da?«, fragte Shan. »Was war an seinem Hals?«

»Bloß ein Mal. Ein langes, gerades Mal quer über der Kehle, wie eine Quetschung. Der Junge war gestorben, als sein Lastwagen von der Straße abkam und einen steilen Hügel hinunterstürzte. Sein Vater sagte, das Mal stamme vom Lenkrad, das gegen den Hals des Jungen geschlagen sei und ihm außerdem den Brustkorb eingedrückt habe. Doch Jamyang wollte nicht hören. Er war plötzlich wie besessen. Dann ist er ohne ein weiteres Wort weggegangen, und wir haben ihn erst nach mehr als einer Woche wieder zu Gesicht bekommen.«

»Bei welcher Gelegenheit?«

»Er ist eines Abends zu uns gekommen und hat allein mit der Äbtissin zusammengesessen. Es sind schroffe Worte gefallen, was keinem der beiden ähnlich gesehen hat. Sie haben ihre Stimmen erhoben. Am nächsten Tag hat die Äbtissin Nachrichten an das Kloster geschickt.«

»Nachrichten? Was für Nachrichten?«

Die Nonne schüttelte langsam den Kopf. »Das habe ich nicht begriffen. Mit der ersten hat sie Chenmo losgeschickt, und die hat es mir später verraten. Nur ein Wort. Dharamsala. Sie sollte es im Büro von Chegar auf den Tisch legen. Später am selben Tag hat die Äbtissin einem Hirten, der vorbeikam, noch eine Nachricht mitgegeben. Am Tag danach ist sie selbst weggegangen und hat gesagt, es dürfe ihr niemand folgen. Aber ich habe sie beobachtet. Unten an der Treppe haben die beiden Ausländer sich ihr angeschlossen.«

»Und sind zur Klosterruine gegangen«, mutmaßte Shan.

»In ihren Tod, ja«, sagte Ani Ama erschüttert.

Alles hatte mit Lungs Sohn angefangen, davon war Shan nun überzeugt. Doch was war dann geschehen? Was hatte Jamyang in der Zwischenzeit getan, bis er Tage später zu der Äbtissin zurückkehrte? Wieso hatte er Lung Tso zum selben Zeitpunkt zur Klosterruine bestellt, war aber selbst nicht hingegangen?

»Ich habe von der Nacht geträumt, in der Jamyang und die Äbtissin gesprochen haben«, sagte die Nonne. »Und ich verstehe es jetzt. Dieses Gespräch war das Ende. Die beiden haben es zu dem Zeitpunkt nicht gewusst, aber sie knüpften die letzten Knoten ihres jeweiligen Lebensteppichs.«

»Es war nur der Anfang vom Ende«, widersprach Shan. »Einige Knoten sind noch offen.«

Ani Ama nickte wehmütig. Sie betrachtete einen Moment lang die Hügel, als halte sie nach einem Hinweis auf die tote Äbtissin Ausschau. »Wir können doch hier nicht einfach zum Tor hinausspazieren«, sagte sie. Es klang irgendwie einladend.

»Nein«, stimmte Shan ihr zu und blickte in Richtung des verhüllten Leichnams. »Erst musst du sterben.«

***

Die Wachen, die den Beerdigungstrupp eskortierten, wollten nichts mit den Leichen zu tun haben. Sie blieben auf Abstand und sahen angewidert dabei zu, wie Shan und ein halbes Dutzend andere die Toten auf die Schubkarren luden. Dann öffneten die Polizisten das hintere Tor und traten schnell beiseite. Die Leichen waren mit Krankheiten infiziert.

Lokesh hatte erklärt, dass jeden Tag bis zu einem halben Dutzend Gefangene starben. Shan, der die letzte Karre schob, schickte ein Dankgebet zum Himmel, dass es in jener Nacht nur zwei Tote gegeben hatte. Die drei zusätzlichen Leichen waren daher niemandem aufgefallen. Nervös beobachtete Shan, wie die beiden Wachen sich Zigaretten anzündeten. Dann schaute er nach vorn zu dem kleinen Lagerhaus, wo bald Lungs Lastwagen eintreffen mussten. Einer der Wachposten ging nun zu dem Traktor, mit dem man hier die Gräben aushob und zuschüttete. Shan atmete erleichtert auf und stellte zudem fest, dass eine Staubwolke die Ankunft von Lungs Lastern verkündete. Dann hob der zweite Polizist plötzlich seinen Schlagstock und hieb damit auf die erste Leiche. Shan hielt unwillkürlich den Atem an, als der Mann sich der zweiten Schubkarre näherte.

»Die Organe des Staates müssen demokratischen Zentralismus praktizieren!«, rief Shan kurzerhand und eilte mit seiner Karre zur Grube vor. »Heute ist Kapitel siebzehn dran! Schnell! Wir haben vergessen, dass für heute Morgen eine Prüfung der Zitate des Vorsitzenden anberaumt wurde! Wir dürfen den Großen Steuermann nicht beschämen!« Er formte mit den Lippen ein stummes Gebet und kippte seine Schubkarre dann hastig zur Seite. Der Leichnam darauf rollte in die Grube. Shan fürchtete, der Wachposten werde ihn schlagen, doch das kurze Zögern, das auf Shans Ausruf gefolgt war, hatte gereicht. Der Mann neigte den Kopf in Richtung der vorderen Zufahrtsstraße. Lungs Lastwagen standen bei dem Lagerhaus, und jemand rief hektisch etwas von der Laderampe. Dann sah Shan auf einmal weitere Bewegung auf der Straße. Ein grauer Geländewagen raste mit rot blinkender Signalleuchte auf das Lager zu. Die Kriecher kamen, obwohl sie es hassten, sich mit den Angelegenheiten der Bewaffneten Volkspolizei die Finger schmutzig zu machen.

Erschrocken sah Shan den Wagen am Haupttor halten. Verzweifelt schaute er von den aussteigenden Kriechern zum Lagerhaus und zurück. Aus dem Motorraum des nächstgelegenen Lasters drang schwarzer Rauch. Die Männer am Lagerhaus riefen noch lauter und zeigten auf den Lastwagen. Dann rannten sie weg, und der Laster ging unvermittelt in Flammen auf.

Der Polizist in der Nähe von Shan rief den anderen Häftlingen zu, auch sie sollten die Leichen abladen. Sein Kamerad sprang von dem Traktor und lief auf das Feuer zu. Shan gab seinen Begleitern an den anderen Schubkarren ein Zeichen. Sie kippten die Tücher, in denen Cora, Ani Ama und Lokesh steckten, im Schutz einiger Felsen auf den Boden. Die drei rollten sich sogleich weg, streiften die Leinentücher ab und verschwanden in Deckung. Shan warf die Tücher in die Grube. Der Tibeter, der den Eimer Kalk trug, leerte ihn in das Grab, nahm dann wie abgesprochen Shans Schubkarre und schlug den Rückweg zum Tor ein. Shan jedoch stand reglos da und sah den drei Fliehenden hinterher. Er hörte Lokeshs drängendes Flüstern, das ihn aufforderte, sich ihnen wie geplant anzuschließen. Shan blickte zurück zu den Kriechern. Er wusste, weshalb sie hier waren. Falls sie ihn nicht im Lager vorfanden, würden die Hügel bald von Uniformierten wimmeln.

»*Lha gyal lo!*«, rief er leise den dreien zu, die ihn von den Felsen aus beobachteten. Dann zeigte er auf die hohen Hänge, drehte sich um und ging zurück zum Tor.

***

Als man Shan in den Verhörraum der Gebietszentrale der Öffentlichen Sicherheit stieß, stand Major Liang dort am Fenster. Er blickte Shan wütend entgegen, drückte seine Zigarette aus, trat zwei Schritte vor und ohrfeigte ihn mit dem Handrücken.

»Sie glauben, Sie können sich über mich lustig machen!«, rief er. »Sie glauben, Sie können sich ohne mein Wissen in meine Ermittlungen einmischen! Wenn ich mit Ihnen fertig bin, werden Sie um die Kugel betteln, die ich Ihnen dann in den Kopf schieße!«

Shan setzte sich auf einen der Stühle am Tisch und starrte zum Fenster hinaus.

»Sie tragen auf Ihrem Arm die Tätowierung eines Arbeitslagers«, sagte Liang zu seinem Rücken. »Wissen Sie, wie selten man die in den Umerziehungslagern antrifft? Wer die Zwangsarbeit überlebt, ist für gewöhnlich ein Musterbürger. Falls eine solche Nummer in den Lagern auftaucht, wird automatisch die Öffentliche Sicherheit verständigt und mit der Überprüfung beauftragt. Nur dass Ihre Nummer sich nicht überprüfen lässt. Unmöglich, habe ich gesagt, es muss eine Akte geben. Dann habe ich mir die Daten selbst vorgenommen. Es ist eine Nummer aus Lhadrung, aber Lhadrung hat keine Aufzeichnungen über Sie. Eine leere Akte. Als ich die Suche etwas breiter angelegt habe, bin ich auf einen berühmten Ermittler gleichen Namens aus Peking gestoßen, der vor Jahren verschwunden ist. Der einzige wirkliche Eintrag besagt, Sie seien ein Grabeninspektor für den Bezirk Lhadrung. Ein Grabeninspektor, der sich als bedeutender Ermittler ausgibt. Haben Sie den echten Shan getötet, den aus Peking?«

Als Shan nichts erwiderte, ging Liang auf die gegenüberliegende Seite des Tisches und hieb mit der Faust auf die Platte. »Sie sind kein gewöhnlicher Verbrecher! Durch den Angriff auf die Statue im Park haben Sie Ihr wahres Gesicht gezeigt. Sie sind ein Verräter. Sie verhöhnen das Mutterland! Sie bringen Schande über das Mutterland!«

Shan schaute weiter aus dem Fenster auf die ungewohnte Landschaft. Die Zentrale befand sich ein Stück nördlich des Bezirks Lhadrung, in einem Dorf an der Kreuzung zweier Verkehrswege. »In meinem Abschnitt gibt es fünfhundertfünfzig Kilometer Gräben«, verkündete er, während Liang um den Tisch wanderte. »Ich entferne Schlamm und Müll und sorge dafür, dass das Wasser fließt. Sie wären überrascht, was für eine umfangreiche Aufgabe das ist.«

Seine einzige Warnung war eine verschwommene Bewegung, aus dem Augenwinkel wahrgenommen. Der Hieb traf ihn mit stechendem Schmerz an der Wange. Liang tauchte wieder auf der anderen Seite des Tisches auf. Er hielt ein hölzernes Lineal.

»Wer hat die Leichen mitgenommen?«, herrschte Liang ihn an.

»Die haben Ihnen einen Gefallen getan, Major. Das politische Konstrukt eines Mordes kann zu vielerlei Dilemmata führen. Ohne Leichen gibt es auch keine Morde.«

Liang schlug erneut mit dem Lineal zu, diesmal auf Shans Handrücken. »Wer hat die Leichen mitgenommen?«, wiederholte er, nun mit schriller Stimme.

Shan blinzelte den Schmerz weg. »Das ist mir entfallen. Ihnen bleibt ja noch der dritte Leichnam, der lästigste von allen. Aber für den haben Sie schon einen Plan. Ein Kletterunfall. Oder soll es ein bedauerlicher Verkehrsunfall in den Bergen werden? Lassen Sie den Wagen lieber explodieren, dann können Sie weitermelden, die Leiche sei bis zur Unkenntlichkeit verkohlt. Man könnte es Ihnen sonst als Nachlässigkeit auslegen, dass Sie das Gesicht dieses Ausländers verloren haben.«

Liangs Wut war wie eine böse Kreatur, die sich in ihm wand. Der Kriecher schien sich zu krümmen, er fletschte die Zähne, seine Hände ballten sich zu Fäusten und öffneten sich wieder. Er ließ sich auf den Stuhl gegenüber von Shan fallen und öffnete eine flache Schublade. »Haben Sie eine Ahnung, was das hier ist?«, knurrte er und zog einen Vordruck heraus.

Shan erschauderte. Das war das Formular zur Überstellung in ein Gefängnis. Er entgegnete nichts.

»Als hochrangiger Offizier der Öffentlichen Sicherheit kann ich Sie problemlos für ein Jahr wegsperren lassen. Ohne langwierige Anhörungen. Ohne Einspruchsmöglichkeit. Ich habe eine Lieblingsstrafanstalt in der Wüste Takla Makan. Dort hält man stets ein paar Betten für mich frei. Im Winter wird es dort so kalt, dass einem Mann in nur einer Nacht der ganze Fuß abfriert. Und im Sommer wird der Sand dort so heiß, dass man Blasen bekommt, obwohl man Schuhe trägt. Letztes Jahr hat die Sterberate fast fünfundzwanzig Prozent betragen. Es wird Monate dauern, bis auch nur jemand erfährt, wo Sie stecken. Wenn Ihr Jahr sich dem Ende neigt, gibt der Direktor mir Bescheid. Dann vernichte ich das ursprüngliche Formular und fülle ein neues für ein anderes Gefängnis aus. Und im Jahr danach wieder und im Jahr danach wieder. Jedes Jahr unterzeichne ich von Neuem. Bis ich in den Ruhestand gehe. Aber so lange halten Sie nicht durch.«

Liang zündete sich eine Zigarette an und ließ seine Worte wirken. »Sie haben eine Nacht, um darüber nachzudenken. Ich werde veranlassen, dass man Ihnen einen Notizblock gibt. Schreiben Sie alles auf, was Sie wissen, und wir vergessen die Wüste. Für Ihren Angriff auf die Statue müssen Sie bestraft werden, aber das werde ich einfach der Bewaffneten Volkspolizei überlassen. Sie kennen ja das System. Ich würde Ihnen ein politisches Erweckungserlebnis empfehlen. Gestehen Sie Ihre Sünden! Leiten Sie einen tibetischen Chor beim Singen von Parteihymnen an! In ein paar Monaten könnten Sie wieder draußen sein.«

Als man ihn zu dem Zellengebäude aus Betonziegeln im hinteren Teil des Geländes führte, kam Shan an einem kleinen

Schuppen vorbei. Er erkannte ihn nach Mengs Beschreibung als den Ort wieder, zu dem man den Leichnam des Deutschen gebracht und mit einem Hammer zerschmettert hatte. Shan schaute zurück zu Liang, der hämisch grinsend am Fenster der Zentrale stand. Er fragte sich, ob der Major die brutale Misshandlung der Leiche einfach nur aus Gehässigkeit angeordnet hatte.

Wie in jedem Zellenblock, den Shan jemals betreten hatte, stank es hier beißend nach Urin, Erbrochenem und Bleichmittel. Sein Begleiter führte ihn wortlos an einem Tisch vorbei, neben dem eine Tafel stand, und stieß ihn in die mittlere von drei leeren Zellen.

Es war bloß eine weitere von Liangs Lügen, eine der Taktiken, die Liang benutzte, um potenzielle Spitzel einzuschüchtern, versuchte Shan sich einzureden, während er das Überstellungsformular anstarrte, das der Major ihm unter das Hemd gestopft hatte. Doch er hatte den Hass gesehen, der in den Augen des Majors brannte. Und nichts in seinem Blick hatte auf einen Bluff hingedeutet. Er verachtete Shan, weil er sich von ihm verraten fühlte, und wollte ihm zu einem langsamen Tod in der Wüste verhelfen. Shan sank auf die wacklige Pritsche der Zelle und vergrub das Gesicht in den Händen. Er versuchte, nur an Lokesh zu denken, und stellte sich vor, wie sein Freund auf einem seiner geliebten Pilgerpfade wanderte, doch Liangs Drohungen hallten hartnäckig in seinem Kopf wider. Die Takla Makan. Bevor man ihn nach Tibet geschickt hatte, hatte er Wochen in einem der Wüstengefängnisse verbracht. Der heiße Wind dort hinterließ seine Spuren sowohl an den Gebäuden als auch an den Häftlingen, so dass sogar die neuesten und jüngsten Insassen alt und zerfressen aussahen. Sandstürme schoben fortwährend die Dünen hin und her und brachten über Nacht Ruinen zum Vorschein oder verwandelten Baracken in unterirdische Bunker. In seinen Albträumen sah Shan immer noch eines der Gemeinschaftsgräber aus früheren Jahren vor sich, das der Wind freigelegt hatte. Mitten aus einer Sandwand hatten die skelettierten Füße von hundert Sträflingen geragt.

Shan schritt die Zelle mit dem Blick eines Gefangenen ab, zählte die Schritte einer Runde, bemerkte ein Mauseloch unter der Pritsche und hob ein Stück Kreide auf, das von der Tafel über den Boden gerollt war und nun an den Eisenstäben lag. Schließlich nahm er Notizblock und Bleistift, die man ihm auf den Hocker neben der Pritsche gelegt hatte, und starrte das leere Papier lange Zeit an. Xiao Ko, schrieb er am Ende. Kleiner Ko. Sein Sohn. Der nächste Besuchstermin war in zwei Tagen, aber Shan würde ihn nicht wahrnehmen können. Sie würden nun beide im Gulag sein, im Bauch des Drachen, wie die Häftlinge das oft nannten. Er strich mit zitternden Fingern über den Namen seines Sohnes. Die herzzerreißenden Sätze formten sich in seinem Verstand, aber seine Hand war nicht in der Lage, den Bleistift zu bewegen.

Ich gehe fort in die Takla Makan. Wenn Du mich das nächste Mal siehst, dann als eines in einer Reihe von Skeletten, die aus einer Düne auftauchen. Es sollte nicht so enden, Ko. Wir wollten uns mit Lokesh eine kleine Hütte in den Bergen bauen und all die Nöte der Welt unter uns vergessen. Aber der Drache hat mich doch noch gefressen.

Ein hartes schwarzes Ding schien in ihm anzuwachsen, bis er nur noch eine kalte Leere verspürte. Ein Tibeter mittleren Alters wurde in eine der Nachbarzellen gestoßen. Der Mann fing an zu weinen.

***

Der tibetische Gefangene weinte bis tief in die Nacht. Dann setzte er sich in die Mitte seiner Zelle und starrte die runde Abflussplatte im Zementboden an.

»*Om mani padme hum*«, sagte er traurig.

Shan trat ans Gitter und streckte dem Mann seine Gebetskette entgegen. Der Tibeter sah ihn überrascht an, stand dann wortlos auf und nahm die *mala*. Er kehrte an seinen Platz zurück, setzte sich und fing langsam an, das Mantra zu rezitieren. Seine Stimme gewann an Kraft.

Shan sah ihm eine Weile dabei zu. Dann ging er zu dem kleinen Hocker und schrieb.

Ich habe heute einen Falken gesehen. Er ist im Wind immer höher gestiegen, bis er nur noch ein kleiner Fleck am südwestlichen Himmel war. In dem Moment ist mir klar geworden, dass er von dort oben uns beide gleichzeitig sehen konnte. Vielleicht hast auch Du ihn bemerkt.

Ko, es wird lange dauern, bis Du wieder von mir hörst. Es könnte sein, dass man Dich verlegt, um mich zu bestrafen. Doch Du sollst wissen, dass ich nach Dir suchen werde, sobald ich kann, und ich werde nicht aufhören, bis ich Dich gefunden habe. Bis dahin höre bitte auf die Wachen. Doch in erster Linie höre stets auf die Lamas.

Er schrieb nur auf der oberen Hälfte des Blattes, damit er es zweimal falten und zugleich als Briefumschlag nutzen konnte. *Shan Ko*, schrieb er auf die Außenseite, *404. Baubrigade des Volkes.*

Früh am Morgen wachte er auf. Es war noch dunkel, nur die Lampe am Eingang warf einen trüben Widerschein. Am Verhörtisch saß eine stumme Gestalt im Schatten und sah Shan an. Die Silhouette – steife Uniform mit hoher Schirmmütze – verriet ihm, dass es sich um einen von Liangs Lakaien handelte, zweifellos, um der Botschaft des Majors mehr Nachdruck zu verleihen. Shan stellte den Hocker dicht an das Gitter und setzte sich, das Gesicht dem Kriecher zugewandt. Das war ein Gefangenenspiel, und Shan erschrak, wie mühelos er sich daran erinnern konnte. Die Angst mag deine Eingeweide zerfressen und dich aushöhlen, aber du darfst es dir nie anmerken lassen.

Er konnte nicht sagen, wie lange er die Schattengestalt anstarrte. Das Licht des Mondes wanderte über den Boden seiner Zelle. Der tibetische Häftling murmelte weiter sein Mantra, das bisweilen mit Schluchzern durchsetzt war. Shan sah dort keinen Kriecher vor sich, sondern ein Gespenst, ein dunkles, seelenloses Phantom als Abbild seiner Regierung. Er war so müde, so gefangen in diesem Bann, dass er aufkeuchte, als er plötzlich merkte, dass das Gespenst aufgestanden war und auf ihn zukam. Es war immer noch so dunkel, dass er das Gesicht erst im letzten Moment erkennen konnte. Das war kein Phantom, sondern Leutnant Meng, eine blasse und sichtlich mitgenommene Meng in gestärkter Uniform, das Haar straff nach hinten gebunden.

Meng öffnete den Mund, fand aber keine Worte. Shan zog den zusammengefalteten Brief aus der Tasche und schob ihn durch das Gitter. Sie zögerte, als hätte sie Angst vor dem Papier, griff dann hastig zu und steckte es sich unter den Waffenrock. Ohne einen weiteren Blick auf Shan machte sie kehrt, ging zurück zum Tisch, zog die Schublade auf und nahm einen Zettel heraus. Sie zerknüllte Shans Brief und warf ihn in einen Mülleimer. Dann ging sie zu seiner Zelle, warf den neuen Zettel hinein und verließ das Gebäude. Es war ein weiteres Überstellungsformular.

Shan beobachtete verwirrt, wie Meng hinaus auf das Gelände verschwand. Er seufzte und setzte sich wieder auf die Pritsche. Nach langer Zeit stand er auf, nahm das Stück Kreide und flüsterte dem Tibeter etwas zu.

Er lag schlafend auf der Pritsche, als der überraschte Ausruf eines Wachpostens ihn hochschrecken ließ. Durch das Fenster fiel das Licht des frühen Morgens herein. Der Tibeter saß immer noch auf dem Boden, sang aber inzwischen ein leises Lied. Der Posten rannte aus dem Gebäude und kehrte kurz darauf mit zwei seiner Kameraden zurück. Alle drei Männer brachen in wütendes Geschrei aus, zeigten auf Shan, dann auf den Tibeter, dann auf die kleinen Geschöpfe in beiden Zellen und den Kreis auf dem Zellenboden des Tibeters. Mit Shans Kreide und unter seiner sorgfältigen Anleitung hatte der Tibeter ausgehend von der Abflussplatte ein Mandala erschaffen. Shan hatte aus dem Schreibblock, der für sein Geständnis gedacht war, unterdessen Origami-Vögel gefaltet. Jeweils ein kleiner Schwarm saß nun auf den Fensterbänken der beiden Zellen, und weitere waren in den Zellen verteilt. Einer der Posten lief zurück zur Tür, um seine Kameraden gegebenenfalls vor nahenden Offizieren zu warnen. Die anderen schlossen die Zellen auf und verfluchten die zwei grinsenden Häftlinge, während sie hastig die Vögel einsammelten und dann den Gebetskreis mit den Stiefeln wegscharrten.

Sie stießen Shan zornig mit ihren Schlagstöcken gegen die Wand, legten ihm Fußfesseln an und zerrten ihn zum Verhörtisch. Dann verschwanden sie und kamen mit einer lauwarmen Tasse Tee zurück, aus der er mit langsamen Schlucken trank. Er streckte sich theatralisch und ignorierte seine Bewacher. Stattdessen nahm er seine Umgebung genau in Augenschein. Sein Blick verweilte auf dem Stuhl, auf dem Meng so lange gesessen und ihn beobachtet hatte. Dann suchte er Wände und Decke ab.

Oben im dunklen Winkel hing ein kleines schwarzes Gerät. Eine Kamera. Meng hatte an der einzigen Stelle gesessen, die für die Kamera unsichtbar war. Als sie sich seiner Zelle genähert hatte, hatte sie dem Objektiv die ganze Zeit den Rücken zugewandt und den Kopf gesenkt gehalten, um nicht erkannt werden zu können.

Shan leerte die Tasse, griff sich an den Bauch und krümmte

sich stöhnend, spuckte ein wenig der braunen Flüssigkeit aus, sah sich verzweifelt um und sprang dann zu dem Mülleimer, um noch mehr hervorzuwürgen. Einer der Posten lachte, der andere stieß einen Fluch aus und entfernte sich ein Stück von Shan. Shan nutzte die Gelegenheit, um das zerknüllte Blatt Papier aus dem Eimer zu fischen und sich unter das Hemd zu stopfen.

Im nächsten Moment öffnete sich die Tür, und Liang trat ein. Die Wachen eilten zu Shan und wuchteten ihn zurück auf den Stuhl. Als Liang schweigend hinter ihn trat, explodierte sein Nacken vor Schmerz. Shans ganzer Körper verkrampfte sich, und sein Rücken prallte gegen die Lehne des Metallstuhls. Keuchend rang er nach Luft.

»Sehr gut«, stellte Liang fest und blieb auf der anderen Seite des Tisches stehen. »Ich habe Ihre Aufmerksamkeit.« Er hielt einen kleinen elektronischen Taser in der Hand. Früher hatten die Kriecher elektrische Viehtreiber bevorzugt. Sie gingen mit der Zeit.

Einer der Posten legte einen von Shans kleinen Papierkranichen vor Liang auf den Tisch. Der Major seufzte. Er nahm den Kranich und riss ihm sorgfältig die Schwingen und den Kopf ab. Mit kühlem Grinsen warf er Shan die Einzelteile entgegen und erhöhte dann seelenruhig die Stromstärke des Tasers.

»Sie haben sich in dieses Umerziehungslager werfen lassen, um dort jemanden zu treffen«, behauptete Liang. »Ich glaube, es ging um einige dieser Nonnen, die die tote Äbtissin gekannt haben. Was wissen die über die Morde? Verraten Sie es mir, und wir können den Frauen gegenüber etwas Nachsicht walten lassen.«

Shan sagte erst etwas auf Tibetisch und sah die Wut in Liangs Miene ansteigen. Dann übersetzte er auf Chinesisch. »Nonnen sind die Botinnen der Götter. Seien Sie vorsichtig mit dem, was Sie sie fragen.«

Liang nahm den Taser und kam wieder langsam um den Tisch herum. »Die indischen Radschas haben sich früher riesige, unnatürlich starke Männer gehalten und sie als Folterknechte eingesetzt. Sie konnten einem Mann den Kopf abdrehen. Ich habe mal gelesen, wie sie einem Delinquenten mit bloßen Händen einen Nagel in den Schädel getrieben haben.« Er hob das Kästchen in seiner Hand. »Als ich hieran ausgebildet wurde«, erklärte er mit gespielter Faszination, »hieß es, dieses Ding schicke einen Blitzstrahl ins Fleisch, und man sollte es nur an Muskelgewebe anwenden.« Shan packte beide Armlehnen, als Liang hinter ihm verschwand. »Aber ich habe mich immer gefragt, ob der Schädelknochen wohl einen Blitz abwehren könnte.«

Der Schmerz war schlimmer als alles, was Shan je erlebt hatte. Sein Rücken bog sich durch, seine Augen sahen nur noch Lichtexplosionen. Sein Körper bewegte sich wie von selbst, zuckte, prallte gegen den Stuhl, dann hieb sein Kopf gegen den Tisch und wieder und wieder. Tee und Magensäure liefen über sein Kinn. Liang lachte und drückte ihm das Gerät erneut gegen die Kopfhaut. Der Blitzstrahl fuhr in Shans Hirn, tiefer und tiefer.

Das musste der Tod sein. Niemand konnte einen solchen Schmerz überleben. Shans Hände auf den Stuhllehnen ruckten hoch und runter. Sein Schädel würde explodieren. Das weißglühende Feuer in seinem Kopf ließ nach und flammte auf, ließ nach und flammte auf, als würde jemand immer wieder in die Glut pusten. Sein Kinn sackte auf die Brust. Er nahm nichts mehr wahr, nur noch die brüllenden Schmerzen.

Jemand schüttete kaltes Wasser über ihn aus. Shan kam schlagartig zu sich und richtete sich stöhnend auf.

»Wir werden über diese Nonnen reden«, knurrte Liang.

Shan konnte nur verschwommen sehen. Er erkannte Liangs Hand, die abermals die Einstellung des Tasers änderte. Er dachte an seinen Sohn und an Lokesh. Das war das Ende. Er hatte immer gewusst, dass er durch die Hand eines Kriechers sterben würde, nur den Zeitpunkt hatte er nicht gekannt.

»Jeder, der dieser amerikanischen Schlampe hilft, ist ein Verräter am Mutterland!«, zischte Liang. »Jeder, der …« Er verstummte abrupt, weil die Tür aufgerissen wurde.

Ein hochgewachsener, schlanker Mann mit scharf geschnittenem Gesicht und der Felduniform eines hochrangigen Armeeoffiziers trat ein, flankiert von zwei knüppelharten Männern in den Kampfanzügen der Gebirgsjäger. Der Offizier schnappte sich den Taser und warf ihn so fest gegen die Wand, dass er zerbrach.

Als einer der Posten vortrat, um Liang zu beschützen, gab der Armeeoffizier einem seiner Männer einen kurzen Wink. Der Gebirgsjäger trat vor und schickte den Kriecher mit einem einzigen schnellen Handkantenschlag zu Boden.

»Ich bin Oberst Tan«, verkündete der Offizier. »Der Kommandant des Bezirks Lhadrung.« Seine Stimme war wie das leise Knurren eines sprungbereiten Raubtiers.

Liangs Mund bewegte sich, aber es kamen keine Worte heraus.

Tan zeigte auf Shan. »Dieser Mann gehört mir!«

KAPITEL ZWÖLF

Auf dem Gebirgskamm, der die Grenze des Bezirks Lhadrung darstellte, ließ Tan den Wagen anhalten. Er bedeutete Shan, ihm zu folgen, und befahl seinen Männern, beim Fahrzeug zu bleiben. Sie gingen zu einem Sims, von dem aus man das Tal überblicken konnte.

Tan sagte nichts, bis er sich eine Zigarette angezündet hatte. »Du siehst beschissen aus. Was hat er mit dir gemacht?«

Shan bekam seine zitternde Hand nicht unter Kontrolle. Er starrte sie einen Moment lang an und packte sie dann fest mit der anderen Hand. »Ein Experiment. Er nannte es einen Blitz in meinen Schädel treiben.«

Der Oberst blies zwei Rauchschwaden aus den Nasenlöchern. »Es hat mit den Morden hier oben zu tun.«

»Ich glaube nicht, dass sie offiziell als solche anerkannt wurden.«

Tan ignorierte ihn. »Und du hast dich inoffiziell in diese inoffiziellen Morde eingemischt. Verflucht noch mal, kannst du denn niemals Ruhe geben? Das ist Sache der Öffentlichen Sicherheit. Du weißt, dass es nicht in meine Zuständigkeit fällt.«

Shan hörte das Eis in der Stimme des Obersts und wusste, dass sein Jähzorn heißer brennen konnte als jeder Taser. Er machte einen wackligen Schritt und ließ sich auf einem Felsen nieder. »Ein toter Deutscher. Eine vermisste Amerikanerin. Mit etwas Glück bleiben Ihnen vielleicht zwei oder drei

Wochen, bevor es in Ihrem ganzen Bezirk von Ausländern wimmelt. Zuerst das Botschaftspersonal. Dann die Reporter.«

Tan nahm einen tiefen Zug von seiner Zigarette. »Wie viele Jahre hat er noch übrig?«

Shans Herz zog sich zusammen. Tan kannte Möglichkeiten, ihn zu foltern, von denen Liang nicht mal zu träumen gewagt hätte. »Zehn Jahre. Ko muss noch zehn Jahre verbüßen.«

»Mit einer kurzen Anweisung könnte ich ihn in eine andere Strafanstalt verlegen lassen. In die Mandschurei. Die Wüste Gobi. Den Dschungel. Auch falls du sofort damit anfangen würdest, hättest du ihn in zehn Jahren vermutlich immer noch nicht gefunden. Außerdem hast du keine Papiere und würdest wahrscheinlich ständig aufgegriffen werden.«

»Ich habe die Arbeitspapiere, die Sie mir gegeben haben.«

»Genau. Die werden also in meinem Büro anrufen. Und immer wenn ich deinen Namen höre, werde ich deinen Sohn erneut verlegen lassen. Wenn er freikommt, wird er keine Ahnung haben, wo du steckst. Ihr werdet beide in China umherwandern und einander suchen und darüber alt werden. Wie in einer dieser alten tragischen Opern.«

Shan bemühte sich, seinen Schmerz und seine Verzweiflung in den Griff zu bekommen. Liang war jemand, der Drohungen erfand, um andere einzuschüchtern. Tan nicht. Er würde es tun. Er gab niemals eine leere Drohung von sich. Und er würde es als seine Pflicht betrachten, diesen Ruf zu wahren. »Die Morde sind im Bezirk Lhadrung geschehen«, sagte Shan. »Wenn die Ausländer kommen, werden sie bei Ihnen anfangen.«

»Wir werden ihnen nicht gestatten zu kommen.«

»Sie kennen doch diese ausländischen Reporter. Die setzen sich einfach ins Auto und fahren los. Wenn man sie zurückweist, werden sie nur umso hartnäckiger. Sie können diese Leute nicht einsperren. Für jeden, den Sie wegschicken, kommen zwei Neue. Jemand wird fragen, wieso die Einheimischen den nördlichen Abschnitt des Bezirks als Tans Höllenloch bezeichnen. Wie viele Gefängnisse haben Sie zurzeit? Zehn? Ein Dutzend? Die werden Ihre Strafkolonie aufdecken. Sie sollten lieber hoffen, dass am selben Tag irgendein amerikanischer Politiker mit einer Geliebten erwischt wird, sonst finden Sie sich auf allen Titelseiten des Westens wieder.«

»Die Öffentliche Sicherheit weiß, wie man solche Sachen regelt.«

»Ausgerechnet Sie erwarten, dass die Öffentliche Sicherheit die Wahrheit herausfindet?«

Tan runzelte die Stirn. »Ich sagte, sie würden die Sache regeln.«

»Liang gehört zu denen, die nach der bequemsten Lösung suchen. Diese Sorte ist Ihnen vertraut, wenn ich mich nicht irre.« Im Jahr zuvor hatte Shan den Oberst vor einem anderen übereifrigen Kriecher bewahrt, der ihn wegen Mordes hinter Gitter gebracht hatte. Tan verdankte Shan sein Leben, und er hasste Shan dafür.

Der Oberst musterte ihn schweigend, nahm einen letzten tiefen Zug von seiner Zigarette und warf den Stummel in die Tiefe. »Ich setze dich bei der Ambulanz in Baiyun ab. Falls du mir noch einmal Scherereien machst, wirst du nicht mal mehr Gelegenheit haben, dich von deinem Sohn zu verabschieden.«

***

Die Krankenschwester, die die Ambulanz leitete, untersuchte Shans Hand und schüttelte den Kopf. Immer wenn sie die Finger losließ, rollten sie sich wieder ein und gruben sich in seine Handfläche.

»Die Nerven wurden geschädigt«, teilte sie ihm mit. »Sie sollten nach Lhasa fahren und eine Kernspintomografie anfertigen lassen. Von den möglichen Hirnschäden ganz zu schweigen.« Sie hatte die nässenden Kontaktverbrennungen des Tasers auf seiner Kopfhaut gesäubert.

»Ich dachte eher an ein paar Aspirin«, sagte Shan.

»Tut es weh?«

»Als hätte jemand eine Klinge in meinen Kopf gesteckt und würde sie hin- und herdrehen.«

Die Chinesin runzelte die Stirn. »Sie brauchen Ruhe. Mindestens eine Woche. Falls Sie sich zu viel zumuten, könnte das Ihren Tod bedeuten.«

Shan hörte, wie die Tür hinter ihm sich öffnete. Die Arzthelferin am Schalter war wütend geworden, als Tans Soldaten Shan an dem halben Dutzend wartender Patienten vorbei ins Behandlungszimmer geschoben hatten.

Die Krankenschwester blickte fragend über seine Schulter und reichte ihm ein unbeschriftetes Fläschchen mit roten Pillen. »Gehen Sie nach Hause. Ihre Familie soll sich um Sie kümmern.«

»Ein sehr guter Vorschlag«, ertönte eine Stimme hinter ihm.

Shan drehte sich um und sah Professor Yuan dort stehen. »Wollen wir los, Xiao Shan?«, fragte der Professor und zeigte auf die Tür. Xiao Shan. Kleiner Shan. So würde ein Onkel die jüngeren Familienmitglieder ansprechen.

»Ich kann nicht …«, murmelte Shan.

»Keine Widerrede«, beharrte Yuan und half ihm vom Untersuchungstisch auf. »Es gibt da ein Dilemma, bei dem wir etwas Hilfe benötigen.«

Shan folgte ihm in einem Nebel aus Schmerz und Erschöpfung. Eine Viertelstunde später brach er auf einem Bett im Haus des Professors zusammen, nachdem er eine Schüssel Brühe getrunken und zwei der roten Pillen geschluckt hatte.

Als er erwachte, war es dunkel. Neben seinem Bett brannte eine Kerze. Er schaute nach draußen zum Mond. Er hatte mindestens zehn Stunden geschlafen. Der glühend heiße Kopfschmerz war einem dumpfen Druck gewichen. Shan streckte die Finger aus. An einer Hand blieben sie gerade, an der anderen rollten sie sich sofort wieder ein. Er versuchte aufzustehen und fiel zurück aufs Bett. Lange Zeit lag er da und starrte den Boden an. Die Erinnerungen an seine Haft kehrten zurück. Dann griff er unter sein Hemd und strich das zerknüllte Papier glatt, das er aus dem Mülleimer geholt hatte. Es war ein leeres Überstellungsformular. Meng hatte den Brief nicht weggeworfen. Sie hatte vielmehr eine Scharade für die Überwachungskamera aufgeführt, um seinen Brief an Ko zu retten.

Aus dem Wohnzimmer hörte er leises Lachen und mehrere Chinesisch sprechende Stimmen. Seltsam verlegen näherte er sich der Tür, zögerte dann und sah sich im Zimmer um, als wäre es das erste Mal. Auf einer Anrichte standen gerahmte Fotos eines viel jüngeren Yuan mit seiner Frau und der Tochter Sansan, dazu mehrere von Sansan allein. An der Wand hingen drei Blätter mit eleganter Kalligrafie, Zeilen aus alten Gedichten, und daneben Haken mit Kleidung.

Shan hielt sich an der Rückenlehne eines Stuhls fest und musste gegen einen neuen Schwall von Gefühlen ankämpfen. So sah das Zuhause einer Familie aus. Shan hatte in seinem ganzen Leben keinen solchen Ort, kein solches Heim gehabt, und er wusste, dass das vermutlich auch niemals geschehen würde. Er zwang sich, den Blick abzuwenden, öffnete dann die Tür, trat hinaus und erstarrte.

Um den Tisch saßen vier Männer und eine Frau, alle Ende sechzig oder Anfang siebzig. Unter der Decke des von Kerzen beleuchteten Raumes hing eine Wolke Tabakrauch. Am Rand des Tisches standen eine Flasche billiger Reiswein und mehrere Gläser, und in der Mitte lagen einige Würfel und ein Bündel Stäbchen. Es war wie eine Szene aus seiner Jugend, wenn die älteren Bewohner seines Blocks bis in die frühen Morgenstunden aufgeblieben waren und Zahlen geworfen hatten, um das I Ging zu befragen. Es war ein zeitloser Anblick, ein seit Jahrhunderten fester Bestandteil der chinesischen Dörfer.

Professor Yuan blickte vom Tisch auf. »Xiao Shan! Bitte, setzen Sie sich zu uns! Wir sind gespannt auf Ihren Rat.«

Als der Professor ihn den anderen vorstellte, erkannte Shan, dass er sie alle schon gesehen hatte, und zwar beim Schach- oder Damespiel auf dem Platz der Stadt.

»Der Held des Hammers«, rief der Älteste, ein nahezu kahlköpfiger Mann mit dicker Hornbrille. »Wissen Sie, die haben die Statue hinterher mit einem weißen Tuch verhüllt. Im Mondschein ist er jetzt das Gespenst von Baiyun.« Er prostete Shan mit seinem Glas Wein zu. »Am Ende werden sie ihn ersetzen. Aber dank Ihnen wird das Ding für uns immer nur ein Gespenst sein. Ein nasenloses Gespenst.« Er musste schallend lachen. »Wir danken Ihnen, dass Sie mutig genug waren, das zu tun, wovon wir alle geträumt haben, seit diese verdammte Statue aufgestellt wurde.«

Shan nahm wortlos ein Glas Wein entgegen und setzte sich neben den Professor. »Sie haben ein Dilemma erwähnt.«

»Unsere kleine Gesellschaft würde die alten Bräuche gern besser verstehen. Ich weiß, dass Sie sich mit Traditionen gut auskennen.« Yuan deutete auf ein langes ausgerolltes Stück Pergament, dessen Enden mit Büchern beschwert waren. Die ältere Frau malte mit Wasserfarben darauf. Die Motive reichten von Wolkenkratzern und städtischen Häuserblocks im Schatten von Bäumen über Eisenbahnen und Berge bis hin zu Yaks und Eseln. Mit jäher Begeisterung wurde ihm klar, dass sie die Geschichte der Verbannten aus Harbin im Stil der alten Bildrollen festhielt, die während der Zeit der chinesischen Kaiser zur Aufzeichnung bestimmter Ereignisse verwendet worden waren. Shan kannte diese Rolle bereits. Yuan hatte sie hinter seinem Rücken vor den Kriechern versteckt. »Wir sind uns in einem Punkt unschlüssig, der das Hofzeremoniell betrifft«, erklärte Yuan.

Shan sah sich verunsichert am Tisch um. Alle Anwesenden waren älter als er, manche um Jahrzehnte. Er rief sich ins Gedächtnis, dass die Emigranten, die sich hier hatten ansiedeln müssen, ehemalige Professoren waren. »Was für eine Gesellschaft?«, fragte er.

»Wir nennen uns die Zinnoberrote Gesellschaft, nach der Farbe der Tinte, die für die alten Kaiserhöfe reserviert war. Und wir beschäftigen uns mit Brauchtumspflege. Professor Wu« – er zeigte auf den Kahlköpfigen – »druckt Gedichte der Sung-Dynastie und hinterlässt sie vor den Türen anderer Leute. Professorin Chou« – er wies auf die Frau – »hat die Produktion eines alten Theaterstückes aus der Ming-Dynastie organisiert. Falls es hier alte Gräber gäbe, würden wir sie fegen. Wir versuchen uns an Dinge aus dem alten China zu erinnern und sie für die Nachwelt festzuhalten. Es sind so wenige gute Geschichtsbücher übrig geblieben, und es ist Jahrzehnte her, dass jemand ein aufrichtiges Werk über die Geschichte Chinas geschrieben hat. In der Kaiserzeit hat es wunderbare Dinge gegeben, und die dürfen nicht in Vergessenheit geraten.«

»Die wahrhaftigste Geschichte ist diejenige, die auf tausend Geschichten der einfachen Menschen aufbaut«, warf Professor Wu ein.

Aus der Küche erklang leises Husten. Sansan stand dort im Schatten. Shan nickte Wu zögernd zu. »In der Volksrepublik kann das gefährliches Terrain bedeuten.«

Die Augen des alten Professors funkelten. »Wissen Sie denn nicht, dass man uns hergeschafft hat, weil wir alle gefährliche Leute sind? Was wollen die schon groß mit uns machen? Uns nach Tibet verbannen?« Ein weiteres krächzendes Lachen entrang sich seiner Kehle.

Trotz seiner Schmerzen musste Shan unwillkürlich grinsen.

Die Frau am Tisch hielt ein großes Blatt Papier mit kleinen Skizzen hoch. Die ersten waren ein Vogel mit drei Beinen, ein Huhn in einem Kreis und ein Drache.

Shan neigte den Kopf. »Symbole des Kaisers.«

Professorin Chous Gesicht erstrahlte zufrieden. »Yuan hat ja gesagt, dass Sie sich mit Geschichte auskennen! Wir arbeiten gemeinsam an dem Gemälde eines kaiserlichen Gewands. Und dann wollen wir eine exakte Replik anfertigen, falls wir die Seide auftreiben können. Aber wir sind uns nicht einig.« Sie zeigte auf zwei weitere Symbole; das eine bestand aus drei mit Linien verbundenen Punkten, das andere aus sieben. »Professor Yuan sagt, es müssen drei sein, und ich plädiere für sieben.«

Etwas in Shan erfreute sich immens an der absurden Situation, dass sie hier in einer entlegenen Exilgemeinde in Tibet saßen und kaiserliche Bräuche erörterten. Er überlegte, bog in einen verstaubten Korridor seiner Erinnerung ein. »Professor Yuan stammt aus der Mandschurei, der Heimat der Qing-Dynastie«, erklärte er ruhig. »Die Ming-Kaiser haben mit vollen sieben Sternen den Großen Bären abgebildet, wenngleich das Sternbild bei ihnen noch der Scheffel hieß. Doch als die Qing-Kaiser aus dem Norden eintrafen, haben sie das Symbol auf drei Sterne verkürzt.«

Er sah Yuan an und neigte leicht den Kopf. »Ich bitte um Verzeihung, *Hsien Sheng.*« Das hieß so viel wie *großer alter Herr* und war die respektvolle Anrede für einen Lehrer.

Yuan lächelte nur und drängte Shan, er solle seinen Wein trinken. Die Frau klatschte triumphierend in die Hände.

»Sie müssen sich entscheiden, mit welchen Perlen das Gewand verziert werden soll«, fuhr Shan fort, nachdem er sein Glas geleert hatte. »Ursprünglich waren es rote Korallenperlen, aber Kaiser Qianlong hat gegen Ende seiner Amtszeit verfügt, dass es fortan weiße Perlen aus der Mandschurei sein sollten.«

Die Gruppe gab ein kollektives respektvolles Raunen von sich und ging sogleich zu einer angeregten Diskussion des Hofzeremoniells über. Als Shan erwähnte, dass er in Peking einst während seiner Freizeit jahrelang jeden Winkel der Verbotenen Stadt erkundet hatte, schenkten sie ihm Wein nach und überschütteten ihn begeistert mit weiteren Fragen über die korrekte Rangfolge in kaiserlichen Prozessionen, die Zeremonien für die Errichtung neuer Tempel, Wettbewerbe im Bogenschießen und ein Dutzend anderer Aspekte des höfischen Lebens.

Sansan brachte unterdessen Tee, und das Gespräch wendete sich alten Gedichten und Heldensagen zu. »Mir hat Sung Chiang immer am besten gefallen«, sagte sie.

Professorin Chou, eine frühere Literaturdozentin, nickte. »*Die Rebellen vom Liang Shan Po.*« Das war der Titel eines Romans aus der Ming-Dynastie über den Geächteten Sung Chiang, der von seinem Versteck im Moor aus die Bauern gegen Unrecht verteidigte.

»Geschichte und Helden wiederholen sich«, stellte Professor Yuan fest.

Shan merkte auf einmal, dass alle ihn grinsend ansahen. Er wurde rot, murmelte eine Entschuldigung, stand auf und floh zur Küchentür hinaus.

Er setzte sich auf eine Bank an der Rückwand des Hauses und verfolgte, wie der Mond über den vertrockneten, dürren Bäumen aufging. In Gedanken war er in den Bergen, bei dem kleinen Haus, das Lokesh und Cora Michener, so hoffte er inständig, nun als sicheres Versteck diente.

»Die hartnäckigsten Mythen basieren alle auf Fakten.«

Er zuckte bei den unerwarteten Worten jäh zusammen. Als er aufblickte, stand die Tochter des Professors neben der Bank.

Sansan fuhr fort, ohne auf eine Erwiderung zu warten. »Mein Vater sagt: Wenn man in Tibet genau genug hinschaut, kann man die Mythen zum Leben erwachen sehen.«

Shan sagte nichts, sondern rückte lediglich ein Stück zur Seite, damit sie sich neben ihn setzen konnte.

»Robin Hood, der Räuber aus dem Wald«, sagte sie. »Er war das westliche Gegenstück zu Sung Chiang, dem Geächteten aus dem Moor. Die beiden haben es gewagt, sich gegen die Regierung zu stellen, und sie haben für Gerechtigkeit gesorgt, als niemand sonst wusste, wie man sie erlangen konnte.«

»Ich bin kein Sung Chiang«, flüsterte Shan.

Sansan schien ihn nicht zu hören. »In den großen Städten herrscht so viel Lärm und Chaos. Alles bewegt sich so schnell. Da verliert man leicht die wichtigen Dinge aus dem Blick. Hier haben wir gelernt, die Ruhe zu kultivieren, wie die alten Konfuzianer sagen würden, so dass stets Zeit für die wichtigen Dinge bleibt. Die Menschen hier sprechen über Gottheiten, als wären es die Nachbarn von nebenan. Sie sprechen über Mythen, als wären es bloß Familiengeschichten.«

Shan sah das Mädchen an. Sie war die Rädelsführerin der Dissidenten gewesen, der Grund, aus dem all die Familien nach Tibet verbannt worden waren. Sie sah wie ein Schulmädchen aus, sprach aber so gemessen und weise wie eine sehr viel ältere Frau.

Sie erwiderte seinen Blick. »Sie geben den Menschen dieses Tals den Glauben an Helden zurück.«

»Sie müssen mich mit jemandem verwechseln.«

Sansan zuckte die Achseln. »Dann lassen Sie uns einfach sagen, Sie regen sie an, tätig zu werden. Ihretwegen mache ich mir Sorgen um meinen Vater.«

»Das verstehe ich nicht.«

»Er sagt, wir können nicht einfach danebenstehen und nichts tun.« Sie blickte merkwürdig sehnsüchtig zum Mond empor. »Wir haben sehr wenig Geld. Er isst nur Reis und spart wie besessen, um Bücher zu kaufen oder Tinte und Pinsel für seine Kalligraphie. Einen Teil davon, genug für ein Dutzend Bücher, hat er diesem hinkenden Hirten angeboten, Jigten.«

Shan erschauderte. »Zu welchem Zweck?«

»Damit er ein kleines Tagebuch übersetzt, das Jamyang meinem Vater zur Aufbewahrung gegeben hat. Es war wie ein Handel. Jamyang hat unsere Artefakte beschützt und wir seine Aufzeichnungen. Doch der Text ist fast vollständig auf Tibetisch verfasst. Jamyang war ein komplizierter Mann. Mein Vater sagt, diese Morde müssen etwas mit Jamyang zu tun gehabt haben und dass auch Sie gewiss dieser Überzeugung seien.« Sie sah Shan flehentlich an. »Er sagt, das Tagebuch sei für die Tibeter bestimmt, aber falls sie daraufhin tätig würden, würde man sie bestrafen. Er sagt, er müsse es verstehen und die darin enthaltenen Antworten nutzen. Wir dürften uns nicht zurücklehnen und nichts tun, wenn in unserer Mitte ein Unrecht begangen würde. Er sagt, Sie hätten es uns gezeigt.«

Shan seufzte. »Ich bin für niemanden ein Vorbild.« Seine Kehle war trocken, die Stimme heiser. »Er kann nicht …« Shan hielt inne, denn ihm fiel das friedliche Schlafzimmer ein, in dem er gelegen hatte. »Er hat zu viel zu verlieren.«

»Wir haben nichts zu verlieren. Indem die Regierung uns hierhin geschickt hat, hat sie uns befreit.«

Shan verspürte einen Stich im Herzen. »Aber begreifen Sie doch … Er hat Sie. Sie haben einander. Sie haben ein Zuhause.« Er konnte den Gedanken nicht ertragen, dafür verantwortlich zu sein, dass der Professor und seine Tochter getrennt und in den Gulag geschickt wurden.

In der Stille, die folgte, konnte er die Stimmen von drinnen hören, wie sie leise bei Kerzenschein alte Gedichte lasen. Er merkte nicht mal, dass das Mädchen von der Bank aufgestanden war, bis sie wieder zur Tür herauskam und ihren Laptop mitbrachte. Sie bedeutete ihm, ihr zu dem kleinen Geräteschuppen am Ende des Hinterhofs zu folgen.

Drinnen klappte sie den Computer auf der Werkbank auf. Der Schirm erwachte zum Leben, und sie tippte etwas ein. Kurz darauf erschien ein eingescanntes Dokument in Jamyangs vertrauter Handschrift.

»Es sind insgesamt zwei Dutzend Seiten«, sagte die Frau und zeigte ihm, wie man vor- und zurückblätterte. »Manche sind zusammengeheftet, andere von unterschiedlicher Größe, als hätte er genommen, was an Papier gerade zur Verfügung stand.«

Es war nicht wirklich ein Tagebuch, erkannte Shan, als er die Seiten überflog, sondern Notizen, zufällige Einträge über das Leben im Tal, die Arbeit an Jamyangs Schrein und die Gottheiten, die sie mit ihrer Reinigung zum Vorschein brachten. Eine der Seiten war einfach nur eine Liste tibetischer Götter und ihrer Schutzdämonen. Shan zeigte auf einen Farbfleck in der oberen linken Ecke. »Was ist das?«

Sansan fuhr mit dem Cursor über die Seite, drückte eine weitere Taste, und das Bild wurde vergrößert. Es war ein tibetischer *chorten* in blassroter Tinte, mit einem schweren Hammer darüber.

Betretenes Schweigen machte sich breit.

Shan rieb sich die schmerzende Stirn. »Das hat nichts zu bedeuten«, flüsterte er besorgt. »Er hat einfach den erstbesten Zettel benutzt.«

»Ein heiliges tibetisches Zeichen unter einem Symbol der Kommunistischen Partei? Wo gibt es denn solches Papier?«

Shan antwortete nicht. »Was hat Jamyang gesagt, als er das hier Ihrem Vater gegeben hat?«, fragte er.

»Bloß, dass es wichtig sei. Oder vielmehr«, sagte sie, als würde sie sich korrigieren, »dass es eines Tages wichtig werden könnte. Später hat er mich gebeten, es in meinen Computer einzuscannen, nur für alle Fälle. Ich hätte mir nichts dabei gedacht, aber …«

Shan beendete den Satz für sie. »Aber er ist gestorben.« Er scrollte zu der letzten Seite. Es war eine Liste von Artefakten. Ein Zeremoniendolch mit einem Rubin im Knauf. Eine bronzene Trompete. Drei rituelle Masken mit einer ausführlichen Beschreibung der Dämonen, die sie darstellten. Er kannte die Gegenstände. Sie stammten aus den Klosterruinen. Shan und Lokesh hatten sie Jamyang gezeigt und gemeinsam mit ihm gesäubert und versteckt.

Langsam ging er die anderen Seiten durch. Es gab Listen der Zeremonien, die von den Mönchen und Nonnen im Tal abgehalten wurden, jeweils mit Zeitangaben, dazu Listen der Schreine, die meisten allgemein bekannt, aber manche geheim. Eine Zeichnung zeigte vier junge Tibeter, die ein langes *dungchen*-Horn bliesen, und die Bildunterschrift lautete *Der Klang der Freiheit*. Eine Seite, die mit Tinte und Bleistift eindeutig zu verschiedenen Zeitpunkten erstellt worden war, enthielt die Namen von Mönchen und Lamas unter der Überschrift *Chegar gompa*. Neben vielen der Namen standen Jahreszahlen, manche drei Jahrzehnte her, andere vom Vorjahr. Im unteren Teil der Seite waren drei Namen eingekreist. Abt Norbu und seine beiden Gehilfen Dakpo und Trinle.

Diese Seiten könnten eines Tages angeblich wichtig werden. »Worüber haben Ihr Vater und Jamyang gesprochen, wenn sie zusammen waren?«, fragte Shan.

»Über Geschichte. Und Literatur. Jamyang hat einige der alten tibetischen Gedichte ins Chinesische übersetzt. Manchmal haben sie auch von ihrer persönlichen Geschichte erzählt. Die Lehrtätigkeit meines Vaters. Die Umstände, die uns hergeführt haben. Jamyang hat gern über seine Kindheit auf einem Bauernhof gesprochen, in den Bergen nördlich von hier.«

»Hat er je von seiner jüngsten Vergangenheit erzählt?«

»Nicht, dass ich es mitbekommen hätte. Wir wussten ja immer, dass er ein Lama war, ein erfahrener Lehrer. Also muss er in jungen Jahren als Mönch angefangen haben, hat mein Vater gesagt.« Sie zögerte. »Eines Abends ist ein Lastwagen voller Tibeter an uns vorbeigefahren, auf dem Weg zu einem der Lager. Wir haben draußen unter ein paar Bäumen gesessen, gemeinsam mit Jamyang. Er wurde sehr traurig. Nach langem Schweigen hat er meinen Vater gefragt, ob er glauben würde, dass man während seines Lebens für die Sünden einer früheren Existenz bestraft wird. Mein Vater hat nur gelacht und gesagt, Jamyang würde ihn wohl mit einem Lama-Kollegen verwechseln.«

Shan hielt bei einer Seite inne. Sie las sich wie ein Gebet oder eine Grabrede. *So jung gegangen*, stand dort, *so verwirrt ist ein Geist, der in einem Umfeld der Gewalt großgezogen wurde. Du bist in Bambuswäldern aufgewachsen und stirbst zwischen Fahnenmasten. Eine Hand am Messer, die andere nach deinem Herzen suchend. Hüte dich vor dem Gebet, das Gift bringt. Hüte dich vor der Farbe, die du siehst.* Shan las es noch mal und noch mal und wurde immer unruhiger. Es ging um Lungs Sohn, von dessen Leichnam Jamyang so aus der Fassung gebracht worden war. *Hüte dich vor dem Gebet, das Gift bringt. Hüte dich vor der Farbe, die du siehst.* Jamyang hatte gewusst, dass der Mörder ein Mönch war.

Das war noch nicht alles. Ganz unten auf der Seite, geschrieben mit anderer Tinte und zu einem späteren Zeitpunkt, standen noch vier Worte. *Kaliyuga. Es ist angebrochen.* Der Kummer, der Shan bei diesen Worten beinahe übermannte, war so real wie in dem Moment, als er den toten Lama in den Armen gehalten hatte. *Kaliyuga* war das tibetische Wort für das Ende der Zeit. Jamyang hatte gewusst, dass zumindest das Ende seiner Zeit gekommen war.

»Wann war das?«, fragte er nach einem langen Moment. »Wann hat er das hier zu Ihnen gebracht?«

»Vor zwei oder drei Wochen. Er ist immer nachts gekommen. Und manchmal hat er Weihrauch mitgebracht.«

»Weihrauch?«

Sansan lächelte betrübt. »Er wusste, dass ich oft krank war. Es kommt vor, dass ich mehrere Minuten lang nicht aufhören kann zu husten. Er hat Dinge gebracht, teilweise aus dem alten Kloster. Ich sagte, wir könnten das nicht annehmen, aber er hat gemeint, die Sachen seien bei uns sicherer als in den Ruinen und dass ich sie nötiger hätte.«

»Sansan, Sie sprechen in Rätseln.«

Nach einem kurzen Blick zur Tür des kleinen Schuppens ging sie zur Seitenwand und fing an, mehrere Bretter zu entfernen. Man hatte dort eine zweite Wand eingezogen, die einer oberflächlichen Durchsuchung standhalten und den dahinter verborgenen Hohlraum schützen würde. »Anfangs hat Vater hier seine besonderen Besitztümer aufbewahrt, bevor er sie Jamyang anvertrauen konnte. Als Jamyang uns zum ersten Mal Artefakte brachte, haben wir sie da drinnen einfach in das kleine Regal gestellt. Später hat er gesagt, er habe eine bessere Idee. Er hat eines Nachts hier allein gearbeitet und mich dann mit einer Kerze hergeholt und gesagt, ich solle mich da hinsetzen.« Sie zeigte auf ein ausgefranstes Stück Teppich, das selbst wie ein Artefakt aussah. Dann nahm sie die letzten Bretter weg und hob ihr Licht.

Jamyang hatte Sansan einen Schrein errichtet. Auf dem unteren Regalbrett standen Opferschalen, mehrere kleine Figuren von Gottheiten und eine Räuchervase. Darüber hing ein verblasstes, aber immer noch elegantes *thangka* der Lapislazuli-Gottheit Menlha, die man zur Heilung anrief. In ihrer linken Hand hielt sie ein Gefäß mit Nektar, dem Allheilmittel.

»Er wusste, dass ich nur schwer an meine Medizin komme«, flüsterte Sansan und wischte sich eine Träne von der Wange. »Er hat gesagt, das Bild habe seinem Onkel gehört, einem

Heiler, der berühmt für seine Mittel aus Schmucksteinen und Kräutern war. Er sagte, er wünschte, er hätte solche Fähigkeiten, aber immerhin wisse er, dass keine Medizin wirken könne, solange der Geist nicht bereit sei, sie zu akzeptieren. Er hat mir aufgetragen, hier jeden Tag Weihrauch zu entzünden und den Lapislazuli-Gott zu betrachten. Er sagte, ich solle keine Angst haben, den Weihrauch einzuatmen, denn in Rauch und Nebel würden Menschen und Götter sich treffen, und falls ich den Gott erwecken könnte, würde etwas von dem Nektar in meinen Körper gelangen.«

Schweigend standen sie vor dem Altar. Shan erkannte, dass er weniger über die Gottheit meditierte als über Jamyang. Der Lama hatte ihm gegenüber nie einen Angehörigen erwähnt, doch diesem stillen, aufgeweckten chinesischen Mädchen hatte er von seinem Onkel erzählt und dabei bedauernd geklungen. Shan schaute zurück zu der Werkbank. »Er hat Sie gebeten, das Tagebuch einzuscannen? Er hat diese Worte benutzt?«

Sansan löste mit einiger Mühe ihren Blick von dem Altar. »Ja. Es hat mich überrascht. Ich hätte nicht gedacht, dass er etwas von Computern versteht. Aber in jener Nacht hat er mir das Gegenteil bewiesen.«

»Was ist sonst noch passiert?«

»Er hat sich erkundigt, wo ich hier ins Internet gelangen könnte, ob es noch einen anderen Ort als mein Haus gebe. Ich habe ihm erklärt, manchmal würde ich dafür das Café nutzen, denn der Besitzer, auch ein alter Professor, lasse hin und wieder die Verbindung offen, wenn er abends nach Hause gehe. Und er schließe nie die Tür ab.« Sie warf Shan einen bezeichnenden Blick zu. Peking verlangte von jedem Anbieter eines öffentlichen Internetzugangs, dass er die Identität aller Benutzer registrierte.

»Sansan, das soll doch nicht etwa heißen, dass Jamyang Ihren Computer benutzen wollte.«

»Genau das heißt es. Und er kannte sich mit den Überwachungsmaßnahmen aus. Er sagte, er würde verschleiern können, wessen Computer es war.«

Shan starrte sie ungläubig an. Er wollte sie am liebsten schütteln und auffordern, sich gefälligst nicht solche Märchen auszudenken. Doch er sah ihren Blick und erkannte, dass sie wusste, was ihre Worte bedeuteten. Jamyangs Geist war nicht der Lama, den Shan gekannt hatte.

»Was hat er gemacht?«

»Es war nach Mitternacht. Ich habe ihn zum Teehaus gebracht und wollte draußen warten, aber er hat gesagt, ich solle weggehen. Im Befehlston. Einen Moment lang war er überhaupt nicht wie ein Lama. Eher wie … keine Ahnung. Ein Soldat. Er hat gesagt, er würde den Computer auf der Werkbank abstellen. Und hier hat der Laptop dann am nächsten Morgen auch gestanden, in eine dieser *khatas* gewickelt, als wäre das Gerät gesegnet worden. Der Café-Besitzer hat einen anderen solchen Schal an seinem Tresen vorgefunden, außerdem die Zeichnung eines kleinen Buddhas auf einer Serviette.«

Shans Kopfschmerzen wurden wieder stärker. Er hatte das Gefühl, ihm würde alles entgleiten. Jede Wahrheit, an die er sich klammerte, wurde zu einer Unwahrheit. »Sansan, der Besitzer des Teehauses wurde von Major Liang in Gewahrsam genommen, weil er den Internetzugang nicht ausreichend kontrolliert hat.«

»Aber er ist wieder da, Shan. Alles ist gut.«

Er sah sie erschrocken an. »Das heißt nur eines, nämlich dass er kooperiert und von einem unbekannten Benutzer und dem zurückgelassenen Gebetsschal erzählt hat. Es bedeutet, dass Liang bekommen hat, worauf er aus war, und es ging ihm dabei nicht um die Morde.« Shan schaute zu dem Monitor, dachte an das verstörende Bild des *chorten* mit dem Hammer. Nichts ergab einen Sinn.

Lokesh hatte einmal zu ihm gesagt, bisweilen könne man nur wissen, indem man nicht wisse.

***

Shan berührte den Nebeneingang des Polizeipostens, zog dann seine Hand zurück und setzte sich stattdessen auf die Stufe. Er musste Meng sehen, wollte Meng sehen, hatte aber keine Ahnung, was er zu ihr sagen sollte. Die Sorge um Lokesh und Cora ließ ihn nicht los. Er wusste, in welch großer Gefahr die beiden schwebten und dass sie, jeder auf seine Weise, unschuldig waren.

Während er in den Nachthimmel starrte, war er plötzlich wieder bei Ko. Es war der letzte Herbst, und bei seiner Ankunft brachte man ihn zum Krankenrevier der Sträflinge, das auch bloß eine weitere Baracke war, nur mit einzelnen Pritschen entlang der Wände anstatt mit zwei- oder dreistöckigen Etagenbetten. Sein Sohn litt an Fieber, einem unbestimmten und unbehandelten Fieber, verbunden mit großer Übelkeit, so dass er nichts im Magen behalten konnte. Ko war zu schwach, um zu sprechen, und Shan konnte bei seinem Anblick nur daran denken, dass dies das letzte Mal war – dass die Wachen seinen Sohn in irgendein unbezeichnetes Grab geworfen haben würden, wenn Shan das nächste Mal zu Besuch kam, und sich nicht mal mehr an den genauen Ort erinnern könnten. An jenem Tag hatte Shan seinen Sohn einfach nur im Arm gehalten und sich vor und zurück gewiegt, während Tränen über seine Wangen rannen.

Er merkte, dass Meng neben ihm saß. Er wusste nicht, wie lange schon. »Wenn Sie nicht bei Tan angerufen hätten …«, setzte er an.

Sie hob eine Hand und ließ ihn verstummen. »Er ist kein sonderlich angenehmer Gesprächspartner«, sagte sie mit mattem Lächeln und hielt Shan eine ihrer Tüten mit Sonnenblumenkernen hin.

»Die Beweisstücke«, sagte Shan. »Sind die hier?«

»Eingeschlossen in meinem Aktenschrank.«

»In Lung Mas Tasche hat ein metallener Gegenstand gesteckt. Ich möchte ihn sehen.«

»Sie wissen, dass es Vorschriften über den Umgang mit Beweismitteln gibt. Ich müsste diesen Zugriff vermerken.«

»Das bezieht sich auf Beweise, die vor Gericht vorgelegt werden sollen, Leutnant. In diesem Fall wird es niemals zu einem Prozess kommen. Das wissen Sie.«

Meng schaute in ihre Tüte, als würde sie etwas suchen. »Ich war mal Hauptmann«, sagte sie. »Ich hatte einen Fahrer und Zugang zu den Annehmlichkeiten für höhere Offiziere.«

Er zögerte und fragte sich nicht zum ersten Mal, welchen Teil ihrer Geschichte Meng stets verborgen hielt. »Es tut mir leid. Sie haben recht. Ich kann nicht von Ihnen verlangen, Ihre Karriere zu riskieren.«

Seine Worte schienen Meng zu verletzen. »In meinem Zuständigkeitsbereich wurde ein dreifacher Mord begangen«, erwiderte sie. »Ich habe eine Akte.«

»Sie haben eine Akte«, betonte Shan. »Liang auch? Der Major ist den ganzen weiten Weg hergekommen, aber ich beginne zu glauben, er interessiert sich nur für die Amerikanerin. Sie haben gesagt, er habe das Projektil genommen. Doch ich bezweifle, dass Sie je einen ballistischen Untersuchungsbericht zu Gesicht bekommen haben. Er schert sich nicht um Beweise. Seine Fachgebiete sind Angst und Manipulation.«

»Falls es ihm lediglich um einen politischen Sieg ginge, könnte er den toten Lama zum Täter erklären, genau wie Sie es vorgeschlagen haben«, sagte Meng tonlos. »Aber das hat er nicht getan. Er ist geblieben, obwohl ein anderer dringender Auftrag auf ihn wartet.«

»Er muss bleiben, wegen der Amerikanerin.«

»Er hat gesagt, er müsse nach Rutog.«

»Und zwar weil es dort Unruhen gebe, nachdem ein weiterer Mönch sich angezündet habe. Ich habe aber nichts von einem solchen Selbstmord gehört. Normalerweise spricht sich so etwas unter den Tibetern schnell herum. Und Sie, Leutnant, müssten es mühelos nachprüfen können.«

Meng sagte nichts. Nach einem langen Moment stand sie auf und zog sich ins Gebäude zurück. Shan aß erst die Sonnenblumenkerne in seiner Hand auf, bevor er ihr folgte.

Die Beweisstücke, so spärlich sie auch sein mochten, lagen auf ihrem Schreibtisch. Drei Kleiderbündel in Plastiktüten. Der zerrissene Yakhaar-Halsschmuck der Äbtissin. Lungs Knöchelholster, dazu sein Wagenschlüssel, die Zigaretten und das Stück Metall, das er bei sich getragen hatte. Shan nahm einen Bleistift und schob ihn durch eines der Löcher des trapezförmigen Objekts. Es hatte in der Zigarettenschachtel gesteckt und schien erst kürzlich geschmiedet worden zu sein, auch wenn es eindeutig alt wirken sollte. Die Kante verjüngte sich, war aber nicht wie eine Klinge scharf geschliffen.

»Irgendwas altes Tibetisches«, mutmaßte Meng. »Die Jadekrähen verkaufen Artefakte auf dem Schwarzmarkt. Er muss es bei den Ruinen gefunden haben.«

»Ein tibetischer Gegenstand, ja. Das ist ein Feuereisen. Tibetische Hirten tragen die schon seit Jahrhunderten bei sich, man benutzt sie mit Feuersteinen. Lung Ma hat es mitgebracht. Aber es ist weder alt noch stammt es aus den Ruinen.«

»Sie meinen, es ist eher ein Souvenir, etwas für Touristen.«

»So was in der Art«, sagte Shan unschlüssig.

»Aber weshalb sollte der Anführer der Jadekrähen so etwas in der Tasche haben?«

Shan nahm das Feuereisen und steckte seine Finger durch

die Löcher. Sie passten perfekt. Er tat so, als würde er damit mehrmals gegen einen Feuerstein schlagen. Dann schob er das Metall weiter die Hand hinauf und machte eine andere Bewegung, einen Aufwärtshieb mit nach außen weisender Kante des Feuereisens. »Haben Sie den Leichnam von Lungs Sohn gesehen, der in dem Lastwagen gestorben ist?«

»Ich bin mit den tibetischen Polizisten hingefahren, um den Unfall aufzunehmen.«

»Der Junge hatte einen schweren Schlag auf die Luftröhre davongetragen.«

Meng nickte. »Das Lenkrad hat erst sie zerquetscht und dann die Rippen.«

Shan schüttelte langsam den Kopf und betrachtete das Feuereisen. »Nein. Entweder die Kehle kriegt den Treffer ab oder die Rippen, aber nicht beide.«

»Ich habe seinen Hals gesehen, Shan. Er war zerquetscht. Es gab einen schrecklichen Bluterguss.«

Shan maß die Kante des Feuereisens mit der Hand ab und hielt die gespreizten Finger dann hoch. »Ungefähr so breit?«

Meng wurde bleich. »Es war ein Unfall. Alle sagten, es war ein Unfall. Ich habe das Lastwagenwrack gesehen. Ich musste nur …«

»Einen Mord übersehen?«

In ihren Augen funkelte Ärger auf, wich aber sogleich großer Scham.

»Die haben Ihnen den Leichnam nicht überlassen«, sagte Shan wie zum Trost.

»Das ist keine Entschuldigung«, widersprach sie. »Ich hätte ihn mitnehmen können.«

»Von den Jadekrähen? Die Brüder Lung dürften Sie schon allein dafür gehasst haben, dass Sie an jenem Tag dort aufgetaucht sind. Die Bande hätte sich alle möglichen Ablenkungsmanöver ausdenken können, um die Leichen aus dem

Kühlraum zu stehlen, aber sie hat beschlossen, Sie in dieser Gasse zu überfallen. Falls ich nicht zufällig dort gewesen wäre, hätte es noch schlimmer für Sie ausgehen können.«

»Das ist keine Entschuldigung«, wiederholte sie und ließ sich auf ihren Stuhl sinken. »Warum?«, fragte sie. »Warum würde jemand diesen Jungen töten?«

Shan nahm abermals das Feuereisen zur Hand. »Im Augenblick interessiert mich eher, wieso sein Vater die Mordwaffe hatte.«

***

Lung Tso saß mit einem Glas und einer Flasche Wodka an seinem Tisch, als Dschingis mit Shan die Treppe hinaufkam. »Ich habe einen halben Tag mit irgendeinem dämlichen Offizier aus dem Umsiedlungslager verbracht und ihm erklärt, dass die Lastwagen, die die uns gegeben haben, Todesfallen sind und dass die verdammte Bewaffnete Volkspolizei es sich selbst zuzuschreiben hat, dass die Karre einfach so in die Luft geflogen ist. Ich habe zu ihm gesagt, es sei reine Glückssache gewesen, dass auf der Ladefläche bloß ein paar Säcke Reis gelegen hätten und nicht ein Trupp seiner Schläger.«

Shan war überrascht. »Das waren deine Worte?«

»Ich habe betont, es sei meine patriotische Pflicht, darauf hinzuweisen. Am Ende hat er mir einen anderen Lastwagen besorgt, einen besseren, wie er sagte. Statt eines dreißig Jahre alten Schrotthaufens habe ich nun einen zwanzig Jahre alten Schrotthaufen.« Lung musterte Shan. »Doch ich hätte auch glatt als Insasse des Lagers enden können, falls jemand gesehen hätte, wie ich die verölten Lappen im Motorraum angezündet habe, oder falls dieser Haufen gut genug organisiert wäre, um festzustellen, dass ein paar Gefangene fehlen. Wir sind quitt, Shan. Keine weiteren Gefallen. Verschwinde von hier! Bring mich nicht dazu, wieder den Dolch zu ziehen!«

Shan ignorierte die Drohung. »Du warst bereit, mich zu foltern, weil du dachtest, ich hätte etwas vom Leichnam deines Bruders weggenommen. Wonach genau hast du gesucht?«

Lung leerte sein Glas. »Keine Ahnung. Dieser Lama hat ihm etwas gegeben. Ich wollte es sehen, um zu begreifen, was geschehen ist. Es kann nicht nur dieser Zettel gewesen sein. Sicher, das hat gezeigt, dass jemand unserem Schmuggel auf der Spur war, aber das allein hätte nicht ausgereicht, ihn so zu verändern. Es war, als hätte der Lama irgendeinen beschissenen Zauber gewirkt, um meinen Bruder dermaßen zu beeinflussen.«

»Wann ist Jamyang zurückgekommen?«

»Am Tag, bevor mein Bruder gestorben ist. Sie sind zu dem Schrein in dem alten Stall gegangen und waren für mindestens eine Stunde da drinnen. Dann ist der Lama abgezogen, und mein Bruder ist noch eine weitere Stunde im Stall geblieben. Als er zurückkam, hatte er etwas Kleines bei sich, gewickelt in ein Stück Filz. Er wollte es mir nicht zeigen und auch nicht mit mir reden.«

Das Feuereisen gab ein metallisches Klingeln von sich, als Shan es auf den Tisch fallen ließ. »Das war der Gegenstand. Die Polizei hat ihn gehabt.«

Lung nahm das Feuereisen und beugte sich damit weiter ins Licht der Laterne vor. »Ist das irgendein Mönchsding?«

»Nein, bloß ein tibetisches Ding, das zufällig mit Gebeten versehen ist. Damit wurde dein Neffe getötet.«

Lung Tso wurde sehr still. Shan hielt seinem kalten, reglosen Blick stand, bis Lung wegsah, um sich Wodka nachzuschenken. Er leerte erneut sein Glas. »Rede.«

Shan zeigte ihm, wie man das Feuereisen als Waffe benutzen konnte, um eine Luftröhre zu zerquetschen. »Er wurde ermordet«, schloss er. »Danach hat der Täter den Verkehrsunfall inszeniert.«

»Dieser elende Lama.«

»Nein. Jamyang hat den Mord irgendwie durchschaut, als er die Verletzung am Hals sah, danach irgendwie den Täter identifiziert und sich irgendwie das Feuereisen verschafft. Verrate mir etwas. Warum ist dein Bruder nach dem Tod seines Sohnes nicht zu den Mönchen gegangen, sondern zu den Nonnen?«

»Man bittet Geschäftspartner nicht um Gefallen.« Lungs Augen flammten auf. »Dieser verdammte Lama.«

»Jamyang hat deinem Bruder geholfen. Jamyang hat die Zusammenhänge erkannt. Er ist hergekommen und hat deinem Bruder davon erzählt. Und er hat ihm aufgetragen, am nächsten Tag zum Kloster zu gehen, weil er dafür gesorgt hatte, dass auch der Mörder seines Sohnes dort sein würde. Genau wie er der Äbtissin von Verrat in Chegar gompa berichtet hat. Der Killer hat ein Mönchsgewand getragen, aber es war nicht Jamyang.«

Ein leiser Laut des Erstaunens durchbrach die Stille. An der Treppe stand Jigten mit weit aufgerissenen Augen und einer Thermoskanne Tee. Er wich langsam wieder in den Schatten zurück.

***

Man bittet Geschäftspartner nicht um Gefallen. Lungs Worte hallten wie ein fernes Echo in Shans Erinnerung wider, während er den Berg hinauffuhr. Der tote Bandenführer, der Schmuggler, hatte mit einem Mönch Geschäfte gemacht, und ein Mönch hatte ihn getötet. Shan parkte den Wagen in einem kleinen Gehölz am Rand eines holprigen, einsamen Weges und blieb im Dunkeln sitzen. Er wartete eine halbe Stunde ab, um sicherzustellen, dass niemand ihm folgte, und stieg dann den schmalen Ziegenpfad in das oberhalb gelegene Tal hinauf. Eine Flut von Fragen ging ihm durch den Kopf. Die wenigen

Puzzlestücke, die er gefunden hatte, schienen das Puzzle nur unendlich komplizierter zu machen. Was hatte Lung im Auftrag der Mönche getan? Warum würde Jamyang sowohl Lung als auch die Äbtissin in eine Konfrontation mit dem Killer schicken? Wie konnte Jamyang bloß die Waffe gefunden haben, mit der Lungs Sohn ermordet worden war? Shan würde nie wissen, was sich am Tag des Todes im Kloster zugetragen hatte, solange er nicht die Wahrheit über Jamyang kannte.

Als Shan endlich die kleine Hütte erreichte, schlief die Amerikanerin drinnen auf einem Strohlager. Es war eine der entlegenen, unbenutzten Schutzhütten der Hirten, die Shan und Lokesh irgendwann auf der Suche nach vergessenen Schreinen entdeckt hatten. Der alte Tibeter konnte auf nahezu unheimliche Weise die – wie er sie nannte – Geisterspuren eines solchen Ortes aufspüren. Er wies auf die schmale senkrechte Verfärbung einer Wand, die davon zeugte, dass dort jahrelang Weihrauch verbrannt worden war, zog vermeintlich zufällige Steine aus einem Fundament, um Shan die darin eingeritzten Gebete zu zeigen, oder entdeckte an einem Ast oder Pflock die verrotteten Reste einer Schnur, an der in einem früheren Jahrhundert mal Gebetsfahnen gehangen hatten. Dann säuberte er die alten *mani*-Steine und stellte solche Orte mit frischem Weihrauch und neuen Gebetsfahnen wieder her, auch wenn das bedeutete, dass er dazu sein Hemd zerreißen musste. Danach brachte er stundenlange Mantras dar, damit die Gottheiten, die in der Nähe wohnten, wissen würden, dass man sie nicht vergessen hatte.

Auf die gleiche unheimliche Weise schien Lokesh nun mit Shan gerechnet zu haben. Am Rand der kleinen Kohlenpfanne an der Tür stand ein Topf Suppe. Lokesh fragte weder nach Shans Einkerkerung noch berichtete er von seiner Reise nach der Flucht aus dem Lager. Stattdessen reichte er Shan einfach eine alte hölzerne Schale und goss die Suppe hinein. Der alte

Tibeter breitete eine weitere Decke über Cora, entzündete ein Weihrauchstäbchen an der Glut und steckte es über der Amerikanerin zwischen die Mauersteine, bevor er sich neben Shan setzte.

»Ich kenne eine Höhle«, sagte er nach langem Schweigen.

Shans Brust zog sich zusammen. Sie hatten dieses Gespräch zuvor schon geführt. Lokesh wollte, dass er für eine Weile alles hinter sich zurückließ, um in der Abgeschiedenheit zu meditieren.

»Ich werde dich begleiten. Wir könnten die Amerikanerin mitnehmen. Nur für zwei oder drei Wochen. Du gehst zu nah.«

Zu nah am Rand, meinte Lokesh. Andere Freunde hätten die physische Gefahr erwähnt, in die Shan sich begab, oder die Qualen, die er als Liangs Gefangener erduldet hatte, aber nicht Lokesh, niemals. Er meinte, dass Shan gefährlich dicht davorstand, vom wahren Weg abzukommen, dem Weg der Erleuchtung, dem Weg des Buddhismus. Lokesh glaubte an die Suche nach der Wahrheit, aber er war auch der unerschütterlichen Überzeugung, dass Shan zu weit ging, wenn er sich in den Lauf der Dinge einmischte und so zum Akteur eines sich enthüllenden Rätsels wurde. Ein Lamm zu retten zeugte von Respekt für die niederen Tiergeister. Ereignisse zu manipulieren und die Regierung zu täuschen zeugte von Respektlosigkeit dem eigenen Geist gegenüber.

»Jamyang hat uns seine Geschichte erzählt«, fuhr Lokesh fort. »Nun ist es an uns, sie zu verstehen. Er hat uns das Sutra seines Lebens hinterlassen. Wir müssen einfach nur lernen, wie man es liest.«

»Das tue ich ja, mein Freund, auf die einzige Weise, die ich kenne.«

»Nein. Du fährst mit der Polizei. Du sprichst mit denen, die unsere Bauernhöfe überfallen. Du greifst Statuen an. Du forderst die Öffentliche Sicherheit dazu heraus, dich zu verprügeln. Du müsstest es besser wissen, Shan. Falls du an deinem jetzigen Standort ins Straucheln gerätst, gibt es für dich keine Möglichkeit mehr, wieder ein Mensch zu werden.«

Die Worte brachen Shan fast das Herz. Es war die Ermahnung eines sanftmütigen tibetischen Vaters an seinen Sohn, dessen Eigensinn ihn bald die Familie kosten würde. Und es war wahrscheinlich das Strengste, was Lokesh je zu ihm gesagt hatte. Die menschliche Existenz war etwas Kostbares, das erst nach Tausenden von Inkarnationen in niederen Lebensformen gewonnen wurde, und wer damit – aus welchem Grund auch immer – Missbrauch trieb, würde an den Anfang dieses Zyklus zurückgeworfen werden.

Shan wusste nichts zu sagen. Er starrte nur in seine nun leere Schale.

Nach einer Weile wies Lokesh nach draußen. »Es wird Sternschnuppen geben«, sagte er und schien Shans Schwäche zu spüren. Er reichte ihm eine Hand, um ihm aufzuhelfen.

Es war ein selten schöner Abend; eine sanfte Brise strich durch den duftenden Wacholder, die Sterne schimmerten an einem wolkenlosen Himmel. Shan legte sich auf die Decke, die Lokesh für ihn im Gras ausgebreitet hatte, und sehnte sich danach, zumindest einen weiteren Meteoritenschauer mit seinem Freund teilen zu können, doch die Erschöpfung war einfach zu groß. Als seine Augen sich langsam schlossen, hörte er das leise Murmeln eines neuen Mantras. Das warme Gefühl unmittelbar vor dem Einschlafen kam ihm wie Schweben vor, und ein trauriges Lächeln legte sich auf sein Gesicht. Er wusste, dass Lokesh dieses Mal für *ihn* betete.

KAPITEL DREIZEHN

Lung Tso war seltsam zurückhaltend, als Shan am nächsten Tag bei ihm eintraf, um einen Gefallen zu erbitten. Er reagierte nicht etwa verärgert, sondern verwirrt.

»Warum, zum Teufel, soll einer meiner Männer in deinem Wagen durch das Tal fahren?«

»Nicht nur das. Er soll an den Stellen halten, die ich auf der Karte markiere, dort mit einer Schaufel eine Zeit lang in den Gräben herumhantieren und dann weiterfahren.«

»Und wo wirst du sein?«

»Dein Mann wird mich bei den Mönchen am Ende des Tals absetzen, mit einem von euren Motorrädern. Am Abend bringt er meinen Wagen zum Stall in der Stadt.«

»Du willst die Mönche ausspionieren.«

»Hinter diesem *gompa* steckt mehr, als man meinen möchte.« Shan starrte den Schmuggler herausfordernd an. Lung hatte immer noch nicht erklärt, welche Art von Geschäften er mit den Mönchen machte.

»Es gibt eine Regel, an die wir uns zu halten versuchen. Hab immer nur einen Feind gleichzeitig. Auf diese Weise kannst du ihn im Auge behalten und sicherstellen, dass er sich nicht an dich anschleicht. Doch du, Shan, du legst dich einfach mit jedem an. Dir fehlt jeglicher Selbsterhaltungstrieb. Wer verfolgt deinen Pick-up?«

Shan sah ihn einfach nur an.

»Dieser Mönch Jamyang. Du hast behauptet, er sei tot.«

»Er ist am selben Tag gestorben wie dein Bruder. Er hat Lung Ma überzeugt, zum Kloster zu gehen. Und er ließ mich auf dem Gebirgsgrat oberhalb anhalten, um sich zu vergewissern, dass der Laster deines Bruders auch tatsächlich dort stand. Dann sind wir zu seinem Schrein gegangen, und er hat sich eine Armeslänge von mir entfernt in den Kopf geschossen.«

Lung verzog das Gesicht. »Mönche begehen keinen Selbstmord.«

»Mönche begehen keinen Selbstmord«, wiederholte Shan. Er sah Lung unverwandt an, während er den gefalteten Zettel aus der Tasche zog. »Als Jamyang deinem Bruder diese Liste gegeben hat, lagen zwei der Daten noch in der Zukunft. Eines war letzte Woche. Was ist passiert, als ihr letzte Woche über die Grenze gefahren seid?«

»Nichts.«

»Die müssen die Papiere kontrollieren und Stichproben der Lieferung überprüfen.«

»Die haben die Papiere gestempelt und die Lieferung durchgewinkt.«

»Weil ihr sie bestochen habt.«

Lung sagte nichts.

»Ich muss wissen, was ihr für die Mönche macht, Lung.«

»Das Gleiche, was wir immer machen.«

Shan beugte sich vor. »Was genau schmuggeln die?«

»Kisten. Es gehört sich nicht, die Ladung eines Kunden zu öffnen.«

»Wie groß? Was haben die Mönche dir erzählt?«

»Die Mönche kommen zwar auch zu den Treffen, aber das Reden übernehmen die Tibeter von der anderen Seite.«

»*Purbas*?«

Lung zuckte die Achseln. »Ich kenne die tibetische Bezeichnung für Geächtete nicht. Sie nutzen normalerweise die Hochgebirgspässe, aber die Armee hat dort ihre Überwachungsmaßnahmen verschärft. Sie wollten einen Testlauf für eine neue Route. Und der hat letzte Woche stattgefunden.«

»Testlauf?«

»Zwei große Kisten.«

»Wie lang?«

»Groß genug für einen kleinen Schrank. Ich schätze, die haben Altäre und anderes Zeug, das sie vor Peking beschützen wollen.«

»Haben sie schon etwas über die nächste Lieferung gesagt? Soll die genauso aussehen?«

»Ja, allerdings.«

Shan nickte langsam. »Wie gesagt, ich benötige einen Gefallen.«

Der Anführer der Jadekrähen runzelte die Stirn und ging in eines der Nebengebäude. Wenig später kam Dschingis daraus zum Vorschein und schob ein Motorrad. Lung kehrte zurück, stellte sich neben Shan und schaute wortlos hinaus auf die ehemaligen Gerstenfelder. »Falls du den Scheißkerl nicht findest, der meinen Bruder ermordet hat, werden die Jadekrähen das übernehmen«, sagte er dann, ohne Shan anzusehen. »Wir knöpfen uns das gesamte Kloster vor, Mönch für Mönch. Und wir werden uns nicht lange mit Höflichkeiten aufhalten.«

***

Chegar gompa war ein kleiner, nervöser Schatten seines früheren Selbst. Es war für mindestens zweihundert Mönche errichtet worden, doch während Shan es nun von den oberhalb gelegenen Felsen aus beobachtete, schätzte er die aktuelle Bewohnerzahl auf allenfalls dreißig. Die Hälfte der Gebäude lag in Trümmern und wies immer noch die Pulverspuren der Artilleriegranaten auf, die sie vor Jahrzehnten zerstört hatten.

Das kleine Dorf am vorderen Tor trug ebenfalls Spuren des Beschusses, denn die Häuser waren auf vielfältige Weise ausgebessert worden.

Die Mauer, die das Gelände einst wie ein Festungswall umgeben hatte, war auf der Nord- und Ostseite zerstört und ermöglichte Shan einen freien Blick auf den Innenhof. In der Mitte des hinteren Teils stand ein *chorten*, dessen ursprünglich weiße Oberfläche grau verwittert war. Davor war genug Platz für Versammlungen der Mönche und die großen Zeremonien der Festtage geblieben. Mittlerweile hatte man dort jedoch noch etwas errichtet, ein Postament, fast so hoch wie der Sockel des *chorten*, aus dem ein hoher Mast mit der Flagge der Volksrepublik aufragte.

Das Gebüsch hinter Shan raschelte, und eine alte Frau betrat die Lichtung. Sie hielt in einer Hand einen Beutel Getreide, in der anderen einen steinernen Stößel. Als sie sich gerade vor einer abgewetzten Mulde des Felsens niederlassen wollte, bemerkte sie Shan und zuckte erschrocken zusammen.

»Ich bin nur auf der Durchreise«, sagte er.

Die Frau schien die Flucht ergreifen zu wollen, aber dann fiel ihr Blick auf sein *gau*, das unter seinem Hemd hervorgerutscht war. »Ein Pilger?«, fragte sie vorsichtig.

»Bloß ein Pilger«, sagte Shan.

»Ein Pilger im Schatten«, stellte die alte Tibeterin fest.

Shan deutete das als einen Ausdruck des Misstrauens, aber dann seufzte die Frau auf. »Heutzutage kann auch ein Pilger nur dann sicher sein, wenn er sich im Schatten hält wie wir anderen.«

Sie setzte sich, schüttete das Getreide in die Felsmulde und hob den Stößel. »Das hat schon meine Großmutter so gemacht, als sie Köchin im *gompa* war«, sagte sie zu Shan. »Damals hatte jedes Dorf einen solchen Felsen. Ich komme einmal im Monat her, um ihn am Leben zu erhalten.«

Shan nickte. »Wenn meine Großmutter Teigtaschen gemacht hat, durfte ich den Blasebalg an ihrem Herd betätigen. Sie hat gesagt, nur wer auch selbst das Mehl mahlt, dürfe hinterher behaupten, er habe eigene Teigtaschen gemacht.«

Die Frau lächelte schüchtern und fing schweigend an, die Gerstenkörner zu mahlen. Shan verspürte bei dem Anblick eine seltsame Sehnsucht im Herzen. Das Geräusch des Stößels war wie das eines Baches, der über Kiesel floss. Ein Zaunkönig kam geflogen. Die Frau hielt ihm auf der ausgestreckten Hand ein Getreidekorn hin, das der kleine Vogel ohne Scheu aufpickte.

»Deine Großmutter hat viel mehr Mönche bekocht, als heute hier leben«, sagte Shan, nachdem er sich wieder dem Kloster zugewandt hatte.

»Sie machen eine schwere Zeit durch. Die meisten der Mönche haben sich geweigert, diese Treueide zu unterzeichnen, und die Regierung wollte das Kloster schon schließen und nach all den Jahren endgültig niederreißen. Doch dann ist Abt Norbu gekommen und hat die Mönche und das *gompa* gerettet.«

»Indem er eine chinesische Flagge gehisst hat?«

Die Frau zuckte die Achseln. »Er hat es gerettet. Er rettet es jeden Monat.« Dabei nickte sie in Richtung eines unauffälligen Gebäudes direkt vor dem Haupttor.

Shan sah dort Mönche auf der Bank neben der Tür sitzen. Dann erschauderte er, denn es kam ein Mönch heraus, gefolgt von einem Beamten in grauer Uniform.

»Die Öffentliche Sicherheit kommt jeden Monat?«, fragte er, als der Beamte den nächsten Mönch hineinwinkte.

»Manchmal die Kriecher. Manchmal das Büro für Religiöse Angelegenheiten. Manchmal beide.«

Gompas wurden amtlich geprüft. *Gompas* hatten regelmäßig ihre Staatstreue nachzuweisen. *Gompas* mussten schriftlich für die Loyalität und ordnungsgemäße Registrierung ihrer Mönche einstehen, aber Shan hatte noch nie gehört, dass ein so kleines *gompa* jeden Monat kontrolliert wurde. »Warum so oft?«, fragte er. »Was ist denn so besonders an diesem *gompa*?«

Als die Frau aufblickte, lag ein merkwürdiges Grinsen auf ihrem Gesicht.

»Vielleicht nicht das *gompa*«, tastete Shan sich vor. »Das Dorf. Was hat das Dorf getan?«

»Vor zehn Jahren gab es hier einen Bauern. Als dessen Kinder eines Tages aus der Schule kamen, hatte man ihnen chinesische Namen an die Kleidung geheftet. Sie erzählten ihm, die Lehrer würden ihnen nicht länger erlauben, ihre richtigen Namen zu benutzen. Da hat er beschlossen, selbst Unterricht zu geben, abends, wenn die chinesischen Lehrer weg waren. Bis die Chinesen etwas davon mitbekamen, war er schon im ganzen Tal berühmt. Als sie ihn holen wollten, ist er in die Berge geflohen, und sie haben einige Leute verhaftet, die ihn unterstützt hatten. Da ist er wieder hinabgestiegen, um all jenen zu helfen, die Ärger mit den Behörden hatten. Er fing an, Tibeter über die Grenze zu führen, vorbei an den Armeepatrouillen. Nachdem er seine Familie nach Indien gebracht hatte, hat die Öffentliche Sicherheit eine Belohnung auf ihn ausgesetzt. Heute gehört er zur Exilregierung und ist dort ein wichtiger Beamter. Aber die Öffentliche Sicherheit weiß, dass er hier noch Angehörige hat.«

»Sind auch Mönche darunter?«

»Einer. Ein Neffe namens Dakpo.«

»Wurde jemand aus dem *gompa* verhaftet?«

»Einer. Aber er ist zurückgekommen.«

Shan sah dabei zu, wie die Mönche nervös auf der Bank warteten. Ihm fiel auf, dass alle, die ihr Gespräch mit der Öffentlichen Sicherheit hinter sich gebracht hatten, danach ein bestimmtes Gebäude auf dem Klostergelände betraten. »Wofür genau wurde er verhaftet?«

»Dafür, dass er gesprochen hat, wie ein Tibeter sprechen sollte«, erwiderte sie mit trotzigem Unterton. Dann wollte sie nichts mehr sagen.

Shan bedankte sich und bog auf den Pfad hinunter zum Dorf ein. Er betrat einen Stall und beobachtete den Ort durch einen Spalt der Bretterwand. Auf dem Hang hinter einem Bauernhaus, außer Sichtweite der Kriecher, scheuchte eine Frau ein halbwüchsiges Mädchen mit einem Korb Getreide fort, ein Reflex aller Leute, die es gewohnt waren, von Steuereintreibern belästigt zu werden. Ein alter Mann mit dünnem Bart und schwarzer Weste saß kerzengerade auf einem Stuhl vor der Tür eines anderen Hauses, hielt einen Gehstock und hatte den Kopf leicht in Richtung des Klosters geneigt, als würde er auf etwas lauschen. Zwei Kinder rannten vorbei, gefolgt von einem Welpen. Eine Frau lachte, weil eine Ziege ein Wäschestück von einer Leine zog und dann die Straße hinunter floh. Der alte Mann reagierte auf keine der Bewegungen. Er war blind, erkannte Shan.

Er harrte aus, während ein Mönch und dann noch einer den Besuch bei den Kriechern absolvierte, das Gebäude ohne ein Wort zu den anderen Wartenden verließ und mit ängstlich angespannter Miene nur noch starr geradeaus blickte. Viele solcher Kriechertrupps hatten Quoten zu erfüllen und fanden daher stets jemanden, der bestraft werden musste. Jeder der Mönche hielt zerfledderte Papiere in der Hand. Diese Verhöre fingen immer damit an, dass ein Kriecher genauestens die Ausweiskarten und Registrierungen des Büros für Religiöse Angelegenheiten prüfte und bisweilen jeden einzelnen Eintrag hinterfragte.

Shan sah die verzweifelten Gesichter all jener, die noch auf der Bank warteten. Manche von ihnen waren junge Novizen, aber die meisten waren alt genug, um zu wissen, was eine so strikte Überwachung zu bedeuten hatte: Das *gompa* befand sich in großer Gefahr. Ein paar hastige Unterschriften des Büros für Religiöse Angelegenheiten und der Öffentlichen Sicherheit würden genügen, und all ihre hoffnungsvollen Gebete, das ehrfürchtige Auswendiglernen vieler Tausend Zeilen heiliger Schriften, alle Flammen ihrer Opferlampen wären ausgelöscht. Man würde die Klostergebäude mit Vorhängeschlössern sichern, und dann würde es hier keine Gebete mehr geben, nie wieder.

Ein heller klarer Ton hallte plötzlich durch die Stille. Der Mönch, der soeben seine Befragung überstanden hatte, beschleunigte den Schritt. Ein weiterer Ton ließ Mönche aus mehreren der Klostergebäude treten. An einer der inneren Türen stand ein Mönch und läutete eine Zeremonienglocke. Einige Dorfbewohner eilten zu den Eimern neben ihren Hauseingängen und wuschen sich Hände und Gesichter. Nur die Mönche auf der Bank rührten sich nicht.

Der alte Mann erhob sich auf zitternden Beinen und stützte sich auf seinen Stock. Shan zog sich den Hut tief in die Stirn, lief hinaus und erreichte den Mann noch rechtzeitig, um ihn zu stützen, als er über einen Stein stolperte.

Der Blinde drehte nur leicht den Kopf und zögerte. »Du bist ein Fremder«, stellte er mit neutraler Stimme fest.

»Gestatte einem armen Pilger, sich Verdienste zu erwerben, Großvater«, entgegnete Shan und fasste den Mann sanft am Ellbogen, um ihn zu führen.

Der Mann seufzte und nickte dann. »Meine Nichte ist auf der Weide, sonst würde sie mir helfen. Vielleicht ist es besser so, wenn diese Geier im Dorf sind.«

»*Lha gyal lo*«, sagte Shan.

Der kleine Tempel wurde nur von den flackernden Butterlampen entlang des Altars erhellt. Weihrauchschwaden kräuselten sich um einen schlichten bronzenen Buddha. Vor dem Altar las ein Mönch, dessen Stimme so dünn wie der Rauch war, aus einer Schrift vor, während Abt Norbu schweigend neben ihm stand. Die versammelten Mönche und Dörfler murmelten die Antworten, und nach der Lesung leitete Norbu sie bei einem langen Mantra an. Die Worte wurden anfangs nur leise gesprochen, in dem Flüsterton, den Shan von solchen Zeremonien gewohnt war, doch dann hob der Blinde neben ihm zu seiner Überraschung den gesenkten Kopf und unterbrach die anderen, richtete ein neues, lauteres Mantra zur Decke des Raumes. Verwirrt sah Shan, dass die anderen innehielten und sich dann dem Blinden anschlossen. Als die Lautstärke stieg und einen beinahe herausfordernden Ton annahm, stand einer der Mönche auf und verriegelte die Tür. Norbu warf einen nervösen Blick zum Eingang, schob dann eine dunkle Filzdecke beiseite, die vom Altar hing, und streckte den Arm in den Schatten dahinter. Er holte eine verzierte Silberglocke hervor, um deren Griff sich elegant ein Drache wand. Ein erregter Schauder durchfuhr die versammelten Mönche, denn Norbu bückte sich erneut und brachte eine weitere Gottheit zum Vorschein, die er neben den Buddha stellte. Es war das morbide, furchterregende Abbild eines stierköpfigen Gottes, der abgezogene Menschenhäute und Schädel hielt und zu den grimmigsten Schutzdämonen zählte. Norbu holte hinter dem Altar ein Stück Stoff hervor und legte es der Statue um die Schultern. Es war die Flagge des freien Tibet.

Shan drehte sich besorgt zu der verriegelten Tür um. Die Kriecher da draußen würden nicht nur fuchsteufelswild werden, falls sie von der Zeremonie erfuhren, sie würden sie sofort gewaltsam beenden und alle Verantwortlichen festnehmen.

Norbu stimmte nun ebenfalls in das Mantra ein, aber nicht als dessen Leiter. Er ging in den hinteren Teil der kleinen Halle auf die andere Seite des Blinden, ließ sich wie die anderen Gläubigen auf den Steinplatten nieder und blickte zu dem Blinden auf.

Der alte Mann, dem Shan in den Tempel geholfen hatte, war mehr als nur ein weiterer frommer Besucher. Der Abt erwies ihm seine Reverenz. Die Weste des Blinden hatte sich geöffnet, und Shan sah nun das *gau*, das um seinen Hals hing. Es war mit einem kastanienbraunen Stoffstreifen umwickelt, dem Zeichen eines früheren oder illegalen Mönches. Während Shan in das heitere Gesicht des Mannes blickte und der stillen Inbrunst seiner Stimme lauschte, wurde ihm klar, dass er mehr als ein Mönch war. Er musste ein Lama sein, ein Lehrer, ein Anführer, der nun die Wunden der Mönche heilte.

Shan wagte einen Blick auf Norbu. Er begriff nun, weshalb die Mönche ihrem Abt so zugetan und absolut loyal waren. Der Mann wusste, wie man die Öffentliche Sicherheit beschwichtigte, aber im Beisein seiner Gemeinde zeigte er sein wahres Gesicht. Er erhielt die alten Bräuche am Leben und schürte den Funken, den Peking so unbedingt ersticken wollte. Und das ausgerechnet in einem Dorf, das offensichtlich unter strikter Überwachung der Kriecher stand. Was er machte, war leichtsinnig, aber es brachte ihm eindeutig die Zuneigung der Gläubigen ein. Sie würden die chinesische Flagge und die Treueide vermeintlich tolerieren, denn sie wussten, was hinter verschlossenen Türen passierte.

Am Ende der Zeremonie stand der Abt auf, versteckte die Glocke, den Dämon und die Flagge und führte die Mönche dann nach draußen. Shan blieb, bis der Raum sich fast geleert hatte, trat an den Altar, wo Norbus Gehilfe Trinle neue Butterlampen entzündete, und ging ihm schweigend zur Hand.

»Ich dachte, ich würde den Blinden führen«, sagte er nach einer Weile. »Doch nun weiß ich, dass er mich geführt hat.«

Trinle warf einen Blick zur Tür hinaus, bevor er antwortete. »Was er tut, ist sehr mutig«, sagte er. »Schon allein hierher zurückzukehren war mutig.«

»Hierher zurückzukehren?«, fragte Shan verwirrt.

Der Mönch arbeitete unterdessen weiter. »Er hat zehn Ketten für seinen Widerstand gegen die Treueide bekommen. Manch anderer hätte lediglich sein Gewand verloren. Doch wenn es ein Abt ist, müssen sie ein Exempel statuieren. Sie haben ihn früher rausgelassen.«

Shan konnte nicht ganz folgen. Zehn Ketten. Wenn ein inhaftierter Mönch Anhänger oder Familienmitglieder zurückließ, würden sie versuchen, ihm jedes Jahr eine neue Gebetskette zu schicken. Aber ein Gegner der Treueide konnte normalerweise nicht auf eine vorzeitige Entlassung hoffen. »Was war der Anlass?«

»Er ist erblindet. Es war ein großer Tag für uns, als Norbu zum ersten Mal hier eingetroffen ist, in der einen Hand die Drachenglocke, an der anderen den alten Patrul.«

»Patrul war der Abt dieses *gompa*?«

Der Mönch hielt inne und nickte. »Abt reicht als Beschreibung eigentlich nicht aus. Patrul war einer vom alten Schlag. Eines der Originale.« Das hieß, der Blinde war schon im alten Tibet ein heiliger Mann gewesen, noch vor der Ankunft der Chinesen. »Der Einzige, den die meisten von uns je zu Gesicht bekommen haben.«

Hinter Chegar gompa steckte in der Tat mehr, als man meinen mochte.

»Ich heiße Shan«, sagte er. »Du bist Trinle. Ich habe dich und Dakpo gemeinsam mit Abt Norbu bei Tausend Stufen getroffen.«

Der Mönch nickte erneut. »Ich habe dich hin und wieder mit Jamyang in dem alten Kloster gesehen. Stimmt es, dass er sein Gesicht weggeworfen hat?«

»Er ist am selben Tag gestorben wie die Äbtissin und die anderen.«

Trinle seufzte bedauernd auf. »Die Götter müssen an jenem Tag abgelenkt gewesen sein.«

»Es war ein schlimmer Tag«, pflichtete Shan ihm bei. »Keiner der Gestorbenen war auf seinen Tod vorbereitet. Sie haben das Recht, den Grund zu erfahren.«

Trinle musterte ihn einen Moment. Shans auffordernder Tonfall war ihm nicht entgangen. »Das ist Sache der Behörden. Uns Mönchen wird beigebracht, sich nicht in Regierungsangelegenheiten einzumischen.«

»Für einen Ort, der sich aus derartigen Dingen heraushält, bekommt ihr hier aber ziemlich viel offiziellen Besuch.«

Trinle richtete sich auf und sah ihn mit sachlicher Miene an. »Man bekommt Dämonen am besten in den Griff, indem man sie in die Gesellschaft von Schutzdämonen lockt.«

Shan erwiderte den Blick. »Der Dämon, der die Äbtissin und die anderen ermordet hat, wird nicht freiwillig kommen. Hilf mir, ihn zu finden.«

Trinle schaute besorgt zur Tür. »Dies ist ein Ort der Andacht. Warum willst du hier nach ihm suchen?«

»Weil jemand in einem Mönchsgewand an jenem Tag dort gewesen ist. Er war der Mörder.«

Trinle starrte ihn ungläubig an. »Nein. Ich könnte mir eine dieser grauen Uniformen anziehen. Das würde aus mir aber keinen Kriecher machen.«

»Ob nun echter oder falscher Mönch, falls die Behörden dahinterkommen, werden sie den *gompas* die Schuld geben. Es war jemand, der überzeugend gewirkt und sich ungezwungen in dem Gewand bewegt hat. Ein Tibeter mit dem kurzen Haar eines Mönches. Sag mir, Trinle, ist jemand im Laufe des letzten Jahres aus dem Kloster ausgeschieden?«

Die Frage beunruhigte Trinle. »Einer ist rübergegangen.«

»Du meinst, er ist gestorben?«

»Nein, rüber nach Indien. Er ist jetzt in Sicherheit und arbeitet für die Regierung des Dalai Lama.«

Shan rief sich ins Gedächtnis, dass Chenmo von *purbas* im Tal gesprochen hatte, den Widerstandskämpfern, die aus Indien nach Tibet kamen. Chegar hatte nun einen Mönch in der Exilregierung. Die strenge Überwachung durch die Öffentliche Sicherheit ergab allmählich mehr Sinn.

Draußen unterbrach ein Lautsprecher die Stille des Innenhofs, erst mit statischem Rauschen, dann mit der mehrfach wiederholten Aufforderung, ein bestimmter Mönch möge sich beim Torhaus melden. Shan kannte den Namen. Dakpo.

Trinle ging zum Eingang und spähte vorsichtig um die Ecke in den Innenhof. Die Stimme aus dem Lautsprecher wurde langsam ungehalten und rief abermals nach dem Mönch. Trinles Miene umwölkte sich.

»Wird Dakpo vermisst?«, fragte Shan.

»Er ist nicht da.«

Shan hörte ihm die Anspannung an. »Du meinst, er hat sich unerlaubt entfernt.«

Trinle verfolgte die Aktivität im Innenhof und hielt sich am Türrahmen fest, als müsse er sich stützen. Mönche eilten in die Gebäude. »Er ist anderswo unterwegs. Falls der Abt sie nicht beruhigen kann, werden sie hier alle Räume durchsuchen.«

»Und verbotene Gegenstände finden«, behauptete Shan.

Trinle drehte sich mit trotzigem Blick zu ihm um. »Wir in Chegar gompa sind wahre Mönche.«

Etwas an seinem Tonfall ließ Shan aufmerken. In jedem *gompa* gab es geheime, illegale Fotos des Dalai Lama. Und wie Shan inzwischen wusste, konnte Chegar sogar mit einer Flagge des unabhängigen Tibet aufwarten. Trinle schien etwas anderes zu meinen.

Shan schaute zum Versteck des Schutzdämons. Die Statue

war sehr alt und überaus wertvoll. »Falls sie tatsächlich alles durchsuchen, stell den Schutzdämon einfach auf den Altar, und häng ihm ein paar *khatas* um. Die Kriecher wissen doch gar nicht, was sie da vor sich sehen.«

Trinle überlegte kurz und nickte dann. Shan trat hinaus auf den Innenhof.

Norbu beriet sich dringlich mit einem anderen Mönch in der Nähe des Tors. Shan schob sich mit gesenktem Kopf im Schatten der gegenüberliegenden Mauer entlang und mischte sich unter die Handvoll Dörfler, die hier an den Schreinen ihre Ehrerbietung bezeigte. Er konnte nur Bruchstücke der Unterredung verstehen. Norbu war eindeutig aufgeregt.

»Wie lange?«, fragte der Abt. »Wie lange wird er schon vermisst?«

»Er ist vor zwei Nächten verschwunden. Nach Mitternacht.«

Shan warf dem Mönch einen Blick zu. Der Mann hatte Angst. Norbu schützte das *gompa* vor der Öffentlichen Sicherheit, indem er strikte Kontrolle ausübte. Ein einziger Mönch auf Irrwegen könnte alles aus dem Gleichgewicht bringen.

Shan ging näher heran.

»Vielleicht ist er auf einem Pilgerpfad unterwegs, um dort die Schreine zu besuchen«, gab der Mönch zu bedenken.

Norbu schien ein Stoßgebet zu murmeln. »Er hat sich zur Meditation in die Berge zurückgezogen«, verkündete der Abt etwas lauter, als würde er den Text einstudieren. »Nach seiner Rückkehr wird er seinen Treueid mit Freuden erneuern.« Norbu zog sein Gewand zurecht und kehrte zu den wartenden Kriechern zurück.

Während die Beamten sich um den Abt scharten, stahl Shan sich zum Tor hinaus und ins Dorf.

Wie in vielen solcher *gompa*-Dörfer liefen auch hier in der Nähe des Tors die alten Pilgerpfade zusammen. Shan ertappte sich dabei, dass er, ohne darüber nachzudenken, an den kleinen Stationen der Hauptstraße innehielt, viele davon nicht mehr als Haufen aus *mani*-Steinen. So machten er und Lokesh das immer, und ihm wurde mal wieder bewusst, wie sehr er den alten Tibeter vermisste. Die letzten Monate, die sie fast rund um die Uhr zusammen verbracht hatten, waren ein Segen gewesen, und er hütete sich vor der Hoffnung, er könne zu jener einfachen, friedlichen Routine zurückkehren, sobald der Aufruhr sich legte. Die Schwierigkeiten hörten vielleicht nie wieder auf. Das Tal würde in der Form, die es jahrhundertelang gehabt hatte, nicht länger bestehen können, und sein Niedergang würde die Kluft zwischen Lokesh und Shan vertiefen.

Als er den Dorfrand erreichte, fiel ihm ein leises gleichmäßiges Rattern auf. Es kam aus einem langen Holzgebäude, das zweifellos einst eine Scheune für das Kloster gewesen war. Mit behutsamen Schritten trat er ein und folgte dem Geräusch zu einer Box im hinteren Teil. Die Tibeterin, die die Gerste gemahlen hatte, drehte nun eine tragbare Gebetsmühle. Sie blickte dabei in die dunklen Schatten an der Rückwand der Box. Shan benötigte einen Moment, bis er dort den alten Mann erkannte. Patrul saß mit übergeschlagenen Beinen auf einem niedrigen Tisch, die blicklosen Augen nach unten gerichtet, und sah eher wie eine Altarstatue als wie ein lebendiger Mensch aus. Vor ihm lag – wie eine Opfergabe – ein betagter brauner Mastiff.

Shan sagte nichts, rührte sich nicht, wollte die Frau nicht in ihrem Tun unterbrechen. Patruls Hand gab für eine Sekunde das *mudra* auf und bedeutete Shan, er möge sich setzen.

»Dein Tibetisch ist gut«, verkündete der alte Mann. »Es ist mir sonst immer gelungen, einen Chinesen zu spüren. Bei dir nicht. Warum wohl?«

»Ich habe mich während der letzten Monate in gutem tibetischen Schlamm gewälzt.«

Der Blinde lächelte heiter.

»Rinpoche«, sagte Shan. »Ich hatte einen Freund, einen Einsiedler, der letzten Monat ganz plötzlich verstorben ist. Er braucht meine Hilfe.«

Shan wusste es besser, als mit einer schnellen Antwort zu rechnen. Der alte Mann schien mit blinden Augen seine Finger zu betrachten und legte dann eine Hand auf den Kopf des großen braunen Hundes, der sofort die Augen öffnete und Shan ansah. Er hatte das unheimliche Gefühl, dass der alte Lama die Augen des Tieres anstelle seiner eigenen benutzte.

»Jamyang war auch mein Freund«, sagte der alte Lehrer. »Erst kam die Nachricht von seinem Tod. Dann von dem der anderen. Es war ein Sturm des Todes an jenem Tag.«

»Sie brauchen uns immer noch«, sagte Shan und richtete die Worte unwillkürlich an den Hund.

»Wir brauchen sie immer noch.«

Shan überlegte. Das waren die perfekten Worte, genau das, was gesagt werden musste. »Ich glaube, die Todesfälle hatten miteinander zu tun«, sagte er.

»Die Gottheiten haben sie an einem anderen Ort benötigt, alle auf einmal.« Es war die Art des alten Abtes, ihm beizupflichten.

»Als die Äbtissin und die anderen zwei in dem Kloster gestorben sind, war ein Mönch zugegen.«

Der Hund blinzelte.

»Bist du eine Art Polizist?«, fragte der Blinde. Die Frau hörte auf, die Gebetsmühle zu drehen.

»Ich bin ein Pilger.«

»Er ist derjenige, der gemeinsam mit Lokesh Gräben aushebt, Rinpoche«, warf die Frau ein.

Die Miene des alten Mannes hellte sich auf. »Du bist fast ums Leben gekommen, als du das Lamm aus dem Treibsand gerettet hast. Es heißt, du hättest bis zu den Schultern in dem Loch gesteckt.« Ein merkwürdiges Schnaufen entrang sich seiner Kehle. Es dauerte einen Moment, bis Shan es als Lachen erkannte.

»Weder dem Lamm noch mir war an jenem Tag der Tod vorherbestimmt.«

»Mit solchen Taten erwirbst du dir große Verdienste.«

»Lokesh hat gesagt, mit der Zeit würde ich begreifen, dass in Wahrheit das Lamm mich gerettet hat.«

Der ehemalige Abt nickte langsam. »Ein Mann kann sich mühelos ein Gewand überstreifen. Es kann vieles bedeuten.« Sie sprachen nun wieder über die Morde.

»Wo ist der Mönch Dakpo?«

Der Hund hob den Kopf.

»Dakpo hat die Berge überquert. Er weiß, dass er vor dem Vollmond zurück sein muss.«

»Er ist in Indien?« Dakpo habe einen Onkel in der Exilregierung, hatte die alte Frau erzählt.

»In der anderen Richtung.«

Shan runzelte die Stirn. Die andere Richtung, das hieß Norden oder Osten, tiefer nach Tibet hinein. Vollmond war in fünf Tagen. Dakpo hatte sich Patrul anvertraut, aber nicht Norbu. »Warum ist er ohne die Erlaubnis des Abtes aufgebrochen?«, fragte er zögernd.

»Ohne die Erlaubnis der Behörden«, sagte Patrul, als wolle er ihn berichtigen. Shan hielt sich vor Augen, dass manche Klöster für Reisen ihrer Mönche offizielle Passierscheine beantragen mussten. Dakpo hatte nicht gewollt, dass die Regierung davon erfuhr. Oder sollte vor allem Major Liang nichts erfahren?

»Rinpoche, du hast Jamyang als deinen Freund bezeichnet«, sagte Shan. »War er ein neuer Freund oder ein alter Freund?«

»Wir waren uns nicht sicher, er und ich.« Das war eine überaus tibetische Antwort. »Als er ins Tal kam, hat er all die Pilgerpfade bereist, und da sind wir uns eines Tages oben auf dem

Berg begegnet. Er hat den Tag mit Dakpo und mir verbracht, hat mit uns gebetet und die alten Schreine entlang der Pfade gereinigt. Ich habe ihn ins *gompa* eingeladen. Er hat abgelehnt und gesagt, er sei zu einem Geschöpf der hohen Pfade geworden, so wie eine der wilden Ziegen. Und er sagte, er fühle sich unserem Tal sehr verbunden, als wäre er schon mal hier gewesen. Ich habe ihn daran erinnert, dass über die Jahrhunderte viele sanftmütige Seelen wie seine in unserem Kloster gelebt hätten. Er war sich an jenem Tag nicht sicher, aber im Laufe der Zeit schien in ihm die Überzeugung zu wachsen, dass er tatsächlich nicht zum ersten Mal hier war und aus der Vergangenheit dem *gompa* immer noch etwas schuldig sei.«

»Das hat er gesagt? Etwas schuldig?«

Der alte Mann lächelte wieder, senkte den Kopf und streichelte den Hund. »Ich sagte ihm, die Frommen seien ganz Tibet etwas schuldig.«

»Ganz Tibet, wo auch immer es liegen mag«, erwiderte Shan nach einem Moment.

Patrul wandte sich mit überraschter Miene wieder ihm zu. Es hatte fast den Anschein, als könne er mit einem Mal sehen. Seine Augen richteten sich durchdringend auf Shan und schienen nicht etwa sein Gesicht, sondern etwas dahinter zu fixieren. »In Tibet gab es früher Tempel der Erdbändigung, um die Dämonen zu unterwerfen, die das Land bedrohten. Für uns heute sind sie verloren, aber es gibt neue, geheime Gegenstücke.« Er beugte sich vor. Seine letzten Worte waren ein flehentliches Flüstern. »Bist du der Dämonenbezwinger, um den wir gebetet haben, Shan?«

***

Shan versteckte das Motorrad zwischen den Felsen und machte sich an den langen Aufstieg zu Jamyangs Schrein. Der Besuch in dem Kloster war seltsam beunruhigend verlaufen. Patrul hatte ihm mitzuteilen versucht, dass eine geheime Verbindung zwischen Chegar und Dharamsala existierte. Die Spur eines Mörders hatte ihn zu tibetischen Freiheitskämpfern geführt. Shan wollte auf keinen Fall riskieren, dass die Entlarvung des Täters eine Gefahr für die Dissidenten bedeutete. Liang hingegen wäre von einer solchen Gelegenheit begeistert. Einen Mörder in einer Brutstätte der Abweichler zu enttarnen, würde ihm die nächste Beförderung einbringen.

Shan blieb an einer Wegkreuzung stehen; er erkannte den alten Pilgerpfad. Seine letzten Stunden mit Jamyang ließen ihn nicht los. Es waren Worte gefallen, die er bis heute nicht verstanden hatte. Von dem Punkt aus, an dem er nun stand, konnte er gerade noch die kleine flache Stelle ausmachen, an der Jamyang ihn hatte anhalten lassen und wo der Lama sich bäuchlings vor dem Berg niedergeworfen hatte. Shan legte seine Hand auf einen Haufen aus *mani*-Steinen, verweilte einen Moment, als würde er sie um Rat fragen, und bog dann auf den Pfad ein.

Als er die flache Stelle erreichte, ging er zur nahen Straße und bemühte sich, jede von Jamyangs Bewegungen zu rekonstruieren. Der Lama hatte Shans eigene Worte wiederholt und ihn gewarnt, ihm seien die Gefahren des Tals nicht bewusst. Dann hatte er ihn gebeten, bei den Steinhaufen anzuhalten, von denen aus die Pilger mit dem mächtigen Berg kommunizierten, der das Tal beschützte. Patrul hatte gesagt, Jamyang habe sich dem Tal verbunden gefühlt, als sei er ihm noch etwas schuldig. Er hatte an jedem der Steinhaufen gebetet und …

Shan erstarrte. Der Wind hatte für einen Moment nachgelassen, und er hörte ein neues Geräusch, ein leises, schnelles Murmeln von jenseits der Kante des Simses.

Shan näherte sich wachsam und sah nun, dass ein Ende der Schnur mit Gebetsfahnen, die von Jamyang hier hinterlassen worden war, sich aus ihrer Verankerung gelöst hatte und über die Kante baumelte. Als er die weißhaarige Gestalt erblickte, die am Ende der Leine auf dem steilen Hang kauerte, konnte er es im ersten Moment kaum fassen. Dann kletterte er vorsichtig hinunter und gesellte sich hinzu.

Lokesh hielt die letzte Gebetsfahne der Reihe fest umklammert. Er nickte, als Shan sich neben ihn setzte. Das Schweigen, das Lokeshs Worten häufig vorausging, war für Shan inzwischen eine Art Segnung, ein ehrerbietiges Innehalten.

»Sein Leben hätte auf jeden Fall diesen Verlauf genommen«, sagte der alte Tibeter schließlich. »Es gab für dich zu keinem Zeitpunkt eine Gelegenheit, das zu ändern.« Er sprach, als müsse Shan getröstet werden. »Chenmo und Ani Ama sind gekommen und passen auf die Amerikanerin auf«, fügte er hinzu, weil ihm Shans fragende Miene aufgefallen war.

Shan schaute zu der Fahne. Lokesh machte wieder mal genau das Gleiche wie er, nur auf völlig andere Weise. Der alte Tibeter war hergekommen, um Jamyang zu verstehen. Shan und Jamyang hatten es hier eilig gehabt, und er hatte nicht auf die Fahnen des Lama geachtet, sondern war einfach davon ausgegangen, es handle sich um herkömmliche Exemplare mit dem *mani*-Mantra. Nun nahm er eine in die Hand und bemerkte etwas Unerwartetes, eine kunstvoll gezeichnete, ungewohnte Gottheit.

»Es sind fünfunddreißig Fahnen«, sagte Lokesh, als sei die Anzahl von Bedeutung. »Ich habe ihn hieran arbeiten gesehen. Ich dachte, sie wären für den Schrein bestimmt.«

Shan sah sich eine weitere der Fahnen an und dann noch eine. Jede trug ein anderes Bild, und immer handelte es sich um eine sorgfältig gezeichnete Gottheit in unterschiedlichen Farben und Formen. Jede Einzelne musste mehrere Stunden Arbeit erfordert haben.

»Dies war die Erste«, erklärte Lokesh und zeigte auf die weiße, reich verzierte Gottheit am Ende der Schnur. »Vajrasattva. So fängt es an.« Er wies auf die Worte unter dem Bild.

»*Namo gurubhay, namo buddhaya*«, las Shan und blickte dann fragend auf.

»Manche nennen es das Gebet der Zuflucht, andere das Gebet der Reue. Es ist der Anfang des Rituals und wendet sich an den ersten der Buddhas der Bekenntnis. Es gibt insgesamt fünfunddreißig. Jeder von ihnen muss angerufen werden, um sich von einer verderblichen Tat zu läutern. Und dazu bedarf es jeweils vieler Tausend Mantras. Ich weiß noch, wie müde Jamyang letzten Monat immer gewirkt hat.«

Shan nickte. »Um das hier anzufertigen, kann er kaum geschlafen haben.«

Lokesh betrachtete abermals die erste Gottheit, wie in stummem Gebet versunken. Dann seufzte er. »Wir sollten nach oben steigen und die Leine wieder so befestigen, wie Jamyang es beabsichtigt hatte.«

Shan erhob sich und half Lokesh den Hang hinauf. Sie banden die Schnur fest um den größten Stein, den sie finden konnten, und legten ihn auf einen der Haufen. Shan musterte die wehenden Fahnen und schämte sich, dass er beim ersten Mal nicht auf sie geachtet hatte und dass ihm auch sonst nicht aufgefallen war, welche Gewissensnöte Jamyang plagten. Er streckte die Hand aus und berührte eine der Fahnen. »Ich habe ein größeres Exemplar hiervon schon mal gesehen. Jamyang hat es bei seinem Altar aufbewahrt.«

Lokesh nahm die Fahne genauer in Augenschein. »Es gibt Götter, denen man einen Diebstahl, eine Lüge oder einen Frevel gesteht«, sagte er bekümmert. »Aber dieser hier …« Er blickte erschüttert zu Shan auf. »Dieser hier ist für Morde zuständig.«

Nach einem langen Moment ließ der alte Tibeter sich mit übergeschlagenen Beinen im Zentrum des durch die Steinhaufen definierten Quadrats nieder, als wolle er das Zwiegespräch fortsetzen, das Jamyang mit Yangon, dem heiligen Berg, begonnen hatte. Shan wusste, dass es keinen Sinn hatte, ihn davon abbringen zu wollen. Er drehte sich um und kehrte zu Jamyangs Schrein zurück.

Er war sich nicht sicher, weshalb der Schrein ihn anzog oder wieso er das Bedürfnis verspürte, nach seiner Ankunft ein weiteres Mal die Opfergaben zu reinigen. Irgendwann ertappte er sich dabei, dass er dastand und die herausgemeißelten Gottheiten anstarrte. »Es tut mir leid«, sagte er. Die Worte klangen wie ein Schluchzen. Shan hatte mehr als je zuvor das Gefühl, er habe Jamyang im Stich gelassen und die Tibeter enttäuscht. Man würde die Morde dazu benutzen, das Tal zu zerstören und es seiner Substanz zu berauben, die es für die Einheimischen so wichtig machte. Er blickte den Hang hinab. Ein Teil von ihm schien immer noch nach Jamyangs Geist zu suchen. Er wusste zwar weiterhin nicht genau, wer Jamyang war, aber der Lama hatte während seiner letzten Tage große Qualen gelitten. Falls Shan es doch nur gesehen hätte, wäre es ihm vielleicht gelungen, mit dem Lama zu sprechen und ihm dabei zu helfen, einen anderen Weg als den Tag des Todes zu finden.

Er säuberte die letzten Opfergaben, vergewisserte sich, dass Yuans Ahnentafel noch immer in der kleinen Höhle lag, und stieg dann zu einer grasbewachsenen Stelle oberhalb des Schreins empor, von der aus er den heiligen Berg sehen und den Wind seinen Schmerz verwehen lassen konnte. Als er die Augen schloss, wurde er von Erinnerungen übermannt.

***

Das Besuchszimmer wurde im Winter absichtlich nicht beheizt, damit die Besucher möglichst wenig Zeit mit ihren inhaftierten Angehörigen verbrachten. Shan und Ko teilten sich den Raum mit einer alten Frau und ihrem abgemagerten Mann, der mehr hustete als redete, bis sie es aufgab und neben ihm nur noch Mantras murmelte.

Shan erinnerte sich an alles, an jede noch so kleine Einzelheit jeder einzigen Minute in diesem Raum. Und diese Erinnerungen kamen unerwartet, unaufgefordert und oft auch unerwünscht.

»Wir haben an einem Straßenbett gearbeitet, als einer der Männer auf ein Nest mit Käfern gestoßen ist«, erzählte Ko. Er sprach immer sehr leise, geschult durch Jahre der Gefangenschaft. »Er hat sie in seiner Socke mitgenommen und am Abend verkauft, damit die Männer sie sich am nächsten Morgen in den Gerstenbrei mischen konnten.« Shan kannte das von vielen Sträflingen aus seiner eigenen Haftzeit. Insekten bedeuteten Proteine. »Ich habe mir einen besorgt, ein großes, dickes schwarzes Exemplar, im Tausch gegen einen violetten Stein, den ich gefunden hatte. Doch in jener Nacht hat ein Lama gesagt, dass die Seelen derjenigen, die es als Menschen am schwersten hätten, manchmal als Käfer zurückkämen. Er hat einen der Käfer genommen und angefangen, ein Mantra über ihn zu sprechen. Das Ding hat ihn zuerst nur angestarrt und sich nicht gerührt, aber dann – und ich konnte das selbst kaum glauben – hat es doch tatsächlich die Vorderbeine aneinandergelegt, als würde es beten. Am Morgen sind alle Tibeter zum Zaun gegangen und haben ihre Käfer freigelassen. Dann haben sie mich angesehen, und ich habe so getan, als wollte ich mir den Käfer in den Mund stecken. Da haben sie aufgeregt durcheinandergerufen und angefangen, mir neue Steine für meinen fetten Brummer anzubieten. Rote Steine, gelbe Steine, blaue Steine. Nur der Lama hat kein Gebot abgegeben. Er ist einfach zu mir gekommen und hat mich mit einem Finger an der Stirn berührt.«

»Was hast du gemacht?«, fragte Shan.

»Ich hab den kleinen Kerl freigelassen. All die Steine hätten doch bloß meine Taschen ausgebeult.«

Sie sahen einander schweigend an. Dann grinste Ko, und Shan grinste zurück, von Häftling zu Häftling.

***

»Ich hatte gehofft, Sie hier anzutreffen.«

Shan schreckte aus seinem Traum hoch und sah Professor Yuan neben sich sitzen.

»Wenn ich in Harbin allein über die Welt nachdenken wollte, bin ich immer auf das Dach unseres Mietshauses gestiegen.« Er wies mit ausholender Geste auf das Panorama aus wogenden blühenden Hügeln und dem majestätischen Yangon, der hinter ihnen aufragte. »Alles in allem gefällt mir das hier etwas besser als Schornsteine und Schnellstraßen.«

»Ihre Tafeln sind vorläufig sicher, Professor, aber ich kann keine Verantwortung dafür übernehmen. Hier könnten jederzeit andere Leute auftauchen.«

Professor Yuan ignorierte Shans Worte. Er griff unter sein Hemd und holte ein zusammengerolltes Handtuch hervor. Es war alt und nicht mehr sauber, aber er behandelte es wie einen Schatz und strich es behutsam auf seinem Schoß glatt. »Er war einer von wenigen Auserwählten, unser Yuan Yi. Ein Zensor sehr hohen Ranges am Hof des Kaisers Kangxi. Gewiss ist Ihnen bekannt, was es mit den Zensoren auf sich hatte.«

»Es gab im Kaiserreich viele Tausend Beamte, die von wenigen Hundert Zensoren überwacht wurden, damit sie rechtschaffen blieben.« Die Berufsbezeichnung war von der heutigen chinesischen Regierung pervertiert worden, aber ursprünglich hatten die Zensoren zur Elite der Beamtenschaft gezählt.

»Genau.« Yuan nahm das Handtuch und schob seine Finger in die Säume. »Für einen solchen Mann war der Dienst eine heilige Pflicht. Er hat zahlreiche korrupte Beamte überführt und sich dabei viele Feinde gemacht. Im zwanzigsten Jahr seiner Amtszeit wurde er zu Ermittlungen in eine der nordöstlichen Provinzen geschickt, die Mandschurei, zugleich Heimat der Dynastie des Kaisers. Er fand heraus, dass die gesamte Provinz von verbrecherischen Machenschaften durchsetzt war, angeführt vom Gouverneur höchstpersönlich, der ein Drittel der dem Kaiser zustehenden Abgaben für sich selbst abzweigte. Als Yuan Yi nach Peking zurückkehrte und den Beratern des Kaisers Bericht erstattete, wurde er verhaftet, selbst der Korruption angeklagt und zum Tod durch Enthauptung verurteilt. In der Nacht vor seiner Hinrichtung kam ein alter Eunuch, der viel Einfluss am Hof besaß, zu seiner Zelle und erzählte ihm, der Kaiser wisse von dem korrupten Gouverneur, könne aber nichts gegen ihn unternehmen, weil der Gouverneur sein stärkster Fürsprecher in der Region sei. Daher bitte der Kaiser ihn nun, seinen Bericht zurückzuziehen. Yuan Yi lehnte ab und beharrte stattdessen auf seiner Hinrichtung, um zu untermauern, dass er sich der Wahrheit verpflichtet fühlte.

Am nächsten Morgen brachte man ihn zu einem privaten Tempel, den der Kaiser für Zeremonien nutzte, bei denen seine größten Mandarine geehrt wurden, seine engsten Vertrauten. Dort wartete ein Scharfrichter mit seinem Schwert. Yuan Yi wurde zum Richtblock geführt, doch darauf lag seine Ernennungsurkunde zum Zensor. Der Scharfrichter hieb sie in zwei Teile.«

»Und tötete damit den Zensor«, sagte Shan.

»Ja. Dann trat der Kaiser aus dem Hintergrund hervor und verneigte sich vor Yuan Yi. Das Tor, durch das die Mandarine nach empfangener Ehrung den Tempel verließen, wurde aufgestoßen, und der Kaiser ging mit ihm dorthin. Die Politik hielt ihn davon ab, den Gouverneur zu verhaften, aber seine Ehre verbat es ihm, einen Mann dafür zu töten, dass er die

Wahrheit sagte. Als Yuan Yi den Torbogen erreichte, nahm er sein Abzeichen und gab es dem Kaiser. Kangxi verneigte sich und gab es ihm zurück. Dann schritt Yuan Yi durch das Tor und floh aus der Hauptstadt. Er kehrte in die Mandschurei zurück und rief eine Gruppe ins Leben, die anfing, die Karawanen des Gouverneurs zu überfallen. Die erbeuteten Reichtümer verteilte er dann in der ganzen Provinz an bedürftige Familien, an Tempel, an Schulen. Er war für den Rest seines Lebens ein Gesetzloser, aber der Kaiser unterzeichnete keinen einzigen der Haftbefehle, die der Gouverneur ihm zur Genehmigung schickte. Yuan Yi blieb bis zu seinem Tod ein Bandit, der all jenen half, die unter den Schikanen der Korrupten zu leiden hatten.«

»Je älter eine Geschichte ist, desto mehr wird sie ausgeschmückt, Professor.«

Yuan lächelte nur, nahm dann das Handtuch und riss es auseinander. Es waren in Wahrheit zwei Tücher, die man an den Kanten zusammengenäht hatte.

Als Shan sah, was sich dazwischen befand, setzte sein Herz für einen Moment aus. Das war unmöglich.

Yuan hielt den geheimen Schatz hoch, ein seidenes Quadrat mit erlesenen Stickereien. Für Hunderte von Jahren und über mehrere Dynastien hinweg hatte es für die Mandarine des Hofes neun Ränge gegeben, jeder mit einem eigenen Abzeichen, das als quadratisches Stück Stoff über dunkelblauen Zeremoniengewändern getragen wurde. Der Pfau im Zentrum von Yuans Seide war das Emblem des hoch geschätzten dritten Ranges. Rund um den Vogel waren Wolken, Pfingstrosen und Fledermäuse angeordnet, die dem Inhaber traditionell Glück bringen sollten. Yuan hielt das Abzeichen in der Hand, das sein Vorfahr vor knapp drei Jahrhunderten getragen hatte und das von der Hand eines Kaisers berührt worden war.

»Ein geringerer Mann hätte es verbrannt, nach allem, was

der Kaiser getan hatte«, verkündete der Professor. »Doch Yuan Yi hat es als Zeichen der Ehre behalten. Er sagte, er sei in erster Linie dem Volk verpflichtet und werde dieses Abzeichen aufbewahren – für all jene, die der Wahrheit dienten, ganz gleich, was die Regierung befahl. Meine Familie hat einen seiner Briefe gehütet, mehr als zweihundert Jahre lang, bis die Roten Garden ihn verbrannt haben. Mein Vater hat ihn mir oft vorgelesen. Yuan Yi hat als alter Mann an einen Enkel geschrieben. In dem Brief hieß es, das Wichtigste, was er je getan habe, sei der Schritt durch jenen Torbogen gewesen, das Mandarin-Tor, und sein größter Beitrag zum Wohl des Volkes habe darin bestanden, die Regierung zu verlassen.«

Shans Hand zitterte, als Yuan ihm das seidene Abzeichen reichte. »Meinem Vater hätte der Anblick eines solchen Gegenstands die Sprache verschlagen«, sagte er. »Und mir fast auch.« Mit klopfendem Herzen nahm er das Abzeichen und dessen kunstvolle Ausführung genauer in Augenschein und erkannte nun auch Schmetterlinge, eine Sonne und eine dunkle Verfärbung, die womöglich ein uralter Blutfleck war.

»Mein Großvater hat dieses Abzeichen in der Hand gehalten und die Prozessionen der Hofbeamten vor dem Kaiser beschrieben«, erklärte Yuan. »Ich konnte die Augen schließen und die Trommeln hören und den Weihrauch riechen.« Als Shan es ihm zurückgeben wollte, hob er eine Hand. »Es gehört vorübergehend Ihnen. Ich leihe es Ihnen, bis die Krise des Tals vorbei ist.« Er warf Shan einen durchdringenden Blick zu. »Und nur Sie, mein Freund, können dafür sorgen.« Er streckte seine offene Hand nach unten zum Boden aus. »Ich sage dies mit dem Berg als meinem Zeugen.« Der Professor hatte offenbar einige der tibetischen Bräuche gelernt.

Shan fehlten die Worte. »Ich bin bloß der Grabeninspektor«, sagte er schließlich. »Und zwar ein sehr schlechter, denn ich habe meine Pflichten viele Tage vernachlässigt.«

»Sie sorgen dafür, dass sauberes Wasser fließt. Sauberes Wasser erhält uns am Leben.«

»Ich bin derjenige, den man verhaftet, verprügelt und foltert. Sie dürfen mir das Abzeichen nicht anvertrauen. Liang würde es schon aus reiner Gehässigkeit verbrennen. Sie glauben, Sie könnten durch dieses Tor schreiten, aber ich kann es nicht.«

»Sie müssen etwas begreifen«, sagte Yuan im Tonfall eines alten Lama. »Das Abzeichen ist nicht wertvoll, weil es so alt ist. Es ist wertvoll wegen all der Risiken, die für es und mit ihm in Kauf genommen wurden, und das schon seit so vielen Jahren. Es gibt immer noch Zensoren, die die Behörden in Schach halten. Wir brauchen sie nötiger denn je. Ich glaube, mein Freund, Sie sind an dem Tag durch das Tor gegangen, an dem Jamyang gestorben ist.« Er wies auf das Abzeichen. »Es gibt so wenig, das ich tun kann. Lassen Sie mich zumindest das hier tun. Einer meiner Großonkel hat es im letzten Krieg bei sich getragen. Er hat gesagt, es habe ihn unverwundbar gemacht.«

»Sie überschätzen mich, Yuan. Ich begreife nicht einmal, wer Jamyang war.«

Der Professor gab ihm ein Blatt Papier. »Das hat Sansan herausgefunden. Wegen des Symbols auf Jamyangs Zettel. Ein Hammer und ein *chorten*.«

Es schien sich um den Ausdruck einer Internetseite zu handeln, mit dem Hammer und dem *chorten* groß am oberen Rand. Shan blickte verwirrt auf. »Das chinesisch-tibetische Friedensinstitut?«

»In Chamdo. Auf dem Gelände eines alten Klosters.«

Shan zuckte die Achseln. »Er hat versucht, Brücken zwischen den Menschen zu bauen. Das Büro für Religiöse Angelegenheiten unterhält viele solcher Einrichtungen.«

»Sie irren sich. Sansan hat etwas gründlicher nachgeforscht.

Es besteht keine Verbindung zum Büro für Religiöse Angelegenheiten. Das Institut gehört zur Öffentlichen Sicherheit.«

***

Als Shan beim Stall eintraf, warteten dort bereits Lung Tso und Jigten mit seinem Wagen.

»Das letzte Datum auf der Liste, die Jamyang deinem Bruder gegeben hat, ist die Nacht des nächsten Vollmonds«, sagte Shan.

»Na und?«

»Kennst du einen jungen Mönch namens Dakpo?«, fragte Shan. »Er ist vor drei Tagen aus Chegar gompa weggelaufen, muss aber spätestens an Vollmond zurück sein, weil dann euer Lastwagen eine Ladung nach Indien bringt. Ich möchte wetten, er zählt zu denjenigen, mit denen ihr in Chegar Geschäfte macht. Wohin habt ihr ihn gebracht?«

»Ai yi!«, murmelte Lung. »Du gibst wohl nie Ruhe.«

»Nicht, solange der Mörder noch auf freiem Fuß ist, nein.«

»Verdammt, Shan. Meine Welt beruht auf Geheimnissen.«

»Genau wie die des Mörders. Wo ist Dakpo?«

Lung schaute zu Jigten, der beim Wagen stand. »Also gut«, sagte er barsch. »In Chamdo. Er wusste, dass wir zweimal pro Woche dorthin fahren, zu den Lagerhäusern, wo die Lieferungen aus dem Osten eintreffen. Er wollte unbedingt mit, hat sogar angeboten, notfalls beim Beladen zu helfen. Er hat sich Arbeiterkleidung geliehen und ist auf der Ladefläche mitgefahren.«

Irgendwie hatte Shan es gewusst. Er drückte Yuan Yis Abzeichen, das wieder zwischen den beiden Handtüchern eingenäht war und unter seinem Hemd steckte. »Dann muss ich auch so schnell wie möglich dorthin. Wann fahrt ihr das nächste Mal nach Chamdo?«

KAPITEL VIERZEHN

Nach dreißig Kilometern schnippte Jigten seine Zigarette aus dem Fenster und fluchte. »Die verfolgen uns. Wenn ich langsamer werde, werden die langsamer. Wenn ich schneller werde, werden die schneller.«

Shan beugte sich vor, um in den Außenspiegel zu blicken, und erschrak. Die Straße war leer, abgesehen von einem grauen Geländewagen der Öffentlichen Sicherheit, der dicht hinter ihnen fuhr. »Fahr rechts ran«, sagte er zu Jigten.

»Den Teufel werde ich tun. Wir fahren nach Chamdo«, widersprach der Hirte ungewohnt heftig. Eigentlich war Dschingis für die lange Fahrt eingeplant gewesen, aber der hatte in letzter Minute schreckliche Bauchschmerzen bekommen. Jigten, der sich ohnehin auf dem Hof der Jadekrähen aufgehalten hatte, war bereitwillig eingesprungen.

»Ich bewundere deinen Elan, aber ich bezweifle, dass die wegen dir hier sind.«

Jigten runzelte die Stirn, schaltete aber herunter. Mit einem Zischen der Luftdruckbremse blieb der Laster stehen. Als Shan die Tür öffnete, um sich dem Verfolger zu stellen, fühlte sein Kopf sich wieder an, als würde er brennen.

Doch es war keines von Liangs Teams. Eine einzelne Gestalt in zerknitterter Uniform stieg aus dem Wagen.

»Leutnant Meng, wir haben Ihren Zuständigkeitsbereich schon vor Meilen verlassen«, sagte Shan.

»Wenn ich mich recht entsinne, besagen Ihre Papiere, dass Sie den Bezirk gar nicht verlassen dürfen«, erwiderte sie.

»Sie wissen doch, dass ich zu Gesetzesübertretungen neige. Aber was ist Ihre Ausrede?«

In ihrem Blick flammte so etwas wie Trotz auf. »In meinem Gebiet wurden drei Menschen ermordet. Einer der Leute, die zu Liang abgestellt wurden, hat bestätigt, dass das am Tatort gefundene Projektil einfach nur auf seinem Schreibtisch liegt. Sie hatten recht. Er hat es nie ins Labor geschickt. Und gestern wurden alle tibetischen Dienststellen darüber informiert, dass in Lhasa eine offizielle deutsche Delegation erwartet wird, die den Leichnam eines abgestürzten Bergsteigers abholen will. Die haben Rutger genommen und fünfhundert Kilometer von hier in einen Abgrund geworfen. Der Einzige, der etwas unternimmt, um diese Morde aufzuklären, sind Sie.«

»Das sind riskante Worte, Leutnant. Vor allem für jemanden, der schon mal im Dienstgrad zurückgestuft wurde. Kehren Sie um. Sie sind immerhin noch Leutnant. Der Sold eines Sergeanten reicht kaum zum Leben.«

Meng zuckte die Achseln. »Weniger Papierkram. Mehr Zeit im Außendienst. Ich bin gern an der frischen Luft.«

»Sie sind schon zu lange in Tibet. Ich nehme einen bedrohlichen Einfluss wahr.«

»Was haben Sie vor?«

»Wie Sie schon sagten, ich bin der Einzige, der herausfinden will, warum Jamyang und die anderen gestorben sind.« Er musterte Meng. Sie mochte müde wirken, aber sie war auch entschlossen. »Kehren Sie um«, wiederholte er. »Und tun Sie, was immer nötig ist, um Major Liang loszuwerden.«

»Die Schnellstraße ist ab Mittag für zwölf Stunden gesperrt. Wegen umfangreicher Gefangenentransporte. Es wird überall Kontrollpunkte und Wachen geben. Sie werden es niemals ohne Begleitung schaffen.«

»Ich mache mir Sorgen um Sie, Leutnant. Sie stehen gefährlich dicht davor, einen antisozialistischen Akt zu begehen.«

Meng lehnte sich gegen ihren Wagen. Ihr Blick richtete sich auf den fernen Horizont. »Ich muss Ihnen etwas gestehen. Nachdem Sie dem Großen Steuermann das Gesicht eingeschlagen hatten, wurde mir befohlen, dafür zu sorgen, dass die Statue mit einem Leinentuch verhüllt wird. Aber letzte Nacht bin ich hingegangen und habe die Schnur durchgeschnitten, mit der das Tuch festgezurrt war. Der Wind hat es fortgeweht. Und ich bin nicht mal weggegangen. Ich habe auf einer Bank gesessen und ihn angestarrt. Ich musste an eine Geschichte denken, die ich mal gehört hatte, über einen Kaiser ohne Kleider. Niemand hat sich getraut, ihn nackt zu nennen. Gestern kam ein Hund angelaufen und hat an den Sockel der Statue gepinkelt. Ich musste laut lachen.«

Shan sah sie an. Er begriff nicht, weshalb ihre Worte so viele Gefühle in ihm freisetzten.

»Ich habe nachgeprüft, was Liang über diesen Mönch in Rutog behauptet hat«, sagte sie. »Es wurde von dort keine Selbstverbrennung gemeldet. Er hat uns belogen, wie Sie vermutet haben. Und er hat angefangen, mich nach diesem toten Lama Jamyang zu fragen. Ob ich seinen Leichnam finden könnte, wo er gelebt hat, wer seine Freunde gewesen sind.« Der Wind löste eine ihrer Haarsträhnen. Meng strich sie sich nicht aus dem Gesicht. »Wer war er, Shan? Wer war dieser Lama?«

»Das weiß ich nicht. Ich folge seinem Geist nach Chamdo.«

Sie entgegnete nichts.

»Was genau sollen wir Ihrer Ansicht nach tun?«, fragte er.

»Ich werde mich vor den Lastwagen setzen und Sie nach Chamdo begleiten. Und dort finden wir seinen Geist gemeinsam.«

***

Die Reise nach Nordosten verlief für Shans Geschmack viel zu langsam, doch als sie nach einer Stunde auf die erste Straßensperre trafen, wurde ihm klar, dass sie es ohne Meng nie geschafft hätten. Mit einer Offizierin der Kriecher als Begleitung durften sie im Schritttempo mehrere Kolonnen schwerbewachter Transporter überholen. Am Nachmittag mussten sie abermals anhalten, diesmal nicht an einem Kontrollpunkt, sondern wegen eines liegen gebliebenen Lastwagens, der beide Fahrspuren blockierte. Zwei Dutzend Männer in schäbiger Leinenkluft hatten von der Ladefläche steigen dürfen und saßen nun auf der Böschung am Straßenrand.

Beim Anblick der Sträflinge zog Shans Herz sich zusammen. Die meisten waren ausgemergelte Veteranen mit jahrelanger Gulag-Erfahrung und müden, teilnahmslosen Mienen ohne jede Hoffnung. Vereinzelt gab es auch Frischfleisch aus dem Osten, neue Häftlinge, deren Gesichter starr vor Angst waren, nicht wegen der Wachen, sondern wegen ihrer Mitgefangenen, die anschaulich belegten, welches Schicksal ihnen bevorstand.

Shan hatte sich gefragt, weshalb es an jenem Tag so viele Transporte gab, doch nun sah er den kleineren Laster hinter dem ersten. Auf der offenen Ladefläche türmten sich Schaufeln und Hacken sowie stapelweise Körbe, in denen man für gewöhnlich Erde und Steine schleppte. Diese Gefangenen waren zur Zwangsarbeit in den Minen abkommandiert worden, die nur im Sommer öffneten und deren heimtückische tiefe Stollen häufig einstürzten. Andere mussten in den Urangruben schuften, wo die Strahlung dafür sorgen würde, dass nach einem Monat keiner mehr Haare hatte. Dennoch galten sie als die Glücklicheren, denn sie würden unter freiem Himmel arbeiten, und die Wachen blieben meistens auf Abstand, um nicht ebenfalls krank zu werden.

»Bei Buddhas Atem«, rief Jigten. »Sieh dir diese armen Schweine an. Die Hälfte von denen sind wandelnde Skelette.«

Er zog eine Zigarette aus der Packung und warf sie einem der spindeldürren Männer zu. Ein anderer Sträfling sprang vor und fischte sie mitten aus der Luft. Mit triumphierender Miene stopfte er sie sich sogleich in den Mund und aß sie.

***

Das ehemalige Kloster, das nun das chinesisch-tibetische Friedensinstitut beherbergte, war aufwendig restauriert worden. Durch das offene Tor konnte man Statuen von Buddha und Mao erkennen, die einander zu beiden Seiten des Innenhofs gegenüberstanden und sich anstarrten – über den eleganten *chorten* hinweg, den man in der Mitte neu errichtet hatte. Shan und Meng, die hastig erworbene Zivilkleidung trug, saßen auf der anderen Straßenseite vor einem Café. Mönche mit Büchern betraten das Institut. Chinesische Männer und Frauen in moderner Geschäftskleidung gingen dort ein und aus. Tibetische Stadtbewohner suchten die Buddhastatue auf und hängten ihr bisweilen einen traditionellen Gebetsschal über das Handgelenk. In manchen Momenten wirkte das Gelände wie ein klassisches Kloster, in anderen eher wie der geschäftige Gebäudekomplex einer Behörde.

Shan und Meng saßen schweigend an ihrem Tisch, tranken ihren Tee aus und ließen sich vom Kellner eine weitere Kanne bringen. Shan ertappte sich dabei, dass er den Fahrzeugverkehr und das rege städtische Leben musterte. Eine Frau scheuchte ein kleines Mädchen mit Zöpfen über die Straße. Zwei Jungen hatten eine Feder an ein Stück Schnur gebunden und neckten damit einen Welpen. Eine Tibeterin verkaufte aus Plastikeimern, die mit Handtüchern abgedeckt waren, heiße Nudeln und *momos*, Teigtaschen mit Fleischfüllung. Ein hochgewachsener Tibeter, dessen Kopftuch ihn als *khampa* auswies, führte einen Esel die Straße hinunter.

»Sie haben erzählt, Sie hätten einen Sohn«, sagte Meng auf einmal. »Demnach sind Sie verheiratet?«

Das gehört zu ihrer Rolle, sagte Shan sich zunächst. Sie spielten hier einen Mann und eine Frau, die zusammen Tee tranken. Dann fiel ihm auf, wie schüchtern sie ihn ansah.

»Nein«, erwiderte er. »Nicht mehr. Niemals, schätze ich.«

»Sie schätzen?«

»Meine Frau hat die Ehe für ungültig erklären lassen.«

»Aber Sie haben einen gemeinsamen Sohn.«

»Wir haben nie mehr als zwei Wochen zusammen verbracht. Sie war in der Partei und wurde in eine andere Stadt versetzt. Als man mich ins Straflager geschickt hat, war sie stellvertretende Bürgermeisterin. Nachdem dann auch noch mein Sohn als Drogendealer verhaftet worden war, war es besser für sie, jegliche Verbindung zu uns abzubrechen.«

»Sie meinen, sie hat sich scheiden lassen.«

»Nein. Das hätte nicht gereicht. Mein Sohn und ich hätten immer noch in ihrer Akte gestanden. Es war politisch zweckdienlicher, einen Richter aus der Partei verfügen zu lassen, dass die Einträge getilgt wurden. Es war, als hätten wir in ihrem Leben nie existiert.«

»Das muss sehr schmerzlich gewesen sein.«

Shan zuckte die Achseln. »Ich hatte genug damit zu tun, Straßen zu bauen und mich von Maiskolben und Sägemehlbrei ernähren zu müssen. Es hat Jahre gedauert, bevor ich auch nur davon erfahren habe.«

Sie nippten an ihrem Tee und vergaßen für eine Weile das Tor.

»Sie müssen doch sicherlich …« Shan wusste nicht, wie er die Frage formulieren sollte.

»Auch verheiratet gewesen sein? Ja«, bestätigte Meng sachlich. »Er hat Literatur und Schauspiel studiert. Und er konnte sehr gut schreiben, aber er fand keinen Job. Also nahm er eine Anstellung in einem anonymen Gebäude an, in dem Texte für die Regierung verfasst wurden. Nachrufe auf die Veteranen der Achten Armee des Langen Marsches. Geschichten über Helden der Arbeit, echte und andere. Er war gut, fand die richtigen Worte, um das Herz des Proletariats zu rühren. Man wurde auf ihn aufmerksam und beförderte ihn. Er fing an, Reden für Funktionäre und Pressetexte für die Partei zu schreiben.«

»Propaganda.« Das Wort rutschte Shan unfreiwillig über die Lippen.

Meng nickte verlegen. »Es hat mir nicht gefallen. Ihm auch nicht, anfangs jedenfalls. Er trank. Die haben ihn weiterhin befördert, und er hat weiterhin getrunken. Zu der Zeit war ich zum ersten Mal Leutnant. Als er nach Peking versetzt wurde, machten sie mich zum Hauptmann und übertrugen mir die Sicherheitsvorkehrungen für Funktionäre. Ich habe ihn gebeten zu kündigen. Ich sagte, er habe seine Seele verkauft und dass er Besseres verdient habe. Er hat mich geschlagen.«

Shan nahm seine Tasse und sah Meng über den Rand hinweg an. Er fragte sich, wie es wohl gewesen wäre, falls er sie so kennengelernt hätte, ohne Kriecher-Uniform.

»Ich habe darum gebeten, von meiner Aufgabe entbunden und in eine andere Stadt versetzt zu werden. Daraufhin wurde ich zurückgestuft und in einen tibetischen Stall geschickt.«

»Einen Stall?«

»So nennt man das bei der Öffentlichen Sicherheit. Offiziere, die in Ungnade gefallen sind, werden nur noch als Arbeitspferde eingesetzt und müssen sich ohne Hoffnung auf Beförderung abmühen. Sie kriegen die Stellen, die sonst keiner will, irgendwo in der gottverlassenen Provinz. Baiyun ist so ein Stall, wenngleich mir gesagt wurde, ich solle es als Rehabilitierung betrachten, weil meine früheren Leistungen so gut gewesen seien, dass ich in vier oder fünf Jahren vielleicht doch wieder befördert werden könnte. Ein paar Monate nach meiner Ankunft erhielt ich die Papiere, in denen stand, dass mein Mann die Scheidung eingereicht hatte.«

Shan zwang sich, zurück zum Tor zu schauen und nicht in ihre Augen. »Das hätten Sie mir nicht zu erzählen brauchen«, sagte er. Als er wieder hinsah, starrte sie eine Taube an. Sie wirkte wie ein verirrtes junges Mädchen. Shan sah ihre Hand auf dem Tisch und merkte, dass er sie berühren wollte.

Sie registrierte seinen Blick, und ihre Miene verhärtete sich. »Das ist eine Verhörtechnik«, sagte sie und verzog das Gesicht, als hätte sie in etwas Saures gebissen. »Lass den anderen wissen, dass wir alle Genossen im selben mühsamen Kampf sind.«

Dann schwiegen sie wieder für mehrere Minuten und beobachteten das Tor.

»Es gehen Leute hinein, die nicht wieder herauskommen«, stellte Shan fest.

»Da gibt es eine Kapelle. Manche meditieren dort. Das kann ein oder zwei Stunden dauern.«

»Es ist ein Institut«, widersprach Shan. »Die mit den Aktenkoffern wollen dort bestimmt nicht meditieren.«

»Es gibt eine offizielle öffentliche Beschreibung«, sagte Meng und wedelte mit einer Broschüre. Sie hatte sie aus der zwei Blocks entfernten Pension mitgenommen, in der sie sich eingemietet hatten. »Und es gibt offizielle nicht-öffentliche Beschreibungen.«

»Ich kann Ihnen nicht folgen.«

Sie klappte die Broschüre auf und las vor. »Das chinesisch-tibetische Friedensinstitut baut Brücken zwischen den Volksgruppen der Han und der Tibeter, die in dieser Region der Volksrepublik leben. Indem wir die Einheit unserer großen Völker lehren, sorgen wir für Glück und sozialistischen Wohlstand in jedem Heim.«

»Sozialistischer Wohlstand«, spottete Shan. »Das wurde nicht von einem Tibeter geschrieben. Und die ersten Han, die hier aufgetaucht sind, haben die Uniformen der Volksbefreiungsarmee getragen. Das hier ist Chamdo, seit jeher die Hauptstadt der Provinz Kham, in der tibetische Krieger mit Musketen von chinesischen Maschinengewehren niedergemäht wurden.« Er runzelte die Stirn und verstand selbst nicht, wieso er Meng herausforderte.

Sie ignorierte ihn. »Es gibt im Internet regierungseigene Seiten. Man braucht dafür besondere Passwörter.« Sie nahm ihr Mobiltelefon, und das Display leuchtete auf.

Shan warf einen nervösen Blick in die Runde und beugte sich vor. »Sie kennen die Passwörter für das Institut?«

»Die Öffentliche Sicherheit verfügt über eine neue Datenbank, eine Art Nachschlagewerk aller Organisationen, die für Offiziere von Interesse sein könnten.« Sie las leise von dem kleinen Bildschirm vor. »Das Friedensinstitut in Chamdo ist eine einzigartige Einrichtung, in der buddhistische Lehrer sich die Perspektiven aneignen, mittels derer sie ihre Kader in die Zukunft führen. Den Absolventen des Instituts wird die einstweilige Parteimitgliedschaft verliehen. Manche von ihnen dienen dem Mutterland daraufhin in strategisch wichtigen und oftmals heroischen Funktionen.«

Die Worte ließen einen kalten Knoten in Shans Magen entstehen. »Gibt es eine Liste der Absolventen?«

Meng tippte etwas ein, und Shan trank seinen Tee. »Die ist Verschlusssache«, sagte sie verunsichert. »Ein Geheimnis, sogar innerhalb des Büros. Ich lande immer nur bei dem sogenannten internen Manifest des Instituts.« Sie wollte das Telefon abschalten, doch Shan nahm es ihr aus der Hand.

Das Manifest war kurz und prägnant. *Tibeter wurden nicht als Verräter geboren, sondern durch die selbstsüchtige und voreingenommene religiöse Klasse zu einem Leben in Lüge erzogen.*

Unser Ziel ist es, sie mit Hilfe bewährter sozialistischer Methoden von diesem Irrweg abzubringen und ihnen zu helfen, die Tyrannei ihrer Traditionen zu überwinden. Shan schob das Telefon zurück über den Tisch und sah weg.

Nach einem Moment leerte er seine Tasse und nahm dann den Deckel der kleinen Teekanne ab, was bedeutete, dass sie nachgefüllt werden sollte. Als der Kellner keine Notiz davon nahm, stand Meng auf und ging mit der Kanne hinein. Sobald sie das Gebäude betreten hatte, verschwand Shan in der Menge. Er musste allein sein, weg von der Öffentlichen Sicherheit. Jamyang hatte in dieser Stadt gelebt. Shan musste seinen Geist finden. Er musste ergründen, was hinter dem überaus unguten Gefühl steckte, das ihn bei dem Gedanken an das Friedensinstitut überkam.

Er fand sich an einer Bushaltestelle wieder, inmitten einer wartenden Kinderschar in Schuluniformen. Als der Bus kam, ließ er sich von der Menge mitziehen und stieg ein, ohne auch nur einen Blick über die Schulter zu werfen. Er setzte sich auf einen Fensterplatz, obwohl er anfangs weder etwas sah noch fühlte, nur eine grenzenlose Müdigkeit.

Als er wach wurde, war der Bus fast leer und verließ soeben das Stadtgebiet. Ärmliche Häuserreihen wichen Äckern und trockenen Weiden. Shan stieg bei der nächsten Gelegenheit aus, ging zu der Haltestelle auf der anderen Straßenseite und setzte sich dort auf die Plastikbank. Er hörte ein Lachen, drehte sich um und sah den Rücken eines hochgewachsenen Tibeters mit struppigem weißen Haar und zerlumpter Kleidung. Einen Moment lang verspürte Shan die lächerliche Hoffnung, es wäre Lokesh. Dann wandte der Mann den Kopf, bemerkte Shan und eilte geduckt davon.

Der Hügel, auf dem er saß, gestattete ihm einen Ausblick auf Chamdo. Es war Tibets drittgrößte Stadt, aber sie lag so einsam, so weit weg von allem anderen, dass sie nur selten von Ausländern besucht wurde, und sogar diese wenigen durften nur in organisierten Gruppen anreisen. Es war der perfekte Ort für Unternehmungen der Regierung, die nicht im Licht der Öffentlichkeit stattfinden sollten. Shan sah den Lagerhauskomplex, bei dem Jigten den Lastwagen belud, dann den langen Häuserblock des Instituts, das zu den besterhaltenen Gebäuden der Stadt zählte. Jamyang war dort gewesen, in dieser anonymen Einrichtung einer anonymen, abgelegenen Stadt. Er war im Anzug von hier verschwunden und in einem Mönchsgewand wieder zum Vorschein gekommen.

Eine Stunde später erreichte Shan die Haltestelle, an der er eingestiegen war. Er zog den dort aufgehängten Stadtplan zu Rate und fuhr mit dem Finger den Umriss des schraffierten, unbezeichneten Rechtecks entlang, das das Institut darstellte. Shan drehte sich kurz um und merkte, dass er zu dem Teehaus schaute und unbewusst nach Meng suchte. Ein weiteres Rätsel ließ ihm keine Ruhe, nämlich die Frage, warum sie ihn so aus der Fassung brachte. Wenn er bei ihr war, fürchtete er sich nicht vor ihr, sondern eher vor sich selbst.

Er machte sich auf den Weg und folgte der Seitenstraße, die entlang der westlichen Mauer des Geländes verlief und auf deren anderer Seite gepflegte Reihenhäuser standen. Am Ende des ersten Blocks überquerte Shan die Straße und ging langsam vor den Häusern her. Ihre Türen und Fenster waren alle auf die gleiche Weise verriegelt. Es führte kein Weg durch sie hindurch oder um sie herum. Sie waren lediglich eine Art Pufferzone, so wie der Graben rund um eine Festung.

Shan blickte die Straße hinunter und entdeckte zwei Männer in fleckenlosen Overalls, die sich an beiden Enden des Blocks auf ihre Besen stützten. Dann ging er zur nächstbesten Tür. Sie war verriegelt. Das Fenster daneben war mit Vorhängen versehen, doch es gab einen schmalen Spalt in der Mitte. Das Haus war leer. Wenn Shan sein Gesicht an die Scheibe drückte, konnte er durch eines der rückwärtigen Fenster sehen. Hinter dem Haus gab es eine weitere Mauer, ungefähr zweieinhalb Meter hoch und von der Straße aus nicht zu erkennen. Auf ihrer Krone war Stacheldraht gespannt.

Shan eilte weiter und bog um die nächste Ecke auf eine etwas belebtere Straße ein, die sich hinter dem Gelände erstreckte. Dort setzte er sich unter einem Baum auf eine Parkbank und nahm die Häuser an diesem Ende des Blocks in Augenschein. Auch sie wirkten unbewohnt und schienen als äußere Barrieren zu dienen, doch in der Mitte des Blocks gab es irgendein Geschäft und gegenüber ein kleines Polizeirevier. In dem Laden gingen Mönche ein und aus. Shan hielt unter ihnen nach Dakpo Ausschau und drückte dabei unbewusst die Hand gegen die Brust, wo das Abzeichen von Yuan Yi, dem Mandarin-Banditen, versteckt war.

»Das Gelände nimmt zwei Blocks ein«, sagte eine Stimme über seiner Schulter. Meng behielt dabei das ehemalige Kloster im Blick. »Auf der anderen Seite gibt es nichts als alte Läden und Büros, alle geschlossen und mit Schildern versehen, auf denen steht, sie würden bald einem Sanierungsprojekt weichen. Doch das Papier ist vergilbt und vertrocknet, als würde es da schon seit Jahren hängen.«

»Das Haupttor ist der einzige Eingang«, stellte Shan fest. »Alles andere ist verriegelt, abgesehen von diesem einen Geschäft dort.«

Bevor er sich auch nur erheben konnte, überquerte Meng schon die Straße.

In dem Laden gab es religiöse Literatur und Berichte über den sozialistischen Kampf zu kaufen. An der Wand hing ein Poster mit Maos Kalligraphie, vor dem kleine Buddhas mit der Flagge der Volksrepublik standen. Shan und Meng schlenderten umher wie ein Touristenpaar und kauften eine Packung der billigen Gebetsschals, die von Pilgern bei Schreinen zurückgelassen wurden. Im hinteren Teil des Geschäfts gab es einen Raum, den ein Schild als Bibliothek auswies. Darin stand eine kleine Vitrine mit mehreren Artefakten aus dem ursprünglichen Kloster. Zwei größere Schaukästen waren der chinesischen Jugendbrigade gewidmet, die es fünfzig Jahre zuvor eingenommen hatte. Eine Tafel besagte, dank ihrer patriotischen Anstrengungen hätten zweihundert Mönche befreit werden können. So lautete gemeinhin die erbauliche Erklärung der Propagandisten. Zumeist hieß das, dass die Mönche von ihrer weltlichen Existenz befreit worden waren.

Am Kopfende eines schmalen Korridors, der mit »Privatarchiv« bezeichnet war, saß eine steife Matrone an einem Schreibtisch und drückte auf den Knöpfen eines der elektronischen Mah-Jongg-Spiele herum, die in China weite Verbreitung gefunden hatten. Während der zehn Minuten, die Shan und Meng zusahen, wurde ein halbes Dutzend Männer und Frauen durchgelassen, nachdem sie der Wächterin Ausweise in schwarzen Lederhüllen gezeigt hatten. Es waren alles Chinesen mit kühlen, arroganten Gesichtern.

Meng griff in die Tasche und hatte schon zwei Schritte auf den Tisch zu gemacht, als Shan ihre Hand packte. »Unser Bus!«, tadelte er sie und zog sie aus dem Raum.

»Sie Narr!«, schimpfte Meng, als sie die Straße erreichten. »Ich hätte da hereingekonnt. Das waren Dienstausweise der Öffentlichen Sicherheit. Irgendwo am Ende dieses Korridors gibt es eine Akte, auf der Jamyangs Name steht.«

»Das Spiel, das die Frau in der Hand hatte, war nur eine Ablenkung. Unter der Tischplatte gab es ein Fach mit einer Tastatur darin. Sie hat dort den Namen eines jeden der eintreffenden Offiziere eingegeben. Falls Sie diesen Flur hinuntergegangen wären, hätte Liang fünf Minuten später davon gewusst.«

Mengs Verärgerung verwandelte sich in Erleichterung. »Ai

yi!«, murmelte sie. »Danke.« Dann sah sie nach unten und grinste. Shan hielt immer noch ihre Hand. Er wurde rot und ließ sie los.

Sie setzten sich wieder auf die Bank. »Wir brauchen uns keinen Zutritt zu verschaffen«, sagte Meng. »Es ist doch klar, was die machen.«

»Sie indoktrinieren widerspenstige Mönche.« Die Worte waren wie Säure auf Shans Zunge.

»Sie führen diejenigen, die vom stets korrekten Pfad des Sozialismus abgekommen sind, zurück auf den rechten Weg.«

Shan hätte diese Äußerung abscheulich gefunden, wäre da nicht Mengs bitterer Tonfall gewesen.

Er sah vier Männer das Geschäft verlassen, zwei Chinesen und zwei ältere Tibeter in Mönchsgewändern. »Es geht hier nicht bloß um politische Gleichschaltung«, sagte er. »Dafür sind die Lager zuständig. Das hier ist anders. Hier werden die Leute besonders geschult.« Zwei Limousinen fuhren vor und setzten ein halbes Dutzend Chinesen an der Tür des Ladens ab.

»Es ist wie ein Privatclub«, stellte Meng fest. Noch während sie sprach, kamen die vier Männer, die gerade das Institut verlassen hatten, an ihnen vorbei. Shan keuchte überrascht auf und machte sich sofort an die Verfolgung. Die beiden Tibeter trugen lockere Gürtel über ihren Gewändern. An jedem der Gürtel hingen drei Gegenstände, als wären sie Bestandteile einer Uniform. Eine Gebetskette mit roten Perlen, ein kleiner verzierter Federkasten und ein bronzenes trapezförmiges Feuereisen, genau wie das Exemplar, mit dem man Lungs Sohn ermordet hatte.

***

Es war seit einer Stunde dunkel, als Shan zu der Pension zurückkehrte. Er hatte auf das Abendessen verzichtet und Meng allein gelassen, um die Schreine der Stadt nach Dakpo abzusuchen. Langsam stieg er nun die hölzerne Treppe hinauf und war weniger aufgrund der körperlichen Anstrengung als aus Verzweiflung müde. Der Mönch könne sich auf einer Pilgerreise befinden, hatte Meng gemutmaßt. Dann wäre er nicht so überhastet aufgebrochen und auch nicht so kurz vor Vollmond, wenn er zurück sein musste, hatte Shan erklärt. Dakpo war ohne Passierschein unterwegs. Womöglich hatte man ihn aufgegriffen, und er steckte inzwischen als irgendeine namenlose Nummer in einer fernen Strafanstalt. Bis zum Vollmond blieben nur noch wenige Tage. Shan hielt inne, zog einen Zettel aus der Tasche und studierte die Daten, die Lung Ma von Jamyang erhalten hatte. Das erste damals noch offene Datum war mittlerweile verstrichen; an dem Tag hatte im Auftrag der Mönche ein Testlauf für den Transport nach Nepal stattgefunden. Das letzte Datum war der Tag des Vollmonds.

Shan wusch sich und versteckte Yuan Yis Abzeichen unten in seinem Rucksack. Dann legte er sich aufs Bett, konnte aber nicht einschlafen. Also stand er auf, öffnete das Fenster und lauschte den Geräuschen der Stadt. In einem knappen Kilometer Entfernung rumpelten Lastwagen über die Schnellstraße. Hunde bellten. In einer nahen Gasse kreischte vergnügt ein Kind. Jemand warf Flaschen in eine Mülltonne. Es roch nach gebratenen Zwiebeln und Reis. Shan hatte plötzlich einen Bärenhunger.

»Ich habe uns das Abendessen einpacken lassen.«

Meng stand in der Türöffnung, die ihre beiden Zimmer verband, und hatte zwei Blechdosen in der Hand. Sie reichte Shan die noch warmen Behälter, verschwand wieder in ihrem Zimmer und kehrte mit einem weiteren Stuhl sowie mit einem kleinen Tisch zurück, den sie vor das Fenster stellte. Dann breitete sie ein Handtuch als provisorische Tischdecke darüber und stellte eine leere Mineralwasserflasche darauf, in der eine Kerze steckte. »Es gibt einen Spannungsabfall im Stromnetz. An der Rezeption wurden die hier verteilt.«

»Sie waren fleißig«, sagte Shan unbeholfen, während Meng die Kerze mit einem Streichholz entzündete.

»Eigentlich nicht. Ich war ein wenig einkaufen und bin dann auf meinem Bett eingeschlafen.«

Shan fiel auf, dass er sie anstarrte. Er wandte den Kopf ab. Sie war nicht die strenge Beamtin, die er gewohnt war. Ihr langes Haar hing offen auf eine rote Seidenbluse. Als sie seine Dose mit dem Abendessen öffnete und ihm zwei Essstäbchen reichte, lächelte sie verunsichert. »Heute Abend sind wir einfach zwei Reisende, die gemeinsam eine fremde Stadt erleben.«

Shan verstand nicht, was für ein Gefühl sich in ihm regte und warum er ihr hinterherschaute, als sie noch einmal in ihr Zimmer ging, um eine Thermoskanne Tee zu holen.

»Es gab keine Spur von Dakpo«, sagte er zwischen zwei Bissen der Teigtaschen mit gebratenem Gemüse.

Meng schenkte ihm eine Tasse Tee ein. »Ich habe heute Abend einen Park gesehen, in dem ein Junge und ein alter Mann einen Drachen haben steigen lassen«, erzählte sie mit leiser Stimme. »Als ich noch klein war, ist mein Onkel jeden Frühling mit mir in einen solchen Park gegangen. Wir sind immer ganz früh aufgebrochen, weil wir mehrere Busse nehmen mussten. Ich weiß noch, wie wir in den letzten Bus gestiegen sind, der uns letztendlich zum Park gebracht hat, und dass die meisten anderen Fahrgäste Kinder mit Drachen waren. Die Drachenbrigade hat mein Onkel sie genannt. Ich dachte, das würde bedeuten, wir müssten alle Soldaten werden. Aber ich wollte keine Soldatin sein. Einmal habe ich in dem Park einen Soldaten mit einem Drachen gesehen, und da bin ich weggelaufen und habe mich versteckt, weil ich dachte, er wolle mich holen.«

Shan merkte, dass er aufgehört hatte zu essen.

»Was ist denn?«, fragte Meng.

»Ich …« Shan rang nach Worten. Er starrte sein Essen an. »Ich weiß nicht, wie man das macht. Es tut mir leid.«

»Das? Sie wissen nicht, wie man isst?«

»Ich meine Sie und mich, hier.«

»Wenn ich mich recht entsinne, haben wir schon in mehr als einem Teehaus zusammengesessen.«

»Aber nicht so. Nicht wie ein Mann und eine Frau, die sich unterhalten.«

Mengs Miene verhärtete sich. »Soll ich gehen?«, fragte sie, kaum lauter als ein Flüstern.

»Nein«, antwortete Shan zu schnell. »Bitte verzeihen Sie. Ich habe zu viel getan. Ich habe zu viel gesehen.«

»Das verstehe ich nicht.«

»Im Gulag lernt man, gewisse Bereiche des Herzens vernarben zu lassen.«

Meng blieb lange stumm, und nun war sie diejenige, die ihr Essen anstarrte. Sie biss sich auf die Lippe. »Dann müssen wir eben eine Weile üben«, sagte sie schließlich.

Die Schwermut in ihrem Blick raubte Shan fast den Atem.

Schweigend aßen sie weiter.

»Als Junge hatte ich zwei Kamele«, hörte er sich mit merkwürdig ausgetrockneter Stimme sagen. Er trank etwas Tee und versuchte es erneut. »Kleine hölzerne Kamele. Sie waren mein Ein und Alles. Mein Onkel war früher mal Kaufmann in Peking gewesen und hatte sie mir zu Neujahr geschenkt. Wir haben oft Kerzen angezündet, und dann hat er bis tief in die Nacht erzählt, wie Peking zu seiner Zeit gewesen war. Im Winter hat es dort lange Kamel-Karawanen gegeben, die sich durch die Straßen geschlängelt und riesige Körbe voller Kohle geschleppt haben. Manchmal ging er vor die Tür, und die Gasse, in der er wohnte, war vollständig von Kamelen blockiert, die darauf warteten, dass jemand sie von ihren Lasten befreien würde. Die Führer waren alle Mongolen, und in jenem Moment kam es ihm so vor, sagte er, als wären die großen Khane, die die Stadt einst erbaut hatten, nie verschwunden. Er rechnete halb damit, an der nächsten Ecke Marco Polo zu begegnen. Ich habe diese Geschichten geliebt, und ich hatte die Kamele sogar dann noch bei mir, als wir zur Umerziehung in die Kommunen geschickt wurden. Meine Mutter sagte, ich solle mein zweites Paar Schuhe mitnehmen, aber ich habe stattdessen meine Kamele eingepackt.«

Die Worte gingen ihnen nun leicht über die Lippen, und sie redeten beide über ihre Kindheit, die Schulzeit, die Besuche bei den heiligen Bergen im Osten und über alles Mögliche andere, nur nicht über den Ort, an dem sie sich befanden. Es war fast Mitternacht, als Meng das leere Geschirr abräumte und zurück in ihr Zimmer brachte. Shan ging den Flur hinunter zum Waschraum, zog sich dann aus, legte sich unter seine Decke und beobachtete den Mond durch das Fenster.

Sie schlich sich so leise ins Zimmer, dass er sie erst bemerkte, als sie drei Meter vor seinem Bett in den Mondschein trat. Sie trug nur ein ärmelloses Unterhemd.

»Was ist?«, fragte er und zog sich die Decke über die nackte Brust.

Sie zog derweil ihr Unterhemd aus. »Ich bin nicht so alt, Shan«, sagte sie und ließ das Hemd zu Boden fallen.

»Sie … du solltest lieber gehen.« Er bekam die Worte kaum heraus.

»Hast du auch nur die geringste Vorstellung, Genosse, wie viele Jahre vergangen sind, in denen ich nicht einen Mann getroffen habe, den ich genug respektiere?« Sie kam einen Schritt näher.

»Aber doch nicht ich«, flüsterte Shan. »Ich bin so viel älter.«

»So alt bist du gar nicht.«

»Aber ich fühle mich alt«, sagte er. »Das ist aus meinem Leben verschwunden.«

»Vorhin hast du behauptet, wir könnten uns nicht wie ein Mann und eine Frau unterhalten. Dann haben wir stundenlang geredet.«

»Das war etwas anderes.«

Sie stand nun direkt an seinem Bett. »Dann müssen wir eben eine Weile üben«, sagte sie und schlug die Decke zurück.

»Wir sollten wirklich nicht …« Shans Stimme erstarb. Meng machte einfach weiter. Seine Hand zitterte. Meng nahm sie und legte sie sich auf den Körper.

Danach lag sie eng an ihn geschmiegt. »Was ist aus ihnen geworden?«, fragte sie. »Aus den beiden hölzernen Kamelen.«

»Meine Mutter wurde im ersten Winter krank. Wir haben die Kamele verbrannt, um ihr einen Tee zu kochen.«

KAPITEL FÜNFZEHN

Der Tempel im vorderen Teil des Instituts zog bereits einen steten Besucherstrom an, als Shan sich am nächsten Morgen auf eine der Bodenplatten setzte. Tibeter und ein paar Chinesen auf dem Weg zur Arbeit in den Geschäften und Büros zündeten Weihrauchstäbchen an und ließen sich vor den Altären und neben einer Handvoll Mönche nieder, die schon bei Shans Ankunft dort gesessen hatte. Entlang der Wand saß ein halbes Dutzend anderer Mönche; einige von ihnen drehten tragbare Gebetsmühlen. Vor den Schreinen, die an der gegenüberliegenden Wand standen, fanden sich mehrere Tibeter in der groben Kleidung der Bauern und Hirten ein.

Shan schaute zur Tür. Beim Aufwachen hatte Meng nicht mehr neben ihm gelegen, und als er ihr dann kurz in der Eingangshalle der Pension begegnet war, hatte sie ziemlich reserviert gewirkt. Ihr einziger Gruß war ein verlegenes Lächeln gewesen, und Shan hatte erkannt, dass sie sich hinsichtlich der letzten Nacht genauso unschlüssig war wie er. Er war verblüfft, wie viel Zärtlichkeit er auf einmal empfand, hatte er doch viele Jahre fest geglaubt, er habe diese Fähigkeit ein für alle Mal eingebüßt. Doch so sehr er sich auch zu ihr hingezogen fühlte, ein Teil von ihm war gleichzeitig davon abgestoßen, was sie verkörperte. Und umgekehrt wusste er, dass er für den Kriecher in ihr ein ehemaliger Sträfling war, ein Schandmal, eine Kette um den Hals, eine Garantie dafür, dass sie niemals ihr Exil innerhalb der Öffentlichen Sicherheit verlassen könnte. Es würde für sie beide zweifellos am besten sein, die letzte Nacht als flüchtigen intimen Umweg auf den verschlungenen Pfaden ihrer beider Leben zu betrachten.

Shan blieb im Schatten und beobachtete sowohl die Mönche als auch die andächtigen Besucher. Ihm fiel auf, wie angespannt und verunsichert die Männer in den kastanienbraunen Gewändern dreinblickten. Wurden sie bestraft? Unterzog man sie einer Gehirnwäsche? Oder waren sie die Wachhunde des Tempels?

Ein alter Mann setzte sich und stimmte mit leiser, trockener Stimme ein Mantra an. Shan musste unwillkürlich an Lokesh und die Lamas denken, die sie kannten, und fand sich schon bald im Bann des Gebets gefangen.

Er konzentrierte sich dermaßen auf das Mantra, dass er die Bewegung zunächst nicht bewusst wahrnahm. Es schien sich lediglich um irgendeinen Pilger zu handeln, der ein Stück weiterging, um der nächsten Gottheit seine Ehrerbietung zu bezeigen. Doch dann stolperte der Mann, der seinen Hut tief ins Gesicht gezogen hatte und ein leises Mantra murmelte, gegen einen der sitzenden Mönche. Als er sich über den Mönch beugte, wurde aus dem Mantra eine Verwünschung, und er hieb dem Sitzenden die Faust in den Leib. Der Mönch rollte sich zur Seite und versuchte zu entkommen.

»Du Schwein! Du Mörder!«, rief der Pilger auf Tibetisch, sprang über den Mönch hinweg, um ihm den Weg zu verstellen, und prügelte dann mit beiden Händen auf ihn ein.

Der Mönch stöhnte, schützte seinen Kopf mit den Armen und stieß den Pilger zurück. Der Mann wankte wieder vorwärts und landete einen weiteren Treffer, bevor er den Mönch packte und seinen Kopf auf den Steinboden donnerte.

»Jigten!«, rief Shan, als er den Angreifer erkannte. Er sprang auf und bahnte sich einen Weg durch die erschrockene Besucherschar.

Der junge Mönch schrie vor Schmerz, wehrte sich aber nicht. »Mörder!«, rief Jigten erneut und fing an, ihn zu treten. Als er sich bückte, um dem Mönch ins Gesicht zu schlagen, löste Shan sich aus der Menge und sprang vor, um ihm in den Arm zu fallen.

Doch andere waren schneller. Vier Mönche zogen die Männer auseinander, und im nächsten Moment tauchten uniformierte Kriecher auf. Der Größte von ihnen trat brutal zu und schickte Jigten mit Wucht zu Boden. Während die Kriecher dem Hirten Handschellen anlegten, drehte Shan den verletzten, wimmernden Mönch um, wischte ihm mit dem Ärmel das Blut aus dem Gesicht und erschrak. Es war Dakpo.

Einer der Kriecher bemerkte Shans Reaktion und musterte ihn argwöhnisch. Shan zog sich zurück und floh mit den anderen verängstigten Besuchern aus dem Raum.

Im Innenhof blieb er stehen, wie betäubt vor lauter Verzweiflung. Aus irgendeinem Grund hatte er zu glauben begonnen, Dakpo wisse mehr als alle anderen über die Morde und dass seine mysteriöse Reise in den Norden den Schlüssel zum Rätsel des Tals und seines Klosters bedeuten würde. Doch all das war verloren. Ein Mönch, der in eine Schlägerei geriet, würde auf jeden Fall eingesperrt werden und vermutlich sogar sein Gewand verlieren.

Polizeiwagen mit blinkenden Signalleuchten trafen ein, gefolgt von einem Krankenwagen. Als Shan sich weiter zurückzog, zupfte ihn jemand am Arm. Er ließ sich von Meng auf die andere Straßenseite zu einem der Tische des Cafés führen und sah hilflos dabei zu, wie uniformierte Männer und Frauen in den Innenhof liefen. Dakpo rührte sich nicht mehr, als zwei Kriecher ihn aus dem Tempel trugen. Jigten hatte ihn mehrmals getroffen und seinen Kopf auf den Boden geschlagen.

Als die Beamten den Mönch in den Krankenwagen luden, stand Shan auf. Meng zog ihn zurück auf seinen Stuhl. »Es ist nicht, was du glaubst«, sagte sie. Verwirrt sah er den Krankenwagen ohne Polizeieskorte wegfahren.

»Das verstehe ich nicht«, sagte er zu Meng, aber sie rief den Kellner und bestellte Tee.

»Ich habe dir etwas gekauft«, sagte sie, nachdem er einen Schluck getrunken hatte. Erst jetzt fiel ihm auf, dass neben seinem Ellbogen ein kleines Päckchen in braunem Papier lag.

»Wo ist das Krankenhaus?«, fragte er.

»Das dürfte nicht schwer zu finden sein.« Sie wies mit verlegenem Lächeln auf das Päckchen.

»Warum hat die Polizei Dakpo nicht begleitet?«

Meng ignorierte seine Frage. »Ich bin an einem kleinen Andenkenladen vorbeigekommen. Der Mann hat gesagt, dies wäre ein altes Exemplar. Du hast deines nicht mehr.«

Shan betrachtete sie einen Moment. Sie sah jünger aus als zuvor. Und ihre Augen strahlten. *Lass sie*, rief eine Stimme in ihm. *Sie ist eine Kriecherin. Sie wird immer eine Kriecherin sein. Du verabscheust die Kriecher*. Er öffnete das Päckchen.

Es war eine tibetische Gebetskette.

»Eine *mala*?«, fragte er überrascht. Er schaute in die Richtung, in die der Krankenwagen verschwunden war, und betastete dann die Perlen. Das war keine gewöhnliche *mala*, sondern ein sehr altes und seltenes Exemplar aus Sandelholz. In jede einzelne Perle war kunstvoll der Kopf einer Gottheit eingeschnitzt. »Das kann ich nicht annehmen«, protestierte er. »Es ist eine echte Kostbarkeit.«

»Sei nicht albern. Die werden an Touristen verkauft.«

Seine Hand ließ die Perlen wie aus eigenem Antrieb durch die Finger gleiten. Sie fühlten sich warm und natürlich an und glatt vom langen Gebrauch.

»Das steht dir«, sagte Meng.

Shan blickte auf. »Wie bitte?«

»Dein Lächeln. Ich sehe es gerade zum ersten Mal. Wann hat dir zuletzt eine Frau etwas geschenkt?« Die Frage war ebenso überraschend wie das Präsent.

Er strich sich mit der Hand über das kurze Haar und war sich schmerzlich seiner schäbigen Kleidung bewusst. Es lag fast dreißig Jahre zurück. »Vor sehr langer Zeit«, antwortete er leise.

Auch ihr stand ihr Lächeln gut. Einen Moment lang vergaß er Jigten und Dakpo, dann fiel sein Blick wieder auf die Gebetskette. »Kannst du mich zu diesem Laden bringen?«, bat er.

Das kleine Geschäft lag zwischen einem Nudelstand und einer Fahrradwerkstatt. Im Schaufenster standen Plastikbüsten von Mao mit tibetischer und chinesischer Aufschrift, dazu Schneeleoparden aus Speckstein und Fliegenwedel aus echten Yakschwänzen. Drinnen gab es im hinteren Teil eine Vitrine voller *malas*, Zeremoniendolche, Tempelglocken und *gaus*, allesamt erlesen gearbeitete Antiquitäten. Sie wurden hier feilgeboten, als handle es sich auch bloß um billigen Plunder.

Shan sah verwirrt zu dem Ladenbesitzer, der gerade mit einer chinesischen Familie sprach. »Wie kann das sein? Diese Sachen müssten sich in Museen befinden.«

Meng zuckte die Achseln. »Es heißt, die Lagerräume seien voll. Wenn es aus Gold oder Silber ist, wird es eingeschmolzen, andernfalls kann es lokal entsorgt werden.«

Shans ungutes Gefühl wurde immer stärker. »Wie meinst du das?«

»An den Eingängen der Lager gibt es große Tonnen. Wir nehmen ihnen die Sachen ab und versteigern sie kiloweise auf Auktionen.« Ihr Lächeln verschwand schnell wieder, als sie Shans Schmerz sah. »Wir erwischen nicht alle«, beschwichtigte sie verlegen. »Manche werden versteckt.«

Shan wandte den Blick ab. Der chinesische Junge verlangte, sein Vater möge ihm eine Tempelglocke kaufen, in die ein eleganter Tiger eingraviert war.

Shan fand sich draußen auf der Straße wieder, mit seltsam eingeschnürter Brust. Die Menge zog ihn mit sich. Einige Minuten später stand er erneut am Eingang des Tempels und sagte sich, er müsse Meng vergessen. Jigten war irgendwo in diesem Gebäudekomplex, stand unter Arrest und brauchte seine Hilfe.

Plötzlich drückte jemand seinen Arm herunter und an seine Seite.

»Versteck das«, warnte eine Tibeterin. Es war die Nudelverkäuferin vom Vortag. Sie winkte ihn zu ihrem Stand.

»Was soll ich verstecken?«

Die Frau mittleren Alters zeigte auf seinen Ärmel und stellte sich dann zwischen Shan und einen Polizisten, der an ihnen vorbeiging. Er hatte die Blutflecke ganz vergessen. Dakpos Blut.

»Die suchen nach dir. Sie glauben, du hättest etwas mit dem Angriff auf diesen Mönch zu tun gehabt.«

»Aber ich wollte doch dazwischengehen«, wandte er ein. Die Frau zuckte die Achseln.

»Was ist mit dem anderen?«, fragte Shan leise. »Mit dem Tibeter, der den Mönch angegriffen hat. Ich muss ihn finden.«

Die Frau schüttelte den Kopf. »Den wirst du nicht zu Gesicht bekommen. Jedenfalls nicht für ein oder zwei Jahre. Die Kriecher werden ihn verhören, und dann wird die Polizei ihn wegbringen.«

»Wo ist er?«, ließ Shan nicht locker.

Die Frau runzelte die Stirn. »Bist du taub? Ich sagte doch, die suchen nach dir. Die werden auch dich wegbringen.«

»In dem Polizeirevier hinter dem Institut?«

»Für Chinesen, die tibetischen Unruhestiftern helfen, gibt es eine Sonderbehandlung.«

Shan biss die Zähne zusammen und entfernte sich vom Tor. Als er die Ecke erreichte, zog eine andere Hand ihn zur Seite. »Mach das nicht, Shan.«

Als er sich umdrehte, sah er den Kummer in Mengs Augen. »Es tut mir leid wegen der Perlen. Ich dachte nur ...« Ihre Stimme erstarb, und sie atmete tief durch. »Du brauchst nicht zu gehen.«

»Ich muss.«

»Nein. *Ich* muss.« Meng fing an, ihr Haar im Nacken zu einem Knoten zusammenzudrehen. »Wie du gestern zu recht angemerkt hast, konnte ich das Revier oder den Korridor nicht betreten, solange es keinen plausiblen Grund für meinen Besuch gibt. Nun aber befinde ich mich auf der Spur eines mutmaßlichen Kriminellen, eines bekannten Diebes, der zurück in den Bezirk Lhadrung gebracht werden muss.« Sie schickte Shan zu einer Bank und verschwand.

Zehn Minuten später kam sie in ihrer Uniform zurück. Als sie wortlos an ihm vorbeiging, warf sie ihm einen kurzen besorgten Blick zu.

***

Der schwere Lastwagen rollte schaukelnd und in hohem Tempo über die Schnellstraße. Meng, die in ihrem Wagen vorwegfuhr, schien es so eilig wie Jigten zu haben, aus Chamdo zu verschwinden. Shan beugte sich über Dakpo, der sichtliche Schmerzen litt, und wischte ihm die Stirn ab. Dann klopfte er gegen die trübe Batterieleuchte, die hier hinten ihre einzige Lichtquelle war. Sie hatten sich auf der Ladefläche einen Hohlraum zwischen den Reissäcken geschaffen.

»Er ist nicht transportfähig«, hatte die Schwester gewarnt, als Meng und Shan ihn aus dem Krankenhaus mitnehmen wollten. »Er hat Rippenbrüche und eine Gehirnerschütterung.«

»Wir werden uns um ihn kümmern«, versicherte Meng.

»Nicht ohne ärztliche Anordnung«, teilte die Schwester ihr mit und widmete sich wieder ihrer Arbeit. Als sie sich umdrehte, schien es sie zu überraschen, Meng unmittelbar vor sich zu sehen.

»Ich bin Leutnant in der Unterdrückungsbrigade«, knurrte Meng, »und von allen in meinem Trupp bin ich noch die Netteste. Sie wollen nicht, dass ich meinen Vorgesetzten verständige. Aber falls ich nicht in fünf Minuten mit diesem Mönch von hier weg kann, bleibt mir keine andere Wahl. Zunächst einmal sammeln wir die Papiere von jedem auf dieser Station ein.« Sie zeigte auf das Bild eines blonden Pärchens in einem Sportwagen, das an der Wand hing. Es stammte ursprünglich aus einer amerikanischen Zeitschrift. »Wann wurden Sie zuletzt auf Ihre Loyalität hin überprüft, Genossin?«

Die Krankenschwester wurde bleich und brachte sofort ein Klemmbrett zum Vorschein. »Jemand muss unterschreiben«, sagte sie. Meng kritzelte einen unleserlichen Namenszug auf den unteren Rand der Seite und wies auf einen Rollstuhl.

Nun stöhnte Dakpo auf, weil der Laster durch ein Schlagloch fuhr. Shan versuchte mit ihm zu reden, aber der Mönch verlor wieder das Bewusstsein. Wenn seine Augen offen waren, schienen sie nichts fokussieren zu können.

Zwei Stunden später hielt der Lastwagen an, und die hintere Klappe öffnete sich. Sie waren in einem Dorf an einer Straßenkreuzung und parkten hinter einem baufälligen Stall. Ein altes tibetisches Ehepaar, die Eigentümer des heruntergekommenen Rasthauses an der Ecke, half ihnen dabei, Dakpo auf einen Strohhaufen im Stall zu heben. Die Frau brachte einen kleinen Topf Suppe und schickte Shan und Meng nach einem Blick auf ihre Gesichter in das Rasthaus. Sie selbst setzte sich und fing an, Dakpo mit einem Löffel zu füttern.

Die anderen Gäste gingen hinaus, sobald sie Mengs Uniform sahen. Sie knöpfte den Waffenrock auf und hängte ihn über die Stuhllehne. In ihrer hellgrauen Bluse ging sie beinahe als gewöhnliche müde Reisende durch. Schweigend aßen sie die Suppe, die der alte Mann ihnen brachte, dann griff Meng in eine Tasche ihrer Uniformjacke, zog zwei gefaltete Blätter Papier heraus und schob das erste zu Shan herüber.

Es war die Fotokopie einer Seite aus einer offiziellen Akte der Öffentlichen Sicherheit, versehen mit dem Vermerk »Streng geheim«. Shan überflog den Text und runzelte verwirrt die Stirn. »Das ist bloß eine Personalakte«, stellte er fest. »Für einen Tibeter namens Pan Xiaofei. Achtundfünfzig Jahre alt. Zunächst tätig für diverse Sicherheitseinheiten. Später mit Sonderaufgaben betraut, was alles Mögliche bedeuten könnte.«

Meng nickte sachlich. »Er stammt aus einem Dorf namens Chimpuk, nur eine Stunde abseits der Schnellstraße. Ein Tibeter mit einem chinesischen Namen.«

»Ja, und?«

»Du weißt, was das Friedensinstitut macht.«

»Es befördert die interkulturelle Freundschaft«, sagte Shan spöttisch.

»Sei kein verdammter Narr! Du weißt, was es tut!«

Shan starrte sie an. Er versuchte sich einzureden, der Knoten in seinem Magen rühre vom Hunger her. Er sah auf das Papier. »Sie erzeugen politisch indoktrinierte Mönche«, sagte er heiser.

»Und? Du weißt nur zu gut, was sie sonst noch machen. Um Zitate des Vorsitzenden zu lehren, bräuchten sie keine ganze Abteilung hochrangiger Offiziere der Öffentlichen Sicherheit.«

»Sag du es mir, Leutnant. Ich will, dass du es laut aussprichst.«

Mengs Blick loderte auf. »Es gibt in dem Komplex ein gut bewachtes Büro. Ich musste eine Stunde auf die Gelegenheit warten, mich hineinschleichen zu können. In einer speziellen Schublade dort stecken Karteikarten. Es sind die einzigen Exemplare, und es gibt eine für jeden Agenten. Ein tibetischer Name und ein chinesischer Name. So habe ich das hier gefunden.« Sie warf das andere Blatt auf den Tisch. Es war die Fotokopie einer Karte mit vielen Ziffern und Personalnummern, dazu eine Liste mit Beförderungen innerhalb der Bürokratie und der Parteiränge. In der Ecke gab es ein Foto mit demselben chinesischen Namen darunter. Doch es war ein Foto von Jamyang.

Shan wurde sehr still. Mit zitternder Hand nahm er noch einmal das erste Blatt und las die detaillierten Einträge. Die Universität in Sichuan, dann drei besondere Regierungsakademien im Osten, gefolgt von kurzen Einsätzen in mehreren Klöstern in Tibet, bezeichnet als Trainingsmissionen, und schließlich ein Jahr in dem Institut. Das Institut stellte den Abschluss der Ausbildung dar, und es wurde nur die Elite zugelassen. Shan zwang sich, den Rest zu lesen. Dann schaute er lange aus dem Fenster.

»Warum sollten die einen rundum geschulten Offizier nach Lhadrung schicken, damit er sich dort als Einsiedler ausgibt?«, fragte er mit bebender Stimme.

»Ich weiß es nicht. Es ergibt keinen Sinn. Ich glaube nicht, dass er nach Lhadrung geschickt wurde. Am unteren Rand ist Drepung notiert, das große Kloster außerhalb von Lhasa mit Hunderten von Mönchen. Das steht ganz sicher unter politischer Beobachtung. Solche Agenten sind in Selbstverteidigung ausgebildet, Shan, im Kampf mit provisorischen Waffen – oder mit Waffen, die als etwas anderes getarnt sind. Du hast diese Mönche auf der Straße gesehen. Das Feuereisen, das Lung Ma bei sich hatte, als er gestorben ist, hat nicht dem Mörder gehört. Jamyang hat ein identisches Exemplar besessen, aus seiner Zeit am Institut. Er hat es Lung Ma gezeigt, um ihn davon zu überzeugen, dass er über den Mord an seinem Sohn die Wahrheit gesagt hat, und um erklären zu helfen, wer der Mörder war.«

Shan drückte sich seine Faust fest an die Stirn, als könne er den anwachsenden Schmerz aus seinem Innern verdrängen.

»Was auch immer Jamyang gewesen sein mag, spielt eine untergeordnete Rolle, Shan«, sagte Meng. »Wir haben Morde aufzuklären.«

Er sah ihr in die besorgten, ernsten Augen und wusste, dass sie mit dem Vorstoß in das Büro des Instituts ein großes Risiko eingegangen war.

Dann registrierte er eine Bewegung an der Ecke des Gebäudes. Jigten, der im Führerhaus des Lastwagens etwas geschlafen hatte, ging auf den Stall zu. Am Eingang nahm er eine Heugabel, die dort an der Wand lehnte. Shan sprang erschrocken auf und lief zum Stall.

»Das muss aufhören!«, rief er, als er dem Hirten die Heugabel entriss.

»Es hört erst auf, wenn dem Jungen Gerechtigkeit widerfahren ist!«, protestierte Jigten. Im Blick des drahtigen *dropka* lag das gleiche wilde Funkeln wie an dem Tag, als Shan ihn in Baiyun in die Enge getrieben hatte. Shan hielt inne. Er war sich nicht sicher, ob er richtig gehört hatte. »Welcher Junge?«

»Lung Wi. Er war mein Freund. Und wegen dem hier musste er sterben!«

»Du irrst dich, Jigten. Das kannst du doch gar nicht wissen.«

»Doch! Deshalb habe ich dafür gesorgt, dass Dschingis nicht fahren konnte. Ich habe gehört, wie du gesagt hast, dass dieser Scheißkerl in Chamdo ist.«

Dakpo hatte sich bis zur Wand zurückgezogen. Sein Gesicht verzog sich vor Schmerzen und Angst. Als Shan sich zwischen ihn und Jigten stellte, kam Meng hinzu.

»Du liegst falsch, Jigten. Ich habe nicht behauptet, Dakpo

sei der Mörder. Außerdem sind wir hier in Tibet. Mönche töten nicht.«

Der Hirte grinste höhnisch. »Wir sind hier im chinesisch besetzten Tibet. Da ist alles auf den Kopf gestellt«, sagte er und zeigte dabei auf Shan und Meng, als würde das irgendwie seine These untermauern.

»Echte Mönche töten nicht«, verbesserte Shan sich und deutete auf einen Melkschemel. »Setz dich. Erzähl mir von dem Jungen.«

Der Hirte fluchte leise und musterte Dakpo weiterhin mit wütendem Blick, aber er fügte sich. Dann erklärte er, die Jadekrähen hätten anfangs gelacht, als Jigten bei ihnen aufgetaucht sei und gefragt habe, ob er bei den Lastwagen helfen könne. Doch er sei hartnäckig geblieben und immer wieder zurückgekommen, habe saubergemacht, die Fahrzeuge gewaschen und sich wie ein Sklave behandeln lassen. Der Sohn des Anführers sei oftmals noch nach den anderen in der Garage geblieben und habe Jigten auf erste Fahrten mitgenommen. Wie sie feststellten, waren sie fast im gleichen Alter, spielten beide gern Mah-Jongg und interessierten sich für die Technik der Lastwagenmotoren. Es dauerte nicht lange, da brachte der Junge ihm bei, wie man fährt.

»Wir haben uns manchmal fortgeschlichen und mit seiner Schleuder auf Murmeltiere geschossen. So war es auch an dem Tag, an dem sein Vater ihn angewiesen hat, jemandem mit dem kleinen Transporter eine Nachricht zu überbringen. Er hat mich auf der anderen Seite des Hügels aufgelesen, und dann sind wir zusammen die Straße entlanggerast und lachend über die Furchen geholpert. Er tat gern so, als wäre er auf der Flucht vor der Polizei, wie in irgendeinem Film. Jedenfalls sind wir zu früh bei dem vereinbarten Treffpunkt angekommen und nach oben auf den Hang geklettert, um auf Murmeltiere zu schießen. Wir waren gerade einem ziemlich großen Exemplar auf der Spur, als wir unten auf der unbefestigten Straße jenseits des Hügels zwei Männer gesehen haben. Einer war ein Kriecher, der andere ein Mönch mit einem Fahrrad.

Ich habe mich geduckt und zu Lung Wi gesagt, er soll sich verstecken, aber er meinte, das sei kein Problem. Der Mönch sei derjenige, dem er die Nachricht überbringen sollte. Dann ist er aufgestanden und hat dem Mönch zugewinkt.«

Shan schloss kurz die Augen. »Dschingis ist plötzlich krank geworden. Du hast gesagt, das warst du.«

»Oben auf den Hängen wächst eine kleine rote Wurzel. Ich habe etwas davon in seinen Tee getan. Inzwischen geht es ihm wieder gut.«

»Aber warum hast du so lange gewartet?«, fragte Meng.

»Weil er nicht wusste, dass der Junge ermordet worden war«, sagte Shan mit schwerer Stimme. »Erst nachdem er Lung Tso und mich belauscht hatte.«

»Du hast gesagt, der Mörder sei ein Mönch gewesen«, erklärte Jigten. »Ich hatte diesen Mönch mit dem Fahrrad gesehen. Also bin ich noch mal dorthin zurückgekehrt, um vielleicht etwas mehr über den Mönch und den Kriecher herauszufinden.« Jigten zeigte auf Dakpo. »Und dann habe ich ihn dort gesehen, wieder auf dem Fahrrad.«

Dakpo murmelte etwas und hielt sich die Rippen.

Shan ging zu ihm. »Was hast du gesagt?«

»Es gibt ein Dutzend.« Der Mund des Mönches verzog sich vor Schmerz, während er sprach. »Das *gompa* hat ein Dutzend Fahrräder. Jeder Mönch kann sich eines nehmen, wenn er es braucht. Ich habe mir eines geliehen, um den Pfad abzusuchen, auf dem Lung Wi gestorben ist.«

»Warum?«

Dakpo sah Jigten an. »Um etwas mehr über den Mönch und den Kriecher herauszufinden«, wiederholte er die Worte des *dropka*.

»Du warst es auch, den ich neulich bei dem Kloster gesehen habe«, sagte Shan.

Der junge Mönch nickte. »Ich kenne Chenmo.«

Shan überlegte. »Du meinst, sie hat dir erzählt, was die Amerikanerin ihr verraten hatte: dass der Mörder ein Mönch war.«

Dakpo umklammerte das *gau*, das um seinen Hals hing, und nickte erneut. »Ich habe eine Pistole gefunden«, flüsterte er und warf Meng einen ängstlichen Blick zu. Shan sah sie an. Sie nickte und verließ den Stall. »Erzähl mir davon«, sagte er.

Sie sei auf einem selten benutzten Pilgerpfad in einer Gebetsmühle versteckt gewesen, erklärte der Mönch. Jamyang habe ihn überzeugt, dass auch solche Pfade der Reinigung bedurften, und daher habe Dakpo sich so oft wie möglich an die Arbeit gemacht. »Als ich die Mühle endlich in Bewegung gesetzt hatte, hat sie furchtbar geklappert. Und dann ist der Deckel abgefallen. Da habe ich die Pistole gesehen. Ich wollte sie nicht anfassen.«

»Was ist aus der Waffe geworden?«

»An dem Tag habe ich nichts unternommen. Später hat Chenmo mir erzählt, was die Amerikanerin über den Mörder gesagt hatte. Da bin ich dann in der nächsten Nacht hinaufgestiegen und habe die Pistole in einen tiefen Felsspalt geworfen.«

»Und was sollte deine abrupte Reise nach Chamdo?«, fragte Shan.

»Wegen der Überprüfungen durch die Behörden muss ich im Büro des Klosters ständig unsere Akten auf vertrauliche Inhalte kontrollieren und sie gegebenenfalls verschwinden lassen. Dabei bin ich auf eine Nachricht von vor einigen Wochen gestoßen, mit nichts als einem Datum, und zwar dem Tag des Vollmonds. Es war eine elektronische Nachricht, und die

Empfängeradresse hieß CTPI, gefolgt von Zahlen, die wie ein Code ausgesehen haben. Das Büro für Religiöse Angelegenheiten versucht schon seit einer Weile, uns den Umgang mit Computern beizubringen. Deshalb konnte ich auf unserem Computer Nachforschungen anstellen und habe herausgefunden, dass die Nachricht an das Institut geschickt worden war.« In der Stimme des Mönches schwang Furcht mit. »Ich hatte noch nie davon gehört. Ich musste herausfinden, was dieses Institut war und wieso diese Nachricht geschickt wurde.«

In der Stille, die folgte, fuhren mehrere Schwertransporter an ihnen vorbei. »Wer in Chegar macht Geschäfte mit den Jadekrähen, Dakpo?«, fragte Shan dann. »Wer arbeitet mit den *purbas* zusammen?«

Dakpo wich seinem Blick aus und packte das *gau* noch fester. »Wir sind zu dritt«, sagte er tonlos.

»Wer noch außer dir? Die *purbas* wussten von den Ausländern. Haben sie dir von ihnen erzählt?«

»Wir sind zu dritt«, wiederholte Dakpo. Dann wollte er nichts mehr sagen.

***

Es war fast Mitternacht, als Shan sich gegenüber von Dakpo ins Stroh legte. Sehr viel später wachte er von einem lauten Motorengeräusch auf. Er brauchte nicht aufzustehen. Die Lichtstrahlen der Scheinwerfer, die einer nach dem anderen über die Rückwand wanderten, verrieten ihm auch so, dass eine weitere Kolonne vorbeikam. Neben ihm im Stroh lag Meng und schmiegte sich im Schlaf an ihn.

Er drehte sich um. Durch die offene Tür konnte er die Lastwagen sehen, die den Gebirgspass erklommen. Es waren mindestens zwanzig. Und auch dies war ein Gefangenentransport, der sich wie eine Schlange um den Hang wickelte. Der Dämon, der Tibet auffraß.

Meng rollte sich herum und legte ihm eine Hand auf die Brust. Sie hatte sich wegen der Kälte ihren Waffenrock angezogen, und der rote Emaillestern am Kragen war im Mondlicht deutlich zu erkennen. Der Dämon, mit dem er schlief.

***

Als Shan das nächste Mal erwachte, stand der Mond wesentlich höher am Himmel. Er setzte sich auf. Jigten saß auf dem Schemel und beobachtete Dakpo, der schlafend im Stroh lag.

Der Hirte spürte Shans Blick. »Ich werde ihn zu Lung Tso mitnehmen. Lung wird ihn dazu bringen, uns den Mörder zu verraten.«

»Ich glaube nicht, dass er den Mörder kennt. Sie sind zu dritt, hat er gesagt. Deshalb ist er nach Chamdo gefahren. Er wollte herausfinden, warum einer der anderen eine Nachricht an das Institut schicken sollte.«

»Drei, aber er ist es nicht. Damit bleiben zwei. Er kann uns ihre Namen nennen, und Lung wird ihnen die Zungen lösen.«

»Mit Bambussplittern und Drahtknüppeln? Nein. Aus dir spricht die Wut. Du würdest keinen unschuldigen Mönch foltern.«

»Aber Lung würde es, sobald er hiervon erfährt. Einer der beiden hat seinen Neffen und seinen Bruder ermordet.«

»Und einer nicht.«

Jigtens Zorn hatte sich nicht gelegt. Er hatte sich nur auf Shan gerichtet. »Ich sagte es doch schon«, knurrte er leise. »Das hier ist das chinesisch besetzte Tibet. Ein Tibeter begeht ein Verbrechen, und zehn werden dafür bestraft.«

»Nein«, sagte Shan. »Das ist nicht mein Tibet. Es ist nicht Dakpos Tibet. Es ist nicht das Tibet deiner Mutter und auch nicht das Tibet deines Clans.«

Jigten ließ den Kopf hängen. »Meine Mutter würde sagen,

vom Berg wird wieder einer dieser Hagelstürme kommen und den Mörder bestrafen. Ist es das, was du meinst?«

»So was in der Art.«

Der Hirte musterte Shan schweigend, ging dann zu Dakpo, zog dessen Decke höher und verließ den Stall.

An seiner Seite regte sich etwas. Auch Meng sah ihn prüfend an. »Du erstaunst mich, Shan. Nach allem, was du durchgemacht hast, bist du immer noch so unschuldig. Du hast selbst zu mir gesagt, dass dieser Fall nie zu einem Prozess führen wird. Trotzdem glaubst du daran, dass der Gerechtigkeit irgendwie Genüge getan wird. Das ist in diesem Fall nur auf eine einzige Weise möglich.«

»Ich weiß nicht so recht, worauf du hinauswillst.«

»Ich sage, dass es Fälle gibt, in denen die einzige Gerechtigkeit aus einer schnellen Kugel besteht.«

Shan wirbelte zu ihr herum. »Nein! Niemals! Begreifst du denn nicht? Es wäre gegen alles, woran die alten Tibeter glauben.« Lokeshs Ermahnungen hatten ihn getroffen und waren ihm seitdem auch immer wieder in den Sinn gekommen. »Falls ich jemanden töten oder jemandes Tod in die Wege leiten würde, gäbe es eine unüberbrückbare Kluft zwischen ihnen und mir. Lokesh würde mich verlassen. Ich könnte das Vertrauen der Lamas niemals zurückgewinnen. Und falls ich nicht mehr bei ihnen leben dürfte, weiß ich nicht, ob ich überhaupt noch leben könnte. Du musst es mir versprechen. Keine Kugeln. Keine Tötung. Ich werde mich auf keinen Fall an einem Mord beteiligen, wie gerechtfertigt er auch sein mag.«

Meng streckte die Hand aus und strich mit einem Finger über seine Wange. »Du bist ein komplizierter Mann, Shan. Falls du den Täter in die Enge treibst, wird er versuchen, dich zu töten.«

»Versprich es mir, Xiao Meng.«

Sie lächelte schlaftrunken. »Wie hast du mich gerade genannt?«

Er wurde rot. Die liebevolle Anrede war ihm wie von selbst über die Lippen gekommen. Er hatte seit Jahrzehnten keine Frau mehr so bezeichnet. »Versprich es mir.«

»Natürlich. Ich verspreche es. Keine Kugel.«

»Niemals eine Kugel.«

»Niemals eine Kugel«, bestätigte sie und kuschelte sich an ihn.

***

Im Morgengrauen fand er sie bei ihrem Wagen wieder. Sie hatte die Straßenkarte auf der Motorhaube ausgebreitet und hielt ihr Mobiltelefon in der Hand. »Ich habe mir den Fahrplan der Kolonnen durchgeben lassen«, erklärte sie mit besorgter Miene. »Die sind den ganzen Tag über unterwegs.« Sie schaute zum Lastwagen. »Falls wir an einer der Straßensperren durchsucht werden, können wir den verletzten Mönch unter keinen Umständen erklären.« Sie zeigte auf die Karte. »Es gibt eine Nebenstrecke. Sie trifft unmittelbar nördlich von Lhadrung wieder auf die Schnellstraße. Keine Militärstützpunkte. Keine Polizeireviere. Bloß zwei kleine Dörfer. Aber der alte Mann weiß nicht, ob die Brücke bei dem zweiten Ort stark genug für den Lastwagen ist.«

»Die gibt es nicht mehr«, meldete sich hinter ihnen eine Stimme zu Wort. Jigten trat vor. »Sie wurde vor fünf Monaten unterspült.« Er fuhr mit dem Finger eine gestrichelte Linie entlang, die um das letzte Dorf herumführte. »Das ist ein alter unbefestigter Weg mit einer Furt über den Bach. Wir beschreiben einfach einen kleinen Bogen und kommen dicht hinter Chimpuk wieder heraus.«

Shan nickte langsam. Dann hielt er inne und zeigte auf den zweiten Ort auf der Karte. »Du meinst Shijingshan.«

»Die Chinesen haben das Dorf vor Jahren umbenannt. Chinesische Landkarten müssen chinesische Namen tragen, also ist das für chinesische Reisende Shijingshan, der Paradieshügel. Für Tibeter ist es nach wie vor Chimpuk.«

Shan griff in die Tasche und entfaltete das Blatt Papier, das Meng ihm am Vortag gegeben hatte. Sie fuhren zu Jamyangs Geburtsort.

***

Kurz vor Mittag durchquerten sie die flache Furt und hielten am Rand des Schotterweges. Die holprige Fahrt war schmerzhaft für Dakpo gewesen, und als sie die hintere Klappe öffneten, sah er aus, als hätte man ihn erneut verprügelt. Er hielt seine Gebetskette so fest umklammert, dass die Knöchel weiß hervortraten. Jigten holte unaufgefordert Wasser, während Shan den Kopfverband des Mönches wechselte. Sie wuschen seine Wunden und gaben ihm kalte Suppe, bevor sie ihn wieder in seiner provisorischen Ruhestätte allein ließen.

Eine halbe Stunde später erreichten sie einen niedrigen Hügel oberhalb des Dorfes Chimpuk. Die baufällige kleine Ansiedlung war so abgelegen, dass man ihr China nur an den Schildern anmerkte. Auf der verblassten Tafel mit dem chinesischen Namen des Ortes hatte jemand das letzte Schriftzeichen weggekratzt, so dass dort nur noch Shijing stand. Paradies.

»Wer sind wir?«, fragte Meng mit hörbarem Unbehagen, als sie den Lastwagen neben einem Ziegenpferch am Dorfrand abstellten. Sie hatte ihr Fahrzeug ein Stück außerhalb zurückgelassen und trug nun zivile Kleidung. »Hier dürften nicht viele Fremde vorbeikommen.«

Hunde fingen an zu bellen. Eine alte Frau, die gerade die langen Kruppenhaare eines Yaks schnitt, aus denen die Tibeter Seile flochten, hielt inne und starrte sie an. Ein Mann, der mit einem Butterfass auf einem Hocker saß, streichelte einen riesigen schwarzen Mastiff, der im nächsten Moment bellend auf sie zurannte. Sie erhielten gar nicht erst die Gelegenheit, sich unauffällig zu verhalten.

»Wir sind Freunde des Lama Jamyang«, rief Shan und blieb stehen, weil der Mastiff sie erreichte. Das Tier sprang vor und biss ihn in den Knöchel.

Der Mann auf dem Hocker fing herzlich an zu lachen, und Shan fasste sich an den Knöchel. »Bleibt im Wagen«, sagte der Mann und zog sich an einem Stecken hoch. »So machen es alle anderen auch, die sich verfahren haben. Bleibt im Wagen und ruft. Das ist sicherer.« Er humpelte vor und schickte den Hund mit einer Geste seines Stabes weg.

»Wir haben uns nicht verfahren«, sagte Shan. »Wir suchen nach der Familie des Lama Jamyang.«

Der alte Mann beäugte misstrauisch Meng, bevor er sich Shan zuwandte. »Dann habt ihr euch verfahren und wisst es bloß nicht.« Er seufzte und wies mit seinem Stecken auf Shans Knöchel. Die Bisswunde blutete. Der Mann ließ Shan auf dem Hocker Platz nehmen, legte die Verletzung frei und spülte sie erst mit Wasser und dann – ungeachtet Shans Protests – mit *chang*, Gerstenbier. Schließlich betupfte er die Wunde mit etwas Honig und rollte das Hosenbein wieder herunter. »Sie will nichts mit Fremden zu tun haben«, verkündete er und deutete auf ein schlichtes eingeschossiges Haus am anderen Ende des Dorfes. Es stand ein Stück abseits der anderen.

Aus der Nähe erwies es sich als gepflegtes traditionelles Bauernhaus mit verblichenen aufgemalten Mantras unter dem Fenster und dem üblichen Zeichen von Sonne und Mond über dem Eingang. Neben der offenen Tür stand ein kleiner Webstuhl, an dem jemand an dem schweren Stoff gearbeitet hatte, aus dem die Transportsäcke der Yak-Karawanen gefertigt wurden. Eine alte Frau trat aus den Schatten. Ihr Gesicht war so faltig wie die schwarze Schürze, die sie trug, und ihr widerwilliges Nicken beschämte Shan. Sie wollte sie nicht hier haben, aber die Regeln der tibetischen Gastfreundschaft verboten ihr, die Besucher einfach abzuweisen.

»Bist du mit Jamyang verwandt?«, fragte er, als sie alle auf einem Teppich in der Mitte des Wohnbereiches Platz nahmen. Das ordentliche kleine Haus wurde durch eine halbhohe Wand unterteilt. Ab dem Herbst würden die Nutztiere der Frau auf der anderen Seite Unterschlupf finden.

»Ich bin die Schwester seiner Mutter. Alle anderen …« – sie vollführte eine unbestimmte Geste in Richtung des Fensters oder vielleicht auch zum Himmel – »alle anderen sind weg.«

»Meine Begleiterin heißt Meng«, erklärte er. »Ich bin Shan.«

Sie warf ein paar Stücke getrockneten Dung in die Kohlenpfanne und stellte einen Kessel darauf. »Ein Freund von Jamyang, hast du gesagt.«

Shan zögerte und sah sich im Raum um. Gegenüber der kleinen Kochnische gab es eine *kang*, eine breite Schlafplattform. Auf einer Seite der *kang* lag eine eingerollte Bettstatt. Die andere Seite war mit einem alten Webteppich bedeckt, dessen Muster einem Tigerfell ähnelte. Am Kopfende stand ein kleiner Altar mit einem Bronzebuddha und einem alten *gau*.

»Ich habe ihn kennengelernt, als er sich letztes Jahr im Bezirk Lhadrung niedergelassen hat«, erklärte Shan. »Er hat Hirten unterwiesen und einen alten Schrein restauriert. Er war ein sanftmütiger Mann, ein guter Lehrer.«

»Nein«, widersprach sie schroff. »Jedenfalls nie auf unserem Teppich.«

Während sie sich vorbeugte, um ihnen Tee einzuschenken, versuchte Shan, den Sinn ihrer Worte zu begreifen. Lokesh hätte gewusst, wie man mit der Frau sprechen musste. Sein Blick wanderte zurück zu dem Tiger-Teppich, und sein Gedächtnis regte sich. Lokesh hatte ihm mal erzählt, Tigerfelle seien verehrten Lamas vorbehalten gewesen, die darauf während ihrer Lehrstunden gesessen hätten. »Jamyang hat mir viel über die alten Bräuche beigebracht«, sagte er.

Die Frau ignorierte ihn und wies auf eine Schnur mit weißen Quadraten, die von einem Deckenbalken hing. »Da ist Käse«, sagte sie tonlos. Getrockneter Käse wie dieser fand sich in vielen bäuerlichen Haushalten.

»Er hat mir geraten, Leute nicht nach ihrem äußeren Anschein zu beurteilen.«

Die Frau schnaubte verächtlich. »Er hat Tod und Verrat verbreitet. Und über den äußeren Anschein haben wir durch ihn ebenfalls eine Menge gelernt.«

»Jamyang ist tot«, sagte Shan.

Die Frau zögerte nur einen kurzen Moment. »Im Bach hinter dem Haus steht ein Topf mit Joghurt.«

»Ich muss mehr über ihn erfahren. Was ist mit ihm in seiner Jugend geschehen?«

Sie musterte die Teetassen, als fragte sie sich, ob sie damit ihrer Pflicht genügt hatte, und fixierte dann Shan mit hartem Blick. »Was mit ihm geschehen ist, ist mit uns allen geschehen.«

Meng zupfte an Shans Ärmel und forderte ihn stumm zum Gehen auf.

Shan leerte seine Tasse und schob sie dann in Richtung des Kessels.

Die Frau runzelte die Stirn. »Wenn ihr mehr Tee wollt, müsst ihr mir mehr Dung holen«, sagte sie frostig.

Die Stille lastete schwer auf ihnen allen. Shan war sich immer sicherer, dass die alte Frau über wichtige Informationen verfügte, die das Rätsel um Jamyang erklären könnten. Und genauso sicher war er sich, dass sie diese Informationen nicht mit zwei chinesischen Fremden teilen würde.

Plötzlich füllte ein Schatten die Türöffnung aus. Die Augen der Frau weiteten sich. Mit einem Laut des Erstaunens beugte sie sich vor und berührte mit ihrer Stirn fast den Boden.

Dort am Eingang stand Dakpo und verzog vor Schmerz das Gesicht. Unter seinem Kopfverband drang Blut hervor.

»Diese beiden wurden von den Gottheiten gesandt«, sagte der Mönch. Er atmete schwer. »Sie haben mich gerettet. Shan ist ein Freund der alten Lamas.« Er fasste sich an den Brustkorb und sank auf die Knie. »Sie sind Wahrheitssucher«, stöhnte er und brach zusammen.

Die alte Frau bewegte sich mit überraschender Geschwindigkeit und sprang so flink auf, dass sie Dakpos Kopf abfing, bevor er auf die steinernen Bodenplatten schlagen konnte. Einen Moment lang hielt sie ihn im Arm, als wäre der Mönch ein verloren geglaubtes Familienmitglied.

»Sein Name ist Dakpo«, erklärte Shan. »Er kommt aus Chegar gompa im Bezirk Lhadrung. Einige seiner Rippen sind gebrochen. Man hat ihn in Chamdo überfallen. Wir konnten ihn nicht dort lassen.«

Es war Meng, die als Nächste die Stille brach. »Ich hole mehr Dung«, sagte sie und verschwand zur Tür hinaus.

Shan und die Frau arbeiteten schweigend, entrollten die Bettstatt und legten Dakpo darauf, während Meng die Glut in der Kohlenpfanne zu einem hellen Feuer anfachte. Dann kümmerte Shan sich um die Verletzungen des Mönches. Die Frau machte mehr Tee, stellte einen Topf für Suppe hinzu und bat Meng, darauf achtzugeben. Dann ging sie zur Hintertür hinaus. Als sie zurückkam, brachte sie einen hölzernen Kasten mit Salben und Tinkturen sowie ein zusammengerolltes Stück Stoff mit. Begleitet wurde sie von einem großen schwarzen Hund. Als Shan ihr den Kasten abnahm, knurrte der Hund. Shan wich zurück. Es war dasselbe bärenähnliche Tier, das ihn gebissen hatte. Die Frau beugte sich über den Mastiff und flüsterte ihm etwas ins Ohr. Der Hund schien die Stirn zu runzeln. Dann drehte er sich zu Dakpo um und beschnüffelte den Mönch langsam und konzentriert. Immer wenn er innehielt, trug die Frau auf die entsprechende Körperstelle etwas Salbe auf.

»Ich heiße Lesha«, sagte sie, nachdem sie und der Hund fertig waren. Sie entrollte das Stück Stoff, das sie mitgebracht hatte, und hängte es über Dakpo auf. Es war ein kleines Gemälde und zeigte eine vertraute blaue Gottheit. Das abgenutzte *thangka* konnte Hunderte von Jahren alt sein.

»*Tadyatha om bekhandzye*«, setzte Shan an.

Leshas ungläubige Miene entging ihm nicht, während er mit der Anrufung des Heilenden Buddhas fortfuhr.

Die Anspannung schien von der alten Frau abzufallen. Sie nickte und stimmte in das Mantra ein.

Als Shan danach den Kopf hob, stellte er fest, dass Jigten sich hinzugesellt hatte und Meng leise dabei half, die Mahlzeit zuzubereiten. Während sie aßen, erzählte Shan von seiner Bekanntschaft mit Jamyang und beschrieb dessen jähen Tod.

Lesha äußerte sich nicht dazu, bis sie an dem kleinen Altar etwas Weihrauch entzündet und vor dem bronzenen Buddha einige Gebete gemurmelt hatte. »Wir hatten früher wunderschöne Höfe«, fing sie schließlich an, »meine Familie und die von Jamyangs Vater. So lange wir uns erinnern konnten, war ein Sohn aus jeder Generation ein großer Lama geworden. Uns sind viele glückliche Jahre vergönnt gewesen. Sogar nach dem Einmarsch der Chinesen in Lhasa hat es noch Jahre gedauert, bis sie auch uns fanden. Und dann war es bloß ein Haufen chinesischer Jugendlicher in Militärlastwagen. Sie stellten alle Väter und Mütter unter Anklage und beschuldigten sie, Landbesitzer zu sein. Die Chinesen sagten, das sei ein Verbrechen gegen das Volk. An manch anderen Orten verloren die Landbesitzer lediglich ihr Eigentum und wurden

Arbeiter, aber unsere Leute hier waren stolz. Sie nannten das Verfahren eine Farce. Sie sagten, sie seien freie Tibeter, die sich nicht der Gerichtsbarkeit von chinesischen Kindern unterwerfen würden. Die Chinesen lachten und sagten: ›Mal sehen, ob auch unsere Kugeln eine Farce sind.‹ Dann haben sie alle hingerichtet. Jamyangs Eltern. Meinen Mann. Ich lag damals krank im Bett, sonst hätten sie auch mich getötet.

Danach hat Jamyang bei mir gelebt. Ein paar Jahre waren wir ganz zufrieden. Mein Bruder Ugen war Lama in einem *gompa* bei Lhasa. Wenn er zu Besuch kam, hat er auf dem Tigerfell gesessen, wie schon Generationen vor ihm. Dann hat er davon erzählt, wie es früher war und dass der Dalai Lama eines Tages zurückkehren würde. Jamyang hat ihm begeistert zugehört und wollte auch unbedingt ein Lama werden, genau wie sein Onkel. Doch seine chinesischen Lehrer sagten, er sei zu klug, um hierzubleiben. Sie haben ihn weggeschickt und ihm einen chinesischen Namen gegeben. Nach der Universität kam er ganz aufgeregt zu Besuch. Man würde ihm nun doch gestatten, ein Mönch zu werden, und arbeiten sollte er beim Büro für Religiöse Angelegenheiten.«

Lesha trank einen Schluck Tee und lächelte bekümmert. »Ich sagte zu ihm, um ein Mönch zu werden, musst du in ein Kloster gehen und dort viele Jahre lang lernen. Er sagte, er würde sogar in mehrere Klöster gehen und ihnen die neue Ordnung der Dinge beibringen. Ich sagte, er sei zu einer Marionette derjenigen geworden, die seine eigenen Eltern ermordet hatten. Da hat er mich angeschrien, ich sei bloß eine rückwärtsgewandte alte Hexe, die nichts über die heutige Welt wisse.

Mein Bruder ist zu ihm gegangen und hat versucht, ihn davon zu überzeugen, die Behörde zu verlassen und stattdessen zu ihm ins *gompa* zu kommen, um ein echter Mönch zu werden. Einige Wochen später wurde mein Bruder verhaftet und in eines dieser Zwangsarbeitslager geworfen. Sie sagten, er habe China verraten. Das Mutterland haben sie es genannt.« Sie schüttelte den Kopf.

»Es hat fast drei Jahre gedauert, bis Jamyang das nächste Mal zu Besuch kam. Er war beunruhigt. Er hat ständig den Tiger-Teppich angestarrt. Er konnte nicht schlafen. Ich habe ihn oben auf einer der Weiden gefunden. Wir haben im Mondlicht dagesessen, und er hat mir seine Schande gestanden. Nicht lange nach seinem letzten Besuch hatte man ihm eine große Beförderung angeboten, dafür aber einen Loyalitätsbeweis verlangt. Also hatte er seinen Onkel verraten. Jamyang hatte angenommen, Ugen würde in irgendeinem Umerziehungslager landen, höchstens für ein paar Monate. Erst jetzt hatte er herausgefunden, dass man seinen Onkel zu zwanzig Jahren Zwangsarbeit verurteilt hatte.« Lesha senkte den Kopf und wischte sich eine Träne ab. »Er hat mich um Vergebung angefleht, aber ich war nicht dazu bereit.

Erst viele Jahre später habe ich wieder von ihm gehört. Er war Verwalter hiervon und Direktor davon geworden, immer in einem Mönchsgewand, immer bezahlt von den Chinesen. Er teilte mir mit, er und Ugen würden sich Briefe schreiben und dass es seinem Onkel gutginge, dass sein Onkel ihm verziehen habe und ein Mustergefangener geworden sei. Ab da schrieb Jamyang mir alle paar Wochen und berichtete, er würde in diesem oder jenem Kloster leben, die heiligen Schriften nun öfter auf die Weise studieren, die Ugen ihm von dem Tiger-Teppich aus beigebracht hatte, und dass er gehört habe, dass es Ugen gutgehe und man ihn rehabilitiere, was auch immer das heißen sollte. Ich habe nie zurückgeschrieben. Er fing an, Briefe an den Dorfvorsteher zu schicken, um sich zu vergewissern, dass ich noch am Leben war. Und er hat ihm Geschenke für mich geschickt. Kleine chinesische Kuchen und Tee. Ich sagte dem Dorfvorsteher, er könne den Tee behalten. Die Kuchen habe ich an die Schweine verfüttert.«

Lesha hielt inne und schaute zu Dakpo. Ihr Patient war wach und hörte aufmerksam zu. Bevor sie fortfuhr, legte sie ihm ein Kissen unter, damit er sich aufrichten und Tee trinken konnte. »Dann stand mein Neffe vor ein paar Monaten auf einmal hier in der Tür. Er trug das Gewand eines Lamas und darunter einen Geschäftsanzug mit Krawatte. Er sagte, er sei unterwegs zu einem neuen Auftrag und habe den Fahrer gebeten, einen Umweg hierher zu machen. Im Dorf stand ein großes schwarzes Auto und wartete auf ihn.

Ich habe mit ihm zu Mittag gegessen. Dann sind wir hoch auf die Weiden gegangen. Er wollte mir ein großes Geheimnis verraten. Er sagte, er habe schon vor zwei Jahren dafür gesorgt, dass Ugen nur noch leichte Hilfsdienste verrichten müsse. Und es sei ihm gelungen, eine Vereinbarung bezüglich seiner Freilassung zu erreichen: Falls Jamyang seinen neuen Auftrag erfolgreich abschließe, würde sein Onkel endlich heimkehren können. Er hat mir Briefe von Ugen gezeigt, verfasst in chinesischer Sprache, die bewiesen, dass er bei guter Gesundheit und zufrieden sei. Dann hat er sich über mich aufgeregt und mich gefragt, wieso diese Neuigkeiten mich nicht freuen würden. Ich habe ihn hierher zu dem Altar gebracht«, sagte sie mit einem Nicken in Richtung des bronzenen Buddhas. »Und ich sagte zu ihm, ich würde mich vor den Buddha setzen, damit er wisse, dass meine Worte wahr seien. Ich erklärte ihm, dass Ugen kein Chinesisch gesprochen hat, und schreiben konnte er es schon gar nicht. Dann habe ich ihm das *gau* gegeben, das ihr dort auf dem Altar liegen seht, und ihm gesagt, er solle es sich genau anschauen.

Er hat es angestarrt, als wäre ihm ein Gespenst begegnet. Und dann sagte ich ihm die Wahrheit, denn er wusste, dass das *gau* seit Jahrhunderten in unserer Familie weitergegeben wurde und zuletzt Ugen gehört hatte. Es war mir sechs Jahre zuvor zugeschickt worden, nachdem Ugen sich im Lager das Leben genommen hatte.

Jamyang starrte und starrte das *gau* an. Dann schließlich drückte er es sich an die Stirn und weinte. Ich gab ihm Tee. Er wollte nicht mit mir sprechen. Er hielt nur das *gau* und starrte es an. Seine Hände haben wie die eines alten Mannes gezittert.

Dann hat dieses Auto gehupt und ihn gerufen. Der andere, sein Begleiter, wurde ungeduldig, stand neben dem Fahrer am Fenster und drückte auf die Hupe.«

»Der andere?«, fragte Dakpo leise.

»Ein anderer Mann mit einem Mönchgewand über einem Anzug, sehr groß. Er hatte etwas bei sich, das wie eine silberne Glocke ausgesehen hat. Die beiden wurden herumgefahren, als wären sie chinesische Fürsten.«

Dakpo stöhnte qualvoll auf und sackte in sich zusammen. Lesha half ihm, sich wieder hinzulegen.

Shan musterte Dakpo verwirrt und bat dann Jigten, den Lastwagen zu holen. Der junge Mönch musste zurück zu seinem Bett in Chegar gompa, wo man sich gut um ihn kümmern würde.

»Dein Fuß«, sagte Lesha zu Shan. »Zieh dein Hosenbein hoch.«

Die Tibeterin murmelte etwas, und der große Hund trat vor. Shan zwang sich, nicht zu reagieren, als das Tier seinen Knöchel beschnupperte. »Er entschuldigt sich dafür, dass er dich gebissen hat«, sagte Lesha und gluckste dann auf, als sie die Bisswunde sah. »Der alte Narr hat Honig aufgetragen, nicht wahr?« Sie gab dem Mastiff einen Wink, und er leckte den Honig weg. Dann nahm sie eines ihrer hölzernen Gefäße und strich etwas Salbe auf die Verletzung. Der Hund sah ihr mit wachem, intelligentem Blick dabei zu. »Er beißt nur Chinesen«, erklärte Lesha sachlich. Dann hielt sie kurz inne. »Er ist vor sechs Jahren als Welpe zu mir gekommen, saß plötzlich vor meiner Tür.«

Shan lächelte verlegen und tätschelte den Kopf des Hundes, der ihn daraufhin aus großen feuchten Augen ansah. »Wie heißt er denn?«

Die alte Frau warf Shan einen verärgerten Blick zu, als habe er nicht richtig zugehört. »Das ist Ugen, wer denn sonst?«

KAPITEL SECHZEHN

Strahlend goldene Klauen erstreckten sich über den Abendhimmel, als würde ein Drache sich aus dem heiligen Berg erheben. Shan saß vor der Hirtenhütte und hatte Zweige auf dem Boden angeordnet. Ein fünfzehn Zentimeter langer Zweig über zwei kürzeren Zweigen und darunter noch mal die gleiche Abfolge, so dass auf eine durchgehende Linie eine durchbrochene, eine durchgehende und noch eine durchbrochene Linie folgte. Es war eines der Tetragramme, die auf Abschnitte des Tao-te-king verwiesen. Sein Vater hatte sie ihm einst beigebracht. Langsam und wohlerwogen nahm er das Tetragramm nun auseinander und legte es erneut, nahm es auseinander und legte es erneut, als wäre es eine Meditationsübung. Es bezog sich auf Kapitel elf, das *Nutze, was nicht da ist* genannt wurde. Darin hieß es: *Ton wird zu einem Topf geformt. Was nicht da ist, macht den Topf nutzbar. Mach dir zu eigen, was da ist, indem du nutzt, was nicht da ist.*

Shan hatte Jamyang nicht nur einmal missverstanden. Er missverstand ihn wieder und wieder. Anfangs war er für Shan nur ein einsamer, ehrfurchtsvoller Einsiedler gewesen. Dann hatte er in ihm einen Lama gesehen, der sich aus rätselhaften Gründen im Exil befand, oder einen Pilger, der Buße tat. Doch er war außerdem ein Bürokrat im Mönchsgewand gewesen, ein Funktionär, der mit Computern umgehen konnte. Einer der Agenten, die Tibet von innen aushöhlen sollten. Er war all das gewesen und zugleich nichts davon. Shan hatte angenommen, Jamyang habe mit den Handlungen seiner letzten Tage einen Plan verfolgt, doch es waren lediglich Reaktionen gewesen. Er hatte übersehen, was nicht da war, dabei hätte es alles erklärt.

Die Erkenntnis war ihm nur allmählich gekommen, ein kleines dunkles Ding, das an seinen Eingeweiden nagte, seit sie Jamyangs Dorf verlassen hatten. Manche der alten Lamas waren fest davon überzeugt, dass Seelen Geräusche machten, dass alte Eremiten, die jäh etwas begriffen, lange Silben heulten, die Berge erzittern lassen konnten. Bei Shan war zuerst das Geräusch ertönt, nämlich Dakpos qualvolles Stöhnen im Haus von Jamyangs Tante. Mittlerweile war ihm klar, dass diese Reaktion des Mönches alles verändert hatte. Dakpo hatte plötzlich alles durchschaut – und war zusammengebrochen –, als Lesha den Mann mit der silbernen Glocke erwähnte.

Shan hingegen hatte das Phantom stets übersehen, jenen Schatten, der ihm stets einen Schritt voraus und niemals da war. Es war nun an der Zeit, zu nutzen, was nicht da war.

Er stand auf und traf die Amerikanerin bei dem kleinen Feuer an, auf dem sie ihr Abendessen gekocht hatten. »Ich verstehe Ihren Wunsch nach Schweigen, Cora«, sagte er. »Aber es muss ein Ende haben. Ich möchte Ihnen helfen, aber nun müssen Sie mir behilflich sein.«

Die Amerikanerin rang sichtlich nach Worten. Es gab Tage, sagte Lokesh, an denen sie überhaupt nicht sprach. »Ich weiß keinen Ausweg«, sagte sie schließlich. »Außer Lokesh und Chenmo kann ich niemandem trauen. Aber wir können uns kaum verständigen.« Sie lächelte verbittert.

»Sie können auch mir vertrauen, Cora. Und wir beide können uns verständigen. Gemeinsam werden wir den Mörder aufhalten. Und dafür sorgen, dass Sie nach Hause zurückkehren können.«

»Ich hätte tot sein müssen. Ich weiß, dass die alten Tibeter sagen, man solle nicht mit seinem Schicksal hadern, sondern es bereitwillig annehmen. Ich hätte an jenem Tag auch sterben müssen.«

»Nein. Es war Ihnen vorherbestimmt, dass Sie überleben, denn Sie sind unsere Möglichkeit, den Killer aufzuhalten und Botschaften in die Außenwelt zu tragen.«

»Ich habe immer solche Angst.«

»Ich habe in Tibet vieles gelernt«, sagte Shan zu der Amerikanerin. »Zum Beispiel auch, dass es in deinem Leben nicht darum geht, was andere dir antun, sondern was du dir selbst antust.«

»Der Mörder will auch meinen Tod, oder etwa nicht?«

»Ich werde Sie nicht belügen. Aber Lokesh und seine Freunde haben mich gelehrt, dass die eigenen Entscheidungen nicht durch die Grausamkeit von anderen bestimmt werden dürfen.«

»Ich weiß nicht, wer der Mann war. Bloß ein Mönch.«

»Es ist ein Puzzle, Cora. Ich kenne einige der Teile, Sie kennen einige der Teile. Wir müssen sie zusammenfügen. Ich hätte Ihnen schon längst eine Frage stellen müssen: Ist Jamyang erst kurz vor den Morden zu Ihnen und Rutger gekommen?«

Die Amerikanerin schürte die erlöschende Glut mit einem Ast. »Zwei Wochen vorher. Mit Chenmo. Das war seltsam, denn bis dahin war er stets auf Abstand geblieben, als wäre er sehr schüchtern. Er hat sich sogar von den anderen Mönchen ferngehalten. Rutger hat gesagt, der Grund müsse sein, dass er als Einsiedler irgendein Gelübde abgelegt habe.«

»Er ist zu Ihrem Lagerplatz gekommen?«

Cora nickte. »An dem Abend war er kein Einsiedler. Er hat gesagt, er habe gehört, dass wir Aufnahmen der Restaurierung gemacht hätten. Und er hat gefragt, ob es die Art von Aufnahmen wäre, die man sich auf dem Display der Kamera anschauen kann. Also haben wir sie ihm gezeigt. Rutger hatte

Chenmo mehrmals gebeten, Jamyang zu fragen, ob er uns bei der Identifizierung mancher der alten Bilder auf den Wänden und Artefakten helfen könne. Eine Göttin, die Laute spielt. Ein dreiköpfiger Buddha. Ein löwenköpfiger Gott. Wir dachten, er wäre deswegen gekommen, und er hat unsere Fragen ja auch beantwortet. Aber interessiert hat er sich für Fotos der Mönche, die bei den Arbeiten im Kloster geholfen hatten. Er hat gefragt, ob wir ihre Namen wüssten, und wir haben ihm erklärt, dass wir unsere Anwesenheit geheim gehalten und nicht mit ihnen gesprochen hatten.«

»Was ist dann passiert? Hat er sich für einen von denen besonders interessiert?«

»Er hat die Kamera genommen und durch die Bilder gescrollt. Bei einem hat er angehalten und ist ganz still geworden. Es war, als hätte er sich mächtig erschrocken.«

»Was war auf der Aufnahme? Was hat ihm solche Angst eingejagt?«

Cora zuckte die Achseln. »Mönche, Mönche«, wiederholte sie. »Wir sind um die halbe Welt gereist, um Mönchen zu helfen. Aber nun weiß ich, dass wir Mönche fürchten müssen.«

»Hat Rutger der Äbtissin davon erzählt?«

»Sie ist später zu Rutger gekommen. Sie war ganz begeistert von dem, was wir vorhatten, nämlich das Internierungslager zu fotografieren. Sie hat uns ermutigt, hat uns Informationen über die Abläufe im Lager gegeben und uns gefragt, ob wir auch ehemalige Gefangene in unsere Kameras stecken würden, falls sie uns welche brächte. Das waren ihre Worte. In unsere Kameras stecken. Sie sagte, wir müssten unbedingt erfahren, was in diesen Lagern vor sich geht.« Cora brach ab, biss sich auf die Lippe und schaute in die Glut. Einen Moment lang glaubte Shan, sie würde wieder weinen. Sie hatte am eigenen Leib erlebt, was in so einem Lager geschah, war sogar in eines der Leichentücher des Lagers gehüllt gewesen.

»Am Tag vor Rutgers Tod ist sie noch mal zu uns gekommen. Sie hat gesagt, es gäbe etwas Neues, und er könne ein anderes Geheimnis von Peking filmen. Rutger dachte, er solle zum Kloster gehen und Aufnahmen von jemandem machen, der in einem dieser Zwangsarbeitslager gelitten hatte.« Sie stocherte in der Glut und blickte den Funken hinterher, die in den sich verdunkelnden Himmel flogen.

»Was sollten Sie mit den Fotos machen, nachdem Jamyang sie gesehen hatte? Hat er Sie um irgendwas gebeten?«

»Er hat gesagt, wir müssten sie sicher aufbewahren.«

»Und?«, fragte Shan. »Haben Sie sie sicher aufbewahrt?«

»Natürlich. Rutger hat besondere Aluminiumkästen. Wasserdicht, sogar feuerfest.«

Shan erinnerte sich an die leeren Behälter, die er am Lagerplatz vorgefunden hatte. Sie waren nicht dämonensicher gewesen.

***

»*Om mani padme hum*«, sagte Meng und stieß die Gebetsmühle an. »Ist es nicht das, was sie sagen?«

Shan nickte. Er war sich nicht sicher, weshalb sie ihn gebeten hatte, sie zu der Klosterruine zu begleiten. Was sie miteinander zu besprechen hatten, mochte nicht für die Ohren der Polizei bestimmt sein, aber man brauchte auch nicht meilenweit zu fahren, um ein ruhiges Plätzchen zu finden. »Das ist die Anrufung des Mitfühlenden Buddhas«, erklärte er und zeigte ihr die Worte, die in erhabener Schrift auf dem Rand des Bronzezylinders standen. »Mit jeder Umdrehung wird das Gebet wiederholt.«

Sie nickte merkwürdig ernst und drehte die Mühle erneut, dann noch einmal. »Ich bin seit Jahren in Tibet und habe mich nie bemüht, mehr über solche Dinge zu erfahren«, sagte sie.

Die Säuberungstrupps der Polizei hatten gründlich gearbeitet. Es gab hier kein gelbes Absperrband mehr, das auf einen Tatort hingedeutet hätte, keine rote Farbe und kein Blut. Draußen neben dem Tor war ein frischer Sandhaufen abgekippt worden, dazu Eimer und Kübel. Die Fußspuren verrieten, wo man den Sand rund um den *chorten* ausgestreut und geharkt hatte. Sogar der herausgefallene Stein am Fuß des *chorten* war zurück in das Loch gesteckt worden, wenngleich er sich schon wieder einen Weg nach draußen zu bahnen schien.

»Hier war es«, sagte Meng. »Hier wurde die Äbtissin getötet. Die Erste, die an jenem Tag gestorben ist.« Sie strich mit der Hand die Mauer entlang, als versuche sie sich ins Gedächtnis zu rufen, wo der Bogen aus Farbspritzern gewesen war. Dann legte sie die Hand flach auf die Mitte, wo das Blut die Wand befleckt hatte. Man hatte die Oberfläche abgeschrubbt und frisch gestrichen. Jeder im Tal gab sein Bestes, um die Morde auszulöschen.

»Lung Ma ist als Erster gestorben«, korrigierte Shan sie. »Er war der Gefährlichste. Er hat eine Waffe getragen.«

Shan führte sie zum hinteren Teil des Geländes und stellte sich an das zerfallende Tor. »Der Mönch hat sein Fahrrad draußen abgestellt, versteckt zwischen den Felsen«, sagte er langsam und ließ dabei den Blick über die Landschaft schweifen. »Er hat sich Zeit gelassen und jeden seiner Schritte genau bedacht. Die Äbtissin hatte ihm eine Nachricht geschickt, hatte behauptet, sie wolle über Dharamsala sprechen. Jeder Tibeter kennt das Wort, es ist wie ein Code. Wenn man darüber spricht, dann nur im Geheimen. Doch mit diesem Mönch hatte sie noch nie darüber geredet. Er dachte, es sei eine Warnung, denn er hatte hinsichtlich der Exilhauptstadt sein eigenes Geheimnis. Er war misstrauisch. Ich glaube, er hat das Kloster vom Hügel aus beobachtet und Lung mit dem Lastwagen ankommen gesehen. Es gab für ihn keinen nachvollziehbaren Grund, aus dem die Äbtissin und Lung miteinander zu tun haben könnten. Lung wusste von dem geheimen Plan, den Killer über die Grenze zu schmuggeln. Die Äbtissin kannte das Geheimnis des seltsamen Lama, der schon eine Weile hier in der Gegend war und von dem der Mörder inzwischen wusste, dass er eine Gefahr für seine Pläne darstellte.«

Shan ließ die Worte wirken und führte Meng zu der kleinen Kapelle, in der die Bauern ihre Werkzeuge aufbewahrt hatten. »Aus irgendeinem Grund glaubte er, die Äbtissin wolle ihn in eine Falle locken, also hat er sich von der Rückseite genähert und das Überraschungsmoment zu seinem Vorteil genutzt.« Shan trat ein und zeigte Meng die Kultursichel, die er dort gefunden und zurückgelassen hatte. »Er hatte keine Waffe, aber er wusste von den schweren Klingen, die hier lagen. Lung war vorn am Tor, hat in Ruhe eine Zigarette geraucht und sich überlegt, von wo aus er schießen würde, sobald der Mann das Gelände betrat. Die Äbtissin allein hätte den Mann niemals töten, sondern ihn nur konfrontieren wollen, um ihn zu beschämen. Doch Jamyang war sich sicher, dass er an jenem Tag einen Mord zu verantworten hatte. Er wusste, dass der Anführer der Jadekrähen eine Pistole trug, und er hatte ihm gesagt, wer seinen Sohn umgebracht hatte. Jamyang hatte die Äbtissin dazu benutzt, den Mönch mit ihrer Nachricht herzulocken, und er wollte Lung dazu benutzen, den Mönch zu töten.« Das war die letzte große Pein, die Jamyang gequält hatte. Der Lama war überzeugt gewesen, er hätte einen Mord herbeigeführt. Er hielt diesen Mord für unbedingt nötig, aber für ebenso nötig hielt er es, sich deshalb das eigene Leben zu nehmen. Der Killer musste also vorsichtig und auf alles gefasst sein. Er hat die Kultursichel genommen und sich im Schutz der Gebäude an der gegenüberliegenden Mauer entlanggeschlichen. Die Äbtissin hat an der Gebetsmühle gearbeitet und ihm den Rücken zugewandt. Der Deutsche hat ihr geholfen.« Sie folgten nun beide dem Pfad, den Shan vorgab, bis zu der Ecke des vorderen Gebäudes, an der man die große Blutlache gefunden hatte. »Er hat Lung mit einem einzigen Hieb fast den Kopf von den Schultern geschlagen. Dann hat er Lungs Pistole genommen.«

»Warum hier vorn?«, fragte Meng. »Warum hat Lung angenommen, der Mann würde das vordere Tor benutzen?«

Shan zögerte. Er hatte den Punkt bisher übersehen. »Weil er nicht mit einem Fahrradfahrer oder Fußgänger gerechnet hat.«

»Du meinst, er hat jemand mit einem Wagen erwartet«, folgerte Meng. »Einen Mönch mit Zugang zu einem Wagen. Wie viele Mönche in dem Kloster können überhaupt Auto fahren?«

»Wahrscheinlich nur eine Handvoll«, räumte Shan ein. »Vielleicht bloß ein oder zwei.«

Nun ging Meng voran, zurück in Richtung der Gebetsmühle. »Er hat Lung getötet, lässt den Leichnam erst mal liegen und geht zu der Äbtissin. Rutger war wohl nur zufällig zur falschen Zeit am falschen Ort.«

»Nein, Rutger wusste Bescheid. Die Äbtissin hatte um sein Kommen gebeten. Jamyang hatte nur sie und Lung einkalkuliert, mehr war für ihn nicht nötig. Die Äbtissin würde dafür sorgen, dass der Mönch herkam, und Lung würde dann an ihm Rache nehmen. Doch Jamyang hatte die Empörung der Äbtissin unterschätzt. Sie hatte eine eigene Waffe mitgebracht. Ihr war klar, was die Ausländer machten, und sie wusste, wie schmerzlich es für die Regierung wäre, falls ihr geheimer Plan in der Öffentlichkeit bloßgestellt würde. Also hat sie Rutger samt seiner Kamera eingeladen. Der Deutsche war sich des Risikos nicht bewusst. Ein Fotograf neigt dazu, seine Kamera als einen Schutzschild zu betrachten.

Die Äbtissin und Rutger waren zusammen an dieser Stelle. Vermutlich hat er Fotos von ihr bei der Arbeit an der Gebetsmühle gemacht. Der Mörder ist einfach zu ihnen gegangen, hat Rutger mit einem schnellen Schuss außer Gefecht gesetzt und sofort danach die Äbtissin erschossen. Als er sah, dass Rutger noch lebte, hat er ihn zu dem *chorten* gezerrt, ihn mit der Sichel erledigt und ihm dann das Gesicht abgetrennt, damit man ihn nicht auf Anhieb identifizieren konnte.«

»Und das Mädchen war die ganze Zeit hier«, sagte Meng.

Shan nickte. »Immer in Rutgers Nähe. Sie hat hinten in einer der Kapellen gezeichnet. Und sie musste mit ansehen, wie der Killer seine Arbeit abgeschlossen hat.«

Sie gingen weiter und schwiegen bedrückt, als würden sie die Anwesenheit des Mörders spüren.

Meng blieb stehen und legte die Hand auf den bröckelnden Putz einer Kapelle. »Es heißt, diese alten Ruinen seien voller Geister«, sagte sie leise.

Shan zögerte. Dann erkannte er, dass sie genau an der Stelle standen, an der sie sich zum ersten Mal begegnet waren. »Hier haben jahrhundertelang Menschen gelebt«, wiederholte er seine Erwiderung von damals. »Sie haben hier gelebt und sind hier gestorben.«

»Es war bestimmt gar kein so schlechtes Leben«, sagte Meng nach einem Moment und klang dabei merkwürdig sehnsüchtig. »Wie in einer großen frommen Familie. Ich hatte Onkel, die immer in den Tempel gegangen sind.«

Shan sagte nichts.

»Ich habe nachgedacht, Shan«, sagte sie plötzlich mit einem scheuen Blick. »Ich könnte eine Anstellung als gewöhnliche Polizistin bekommen. Das Gehalt wäre niedriger, aber ich würde im Bezirk bleiben und müsste nicht befürchten, anderthalbtausend Kilometer weit weg versetzt zu werden.«

Er wusste, wie schwer ihr diese Worte gefallen sein mussten. Das war der Grund, aus dem sie mit ihm hergekommen war. Er lächelte angespannt. »Da ist immer noch ein Mörder auf freiem Fuß.«

Er war sich nicht sicher, ob Meng ihn gehört hatte. Sie fuhr mit einem Finger die verblassten Umrisse des Auges nach, das neben der Tür aufgemalt war. »Ich weiß noch, wie ein Lehrer mal zu uns gesagt hat, das Auge des Vorsitzenden sei stets auf uns gerichtet. Aber wir wussten, dass er tot war. Es hat uns Angst gemacht. Das hier war anders, glaube ich.«

»Das hier *ist* anders«, sagte er.

Sie blickte mit ernster Miene auf. »Verspüre ich deshalb das Bedürfnis, nach draußen zu gehen, wenn wir weiter über Mörder reden müssen?«

Shan war verwirrt, als sie einfach wegging. Dann begriff er, dass sie außerhalb des Klosters meinte, nicht auf heiligem Boden.

Fünf Minuten später entfaltete sie eine Landkarte auf der Motorhaube ihres Wagens.

»Das Geheimnis der Morde ist eigentlich nur das Geheimnis von Jamyang«, sagte sie. »Ich habe darüber nachgedacht, wie er wohl hergekommen ist. Er wurde auf der Schnellstraße nach Lhasa gesehen. Er war unterwegs zum Kloster Drepung. Hunderte von Mönchen. Tausende von Touristen. Der geeignete Einsatzort für einen Absolventen des Friedensinstituts. Doch nachdem er mit seiner Tante gesprochen hatte, hasste er sich selbst und was man aus ihm gemacht hatte.«

Sie zeigte auf der Karte nach Osten und Norden. »Vielleicht hat er versucht, eine Möglichkeit zur Heimkehr zu finden, zurück zu den Bergen seiner Jugend. Um Buße zu tun.«

»Er hat hier seine Buße getan«, wandte Shan ein.

»Der Heimweg hätte ihn durch Lhadrung geführt. Es gibt Busse, die einmal pro Woche Baiyun ansteuern. Er könnte dorthin gefahren und dann zu Fuß weitergegangen sein.«

Shan beugte sich neben ihr über die Karte. »Er konnte nicht riskieren, von der Polizei angehalten zu werden. Die ständigen Kolonnen und Patrouillen hätten ihn in die Hügel getrieben«, fügte er hinzu. Es war eine glaubhafte Erklärung für Jamyangs Ankunft auf den oberen Hängen. »Er war am Boden zerstört. Er wollte sich einfach nur irgendwo verkriechen und sich verstecken, um allmählich zu heilen und ein neues Leben anzufangen. Das Leben, das sein Onkel für ihn vorgesehen hatte. Er kann nicht gewusst haben, dass ein anderer Absolvent des Instituts zu einer Mission in dieses Tal geschickt wurde.«

»Natürlich nicht. Die Aufträge werden alle geheim gehalten, und die Agenten kennen einander nicht. Aber wir wissen nicht mit Sicherheit, dass ein anderer Agent hier gewesen ist.«

Sie wollte unbedingt die Augen davor verschließen. Shan sah sie einen Moment lang an und wies dann auf die Karte. »Und aus welcher Richtung ist Liang gekommen?«, fragte er.

»Wie bitte?«

»Bei einer Ermittlung werden immer die offensichtlichsten Dinge übersehen. Du musst herausfinden, wann Liang in eurer Gebietszentrale eingetroffen ist.«

»Natürlich unmittelbar nachdem die Morde gemeldet wurden.«

»Nein, Meng. Er ist gemeinsam mit den ersten Polizisten am Tatort aufgetaucht. Du und ich haben ihn gesehen. Er war bereits im Bezirk. Seine Rolle als großer Sonderbevollmächtigter ist nur eine Tarnung.«

»Blödsinn. Liang ist genau das brutale Schwein, als das er auftritt.«

»Prüfe es nach. Du wirst feststellen, dass er ein oder zwei Tage nach dem Abend eingetroffen ist, an dem Jamyang einen Computer in Baiyun benutzt hat, um auf die Datenbank des Instituts zuzugreifen. Das muss ungefähr eine Woche vor den Morden gewesen sein.«

Meng wurde sehr still.

»Er interessiert sich nur deswegen für die Morde, weil sein Agent damit zu tun hat und durch sie Ereignisse in Gang gesetzt wurden, die den Auftrag dieses Agenten gefährden könnten. Wegen dieser Gefahr ist Liang ins Tal geeilt, nicht wegen der Morde. Er will keinen Killer finden, sondern die Amerikanerin, und er hat es dabei auf mich und jeden anderen abgesehen, der der Mission in die Quere kommen könnte. Du hast es selbst gesagt. Diese Agenten bereiten sich manchmal über Jahre hinweg vor. Es wird unglaublich viel in einen solchen Agenten investiert. Jede Art von Störung muss unterbunden werden. Liang ist ein Agentenführer, ein Troubleshooter des Instituts. Er war bestimmt tatsächlich mal ein Sonderbevollmächtigter der Öffentlichen Sicherheit. Aber wie er selbst gesagt hat, wurde er befördert. Er wusste, wie er sich pro forma verhalten musste, als die Leichen gestohlen wurden. Es war sogar ein perfekter Vorwand für ihn, denn er musste auch dafür sorgen, dass niemand sonst gründliche Ermittlungen anstellen würde.

Du warst die einzige Beamtin, die sich wirklich für die Morde interessiert hat. Und er hat dir freie Hand gelassen. Er hat dich benutzt, denn er hätte nie geglaubt, dass du in der Lage wärst, die Wahrheit herauszufinden. Du wurdest ein Teil seiner Tarnung. Was er macht, ist das genaue Gegenteil einer Ermittlung. Er wusste von Anfang an, wer der Täter war. Er kannte die Beweise und hat sich daran gemacht, sie zu vernichten oder zu kaschieren. Liang hatte nie vor, das Projektil ballistisch untersuchen zu lassen, er wollte nur sicherstellen, dass niemand anders eine solche Untersuchung in Auftrag geben würde. Du solltest glauben, er suche die Amerikanerin als mögliche Zeugin, aber er wollte sie finden, um sie zu töten. Alles, was er seit seiner Ankunft getan hat, diente nur dem Zweck, den Killer zu schützen.«

Meng stolperte zurück, als hätte ihr jemand einen Fausthieb versetzt. Sie ließ sich auf einen flachen Felsen sinken. »Unmöglich«, sagte sie. »Ich hätte …«

»Es bemerkt? Es mitgeteilt bekommen? Es vermieden, ihm zu helfen? Das ist es, was er tut, Meng, was sie alle tun. Sie manipulieren Leute wie dich und mich. Vertuschen. Benutzen dich, um Lügen aufzubauen.«

Die Farbe wich allmählich aus Mengs Gesicht. »Ich glaube dir nicht, Shan. Du misstraust allem und jedem. Du misstraust dir selbst. Ich weiß, dass du schreckliche Erfahrungen gemacht hast. Es war alles so ungerecht. Aber nun siehst du überall Verderben. Ich wollte dir ein Geschenk machen, und du hast mich dafür gehasst. Als hätte ich etwas damit zu tun, was mit diesen armen Tibetern geschieht.«

Er erwiderte wortlos ihren Blick. Als sie sich abwandte, standen ihr Tränen in den Augen.

»Überprüfe die Aufzeichnungen«, sagte er. »Sprich mit den Leuten in eurer Zentrale. Die Ankunft von Major Liang muss aufgefallen sein. Es gibt bestimmt ein Quartier für hochrangige Besucher, und es wird vermerkt, wer dort zu welchem Zeitpunkt übernachtet. Falls du keine Unterlagen finden kannst, sprich mit dem Dienstpersonal.«

Sie drehte sich nicht zu ihm um. Shan wartete mehrere Minuten und machte sich dann zu Fuß auf den Rückweg.

Er hatte schon mehr als einen Kilometer zurückgelegt, als er hinter sich die Reifen auf dem Schotter hörte. Der Wagen fuhr an ihm vorbei und hielt an.

Noch bevor Mengs Füße den Boden berührten, fing sie schon an zu rufen. »Du hältst mich auch bloß für irgendeine Marionette! Du glaubst, mir sei alles egal!« Als sie sich die Uniformmütze vom Kopf riss, flogen ein paar Haarnadeln davon, so dass der Wind ihr die langen Strähnen ins Gesicht wehte. Sie schüttelte die Mütze in Shans Richtung. »Ich habe genug von deiner verfluchten Selbstgerechtigkeit! Du glaubst, man könne die Wahrheit erst sehen, wenn man dafür gelitten hat!« Sie warf die Mütze zu Boden und trat sie in den Staub.

Ihre Worte gingen nun in Schluchzen über. »Ich bin keine Marionette, Shan Tao Yun! Ich hasse es, wie die Tibeter mich ansehen! Ich bin kein Tier! Ich bin ein Mensch! Ich bin ...« Tränen rannen über ihr Gesicht. »Ich möchte nur ...« Sie fing haltlos an zu weinen.

Shan hielt sich einen Finger vor die Lippen und nahm sie dann in die Arme. Sie klammerte sich wie eine Ertrinkende an ihn. Von irgendwo in den Hügeln hinter ihnen ertönte der tief hallende Ruf eines Zeremonienhorns.

***

Hinter den Bergen zeichnete sich die Morgendämmerung ab, während Shan vorsichtig den Pfad hinter Chegar gompa entlangschlich. Als er mit Dakpo hier eingetroffen war, hatte der Mönch gebeten, zu Patrul gebracht zu werden, angeblich um das *gompa* so spät abends nicht mehr zu stören. Erst später war Shan klar geworden, dass Dakpo sich wahrscheinlich davor fürchtete, das Kloster zu betreten. Er wurde das Gefühl nicht los, dass er dem Mönch noch etwas schuldig war, und er konnte nicht vergessen, dass nur noch zwei Tage bis zum Vollmond blieben.

Der ehemalige Abt saß vor seinem schlichten Altar in der großen Scheune. Als Shan noch drei Meter entfernt war, hob der Blinde eine Hand und bedeutete ihm, er solle vortreten und sich setzen.

»Es war gut, was du für Dakpo getan hast«, sagte Patrul. »Du hast die Angewohnheit, Geschöpfe in Not zu retten.«

»Bei Dakpo, Rinpoche, bin ich mir nicht sicher, ob ich ihn gerettet oder tiefer in den Schlamm gezogen habe.«

»Er ist jung, aber er hat genug gelernt, um zu wissen, dass es keine Reinheit ohne Unreinheit gibt.«

»Ich würde gern mit ihm sprechen. Ist er ins *gompa* zurückgekehrt?«

Der alte Lehrer schüttelte den Kopf. »Er fürchtet, was er ihm antun würde.«

Shan warf einen Blick auf die Lagerräume entlang des Korridors der Scheune und stutzte dann. »Was er dem Kloster antun würde?«

»Ich glaube, dir ist bewusst, dass die Wahrheit die schmerzhafteste aller Waffen sein kann. Die Wahrheit, mit der du ihn bewaffnet hast, würde sich verheerend auf die Mönche auswirken.«

Shan schaute zu der Buddhastatue auf dem provisorischen Altar empor. Er war hier der Blinde. Er wusste, wie sehr die Mönche des geplagten Klosters ihren Abt verehrten. Norbu war ihr Held, ihr Retter. Norbu hatte Patrul aus der Vergessenheit des Gulag wiederauferstehen lassen. Ihnen die Wahrheit zu sagen würde bedeuten, ihnen gleichzeitig mitzuteilen, dass man sie benutzt hatte, dass ihre Gemeinschaft auf einer Täuschung basierte, dass sie Marionetten der Öffentlichen Sicherheit waren.

Als er sich wieder Patrul zuwandte, lag der große zottige Mastiff neben dem alten Lama und sah Shan an. »Du wurdest zu zehn Ketten verurteilt, Rinpoche«, sagte Shan nach langem Schweigen. »Niemand, der sich gegen die Treueide ausgesprochen hat, wird vorzeitig entlassen. Trinle hat gesagt, der Grund sei deine Erblindung gewesen.«

Patrul lächelte bekümmert. »Er ist ein guter Junge. Sucht immer nach der besten Antwort, nicht unbedingt nach der wahren. Er vergisst, dass ich schon bei meiner Verhaftung fast blind war.«

»Die Silberglocke nach Chegar zurückzubringen hätte Norbu einen wohlwollenden Empfang verschafft, aber mit dir an seiner Seite war er ein Held.«

»Sie haben es eine humanitäre Entlassung genannt«, sagte Patrul mit bitterem Lachen. Es lag Schmerz in seiner Stimme. Er hatte bereits erkannt, dass auch er eine Marionette gewesen war.

»Und doch bist du hier«, erwiderte Shan. »Vielleicht hatte eine Gottheit ihre Hand im Spiel.«

»Was auch immer geschieht, mein Chegar leidet.«

»Das glaube ich nicht. Du bist sein Beschützer. Du bist schon immer sein Beschützer gewesen. Ganz egal, was passiert, Peking wird erst nach vielen Monaten einen neuen Abt schicken, womöglich nach mehr als einem Jahr.«

»Ein *gompa* braucht einen Abt.«

»Die Menschen hier haben einen, den besten, den sie sich wünschen könnten. In gewisser Weise ist er nie weg gewesen.«

»Ich bin alt und blind.«

»Du bist weise und scharfsinnig. Wenn Tibet eine Schattenregierung haben kann, dann Chegar doch sicherlich einen Schattenabt.«

»*Lha gyal lo.*« Die Worte waren ein Flüstern aus der Dunkelheit.

Shan nahm eine Butterlampe und ging in den Lagerraum hinter ihnen, dessen Tür offen stand. Dakpo saß auf einem Bett aus Stroh. Shan beugte sich über ihn, fühlte seine Stirn und dann seinen Puls.

»Es geht mir schon wieder ganz gut, Shan«, versicherte der Mönch tapfer. »Das Heilmittel, das du uns gegeben hast, ist ein paar gebrochene Rippen wert. Aber ich mache mir Sorgen. Trinle war letzte Nacht hier und hat erzählt, dass Norbu die Mönche aufgerüttelt und über ihre Pflicht gegenüber dem Dalai Lama gesprochen hat. Ich kann ihn nicht zur Rede stellen. Ich bin mir nicht sicher, dass man mir glauben würde.

Und bald ist Vollmond. Die Tentakel werden nach Dharamsala greifen. Ich kann nicht …« Die Stimme des Mönches erstarb.

»Ich verstehe, Dakpo. Es ist fast vorbei. Du musst dich weiter wie sein Schüler verhalten, damit er keinen Verdacht schöpft. Es hat sich nichts geändert.«

»Es hat sich alles geändert.«

Shan grinste. »Genau.«

Plötzlich wurde die Stille der Morgendämmerung durch eine Glocke gestört. Es war kein Ruf zum Gebet. Von den Schatten des Eingangs aus sah Shan, dass Mönche den Innenhof des *gompa* betraten und zu den Fahrrädern eilten, die vor einer der Wände standen. Er verabschiedete sich hastig von Patrul und Dakpo und verließ die Scheune durch den Hinterausgang.

Wenige Minuten später stand er auf der Ladefläche seines Pick-ups und beobachtete die Mönche durch sein Fernglas. Sie bildeten auf der flachen Straße eine dünne kastanienbraune Linie, einen Pfeil, der hinein ins Tal gerichtet war. Shan folgte der imaginären Flugbahn des Pfeils und versuchte das Ziel vorauszuahnen. Es konnten die Klosterruinen sein. Es konnte Baiyun sein. Es konnte irgendein Pilgerpfad sein, der gereinigt werden sollte.

Als Shan mit seinem Wagen wieder auf die Hauptstraße einbog, sah er, dass auch andere Leute ins Zentrum des Tals unterwegs waren. Die Gestalten auf Fahrrädern, Traktoren und Eseln steuerten weder die Ruinen noch die Stadt an, sondern eine Kreuzung, an der ein unbefestigter Weg von der Hauptstraße aus zu einigen Bauernhöfen in den Hügeln führte. Shan beschleunigte und überholte bald darauf die Mönche. Er erkannte mehrere Gesichter wieder, darunter auch das von Norbu in der Nähe der Spitze.

Als Shan an der Kreuzung eintraf, hatte sich dort bereits eine kleine Menge versammelt. Die Leute standen vor einem neu errichteten Schild mit Entfernungsangaben. Erschrocken sah er, dass es nur auf Chinesisch beschriftet war. Ein Bauer stand auf dem Sitz seines Traktors und hielt den Tibetern eine flammende Rede darüber, dass er nicht an einer chinesischen, sondern an einer tibetischen Straße wohnte.

»Nur weil man einen Leoparden als Maultier bezeichnet, ist er längst noch keines!«, rief ein Mann mit einer Sense.

Es trafen weitere Fahrzeuge ein, zumeist Fahrräder und Traktoren, manche mit Anhängern, auf denen ganze Familien saßen. Ein Lastwagen näherte sich und hupte, weil die Straße blockiert war. Ein alter Traktor mit einem Karren voller Ziegen und mehrere Bauern kamen hinzu. Shan öffnete die Wagentür und war sich der wütenden Blicke nur zu bewusst.

Die ersten Mönche, die eintrafen, waren jüngeren Alters. Sie fingen sofort an, die Wut der Tibeter zu schüren, und riefen, niemand dürfe vergessen, was es bedeute, Tibeter zu sein. In der Ferne wurden Sirenen laut. Eine der Gestalten mit den Ziegen kam näher, und Shan erschrak ein weiteres Mal.

»Yuan!«, rief er. Der Professor, seine Tochter und drei andere Exilanten aus Baiyun bahnten sich einen Weg durch die Menge.

»Sie sollten gehen«, sagte Shan. »Die Leute hier sind außer sich.«

»Ich habe den Ziegen eine Fahrt ins Blaue versprochen«, entgegnete Yuan mit funkelndem Blick. Shan schaute zurück zu dem Traktor, dem verbeulten alten Gemeinschaftsfahrzeug, das sonst auf dem Marktplatz von Baiyun stand, und bemerkte den Trotz in Yuans Miene. Die Stadt lag mehr als acht Kilometer entfernt. Der Professor war nicht als Reaktion auf den Tumult aufgebrochen, sondern schon vorher. »Sie haben hiervon gewusst?«

»Jigten ist gestern Abend an den Polizisten vorbeigefahren, die es aufgestellt haben. In den letzten drei Monaten hat jedes neue Schild zu einer Demonstration der Tibeter geführt. Das Tal kann weitere Unruhe wirklich nicht gebrauchen.«

»Polizisten? Keine Straßenarbeiter? Sind Sie sicher, dass er das gesagt hat?«

Yuan nickte bekräftigend, während Norbu auf einen der Anhänger stieg.

»Wir dürfen ihnen keinen Anlass geben, weitere Verhaftungen vorzunehmen«, beschwor der Abt die Tibeter. Die Polizeiwagen kamen nun in Sicht, ein Transporter der Bewaffneten Volkspolizei hinter zwei grauen Geländefahrzeugen. Der Fahrer des Lastwagens hatte angehalten. Er stieg nun aus und kletterte auf die Motorhaube. Es war einer von Lungs Männern.

Während die Aufmerksamkeit der Tibeter auf Norbu gerichtet war, schob Yuan sich weiter durch die Menge, gefolgt von seiner Tochter, die einen kleinen Eimer bei sich trug. Der Professor zog einen Pinsel aus der Tasche, tunkte ihn in den Eimer und fing an, etwas mit gelber Farbe auf die leere Rückseite des Schildes zu schreiben, wobei er immer wieder einen Zettel zurate zog, den seine Tochter ihm hinhielt. Es handelte sich um tibetische Schriftzeichen, und obwohl Yuans Hand ungeübt war, konnte man sie gut entziffern.

Shan hielt den Atem an. Ein tibetischer Junge lachte überrascht auf. Am Ende des Wortes malte Yuan nun einen Pfeil, der nach Süden zeigte.

Norbu sprang von dem Anhänger und forderte die Tibeter auf, sich hinter ihm zu versammeln, damit er sie vor den Polizisten schützen könne, die nun aus ihren Fahrzeugen stiegen. Doch erst ein Tibeter und dann noch einer trat hinter das Straßenschild und las, was Yuan geschrieben hatte. Jeder der beiden war im ersten Moment verblüfft und lachte dann. »*Lha gyal lo*«, rief eine Frau und lächelte Yuan zu. Shans Beunruhigung verwandelte sich in Angst, denn eine Stimme aus einem Megaphon ertönte.

»Sofern Sie keine Genehmigung für diese Versammlung haben, begehen Sie gerade eine Straftat«, sagte Liang. »Lösen Sie die Zusammenkunft sofort auf, oder Sie werden verhaftet.« Shan musterte den Major und die verunsicherten Blicke, mit denen die Polizisten ihn betrachteten. Es gab keinen offiziellen Grund, aus dem ein Sonderbevollmächtigter von außerhalb einen Routineeinsatz wie diesen leiten sollte.

Norbu war der Erste, der das Wort ergriff. »Wir sind nur Bauern auf dem Weg zur Arbeit«, rief er zurück. »Die Polizei hat nichts von uns zu befürchten. Wir erbitten lediglich Ihren Respekt als ursprüngliche Bewohner dieses Tals.«

Eine Frau neben Shan stöhnte auf. »Nein, bitte nicht«, rief sie. »Nicht unser gesegneter Abt. Wir dürfen nicht zulassen, dass sie einen weiteren Abt ins Gefängnis werfen.«

Norbu sprach weiter, aber das Raunen der Tibeter, die einen Blick auf die Rückseite des Schildes warfen, übertönte ihn. Yuan trat beiseite, damit alle es lesen konnten.

Neben dem Pfeil stand *Dharamsala*, erst auf Tibetisch, dann auf Chinesisch. Yuan hatte die Richtung bezeichnet, in der die Hauptstadt der freien Tibeter in Indien lag.

Eine alte Tibeterin packte Yuan, der eigentlich zu Shan wollte, und umarmte ihn. Shan konnte Liangs Worte nicht verstehen, aber der Zorn in seiner Stimme war unüberhörbar. Vier Polizisten mit Schlagstöcken rückten vor. Ein tibetischer Bauer nahm Sansan beim Arm und zog sie in die Menge. Schon die Tibeter steckten in Schwierigkeiten, aber falls Liang begriff, was geschehen war, würde sein Hass sich auch auf die Exilanten richten.

Shan stieg wieder in seinen Pick-up, drehte den Zündschlüssel und trat das Gaspedal durch, so dass der alte Motor lautstark zum Leben erwachte. Dann hantierte er mit Gangschaltung und Kupplung herum und ließ das Getriebe kreischen. Alle rund um den Wagen machten Platz. Liang brüllte wütende Befehle. Die Knüppel hoben sich. Shan bemerkte, dass Norbu ihn ansah. Er erwiderte den Blick kühl und durchdringend. Dann legte er den Gang ein und fuhr los.

Das Schild zerbarst, als er es traf, und die Splitter flogen hoch in die Luft. Der Pfahl, an dem es hing, war jedoch dick und tief eingegraben. Er verbog die Stoßstange und beschädigte den Kühler, bevor er brach. Shan stieg aus und starrte mit gespielter Verwirrung auf den Dampf, der von seinem beschädigten Wagen aufstieg. Mit flüchtigen Blicken vergewisserte er sich, dass die Tibeter nun zufrieden waren und den Rückzug antraten.

Norbu musterte Shan unschlüssig und lief dann an seine Seite. »Wir beten, dass Sie nicht verletzt wurden, Genosse«, rief der Abt laut und wandte sich dann an die Polizei. »Wieder einmal haben die Götter zugunsten der Tibeter eingegriffen«, fügte er herausfordernd hinzu.

Liangs Blicke durchbohrten Shan. Nach Tans Intervention konnte er Shan nicht mehr festnehmen, erst recht nicht vor so vielen Zeugen und für einen Zwischenfall, der wie ein Missgeschick wirkte. Er hob das Megaphon an die Lippen und zeigte auf Norbu.

»Hinter all dem steckt das Kloster Chegar!«, rief der Major mit leicht wankender Stimme. »Wer die Umarmung des Mutterlandes zurückweist, muss die Konsequenzen tragen!« Er klang wie ein erfahrener Schauspieler, der sich bemüht, einen Fehler im Drehbuch auszubügeln.

***

In dem kleinen Café in Baiyun herrschte zum ersten Mal eine sorglose, fast fröhliche Stimmung. Man hatte Tische nach draußen in die goldene Nachmittagssonne gestellt.

Shan hatte Professor Yuan in seinem Haus gesucht, aber nur

dessen Tochter angetroffen, die in der Küche an ihrem Computer saß. »Was Sie beide heute Morgen gemacht haben, war sehr leichtsinnig«, sagte er zu Sansan.

»Ich habe versucht, es ihm auszureden. Er war auf ein Zitat von Mao gestoßen und hatte beschlossen, den Ratschlag zu befolgen. ›Eine wahre Regierung des Volkes verlangt eine ständige Revolution.‹ Als Jigten herkam, um Medizin zu holen, und dabei das Schild erwähnt hat, war gerade die Zinnoberrote Gesellschaft hier versammelt. Mein Vater hat den Vorschlag nur im Scherz geäußert, aber einer von ihnen sagte, er wisse, wo man Farbe herbekommen könne. Sie waren wie kleine Jungen, die ein Abenteuer planen. Sie feiern immer noch im Teehaus. Ich begleite Sie.«

Zu Shans Überraschung saßen Tibeter mit den üblichen Gästen des kleinen Cafés zusammen. Sie warfen verunsicherte Blicke über die Straße. Einer der Professoren versuchte, die tibetische Kellnerin mit Schmeicheleien zu einer Partie Dame zu überreden. Shan setzte sich an einen Tisch im Hintergrund und bestellte Tee. Es war eine seltene Stunde der Kameradschaft zwischen Tibetern und Chinesen. Sie hatten einen winzigen Sieg über die Regierung errungen, und obwohl er nicht von Dauer sein würde, war er es wert, ausgekostet zu werden. Doch für Shan hatte dieser Sieg einen bitteren Beigeschmack.

Es war ihm gelungen, seinen beschädigten Pick-up zu Lung zu bringen, aber die Reparatur würde mehr als einen Tag dauern. Lokesh wusste genug über das unvorhersehbare Leben in diesem Tal, um sich keine Sorgen zu machen, wenn Shan abends nicht bei ihrer kleinen Hütte auftauchte. Doch morgen war Sonntag, der erste Sonntag des Monats. Die Stimme in seinem Kopf war im Verlauf der letzten Woche immer lauter und hartnäckiger geworden. *Ko wartet auf dich. Ko braucht dich. Er darf nicht glauben, dass du ihn aufgegeben hast. Nichts darf dich davon abhalten, deinen Sohn zu besuchen.*

Während er nun zum südlichen Horizont starrte, redete er sich einen Moment lang ein, er könne zu Fuß gehen. Viele tibetische Familien nahmen regelmäßig Zwei- oder Dreitagesmärsche auf sich, um ihre Angehörigen im Gefängnis zu besuchen. Doch auch wenn er die ganze Nacht hindurch lief, würde er es nicht über die steilen Bergstraßen schaffen, bevor die Besuchszeit am nächsten Vormittag endete. Er würde hier im Stall übernachten und seinem Sohn einen Brief schreiben müssen, der Ko hoffentlich auch erreichte.

Das zwanglose Geplauder erstarb schlagartig. Shan hob den Kopf. Auf der anderen Straßenseite hielt ein Wagen der Öffentlichen Sicherheit. Liang und Meng stiegen aus, gefolgt von zwei Soldaten der Kriecher.

Als Shan das Funkeln in Liangs Augen sah, zog sein Magen sich zusammen. Der Major mochte an der Kreuzung eine Niederlage erlitten haben, doch nun kam er selbstgefällig und zufrieden über die Straße stolziert. Liang schien übertrieben deutlich die Tische abzusuchen. Dann nickte er Shan zu.

Shan schob seinen Stuhl zurück und dachte an Flucht, doch Liang hatte das vorausgesehen. Einer der Soldaten hatte einen Bogen zur Rückseite der Tische beschrieben und stand nun hinter Shan. Meng blieb im Hintergrund und sah ihn mit schmerzvollem Blick an.

»Genosse Shan!«, rief Liang laut und trat zu ihm an den Tisch. »Na endlich haben wir Sie gefunden! Es gibt gute Neuigkeiten! All Ihre Angaben über diesen Revisionisten Jamyang haben sich bestätigt! Ihre Belohnung wurde zur Auszahlung freigegeben!« Der Major griff unter seinen Waffenrock und brachte ein Bündel Geldscheine zum Vorschein, zusammengehalten von einem Gummiband. »Eintausend ist der geltende Satz. Ein gutes Geschäft für den Leichnam irgendeines gesetzlosen Lama.«

Liang ließ das Geld auf Shans Tisch fallen, deutete steif eine

Verneigung an, machte kehrt und marschierte zurück zu seinem Wagen.

Alles war totenstill. Jede Person an jedem Tisch starrte Shan schockiert an, manche mit Hass im Blick, andere mit Abscheu. Shan war soeben öffentlich als Knochenfänger bezeichnet worden.

Alle bis auf einen Tisch leerten sich zügig. Der dünne grauhaarige Mann, der blieb, stand langsam auf, ging zu Shan und legte ihm eine Hand auf die Schulter. Auch seine Tochter trat hinzu. »Kommen Sie mit uns«, sagte Yuan.

Shan erhob sich wortlos und folgte dem Professor. Seine Tochter nahm das Geld vom Tisch. Shan hatte es nicht angerührt.

»So ist Liang nun mal«, sagte Yuan, als er Shan in seiner Küche Tee einschenkte. »Die Leute in Baiyun werden das bald durchschauen. Die kennen Sie besser.«

Shan bekam kaum ein Wort über die Lippen. Liang hatte vergeblich versucht, ihn einzusperren. Von Anfang an hatten der Major und er sich belauert. Nun war Liang der entscheidende Schlag gelungen. Als Shan endlich sprach, war seine Stimme heiser. »Morgen um diese Zeit wird kein einziger Tibeter in diesem Tal mehr mit mir reden«, sagte er.

KAPITEL SIEBZEHN

Shan erwachte jäh, und sein Albtraum war so real, dass er zusammenzuckte, weil er dachte, die Berührung an seiner Schulter stamme vom Knüppel eines Lageraufsehers.

»Shan«, flüsterte Yuan und schüttelte ihn. »Sie ist hier. Ihr Wagen steht schon seit zwei Stunden draußen. Jetzt ist sie an der Tür.«

Schlaftrunken folgte er dem Professor nach vorn und steckte sich derweil das Hemd in die Hose.

Meng stand da im trüben Licht kurz vor Tagesanbruch. »Wir müssen los«, verkündete sie.

»Los?«, fragte Shan begriffsstutzig.

»Hast du allen Ernstes vergessen, welchen Tag wir heute haben? Es ist der erste Sonntag des Monats.«

Ob aus Ermüdung und Verblüffung, er wusste nicht, was er sagen sollte. Er folgte Meng zu ihrem Wagen, stieg gehorsam ein, starrte dann aus dem Fenster und kam sich irgendwie beschämt vor.

Die schlafende Stadt lag schon weit hinter ihnen, bevor er sich das erste Mal Meng zuwandte. Ihre Uniform war zerknittert. »Hast du im Auto geschlafen?«, fragte er.

»Nicht viel.«

»Du musst das nicht tun.«

»Es ist Sonntag. Ist es nicht das, was Paare sonntags tun? Einen sorgenfreien Ausflug aufs Land unternehmen?«

»Meng Limei, wirklich. Das wird kein Spaziergang.«

Wie als Antwort warf sie ihm ein Stück Papier auf den Schoß. Langsam und schmerzlich faltete er es auseinander. Es war der Brief, den er in Liangs Zelle an Ko geschrieben hatte. »Ich danke dir, dass du …«

»Du siehst furchtbar aus!«, fiel sie ihm ins Wort. »Schlaf noch ein wenig.«

Er steckte sich den Brief unter das Hemd, lehnte den Kopf an die Scheibe und betrachtete den Himmel. Die Sterne verloschen, weil nun endgültig die Dämmerung anbrach. Er sah zu, wie die Schatten hinter die Berge zurückwichen.

Deutlich später schreckte er hoch, weil er von außerhalb des Wagens Stimmen hörte. Meng sprach gerade mit einigen Soldaten. Eine Schranke hob sich und gab den Weg frei. Shan war plötzlich hellwach, rieb sich die Augen und blickte dann instinktiv nach unten, als eine Patrouille vorbeifuhr. Sie hatten das Sperrgebiet erreicht. Wegweiser verwiesen auf jedes einzelne von Oberst Tans Zwangsarbeitslagern.

Als die 404. Baubrigade des Volkes in Sicht kam, wurde Shans Mund trocken. Seine Augen konnten sich nicht von den lang gestreckten, baufälligen Baracken abwenden, in denen er jahrelang gelebt und in denen er Lokesh und die Lamas kennengelernt hatte, die aus dem seelisch gebrochenen, von Drogen benebelten Körper, der von der Öffentlichen Sicherheit dort abgeladen worden war, wieder einen Menschen gemacht hatten. Die schäbigen Behausungen waren für ihn zu Kapellen geworden. Viele gute und unschuldige Männer waren in ihnen und auf dem Exekutionsplatz gestorben, Männer, die ihn bis heute in seinen Träumen und Albträumen heimsuchten.

Meng rüttelte ihn an der Schulter. Sie waren am Haupttor, und ein Wachposten beugte sich mit einem Klemmbrett zum Fenster herein. »Wie heißt dein Sohn, Shan? Sie brauchen seinen Namen.«

»Shan Ko«, sagte er mit umschlagender Stimme. »Baracke vierzehn.«

Der Posten hielt bei dem Namen kurz inne, sah Meng fragend an und ließ das Klemmbrett sinken, ohne einen weiteren Blick darauf zu werfen. »Sparen Sie sich die Mühe«, murmelte er.

»Ist er nun ein Häftling in der 404ten oder nicht?«, hakte Meng nach.

»Natürlich ist er das. Aber er steckt seit dieser Woche in Einzelhaft. Und in Einzelhaft darf kein Besuch empfangen werden.«

Erst als Meng ihn besorgt ansah, begriff Shan, dass er laut aufgestöhnt hatte.

»Wir kommen trotzdem herein«, beharrte Meng.

Der Posten zuckte die Achseln und wies auf einen Schotterstreifen jenseits des Tors.

Shan erhob keine Einwände, als sie ihm auftrug, er solle im Wagen warten. Er beobachtete das Gelände hinter dem Stacheldraht und sah die spindeldürren Sträflinge umherschlurfen. Einige von ihnen trugen alte Männer, die zu schwach zum Laufen waren, hinaus in die Sonne, eines der sonntäglichen Rituale des Lagers. Das hier war keine Umerziehungseinrichtung, sondern einer der Orte, an denen Peking seine Feinde zu Staub zerrieb. Shan umklammerte unwillkürlich die Sitzkanten, als rechne ein Teil von ihm damit, jeden Moment gepackt und wieder hinter den Draht geworfen zu werden. So war es immer, wenn er an den Besuchstagen warten musste. Manchmal ging er vor dem Tor erst eine Weile auf und ab, um sich zu beruhigen, bevor er das Gelände betrat. Einmal ein Sträfling, immer ein Sträfling.

Es dauerte fast eine Stunde, bis Meng endlich in Begleitung eines Aufsehers zurückkam. »Nur fünfzehn Minuten«, verkündete sie. »Es tut mir leid.«

Als er ausstieg, warf er ihr einen verwirrten Blick zu und wusste, dass er sich eigentlich bedanken müsste. Aber hier im Gefängnis, wo Meng in ihrer Uniform neben ihm stand, konnte er einfach nicht vergessen, dass er von Frauen wie ihr mehr als einmal verhört und sogar geschlagen worden war. Andererseits war es nichts weniger als ein Wunder, einen Gefangenen aus der Einzelhaft zu holen, und sei es nur für ein paar Minuten.

Shan wurde in die sterile und zugige Kammer gebracht, die mit ihren vergitterten Fenstern für Besuche vorgesehen war. Man hatte hier vier schwere Metallstühle mit Bolzen im Zementboden verankert, jeweils mit zwei Hockern davor. Er starrte aus einem der Fenster und hielt nach vertrauten Gesichtern unter den Gefangenen Ausschau, bis er hörte, wie sich am anderen Ende des langen Korridors, der zu diesem abgesonderten Raum führte, eine schwere Metalltür schloss. Shan nahm schnell auf einem der Hocker Platz. Dies wäre besser, als zu neugierig zu wirken.

Das Rasseln der Ketten, die immer näher kamen, war für Shan stets eine langsame Folter. Sie schienen sich mit jedem Schritt fester um sein Herz zu wickeln. Er zwang sich, unbeirrt den Metallstuhl zu fixieren, und blickte nicht einmal auf, als ihm klar wurde, dass das Rasseln diesmal anders klang als die üblichen Fußfesseln.

Dann plötzlich waren sie neben ihm, zwei bullige Aufseher zu beiden Seiten ihres schmalen Gefangenen. Shan biss die Zähne zusammen, um nicht laut aufzuschreien. Um Kos Hals lag ein schwerer Lederkragen mit einer Öse, durch die eine Kette verlief. Diese Kette war um seine Handschellen gewickelt und unten an einer Öse seiner Fußfesseln befestigt. Die Wärter stießen ihn auf den Stuhl und benutzten eine weitere Kette, um ihn an einem Metallring des Stuhls zu sichern. Dann zogen sie sich zurück.

Als Shan aufblickte, grinste sein Sohn. »Die halten mich offenbar für den wildesten Tiger in ihrem Käfig.«

Shan öffnete den Mund, bekam aber kein Wort heraus. Er schluckte und versuchte es noch mal. »Was ist passiert?«

»Als kein Brief von dir gekommen ist, habe ich mir Sorgen gemacht. Aber dann haben sie mich eines Nachts aus der Baracke gezerrt und in eine Zelle geworfen. Da wusste ich, dass alles in Ordnung war.«

»Aber warum, Ko? Was war los?«

»Nichts. Das meine ich ja«, sagte Ko, immer noch grinsend. »Ich hatte diesmal absolut nichts gemacht. Deshalb wusste ich ja, dass es dir gut gehen muss und du bloß gerade etwas getan hattest, was denen mächtig auf den Sack gegangen ist.«

Ko war ein gut aussehender junger Mann gewesen, doch die Jahre im Gefängnis hatten ihn vorzeitig altern lassen. Er war hart und dünn und vernarbt. Zwei einst gebrochene Finger hatten nie richtig heilen können und blieben nun dauerhaft krumm. Sein Grinsen enthüllte Zähne, von denen Stücke abgesplittert waren – als Folge zahlreicher Schläge. Er roch nach Urin.

»Bekommst du zu essen?«, fragte Shan.

»Na klar. Haufenweise Rindfleisch und Hühnchen. So viel, dass ich eine Diät einlegen musste.«

Shan lächelte matt. Er widerstand dem Impuls, aufzuspringen und seinen Sohn zu umarmen, weil er befürchtete, damit die Wärter im hinteren Teil des Raumes zu provozieren. »Ich hatte neulich nachts einen Traum«, sagte er zu Ko. »Genau genommen eine Erinnerung, aber unglaublich intensiv. Ich habe dich besucht, als du fünf oder sechs Jahre alt warst, und bin mit dir auf den Grillenmarkt in Peking gegangen. Dort gab es Hunderte von Grillen – kämpfende Grillen, singende Grillen, Grillen, die einfach nur auf ihre Schönheit hin gezüchtet worden waren – und jede in ihrem eigenen Käfig. Ich konnte dich nicht mehr von dort wegbekommen. Wir sind stundenlang geblieben und haben uns mit den alten Männern unterhalten, die sie verkauft haben. Sogar die Käfige waren erstaunlich, kunstvolle kleine Gebilde aus Bambus und Rosenholz und passend geformten Flaschenkürbissen mit verzierten Elfenbeindeckeln. Einer der Männer hat dich seine Grille an einer geflochtenen Seidenschnur spazieren führen lassen. Du hast die ganze Zeit gelacht. Ich habe dir von meinem Großvater erzählt, der eine grüne Grille mit einem komischen Namen hatte, die immer um Mitternacht gesungen hat. Du hast andauernd über diesen Namen gekichert und ihn auf dem Heimweg immerzu wiederholt.«

Ko starrte ihn nun mit leerer Miene an, als hätte er ihn nicht gehört. Mitunter blieb er während Shans gesamtem Besuch so. Er hatte einige Monate in einer psychiatrischen Anstalt für kriminelle Geisteskranke zubringen müssen, in der experimentelle Medikamente eingesetzt wurden.

Shan sprach weiter – über das Wetter, über Lokesh, über die neue Pionierstadt. Das machte er immer so, wenn Ko sich ausblendete, obwohl er nicht wusste, ob für Ko, für sich selbst oder für die Wachen.

»Es kommt regelmäßig eine Eule«, sagte Ko auf einmal.

Shan neigte den Kopf.

»Oben in der Wand meiner Zelle gibt es ein winziges Fenster. Die Eule kommt mitten in der Nacht. Sie spuckt Fell und Knochen ihrer Beute aus, und ich esse das.« Kos Stimme wurde zu einem Flüstern. »Neulich hat sie eine Feder fallen gelassen. Ich muss die versteckt halten, sonst wird sie konfisziert. Aber wenn die Wärter nicht in der Nähe sind, hole ich sie hervor und schaue sie mir genau an. Weißt du, eine solche Feder ist ein echtes Wunderwerk.«

»Ich weiß, was Lokesh dazu sagen wird. Eine Gottheit in Eulengestalt besucht dich.«

Ko grinste erneut. »Vor fünf Jahren hätte ich darüber gelacht. Heute bin ich mir nicht mehr so sicher.«

»Dann besteht noch Hoffnung für dich, mein Sohn.«

Sie lächelten beide. Trotz des Ortes, an dem sie sich befanden, trotz der qualvollen Wege, die ihre Leben genommen hatten, lächelten sie viel, wenn sie zusammen waren. »Du musst sie unterdrücken«, verkündete Ko.

»Wie bitte?«

»Das hast du mich gelehrt. Die größte Stärke eines Gefangenen liegt darin, seine Angst zu unterdrücken.«

Die Worte schnürten Shan die Kehle zu. Er nickte kaum merklich.

Ko lächelte weiter, aber sein Blick schien sich wieder ins Leere zu richten.

Da erst bemerkte Shan, dass die Aufseher an seiner Seite standen und Ko von dem Stuhl losmachten. »Alles Gute, mein Sohn«, sagte er leise. »*Lha gyal lo.*«

Als er sich umdrehte, sah er, dass Meng hinten im Raum auf ihn wartete und sie beide beobachtete. Auch sie blieb stumm, während sein Sohn an ihr vorbei in den Korridor geführt wurde. Auf halber Strecke den Gang entlang ertönte plötzlich Kos Stimme. »Donnerdrache!«, rief er. »Großvaters Grille hieß Donnerdrache!« Er geriet ins Stolpern, weil einer der Wärter ihn an der Schulter voranstieß, dann richtete er sich langsam auf und ging weiter.

Shan blickte ihm nach, bis die schwere Metalltür sich hinter seinem Sohn lautstark schloss.

***

Es war Meng, die auf der Rückfahrt ins Tal das lange Schweigen brach. »Er wird es überleben«, sagte sie angespannt. »Ich kann es in seinen Augen sehen. Sie brennen genau wie deine.«

Shan wies auf eine Rebhuhnfamilie, die die Straße überquerte. Er hatte nicht die Kraft, über Gefängnisse und Häftlinge zu reden. Der Besuch bei Ko war schmerzlicher als die meisten anderen gewesen. Er wusste, dass er jede Sekunde davon noch einmal durchleben würde, sobald er das nächste Mal zu schlafen versuchte.

Meng setzte ihn dort ab, wo sie ihn am Morgen aufgelesen hatte, doch als er an Yuans Tür klopfte, machte niemand ihm auf. Er zog in Erwägung, die Kilometer bis zu Lungs Bauernhof zu Fuß zurückzulegen, aber sein Wagen würde noch nicht repariert sein. Am Ende setzte er sich auf eine der Bänke auf dem Platz, genau gegenüber der ehemaligen Statue. Sie war nämlich nicht mehr da, und jemand hatte stattdessen einen kleinen Souvenir-Buddha hingestellt, der auf dem großen steinernen Podest lächerlich winzig wirkte. Allerdings besaß der Buddha einen eigenen Sockel, ein rotes Buch mit Maos Zitaten.

Shan konnte sich nicht entsinnen, wann er sich zuletzt dermaßen machtlos gefühlt hatte. Das Tal, das so lange ein Bollwerk der tibetischen Traditionen gewesen war, befand sich im Niedergang und würde bald zu einer weiteren austauschbaren Gegend mit Internierungslagern und Einwanderersiedlungen werden. Jamyang und die Äbtissin, Lung Ma und der Deutsche waren umsonst gestorben. Nein, sagte eine verzweifelte Stimme, sie waren wegen Peking gestorben, um die Maschine anzutreiben, die Tibet zermahlte.

Er fragte sich nicht länger, wie die Wahrheit lautete, sondern was er mit ihr anfangen sollte. Die Wahrheit zum Vorschein zu bringen fühlte sich für gewöhnlich so an, als würde man ein glänzendes Schmuckstück aus dem Morast holen. Doch diesmal hatte die Wahrheit ihn gepackt und in den Schlamm gezogen. Er erstickte allmählich daran. Ihm stand kein Weg mehr offen. Kein Tibeter würde ihm noch glauben, falls er versuchte, den Killer mit den Morden zu konfrontieren. Shan würde lediglich wie ein verbitterter Knochenfänger wirken, der einen tibetischen Helden verleumden wollte. Er stand auf, lief durch die Straßen und umrundete jeden Häuserblock der kleinen Stadt. Wer ihm begegnete, wandte sich von ihm ab.

Schließlich fand er sich am Nebeneingang des Polizeipostens wieder und setzte sich auf die Stufe. Die Welt um ihn herum stürzte ein. Liang und jene, denen er diente, hatten gewonnen. Shan und Jamyang hatten verloren. Das einzige wirkliche Rätsel war gewesen, wieso er je geglaubt hatte, etwas verändern zu können. Er starrte lange in den Abendhimmel, bis er plötzlich an die Worte seines Sohnes denken musste. *Unterdrücke deine Angst. Das ist die größte Stärke, die ein Gefangener haben kann.*

Er ging hinein und fand Meng an ihrem Schreibtisch vor, wo sie zwei Dokumente anstarrte. Sie hob eines davon. »Mir wird befohlen, ein Verfahren gegen Professor Yuan und seine Tochter einzuleiten, um ihren Pionierstatus zu widerrufen.«

»Und das heißt?«

»Dass man ihnen eine Gelegenheit geben wird, ihre Loyalität zu beweisen. Im Klartext: Ihnen bleiben zehn Tage, um alle unpatriotischen Aktivitäten zu melden, von denen sie Kenntnis haben. Andernfalls wird ihr Status widerrufen, und man schickt sie zurück, um sie wegen der ursprünglichen Vorwürfe vor Gericht zu stellen. Das bedeutet eine sichere Haftstrafe für das Mädchen.«

Sie schüttelte das Papier und legte es zurück auf den Tisch. »Das wurde mir über den Computer der Öffentlichen Sicherheit zugestellt.« Sie nahm das andere Blatt. »Das hier habe ich in dem alten Faxgerät gefunden. Es steht im vorderen Büro und ist für Nachrichten an die Polizisten gedacht. Ein Haftbefehl für Abt Norbu. Nicht an mich adressiert, sondern an die einheimischen tibetischen Polizisten. Sie sollen sich morgen

Abend zusammen mit der Bewaffneten Volkspolizei beim Kloster Chegar einfinden, um die Verhaftung während der abendlichen Zusammenkunft der Mönche vorzunehmen.«

»Wie lauten die Vorwürfe?«

»Politische Betätigung durch einen registrierten Mönch. Organisierung unautorisierter öffentlicher Versammlungen. Verdacht auf Verschwörung gegen die Regierung.«

»Die tibetischen Polizisten«, grübelte er laut. »Hast du dich eigentlich je gefragt, weshalb diejenigen, die diese Hörner blasen, nie erwischt werden?«

»Nein, nur wieso wir uns überhaupt wegen ihnen den Kopf zerbrechen sollten.«

»Liang hat nicht vor, Norbu verhaften zu lassen. Daher hat er die Anweisung auch nur an die tibetischen Polizisten geschickt.«

»Das verstehe ich nicht.«

»Liang ist weg. Ruf in der Zentrale an, und erkundige dich. Er ist hier fertig. Dieser Befehl ist sein Abschiedsgruß.« Er sah Mengs unschlüssige Miene. »Ruf an«, beharrte Shan. »Frag nach ihm.«

Sie runzelte die Stirn und nahm den Telefonhörer. In der Zentrale sprach sie erst mit einer Person, dann mit einer anderen, bevor sie wieder auflegte. »Er hat aus dem Büro, das man ihm zur Verfügung gestellt hatte, all seine Sachen mitgenommen«, berichtete Meng. »Offiziell ist er weg, weiter zu seinem nächsten Auftrag. Die sagen, er könnte aber noch im Gästehaus sein. Es ist ja noch Wochenende. Wahrscheinlich wird er erst morgen abreisen.« Sie schaute wieder zu den Papieren auf ihrem Schreibtisch. »Warum hat er die Verhaftung ausgerechnet jetzt angeordnet?«

»Er will, dass die Tibeter davon erfahren, und indem er den Befehl an die tibetischen Polizisten schickt, erreicht er genau das. Haben die Beamten das Fax schon gesehen?«

»Einer von ihnen hat es gelesen und ist weggegangen.«

Shan nickte, als würde das seine These untermauern. »Liang will alle glauben machen, Norbu befinde sich in großer Gefahr, so dass niemand Verdacht schöpft, wenn der Abt ganz plötzlich aus Tibet flieht. Damit endet diese Phase ihres Plans«, sagte Shan. »Es ist der letzte Akt ihres Dramas, um sicherzustellen, dass Norbu nicht als gewöhnlicher Flüchtling in Indien eintrifft, sondern als Held. Uns läuft die Zeit davon. Morgen Nacht ist Vollmond. Bis die Polizei ihn holen kommt, wird er längst im Lastwagen der Schmuggler verschwunden sein.«

»Ich verstehe es immer noch nicht.«

Er zog einen Zettel aus der Tasche und reichte ihn ihr.

»Was ist das?«

»Ich und Ko. Unsere Registrierungsnummern.«

Ihre Züge verhärteten sich. »Was soll ich damit?«

»Ich muss Liang wieder herlocken. Ich kann nicht zu den Mönchen gehen und ihnen sagen, ihr Abt sei ein Spion und Mörder. Sie würden es mir unter keinen Umständen glauben. Also müssen sie dieses Geheimnis von Major Liang selbst erfahren.«

Meng hob noch einmal den Zettel. »Was soll ich damit?«, wiederholte sie.

»Liang kann mich nur für ein Jahr wegsperren lassen. Ein Jahr halte ich aus. Es wird wie eine lange Meditation sein, erzwungen durch Ketten. Doch es besteht die Möglichkeit, dass er die Drohung wahr macht, die er mir bei der letzten Festnahme angekündigt hat, und er mich jedes Jahr neu verlegen lässt, damit ich unsichtbar werde. Falls das passiert, bitte ich dich um einen Gefallen. Überprüfe alle paar Monate oder vielleicht einmal im Jahr das zentrale Gefangenenregister. Es ist mir sehr wichtig, Xiao Meng, ein großer Dienst, den du mir erweisen könntest. Und den ich dir nie vergessen würde. Dann lass Ko und mich wissen, wo der jeweils andere steckt. Die Öffentliche Sicherheit kann Häftlingen Nachrichten zukommen lassen. Andernfalls ...« Ihm stockte die Stimme. »Andernfalls werde ich ihn nie wiederfinden. Und heute würde der letzte Tag sein, an dem ich meinen Sohn jemals gesehen habe.«

Ihr Gesicht verlor sämtliche Farbe. »Was hast du vor?«

»Lokesh hat mal zu mir gesagt, Worte seien hohle Dinge. Die Wahrheit finde sich nur im Herzen und in Taten.«

»Bitte, Shan. Keine Rätsel mehr.«

»Die Tibeter werden die Wahrheit aus meinem Mund nicht akzeptieren. Aus deinem auch nicht. Also muss es ihnen gezeigt werden. Ich werde Liang zurück hierher zwingen, damit tibetische Ohren hören können, was ich zu sagen habe. Deine Polizisten werden an Liangs Reaktion die Wahrheit erkennen und das Kloster benachrichtigen. Seine Rückkehr in dieses Tal stellte eine große Gefahr für seine Mission dar. Er musste die Situation bis zum Siedepunkt bringen und dann verschwinden, um nicht alles zu riskieren. Er könnte nämlich die *purbas* verscheuchen, die darauf warten, Norbu nach Indien zu bringen. Nur zwei Dinge würden Liang dazu verleiten, dieses Risiko zu ignorieren. Eine Gelegenheit, sich umfassend an mir zu rächen, und eine Möglichkeit, seinen Fehler auszubügeln und doch noch die Amerikanerin zu ergreifen. Ich werde ihm zu beidem verhelfen. Alle halten mich bereits für den Knochenfänger, der einen Lama getötet hat. Es wird sie also nicht überraschen, wenn ich weitere Belohnungen einfordere, und zwar für die Morde an denen, die seinen Agenten enttarnen wollten, und für die Auslieferung von Cora Michener.«

KAPITEL ACHTZEHN

Meng hatte Tränen in den Augen. »Du Narr«, flüsterte sie. »Du verdammter Narr. Du kannst Liang nicht besiegen.«

»Ich werde ihn nicht besiegen, sondern benutzen. Ich werde nicht zulassen, dass sie alle umsonst gestorben sind. Ich werde nicht zulassen, dass das Gift sich bis über die Grenze verbreitet. Das muss ein Ende haben.«

»Er wird dich töten, falls er kann.«

»Vermutlich nicht. Es wissen zu viele Leute von mir. Aber er wird mich verschwinden lassen müssen. Er benutzt zu diesem Zweck ein Gefängnis in der Wüste.«

Meng schwieg lange. »Warum musst ausgerechnet du es sein?«, fragte sie schließlich.

Er ignorierte die Frage. »Wird er andere Kriecher mitbringen, wenn er kommt?«

Meng schaute auf ihren Schreibtisch. »Er hat hier keine offizielle Funktion mehr. Die Leute, die man ihm zugeteilt hatte, dürften neue Aufgaben erhalten haben.«

»Bring die tibetischen Polizisten mit. Sie sind das Publikum. Wir ziehen das am Marktplatz durch, bei dem alten Stall.«

»Das Publikum?«

»Für mein Geständnis. Liang hat verkündet, ich hätte Jamyang getötet. Die Hälfte der Leute hier hält mich für irgendeinen Geheimagenten. Liang hat höchstpersönlich bestätigt, dass ich einer der verhassten Knochenfänger bin. Er hat mir gezeigt, dass er Kopfgelder verteilt. Nun verlange ich die volle Summe. Ich habe eine Nonne getötet, die sich gegen den Staat verschworen hatte, und ich will meine Belohnung. Zum Beweis werde ich ihnen die Pistole geben, mit der Jamyang sich erschossen hat. Ich werde behaupten, ich hätte sie alle für das Mutterland getötet. Liang weiß, dass Norbu den Sohn von Lung ermordet hat, weil dieser ein Risiko für seinen geheimen Auftrag darstellte; der Junge hatte gesehen, dass Norbu sich heimlich mit der Öffentlichen Sicherheit traf. Ein Knochenfänger verdankt der Regierung seinen Lebensunterhalt und ist ihr dafür etwas schuldig. Er hält die Augen auf, achtet auf mögliche Schwierigkeiten. Ich musste die anderen töten, denn sie wollten Norbu als einen Agenten der Öffentlichen Sicherheit enttarnen und verhindern, dass er in die Exilregierung eingeschleust werden kann. Der Major wird mir ins Wort fallen, damit ich nicht zu viel ausplaudere. Doch die Polizisten werden genug gehört haben. Gib ihnen danach keinen Auftrag. Lass ihnen vielmehr reichlich Zeit, das Kloster noch vor Ablauf des Tages zu warnen. Rechtzeitig genug, dass die *purbas* den Abt gar nicht erst in den Laster nach Nepal stecken.«

»Liang kann dich nicht dafür belangen, dass du die Öffentliche Sicherheit geschützt hast.«

»Er wird mich nicht wegen der Morde einsperren, sondern weil ich seine Geheimnisse durchschaut habe.«

»Aber Oberst Tan …«

»Kann nichts unternehmen, falls ich als Gefahr für die nationale Sicherheit eingestuft werde. Er wird machtlos sein.«

»Das ist doch Wahnsinn, Shan. Es wird nicht funktionieren.«

»Es ist das Einzige, das jetzt noch funktionieren *kann*. Ich kann nicht zu den Mönchen oder irgendeinem anderen Tibeter gehen. Nach Liangs Auftritt beim Teehaus würden die mir niemals glauben.«

»Cora Michener ist dadurch auch noch nicht in Sicherheit.«

»Ich werde dafür sorgen, dass das Mädchen zu den *purbas* gelangt. Die können sie anstelle von Norbu mit diesem Lastwagen wegschicken.«

Aus der dunklen Arrestzelle ertönte ein Geräusch. Shan fuhr herum. Sansan trat vor und packte mit beiden Händen das Gitter.

Er erschrak. Die Welt um ihn herum stürzte tatsächlich ein. Er musste sich opfern, um Norbu aufzuhalten, aber damit konnte er auch den Exilanten und den *dropkas* nicht mehr helfen. »Meng, du musst ihr eine Chance geben. Du kannst nicht einfach …«

»Shan!«, rief Sansan und klang dabei merkwürdig erbost. »Sie müssen *ihr* eine Chance geben.« Und mit diesen Worten stieß sie die Zellentür auf. »Leutnant Meng hilft mir.«

»Ich habe sie gewarnt, dass ein Team aus der Gebietszentrale sie verhaften könnte, falls sie zu Hause bleibt«, erklärte Meng. »Der Diebstahl von Staatsgeheimnissen ist ein schwerwiegender Verdacht. Vorläufig ist es hier für sie sicherer.«

Sansan lächelte Shan bekümmert zu und verließ die Zelle. Sie ging zu einem Beistelltisch, auf dem eine Thermoskanne stand, und schenkte ihnen allen Tee ein.

»Der Diebstahl von Staatsgeheimnissen?«, fragte Shan. »Ich habe Sie für eine gewöhnliche Dissidentin gehalten.«

Sansan warf Meng einen Seitenblick zu und zuckte die Achseln. »Ich bin der Öffentlichen Sicherheit zum ersten Mal aufgefallen, als ich auf der Uni war. Nicht wegen meiner politischen Aktivitäten, sondern wegen meiner Computerkenntnisse. Die wollten, dass ich für sie arbeite und Systeme betreue und entwickle – oder dass ich in derartige Systeme einbreche, außerhalb von China. Ich habe besondere Kurse belegt. Das war, bevor jemand anders meine antisozialistischen Tendenzen bemerkt hat.«

»Welche Staatsgeheimnisse konnten Sie in Baiyun schon groß stehlen?«, hakte Shan nach.

»Ich habe mich per Computer in die Verwaltungssoftware der Umsiedlungslager eingeklinkt. Die *dropkas* im Reinen Wasser brauchen mehr Medizin, als sie bekommen.«

Shan sah sie mit neuerlichem Interesse an. »Lassen Sie mal sehen«, sagte er und zeigte auf Mengs Computer.

»Nein!«, protestierte Meng. »Sie können nicht einfach ...« Ihre Stimme erstarb. Sansans Finger huschten bereits über die Tastatur.

Wenige Minuten später scrollte Sansan durch Seiten voller Daten aller Lager in Tibet, einschließlich der Listen der Insassen und der vorgesehenen Verteilung der *dropkas* auf chinesische Fabriken. Bei den Einträgen für das Lager des Reinen Wassers hielt sie an.

»Was ist, wenn irgendein Funktionär eine Anweisung erteilen will? Zum Beispiel dem Verwalter des Lagers des Reinen Wassers.«

»Dazu sind spezielle Sicherheitscodes erforderlich.«

Shan verzog enttäuscht das Gesicht.

»Es dauert nur noch mal ein paar Minuten«, fügte Sansan mit funkelndem Blick hinzu.

Shan beobachtete verwirrt und mit großem Respekt, wie die Frau mit rasender Geschwindigkeit Bildschirme voller Zahlen und Symbole aufrief. Schließlich hob sie erwartungsvoll den Kopf. »Was wollen Sie ihm mitteilen?«

Shan sah Mengs warnenden Blick und erwiderte ihn ruhig, während er mit Sansan sprach. »Ich möchte ihn anweisen, die Enkelin des Clanältesten Rapeche sofort aus ihrer Fabrik in Guangdong zurückzuholen.«

Meng fluchte leise, rührte sich aber nicht.

Als Sansan fertig war, wandte Shan sich an Meng. »Dakpo hat mit erzählt, das Kloster besitze einen Computer«, sagte er.

»Keine Ahnung«, entgegnete Meng und hielt dann inne. »Doch. Ja, tatsächlich. Im Verwaltungsbüro steht einer. Das Büro für Religiöse Angelegenheiten verlangt das inzwischen, damit Erlasse und Anordnungen zügig übermittelt werden können.«

Shan nickte. »Jeder Polizei-Laptop, der mir je untergekommen ist, hat gleich ausgesehen. Habt ihr hier auch welche?«, fragte er Meng.

»Es wurden zwei für die Beamten geschickt, aber die benutzen sie nie. Die Festplatten sind leer.«

Shan füllte seine Tasse nach, ging im Raum umher, musterte das vordere Büro und die Arrestzelle. »Ich habe meine Meinung geändert. Wir werden Liang hierher bitten. Aber erst hol uns einen dieser anderen Computer, und versteck ihn unter dem Schlaflager der Zelle. Sansan wird ihn morgen benötigen.«

***

Als Shan den holprigen Weg zur Hütte des Lama hinauffuhr, fühlte er sich Jamyang näher als je zuvor. Während Lungs Männer die Reparatur des Pick-up abgeschlossen hatten, hatten Shan und der Anführer der Jadekrähen seine Pläne besprochen. Shan hatte Lung mit einem Päckchen Weihrauchstäbchen zurückgelassen und ihm das Versprechen abgenommen, dass er den ganzen Weg bis nach Nepal bei der Amerikanerin bleiben würde. Als Shan gesagt hatte, dass er vermutlich das Tal verlassen müsste, war Lung ganz still geworden. »Warte hier«, hatte der Bandenführer gesagt und war im Haus verschwunden. Als er zurückgekommen war, hatte er Shan eine kleine Götterfigur aus Ton gegeben. »Am ersten Tag habe ich so eine von dir zertrümmert«, hatte er gesagt. »Das hätte ich nicht ...« Er hatte die Achseln gezuckt, ohne den Satz zu beenden, und Shans Hand geschüttelt.

Nun holte Shan als Erstes die verzierte Pistole aus ihrem Versteck und verstaute sie zusammen mit Yuans Ahnentafel in seinem Wagen. Dann kehrte er zu dem Schrein zurück. Die Opfergaben lagen immer noch auf dem provisorischen Altar, zusammen mit mehreren Zweigen Heidekraut und im Ofen gebackenen Figuren. Sie waren von den Tibetern zurückgelassen worden, die in den Hügeln lebten. Shan entzündete etwas Weihrauch, nahm dann eine kleine Bronzestatue und fing an, sie zu putzen. Er hatte fast die Hälfte der Altargegenstände gesäubert, als er hinter sich Schritte hörte.

Meng stand neben dem Steinhaufen am Rand des Schreins und hielt einen verwitterten *mani*-Stein in der Hand. »Den habe ich am Rand der Schnellstraße gefunden«, sagte sie schüchtern. »Er lag da ganz allein und wäre von irgendeinem Laster überrollt worden. Ich habe ihn aufgehoben und in meinen Wagen gelegt. Es kam mir so vor, als müsste er anderswo sein.« Sie sah Shan fragend an und legte den Stein oben auf den Haufen. »Ist das richtig?«

Er nickte langsam.

Sie kam zögernd näher, als sei sie sich nicht sicher, wie er reagieren würde. Statt ihrer Uniformjacke trug sie eine leuchtend rote Bluse und eine der groben Filzwesten, wie die Tibeter sie auf dem Markt verkauften.

»Du siehst aus wie eine tibetische Bäuerin, die zu ihrer Herde will.«

»Ist das gut?« Sie schien sich nur mit Mühe ein Lächeln abzuringen.

»Sehr sogar, Meng. Mehr als gut.«

Sie trat an seine Seite und deutete auf die anderen Opfergaben. »Zeig mir, was zu tun ist.«

Shan reichte ihr einen der Lappen, die er benutzte.

Sie arbeiteten schweigend. Während Meng die kleinen Figuren reinigte, wirkte sie wie eine Novizin. Shan erklärte ihr die Gottheiten im Fels und wies auf die kleinen Schädel darunter hin, die für die Zerbrechlichkeit der menschlichen Existenz standen.

Als sie fertig waren, stiegen sie den Hang weiter hinauf und unterhielten sich über Kleinigkeiten, über Geschichten aus ihrer Jugend und die Lerchen, die um sie herumflatterten. »Ich habe gehört, das sei ein magischer Berg«, sagte Meng und deutete auf den schneebedeckten Gipfel des Yangon, der in Sicht kam.

»Es heißt, dass zumindest die Menschen, die in seinem Schatten leben, bisweilen Magie finden«, fügte Shan hinzu.

Meng sah ihm tief in die Augen, als wolle sie ihm unbedingt etwas sagen, wandte sich dann aber ab. Sie schienen beide beschlossen zu haben, nicht über die Dinge von unten im Tal zu sprechen, nicht über den Verrat und Tod und auch nicht über das Unheil, das Shan am nächsten Tag auf sich herabbeschwören würde. Aus Mengs Wagen holten sie eine Decke und einen Beutel kalter Teigtaschen, die sie aus der Stadt mitgebracht hatten, und legten sich dann unter den sommerlichen Sternenhimmel. Sie lauschten den Rufen der Ziegenmelker und sahen den Lichtstreifen eines Meteoriten auf den riesigen Berg zurasen.

Bei Tagesanbruch weckte Shan sie. »Ich muss los«, sagte er und zupfte ihr Gras aus dem Haar. »Es sind noch ein paar Vorkehrungen zu treffen.«

Einen Moment lang lag sie reglos da, die Augen groß und unwissend. Dann schloss sie die Lider und seufzte, und als sie sie wieder öffnete, lag in ihrem Blick das Gewicht der ganzen Welt.

Schweigend legten sie die Decke zusammen und stiegen den Hang hinab. Shans Pick-up war schon zu sehen, als sie an einem kleinen Steinhaufen vorbeikamen, um dessen Basis eine verwickelte Schnur mit Gebetsfahnen lag. Sie entwirrten die Leine und befestigten sie aufs Neue an der Spitze. Meng fing an, die zerknitterten, schmutzigen Fahnen zu glätten und abzuwischen. »Ich habe gehört, es sind bestimmte Worte erforderlich, um den Fahnen Macht zu verleihen«, sagte sie.

Er brachte ihr das Mantra bei. »Ich muss los und alles vorbereiten«, sagte er.

Sie hielt ihn kurz am Arm zurück. »Wir können den Mörder nicht einfach davonkommen lassen, Shan. Er muss bestraft werden.«

Shan sah die Qual in ihrem Blick. »Er wird bestraft, Meng. Er wird durch die Wahrheit bestraft. Er wird aus dem Tal verstoßen und für alle Mönche gebrandmarkt sein, so dass er seinen Auftrag niemals erfüllen kann. Das Institut wird bloßgestellt und kann keine Agenten mehr aussenden. So läuft das in diesem Land. Er hat ein Verbrechen an Tibet verübt. Es wird eine Abrechnung geben, ob in diesem Leben oder dem nächsten.«

Sie sah ihn an, als wolle sie widersprechen. »Und dafür bist du bereit, dich zu opfern?«

»Falls das die einzige Möglichkeit ist, dann ja. Ich fürchte mich nicht vor dem Gefängnis, sondern davor, der Wahrheit im Weg zu stehen.«

Sie schaute zurück zu dem Berg. »*Yan que yong you hong hu zhi*«, murmelte sie.

Shan berührte sie. »Wie bitte?«

Meng lächelte traurig. »Ach, nichts. Das hat meine Mutter immer über mich gesagt. Das Motto meines Lebens, würde sie es wohl nennen. Ich habe mit dem Berg gesprochen, nicht mit dir.«

Doch Shan hatte die Worte verstanden. *Kleiner Spatz, der von Schwänen träumt*, hatte sie gesagt.

Meng umarmte ihn plötzlich, sehr fest, sehr kurz, widmete sich dann der ersten Fahne und rezitierte das Mantra, während sie den Schmutz aus dem Baumwollstoff knetete.

»Ich muss mich auf den Weg machen«, erinnerte er sie.

»Ich weiß. Ich will das hier beenden.«

Er ließ sie dort. Als er seinen Wagen erreichte, blickte er zurück. Aus der Ferne war sie einfach nur eine Bäuerin, die dem alten Stoff Segnungen entrang.

***

Der Beamte der Polizeistation von Baiyun musste Mengs Namen erwähnen, um die Gebietszentrale zu veranlassen, den Anruf zum Gästehaus durchzustellen. »Er lädt gerade sein Gepäck in den Wagen«, berichtete der Tibeter nervös. Er schaute immer wieder über Shans Schulter hinweg. Sansan sah von der Arrestzelle aus zu.

»Sagen Sie ihm, Shan will mit ihm sprechen.«

Zwei Minuten später reichte der Polizist den Hörer an Shan weiter und eilte aus dem Raum. Shan gab Liang keine Möglichkeit, sich zu beschweren. »Major, Sie werden sich heute Nachmittag mit mir in Baiyun treffen«, sagte er.

Nun musste er drei Stunden totschlagen und hatte keine Lust, sich den tadelnden Blicken auf den Straßen von Baiyun auszusetzen. Er holte Yuans Ahnentafel aus dem Wagen und brachte sie zu dem kleinen Schuppen hinter dem Haus des Professors. Er murmelte ein Gebet, als er sowohl sie als auch das alte Mandarin-Abzeichen in dem geheimen Schrein zurückließ, und fuhr dann zu dem leeren Marktplatz. Dort ließ er den Pick-up zurück und stieg den gewundenen Pfad hinauf, der zu dem steilen Gebirgsgrat oberhalb der Stadt führte. Oben ging er zu der Stelle, an der er und Jamyang damals Jigten aufgehalten hatten. Es schien ewig her zu sein. Er setzte sich auf einen Geröllblock und schaute hinunter ins Tal. Dann fiel ihm etwas weißer Sand am Fuß eines Felsens auf. Shan ließ ihn durch die Finger rieseln, so dass auf der ebenen Steinoberfläche ein Kreis entstand und darin die Umrisse von Tempeln. Es war ein überaus schlichtes Mandala, wie es kleinen Jungen beigebracht wurde, die zum ersten Mal ein Kloster betraten. Lokesh formte gelegentlich solch ein Bild und starrte es dann stundenlang an, während er sich die Gottheiten vorstellte, die in jeder der Kammern wohnten.

Shan musste bei dem Anblick nun daran denken, was Chenmo ihm erzählt hatte: dass der Abt in den Klosterruinen mal ein Mandala angefertigt habe, bei dem die Reihenfolge der Gottheiten nicht stimmte. Eine der Nonnen hatte an jenem Abend Lokesh dort auf dem Weg zur Arbeit im Kloster gesehen und mit ihm außerhalb von Shans Hörweite gesprochen. Lokesh war direkt zu dem Mandala gegangen und hatte Stunden darauf verwandt, die Fehler zu korrigieren. Shan erinnerte sich nun, wie bekümmert Lokeshs weise, sanfte Augen dabei dreingeblickt hatten. Lokeshs Art, die Welt zu betrachten, kam der Wahrheit oft näher als die von Shan, und das auch noch schneller. Shan wusste nun, dass sein alter Freund in jenem Moment bereits gespürt hatte, dass in Chegar etwas nicht stimmte und aus dem Gleichgewicht geraten war.

Er sah in die Richtung des Schreins, bei dem Jamyang gestorben war, und murmelte eine Entschuldigung. Shan war zu blind und zu langsam gewesen, um die Fährte zu verstehen, die Jamyang für ihn gelegt hatte. Der Lama war gerannt, um die Ahnentafeln von Jigten zurückzuholen, weil sie der erste Hinweis auf die Fährte waren. Er hatte gewollt, dass Shan Nachforschungen anstellte und herausfand, weshalb er so furchtbare Maßnahmen ergreifen musste, vielleicht sogar, um sicherzustellen, dass die Wahrheit auch dann ans Licht kommen würde, falls seine Pläne fehlschlugen. Das Band auf dem Altar sollte Shan zu den Tafeln führen, und die Tafeln sollten auf Yuan und seine Tochter verweisen, die die Aufzeichnungen besaßen, welche wiederum Jamyang mit dem Friedensinstitut verbanden.

Shan befand sich auf halbem Weg den Hang hinunter, als er den grauen Wagen sah, der auf Baiyun zuraste. Der von Peking ausgesandte Dämon stattete dem Tal einen letzten Besuch ab.

***

»Sie sollten mir die Amerikanerin bringen!«, brüllte Liang, als Shan allein Mengs Büro betrat.

»Ich habe nicht gesagt, ich würde sie persönlich abliefern. Ich sagte, ich könnte sie Ihnen verkaufen. Sie ist doch sicherlich mehr wert als irgendein gesetzloser Lama. Und dann sind da noch die Äbtissin und dieser kriminelle Chinese namens Lung.« Shan widerstand der Versuchung, sich mit einem Blick zu vergewissern, dass die tibetischen Polizisten immer noch im vorderen Büro saßen.

Liangs Hass auf Shan war wie ein Lebewesen, eine Schlange, die sich in ihm zu winden schien, als der Major seinen Mund aufmachte. »Bevor ich hier fertig bin, sind Sie tot!«

»Es ist bloß eine geschäftliche Transaktion«, erwiderte Shan ruhig. »Eintausend für meine patriotischen Tötungen. Weitere Tausend und ich verrate Ihnen, wo Sie die Amerikanerin finden können.«

Liang schaute in das vordere Büro. Ihm standen als Personal nur Meng und die wortkargen tibetischen Polizisten zur Verfügung. Liang nickte, als würde er die Beamten zur Kenntnis nehmen. Dann hörte Shan, wie die Tür hinter ihm sich öffnete und wieder schloss. Meng wollte sich das Spektakel vermutlich nicht antun.

Der Major stieß einen Fluch aus. »Sie haben sie nicht getötet.«

»Sie wollen meinem Antrag widersprechen?«, gab Shan zurück. »Bitte, nur zu. Es gibt für solche Fälle entsprechende Verfahren und Schiedskomitees. Ich werde alles aufschreiben und erklären, dass ich handeln musste, um die ruhmreiche Arbeit des Friedensinstituts zu schützen. Ich habe die Pistole.« Er legte Jamyangs Waffe auf Mengs Schreibtisch. »Sie haben das Projektil des Täters weggeworfen, also kann mir niemand das Gegenteil beweisen. Diese Leute waren an jenem Tag bei den Klosterruinen, um den Abt von Chegar davon abzuhalten, die Exilregierung zu unterwandern, also habe ich getan, was jeder gute Patriot tun würde.«

Im ersten Moment reagierte Liang nicht, sondern musterte Shan nur teilnahmslos. »Ich sehe jetzt, dass Sie im Innern tot sind, Genosse«, sagte er dann. »Sie haben kein politisches Bewusstsein. Ich brauche Sie nicht zu töten. Das tun Sie bereits selbst.« Er warf ein Bündel Scheine auf den Tisch.

Shan steckte das Geld ein. »Und die Amerikanerin?«

Liang schien sich nur mühsam davon abhalten zu können, Shan ins Gesicht zu schlagen. Seine Augen verengten sich zu engen Schlitzen, und er warf ein zweites Bündel Geld vor Shan hin.

»Anderthalb Kilometer südlich des Klosters Chegar gibt es ein Feld voller Felsformationen. Sie können es nicht verfehlen. Oben auf einem Hügel, gleich neben der Schnellstraße, mit freier Sicht in alle Richtungen. Sie wird bei Sonnenuntergang dort sein, weil sie sich mit einigen der *purbas* treffen will.«

Liang zögerte, als würden Shans Worte ihn verwirren. Er hatte nicht damit gerechnet, dass Shan die *purbas* oder den mit den Schmugglern vereinbarten Treffpunkt erwähnen würde. Sein Blick senkte sich auf den Schreibtisch, und seine Augen wanderten umher, bis sein Mund sich schließlich zu einem schmalen, kalten Lächeln verzog. Er schickte Shan mit einer Geste auf die andere Seite des Büros, klappte seinen Computer auf und fing an, schnell etwas einzutippen. Shan wusste, dass Liang nicht riskieren konnte, selbst zu dem Kloster zu fahren, aber er musste seinen Agenten über das Geschenk informieren, das Shan ihnen soeben gemacht hatte.

»Sie können mit der Frau anstellen, was Sie wollen«, sagte Shan, als Liang seinen Computer mit siegreichem Grinsen zuklappte. »Es sei denn, das amerikanische Konsulat ruft an.«

»Wovon reden Sie da?«, herrschte Liang ihn an.

»Ich habe die Frau fotografiert«, log Shan. »Mit einem Exemplar der gestrigen *Lhasa Times* in der Hand. Falls mir irgendetwas zustoßen sollte, wird das Foto an die amerikanische Botschaft geschickt.«

Der Zorn in den Augen des Majors flammte sogleich wieder auf und loderte dann empor.

Shan sprang im letzten Moment zur Seite, als Liang sich auf ihn stürzen wollte.

»Packt ihn!«, brüllte der Major und schnappte sich den Knüppel, den Shan zuvor auf den Tisch gelegt hatte. Shan wich einem heftigen Hieb aus, lief dann in das vordere Büro – und stöhnte vor jäher Verzweiflung laut auf, denn der Raum war leer. Durch das Fenster erhaschte er einen kurzen Blick auf Meng und die tibetischen Polizisten, die hinten auf dem Parkplatz standen. Shan erstarrte vor Panik. *Nein! Sie hatten ihn falsch verstanden! Sie waren gar nicht im Gebäude gewesen! Die Polizisten hatten nichts gehört!*

Er kam gerade noch rechtzeitig wieder zu sich, um vor Liangs nächstem brutalen Hieb mit dem Schlagstock zurückzuzucken.

Liangs Wut toste wie ein Scheiterhaufen. Stühle kippten um, Akten wurden zu Boden geworfen. Ein Schlag des Knüppels ließ eine Stuhllehne brechen, ein anderer hinterließ eine tiefe Delle in einer Tischplatte. Der Major wollte nichts sehnlicher, als Shan mit einem einzigen Treffer den Schädel zu zerschmettern. »Diesmal wird niemand mehr Ihren Namen in den Akten wiederfinden!«, brüllte Liang.

Shan schaute zu der Uhr an der Wand und wich einem weiteren wütenden Schlag aus.

»Handschellen!«, rief Liang. »Fesselt ihn!« Shan nahm eine Bewegung am Eingang wahr. Die Polizisten kamen offenbar zurück. Wenigstens würden sie Liangs Zorn mit ansehen. Vielleicht könnten sie später auch noch den Grund dafür erfahren. Er sah noch einmal auf die Uhr, lief dann um Liang herum und in Mengs Büro. Der Major folgte ihm sofort. Shan nahm Liangs Computer vom Tisch und hielt ihn wie einen Schild vor sich.

»Bastard!«, zischte Liang. Die Schlange in ihm hatte vollends die Kontrolle übernommen.

Der erste Hieb des Knüppels ließ die obere Hälfte des Laptops bersten, der zweite riss sie ab, und der dritte zerbrach die Tastatur, so dass Elektronikbauteile zu Boden prasselten. Liang zögerte nur einen Moment und prügelte dann weiter auf das Gerät ein, um irgendwie Shans Kopf zu erreichen. Shan bewegte sich rückwärts auf die Tür zu, bis er plötzlich von starken Armen gepackt wurde. Während man ihm die Hände auf den Rücken fesselte, stieß Liang ihm den Knüppel in den Bauch und zwang ihn auf die Knie.

»Ihr habt es gesehen! Er hat einen Offizier angegriffen!«, kreischte Liang und trat nun nach Shan.

Shan merkte entsetzt, dass die Männer, die ihn ergriffen hatten, graue Uniformen trugen. Das waren nicht die tibetischen Polizisten, die zu Zeugen hätten werden sollen, sondern Kriecher. Liang hatte also Soldaten gefunden, die ihm helfen würden. Sie hatten dafür gesorgt, dass Meng und die Polizisten draußen blieben. Niemand hatte etwas gehört. Niemand hatte etwas gesehen. Sein verzweifelter Plan war fehlgeschlagen. Er hatte seine Freiheit umsonst geopfert.

Der Hieb in die Eingeweide tat höllisch weh. Shan schloss die Augen und wurde auf die Rückbank eines Wagens geworfen. Dann lag er da, während ihn schwindelte, rang immer noch nach Luft und versuchte, nur an den nächsten Moment zu denken und dann wieder an den nächsten, aber bloß nicht an die Zelle, die in irgendeinem fernen Gefängnis auf ihn wartete. Morgen um diese Zeit würde er viele hundert Kilometer von Ko entfernt sein.

Erst kurz bevor der Wagen anhielt, wurde Shan klar, dass sie über Schotter rollten, nicht über die asphaltierte Schnellstraße. Es war ein Polizist, der ihn aus dem Wagen zog, und ein anderer, der dann das Fahrzeug wendete. Auf einmal waren seine Hände wieder frei. Der tibetische Polizist wischte ihm das Blut aus dem Gesicht. »*Lha gyal lo*«, flüsterte er Shan zu und warf ihm etwas vor die Füße.

»Was macht ihr?«, rief Shan verwirrt, als sie wegfuhren. Er stand am Tor des Hofs der Jadekrähen. Zu seinen Füßen lag Jamyangs Pistole.

Lung Tso lehnte an einem Pfahl und rauchte eine Zigarette, als würde er schon auf Shan warten. Als Shan einen Schritt in seine Richtung wankte, kam ein anderer Wagen angefahren.

Meng war allein. »Ich hatte dir ja gesagt, dass Liang offiziell abgereist war«, erklärte sie. »Aber ich habe in der Zentrale eine Nachricht für ihn hinterlassen, die an seinen Wagen weitergeleitet wurde. Ich sagte, Oberst Tan würde nach ihm suchen und habe Fragen über ein sogenanntes Friedensinstitut. Er hat es nicht gewagt, hier in Tans Bezirk noch irgendwie offiziell in Erscheinung zu treten, um nicht zu gefährden, was in Chamdo vor sich geht.«

»Du hast ihn angelogen.« Während sein Schmerz sich legte, wurde Shan immer mehr die Klugheit dieses Schachzugs bewusst. Liang kannte Tan als mächtigen und skrupellosen Armeeoffizier, der die Öffentliche Sicherheit hasste, und war außerdem erfahren genug, um zu wissen, wie wütend ein alter Veteran wie Tan sein würde, wenn er von verdeckten Operationen in seinem Gebiet erfuhr, die man ihm verheimlicht hatte.

»Worte sind so hohle Dinge«, erinnerte Meng ihn. »Er wusste, er hätte heute niemals herkommen dürfen. Wie du gesagt hast, es war ein zu großes Risiko sowohl für seine Mission als auch für ihn persönlich. Er muss verschwinden. Er ist schon weg. Er ist überzeugt, dass seine Arbeit getan ist und sein Agent die Amerikanerin ausschalten wird. Das hat ihm gereicht. Das und die Möglichkeit, dich durch die Mangel zu drehen.«

»Aber die Soldaten …«

»Du hast dich geirrt, Shan. Er hätte nie offen vor tibetischen Polizisten gesprochen. Diese Soldaten waren hier, um mir bei der Verkehrsregelung zu helfen, wegen all der Kolonnen. Die hatten keine Ahnung, was eigentlich vor sich ging.« Meng deutete auf Lung, nickte Shan kurz zu und überließ ihn dem Bandenführer.

Als Meng wegfuhr, trat Lung Tso seine Zigarette aus. »Das Mädchen will keinen Schritt mehr gehen. Sie sagt, ohne dich kommt kein Mönch in ihre Nähe.«

Shan folgte Lungs Blick zum Eingang des Hauses, wo Cora Michener mit Ani Ama stand und ihn mit ängstlicher Miene beobachtete. Er wusste nicht, wie er sie beruhigen sollte. Ihre einzige Fluchtmöglichkeit bestand darin, sich von Shan zu dem einen Mann bringen zu lassen, der hier im Bezirk noch ihren Tod wollte.

KAPITEL NEUNZEHN

Lung Tso hielt mit dem Lastwagen hinter der langen Gesteinsformation, die sich neben der Schnellstraße erstreckte, am Fuß eines Hügels, der wie eine natürliche Festung auf allen Seiten von Felsblöcken umgeben war. Auf dem Grund des Tals bildete sich ein seltsamer Nebel, dessen erste Ausläufer sich bis hoch zwischen die Felsen erstreckten. Oben erschien ein Mönch und winkte sie zu sich. Als Cora den Mann in dem Gewand sah, zuckte sie zusammen und packte Shans Arm. Er führte sie weiter.

Dakpo bewegte sich nur langsam. Obwohl er eindeutig immer noch an Schmerzen litt, war seine heitere Miene zurückgekehrt. Er trat ins Licht vor, so dass Cora sein Gesicht erkennen konnte.

Die Amerikanerin musterte ihn vorsichtig und lockerte dann ihren Griff, als Dakpo beiseite trat und auf einen kurzen Durchgang zwischen den Felsen zeigte. Auf der Freifläche, die sie betraten, stand Trinle, doch Cora ließ Shan los und eilte sogleich zu Chenmo, die an der Seite des Mönches stand und ihm gerade dabei half, die Klappe eines großen Rucksacks zu verschnüren. Als Cora und die Novizin sich umarmten, kam ein dritter Mönch hinter einem der Felsen hervor.

Cora blickte von der Schulter ihrer Freundin hoch und keuchte entsetzt auf. Sie wich zurück und wurde bleich.

»Cora, nein!«, sagte Chenmo. »Norbu, Norbu. Der Abt!«

Der Lama wies die Mönche an, zum *gompa* zurückzukehren. Als sie in den Schatten verschwanden, wandte er sich Shan zu und seufzte. »Sie sollte eigentlich allein kommen«, sagte er auf Chinesisch. »Dakpo sollte sie abfangen und allein zu mir bringen, damit ich sie trösten könnte.«

Die Amerikanerin wich mit angstverzerrtem Gesicht bis an eine der Felswände zurück, die den Ort umgaben.

Shan antwortete auf Tibetisch. »Sie hat den Mönch gesehen, der die drei anderen bei den Ruinen getötet hat. Aber sie konnte ihn nicht genau beschreiben. Sie hat gesagt, sie würde ihn wiedererkennen, falls er ihr noch mal begegnen sollte.« Chenmo erschrak und eilte an Coras Seite.

Norbu seufzte. »Eine solche Aussage hätte vor Gericht kaum Bestand.«

»Ich bin nie davon ausgegangen, dass der Fall in einem Gerichtssaal endet«, sagte Shan. Er kam langsam näher und versuchte, zwischen Cora und den Abt zu gelangen.

»Das könnte eine unangenehme Reise werden«, sagte Norbu im Plauderton.

Er blickte zu Jamyangs Pistole, die nun in Shans Hosenbund steckte, und dann wieder zu Cora. Shan sah, wie Norbus Hände sich dem eigenen Gürtel näherten. Dort hingen ein Federkasten und eines der bronzenen Feuereisen, wie sie an Absolventen des Friedensinstituts ausgegeben wurden. Nicht irgendein Feuereisen, wusste Shan, sondern das Exemplar, mit dem Lung Tsos Neffe getötet worden war.

»Major Liang hatte Sie in Gewahrsam«, sagte der Abt mit verdrießlicher Miene. »Das macht aus Ihnen einen flüchtigen Straftäter.«

»Das können Sie nur von dem Major persönlich erfahren haben«, stellte Shan fest. »Ich war dabei, als er eine Nachricht abgeschickt hat. Die geheime Nachricht eines Agentenführers an einen seiner Schützlinge.«

Shans Worte ließen Chenmo verzweifelt aufstöhnen. Sie versuchte, Cora mit ihrem Körper zu schützen.

Plötzlich gab es Bewegung am anderen Ende der kleinen Freifläche. Meng trat ins Licht vor, begleitet von den beiden tibetischen Polizisten. Sie sah adrett und tadellos aus. Ihre Mütze war blitzsauber, die Uniform frisch gebügelt, das Haar zu einem strengen Knoten zusammengebunden. Sie war zu der Kriecherin geworden, die Shan an jenem ersten Tag im Kloster getroffen hatte.

Shan starrte sie ungläubig an. Sie würde alles zunichte machen. Die *purbas* waren nicht mehr weit, näherten sich vermutlich in diesem Moment, um ihren Passagier nach Indien abzuholen. Bei Mengs Anblick würden sie sofort den Rückzug antreten und Coras einzige Fluchtmöglichkeit vereiteln. Und der Zorn des ebenfalls gestrandeten Killers würde sich gegen die Anwesenden richten. Shan versuchte, Meng irgendwie zu warnen, aber sie nahm keine Notiz von ihm.

Auch Norbu sah sie einen Moment lang verwirrt an, fing sich aber schnell wieder. »Leutnant Meng!«, begrüßte er sie. »Endlich kommen Sie einmal gelegen.« Er zeigte auf Shan. »Dieser Mann ist ein entflohener Krimineller. Major Liang hatte ihn festgenommen.«

»Major Liang ist abgereist«, erklärte Meng, »zurück zu seinem Friedensinstitut.«

Norbu warf ihr einen tadelnden Blick zu und handelte dann überraschend flink. Er täuschte eine Bewegung in Richtung Meng an, sprang vor und riss Shan die Pistole aus dem Hosenbund. »Leutnant Meng«, sagte Norbu und klang dabei nun wie ein vorgesetzter Offizier, »Sie müssen diese beiden« – er wies auf Shan und Chenmo – »in Gewahrsam nehmen. Kontaktieren Sie Major Liang. Die Gefangenen müssen sicher untergebracht werden. Eine dieser Einrichtungen für kriminelle Geisteskranke wäre nicht schlecht.«

Chenmo stimmte ein leises, ängstliches Mantra an.

Meng ging gehorsam um Norbu herum und zog die benommene Novizin von Cora weg, hin zu einem der Polizisten. Shan erstarrte, denn er erkannte, dass Meng tatsächlich wieder eine Kriecherin war. Er hatte ihre Veränderung gesehen, hatte bemerkt, dass sie mit etwas in sich rang. Die Lügen, die sie Liang aufgetischt hatte, jagten ihr nun Angst ein, denn ihr war klar geworden, auf welch gefährliches Terrain sie sich dadurch begeben hatte. Also machte sie einen Rückzieher, um ihr Fehlverhalten gegenüber der Regierung zu sühnen.

Norbu schien sich prächtig zu amüsieren. Er nahm belustigt die Pistole in Augenschein. »Das ist Jamyangs Werk«, sagte er und zeigte auf die kleinen aufgemalten Symbole. »Sogar während unserer Ausbildung hat er immer irgendwas gekritzelt oder gezeichnet. Er hat zu viel Zeit darauf verwandt, seine Tarnung aufzubauen, und am Ende hat er selbst daran geglaubt«, sagte er zu Shan wie ein Profi zu einem anderen. »Wir müssen die Schulung neu justieren.«

Shan warf Meng einen weiteren besorgten Blick zu. Sie konnte ihre sämtlichen Taten ungeschehen machen, konnte zu einer Heldin werden und sogar ihren früheren Rang zurückbekommen, indem sie alle hier verhaftete: Shan, den verräterischen Sträfling, die *purbas*, die zweifellos irgendwo in der Nähe waren, Chenmo, die Revisionistin, und schließlich Cora, die Amerikanerin, die nach Ansicht der Öffentlichen Sicherheit unbedingt verschwinden musste. Er unterdrückte seine Angst und wandte sich wieder an Norbu. »Das geschieht, wenn man Leute darauf abrichtet, ihr wahres Ich zu ignorieren.«

Norbu lachte gequält auf. »Das wahre Ich, Genosse? Wir sind alle nichts als Ton, der durch das Mutterland geformt wird.«

»Und welche Form werden Sie annehmen, Norbu, wenn

Sie erst einmal in Indien sind?«, fragte Shan. »Nur die eines Spions? Oder wird es die eines Meuchelmörders sein? Nach der Art und Weise zu schließen, auf die Sie Lung Wi und die drei im Kloster ausgeschaltet haben, sind Sie ein echtes Naturtalent.«

»Eine Ausbildung ist nur dann vollständig, wenn sie sowohl den Geist als auch den Körper betrifft. Die Möglichkeiten sind endlos. Ich bin nur ein Werkzeug, das nach dem Willen des Volkes eingesetzt wird.«

»Das Werkzeug einer Bande alter Männer in Peking, die schon vor vielen Jahren jeden Kontakt zum Volk verloren haben«, gab Shan zurück.

»Gesprochen wie der reuelose Verbrecher, der Sie sind«, höhnte Norbu. »Liang wird Sie schon davon kurieren.« Er schaute zu Meng, die hinter ihm stand, und hob wieder die Pistole. »Dieser ehemalige Sträfling hat eine Schusswaffe besessen. Notieren Sie das. Das gibt mindestens zehn Ketten.« Er bemerkte Chenmo, die an einem Felsen zusammengesackt war und schluchzte. »Und durchsuchen Sie diese verfluchte Einsiedelei der Nonnen. Da stinkt es in jeder Ecke nach Revisionismus. Man hätte den Ort schon vor Jahren dem Erdboden gleichmachen sollen.«

Schließlich wandte er sich der Amerikanerin zu. Cora schien all ihre Kraft verloren zu haben. Sie war zu Boden gesunken und hatte sich dann auf den Knien aufgerichtet, als wolle sie etwas erflehen. Doch ihre Miene wirkte keineswegs resigniert. »Sie haben sie getötet«, sagte sie auf Englisch zu Norbu – mit leiser, aber gleichmäßiger Stimme. »Sie haben sie abgeschlachtet. Ich habe es gesehen. Dann haben Sie die Leichen in Position gelegt, als würden Sie Holzscheite stapeln. Es hat Ihnen regelrecht Spaß gemacht.«

Shan hatte keine Ahnung, ob Norbu sie verstand. Doch dann lachte der Abt und erwiderte in tadellosem Englisch:

»Man hat mich gelehrt, auftretende Risiken zu eliminieren. Die Tode waren eine Bestätigung meiner Mission, ein Zeichen, dass mir Erfolg beschieden ist. Sogar die Fotos, wegen denen ich mir Gedanken gemacht hatte, lagen für mich in diesen kleinen Kästen bereit, nicht mal versteckt, sondern mühelos zugänglich, um vernichtet zu werden. Es ist mein Schicksal«, sagte er mit einer ausholenden Geste, die alle vor ihm Versammelten umfasste.

»Eines habe ich nie verstanden«, sagte Shan auf Tibetisch. »Woher haben Sie gewusst, dass man Sie an jenem Tag zur Rechenschaft ziehen wollte? Wer hat Sie gewarnt?«

Norbu war weiterhin bester Laune. »Der getreue Dakpo natürlich. Er hat mir davon erzählt, dass der alte Abt sich mit irgendeinem hochgewachsenen Lama treffen würde und dass dieser Einzelgänger angefangen habe, Erkundigungen über mich einzuziehen. Er war ganz aufgeregt, weil der Lama ein kleines Lotusmal im Gesicht hatte, und hat es ein verheißungsvolles Zeichen genannt. Doch ich kannte dieses Muttermal. Unser abtrünniger Agent. Liang ist extra aus Chamdo angereist, nur um mich zu warnen, dass Jamyang vermisst wurde. Es war einfach Pech, dass dieser alberne Lung Wi uns zusammen gesehen hat. Ich sagte zu Liang, wir hätten lieber nie unterbinden sollen, dass Jamyang seine alte Tante besucht. Und die Äbtissin war so geradeheraus, ohne jeden Sinn für Zurückhaltung. Was hat sie erwartet, als sie mich gebeten hat, zu den Klosterruinen zu kommen?« Er zuckte die Achseln. »Ich glaube fast, sie dachte wirklich, ich würde mich an ihrer Schulter ausweinen und ihre Vergebung erflehen.«

»Das war Mord!«, rief Chenmo.

»Nein, meine Liebe. Es waren Verluste in unserem glorreichen Krieg.« Norbu neigte den Kopf. »Sieh dich an. Du musst früher mal hübsch gewesen sein. Das Büro hätte eine gute Verwendung für dich finden können. Aber jetzt ...« Er zuckte die

Achseln. »In fünf oder zehn Jahren wirst du vielleicht die Toiletten in ihren Baracken putzen dürfen.«

Dann schwenkte er jählings herum, lud mit einer schnellen Bewegung die Pistole durch und zielte auf Coras Kopf. »Und du hättest zu Hause bleiben sollen«, sagte er auf Englisch und drückte den Abzug.

Zwischen dem metallischen Klicken der leeren Kammer und dem lauten Knall eines Schusses lag weniger als eine Sekunde. Norbu blickte verwirrt auf die Waffe in seiner Hand, dann nach unten auf den größer werdenden roten Fleck auf seiner Brust. Er sah Shan an, öffnete den Mund, als wolle er eine Frage stellen, und brach zusammen.

In der schrecklichen Stille, die folgte, bewegte sich niemand außer Meng, die ihre Pistole zurück in das Holster an ihrem Gürtel steckte. Shan nahm nichts wahr, nur ihren Blick. Einen Moment lang sah er unendliche Einsamkeit in ihren Augen, als würde sie hinaus aufs Meer gespült, ohne dass Hoffnung auf Rettung bestand. Dann biss sie die Zähne zusammen und übernahm das Kommando.

»Jetzt«, raunte sie den Polizisten zu. Einer von ihnen stieß einen Pfiff aus, und zwei junge Tibeter traten aus den Schatten vor, dicht gefolgt von Dakpo und Trinle. Sie hatten alles mit angehört. Meng war klüger gewesen als Shan. Sie hatte gewusst, dass das Publikum aus denen bestehen musste, die am unmittelbarsten von Norbus Schandtaten betroffen waren. Sie wandte sich an die beiden Fremden. Shan begriff plötzlich, dass es die *purbas* waren, die Norbu nach Dharamsala hatten begleiten sollen. »Sie werden die Amerikanerin über die Grenze bringen«, befahl Meng. »Unterwegs lassen Sie irgendwo im Hochgebirge Norbus Leiche in einem Felsspalt verschwinden. Soweit seine Vorgesetzten wissen, hat er es erfolgreich bis nach Indien geschafft. Behalten Sie seine Papiere. Leiten Sie sie an jemanden weiter, der damit ein Hotelzimmer in Macau oder

Hongkong mietet. Wenn Norbu nach ein paar Wochen noch immer nicht in Dharamsala aufgetaucht ist, werden seine Leute nach ihm suchen und die Eintragung in dem Hotel finden. Sie werden annehmen, dass er sich in den Westen abgesetzt hat. Und sie werden davon ausgehen müssen, dass alles, womit er zu tun hatte, kompromittiert ist, und dass man keinem Absolventen ihres Instituts je wieder vertrauen wird. Also werden sie ihren Laden in Chamdo dichtmachen und anderswo ganz von vorn anfangen müssen.«

Eine andere Gestalt kam hinzu. Sansan hielt einen flachen schwarzen Kasten vor der Brust umklammert. »Es hat funktioniert«, sagte sie zu Shan. Ihre Augen funkelten aufgeregt. »Wir haben einen Computer mit allen Freigaben der Kriecher darin.« Shan atmete erleichtert auf. Er war sich nicht sicher gewesen, ob Sansan genug Zeit gehabt hatte, aus den Schatten der Arrestzelle zu huschen und die Computer auszutauschen, nachdem er Liang in das vordere Büro gelockt hatte.

»Sie sagt, wir müssen ihn in zwei oder drei Tagen zerstören, aber bis dahin ...«

Shan hörte den Rest des Satzes nicht mehr, denn Sansan hatte dabei auf den Pfad gezeigt, der zur Straße führte. Er rannte zwischen den Felsen hindurch und hinaus auf den offenen Hang. Meng war bereits bei ihrem Wagen. Sie bemerkte Shan, hielt inne, und für einen langen Moment sahen sie einander wortlos an. Dann stieg sie ein und fuhr weg.

EPILOG

Die lange Staubfahne schimmerte silbern im Mondlicht, eine Wolke, die sie immer weiter voranzutreiben schien, tiefer hinein in das neue Land. Shan und Lokesh standen auf dem Gebirgskamm und schauten zu, wie die drei schweren Lastwagen, die ihnen gefolgt waren, den steilen unbefestigten Pfad unter ihnen erklommen. Jigten und der Clanälteste Rapeche hatten wie Kundschafter auf der Ladefläche von Shans Pick-up gestanden und sie stundenlang durch die riesige Graslandschaft geführt. Ihre nächtliche Fahrt wurde nur vom trüben Schein des Standlichts beleuchtet – und von tragbaren Laternen, wenn sie anhalten und Felsbrocken aus dem Weg räumen mussten.

Als Jigten einen leisen Pfiff ausstieß, drehten Shan und Lokesh sich um und stiegen wieder in den Pick-up. Jigten und der alte Hirte bestanden nun darauf, die müde Kolonne zu Fuß anzuführen, und geleiteten die Fahrzeuge über einen schmalen Pfad zwischen hohen, dünnen Steinformationen hindurch, die im Dunkeln wie gespenstische Wächter drohend über ihnen aufragten. Eine halbe Stunde später hielten sie an, weil Jigten und der alte Mann sich aufgeregt berieten. Rapeche sank auf ein Knie, pflückte etwas von dem Gras zu seinen Füßen und kaute darauf. Dann kostete er auf gleiche Weise von der Erde. Als der Clanälteste sich umdrehte, war sein Gesicht voller Freude. Er schien einen längst verloren geglaubten Freund wiedergefunden zu haben.

Als Rapeche verkündet hatte, Shan habe ein Wunder vollbracht, hatte Shan den alten Mann sogleich korrigiert und betont, der Zauber sei einzig und allein von der jungen Chinesin ausgegangen. Dann hatte er erläutert, dass Sansan den Computer der Öffentlichen Sicherheit benutzt hatte, um die Regierung hinters Licht zu führen. Rapeche hatte ihm geduldig zugehört und dann noch einmal bekräftigt, Shan habe ein Wunder vollbracht. Nicht einmal Shan und Yuan hatten Sansans Enthusiasmus nachvollziehen können, als die junge Frau ihnen zum ersten Mal zu erklären versuchte, welche Möglichkeiten Liangs Computer ihnen eröffnete. Doch nach einigen Stunden am Esstisch, während derer sie diverse Programme auf dem kleinen Gerät ausführten und lernten, wie die Insassen der *dropka*-Lager verwaltet und zugewiesen wurden, hatten sie die Begeisterung allmählich geteilt. Als dann Jigten von einer unverhofften und freudigen Wiedervereinigung Rapeches und seiner Enkelin berichtete, hatten sie den Clanältesten in Yuans Haus eingeladen und den Großteil der Nacht damit zugebracht, Landkarten zu studieren und einen Plan auszuarbeiten. Bei Tagesanbruch hatten sie Lung und die Jadekrähen aufgesucht.

Nun, vier Tage später, konnte Shan immer noch kaum fassen, was für ein kühnes Unterfangen sie gewagt hatten. Der Verwalter im Lager des Reinen Wassers hatte damit gerechnet, dass seine Insassen umgesiedelt werden würden, und obwohl es früher als gedacht dazu kam, hatte Shan die Erleichterung auf seinem Gesicht gesehen, als die Lastwagen mit seinen aufsässigen Schützlingen beladen wurden. Sansan hatte einfach die Verlegungspläne, Fahrzeugdaten und Zielorte geändert. Auf Drängen ihres Vaters hatte sie das Ziel des Clans im System sogar mehrfach variiert; der letzte Bestimmungsort verwies dann wieder auf den ersten, so dass die Daten sich in einer Endlosschleife immer neuer Verlegungen um sich selbst drehten. Die Verwaltung der Umsiedlungs- und Internierungsprogramme war für ihre Ineffizienz berüchtigt. Niemand hatte Zeit, die Daten wieder zu entwirren, und falls jemand es versuchte, würde er weder das tatsächliche Ziel der vermissten Hirten finden noch die Lastwagen, mit denen sie transportiert worden waren.

Shan und Lokesh stiegen nun aus und gesellten sich zu Jigten und dem Clanältesten. Sie standen auf einer Freifläche, die hier in diesen endlosen Hügeln wie alle anderen aussah. Das Gelände vor ihnen war unbekannt und in Nebel gehüllt. Doch als die Lastwagen aufschlossen und nebeneinander anhielten, hob Rapeche beide Arme und rief etwas, das wie ein Mantra klang.

»Die Götter beleuchten heute Nacht wahrhaftig unseren Weg!«, sagte Lokesh auf einmal. Shan drehte sich verwirrt zu ihm um und folgte dann seinem Blick zu einem zunehmend heller werdenden Lichtfleck vor ihnen. Die Nebelschwaden gerieten in Bewegung, wurden binnen kürzester Zeit verweht und gaben die Sicht auf eine Landschaft im Mondschein frei.

Jigten fiel auf die Knie. Sie befanden sich nicht einfach auf irgendeinem Hügel, sondern auf dem Grat eines Gebirgskamms, der sich wie eine Wand erhob und ein ausgedehntes Grasbecken schützte. Die Landschaft war mit kleinen Seen gesprenkelt, die wie silberne Punkte in einem wogenden Meer wirkten.

»Die Leute sagen, bis zur nächsten asphaltierten Straße sind es in dieser Richtung ungefähr sechshundert Kilometer«, meldete Professor Yuan sich hinter Shan zu Wort. »Nicht mal die Armee verfügt über verlässliche Landkarten. Es ist eine Wildnis aus Gras.«

Lung Tso sprang aus dem Führerhaus des ersten Lastwagens und fing an, den Fahrern Anweisungen zuzurufen. Sie setzten bis an die Kante des Grats zurück. Von der Ladefläche des letzten Lasters ertönte eifriges Blöken. Auch die Tiere schienen zu spüren, wo sie waren. Die Schafe waren der Beitrag der Jadekrähen, um in den Plan einbezogen zu werden. Sansan hatte der Bande die Fahrtzeiten der Transporter mitgeteilt, von denen die Regierungsschlachthäuser im Norden über die zentrale Schnellstraße mit Vieh beliefert wurden. Die Schmuggler hatten den Rest erledigt. Am Ende der Nacht würden die Jadekrähen in Richtung Osten verschwunden sein, um sich in irgendeiner Stadt in einer fernen Provinz falsche Papiere für ihre Lastwagen und sich selbst zu kaufen und von vorn anzufangen. Was von dem Kopfgeld noch übrig war, nachdem sie die *dropkas* für die Reise ausgestattet hatten, hatte Shan an Lung weitergegeben. Wenn die Polizei irgendwann auf dem Bauernhof der Jadekrähen auftauchte, würden sie ihn verlassen vorfinden, abgesehen von einem kleinen Buddha, der auf dem Torpfosten saß.

Die aufgeregten Rufe der Schafe weckten die Passagiere, die auf den Ladeflächen der anderen Laster geschlafen hatten. Die hinteren Planen wurden hochgeklappt, und fröhliche Gesichter kamen zum Vorschein. Freudenschreie und Dankgebete erklangen, und die *dropkas* fingen an, ihre Vorräte abzuladen. Eine der Ersten, die heruntersprang, war Chenmo, und auch sie strahlte. Sie umarmte Shan schüchtern. »Onkel Lokesh sagt, ich werde ab jetzt die Nonne des Clans sein. Ich habe ihm gesagt, dass man mir niemals ein Gewand geben würde, und er hat geantwortet, dass dich zur Nonne macht, was in deinem Herzen ist, und nicht, was du anhast.« Sie berührte das *gau* der Äbtissin, das nun um ihren Hals hing, und drehte sich um, um einen kleinen Jungen von der Ladefläche zu heben.

Während Shan beim Entladen des ersten Lastwagens behilflich war, tauchten der Professor und Sansan auf und wuchteten sich schweres Gepäck auf den Rücken.

»Es tut mir leid«, sagte Shan, »aber es bleibt keine Zeit, den

Hirten bei der Suche nach einem Lagerplatz zu helfen. Wir müssen bei Tagesanbruch zurück im Tal sein.«

Yuans Lächeln war so breit wie die Landschaft weit war. »Kommen Sie uns im Frühling besuchen«, sagte er. »Dann wird ein Lammzeitfest gefeiert.«

Shan starrte seinen Freund ungläubig an. »Überlegen Sie sich das noch mal, Yuan. Sie unterschätzen die Entbehrungen.«

»Jemand muss all ihre Geschichten aufzeichnen. Die Welt muss davon erfahren. Die Hirten, die in die Städte gezwungen wurden, müssen davon erfahren. Bei den Nomaden hat es früher einen ehrwürdigen Berufsstand gegeben, nämlich den des reisenden Briefschreibers, der Nachrichten verfasst und zwischen den Clans überbracht hat. Vielleicht wird das meine neue Tätigkeit sein.«

»Haben Sie auch nur die geringste Vorstellung, wie streng der Winter sein wird?«

»Jigtens Mutter hat versprochen, uns zu zeigen, wie man dicke Filzdecken anfertigt. Seit sie weiß, dass sie in ihre Heimat zurückkehren würde, geht es ihr von Tag zu Tag besser. Sie sagt, wenn sie erst mal da ist, kann sie für Sansan und sich geeignete Medizin herstellen.«

Sansan nahm Shans Hand und drückte sie fest. Dann lief sie zum Lastwagen, um einem weiteren Kind nach unten zu helfen.

»Bitte«, sagte Shan zu Yuan. »Sie sind zu alt.«

Der Professor schaute seiner Tochter hinterher. »Meng ist bei uns vorbeigekommen. Sie hat uns gewarnt, dass der Haftbefehl sich nicht mehr viel länger vermeiden lassen würde. Falls Sansan ins Gefängnis müsste, dann für mindestens fünf Jahre, eher für zehn. In meinem Alter bedeutet das, ich würde sie nie wiedersehen. Hier hingegen können wir zusammen sein, ein neues Abenteuer erleben und für diese Menschen etwas bewirken. Und das hat Meng uns ermöglicht, mein Freund.«

Shan blickte weg in den Nachthimmel und kämpfte gegen eine neue Woge der Gefühle an. Er hatte Meng nicht mehr gesehen. Als er zu dem Polizeiposten gekommen war, hatten die tibetischen Beamten ihm mitgeteilt, sie habe überstürzt eine neue Stelle an der Grenze zur Mongolei angenommen. Und sie hatte einen Bericht hinterlassen, in dem stand, sie und Shan hätten herausgefunden, dass Major Liang und Norbu in Schmuggelgeschäfte verwickelt seien. Sobald man Norbus Verschwinden bemerkte, würde das ausreichen, um Shan vor Liang zu beschützen, falls der Major versuchen sollte, ihn ausfindig zu machen.

Yuan griff ein letztes Mal in den Wagen und holte ein vertrautes Bündel heraus. Shan half ihm, die verschnürten Ahnentafeln auf der Schulter zu balancieren. »Er ist weiter gereist als jeder von uns«, sagte Yuan lachend.

»Der alte Bandit ist bereit für ein neues Abenteuer«, sagte Shan.

»All wir alten Banditen«, erwiderte Yuan mit funkelndem Blick.

Als Letztes kamen die Schafe an die Reihe und sprangen sofort herunter, als Lung Tso und Dschingis die Heckklappe öffneten. Manche rannten wie instinktiv zu den Hirten, andere hinaus in die Nacht, zu dem üppigen Gras, das unter ihnen lag.

Von irgendwo aus der Ferne hallte der tiefe Ruf einer Eule wider und klang wie ein Gebetshorn.

Shan wusste nicht, ob es an der Tierherde oder an dem stärker werdenden Zauber der ausgedehnten Landschaft im Mondschein lag, aber er sah, wie in den Augen der *dropkas* eine neue Wildheit aufleuchtete, eine unbändige Ausgelassenheit. Als sie sich nun einer nach dem anderen auf den Weg machten, stand Lokesh am Rand des Pfades, berührte jeden Einzelnen und segnete ihn oder sie mit einem kurzen, freudigen Gebet. Chenmo und einige andere stimmten ein Lied an, während sie den Hang hinunterstiegen.

Der Professor und Rapeche warteten ab, bis auch das letzte Mitglied des Clans an ihnen vorbeigegangen war. Schließlich winkten sie Shan zum Abschied zu. Dann drehten sie sich um und wurden zu zwei weiteren der umsichtigen Schatten, die mit der Nacht verschmolzen und die Welt hinter sich zurückließen.

GLOSSAR DER FREMDSPRACHIGEN BEGRIFFE

Begriffe, die nur einmal auftauchen und deren Bedeutung sich aus der jeweiligen Textstelle erschließt, wurden nicht in dieses Glossar aufgenommen.

Ani. Tibetisch. Eine buddhistische Nonne.

Bardo. Tibetisch. Kurzform für die Bardo-Todesriten; bezieht sich speziell auf die Übergangsphase zwischen Tod und Wiedergeburt.

Chang. Tibetisch. Tibetisches Bier, zumeist aus Gerste gebraut.

Changtang. Tibetisch. Die gewaltige Hochebene, die das nördliche Zentraltibet dominiert.

Chorten. Tibetisch. Ein Stupa, ein traditioneller buddhistischer Schrein mit Kuppel und Spitze, zumeist als Reliquienschrein genutzt.

Chuba. Tibetisch. Ein schwerer, einem Umhang ähnelnder Mantel aus Schaffell oder dickem Wollstoff.

Dropka. Tibetisch. Ein Nomade der Changtang; wörtlich ein »Bewohner des schwarzen Zeltes«.

Dungchen. Tibetisch. Ein langes Zeremonienhorn mit tiefem Klang, zumeist aus mehreren, spitz zulaufenden Teilen zusammengesteckt.

Dzong. Tibetisch. Traditionell die Bezeichnung für eine tibetische Festung oder Burg. Heutzutage wird der Begriff in Tibet auch für regionale Verwaltungsbehörden verwendet.

Gau. Tibetisch. Ein »tragbarer Schrein«; zumeist ein kleines Medaillon mit Klappdeckel, oft aus Silber gefertigt, das um den Hals oder die Taille getragen wird und in dem ein aufgeschriebenes Gebet oder ein heiliges Objekt verstaut ist.

Gompa. Tibetisch. Ein Kloster; wörtlich ein »Ort der Meditation«.

Khampa. Tibetisch. Ein einheimischer Bewohner der Kham-Region, die früher den Ostteil Tibets darstellte.

Khata. Tibetisch. Ein Gebetsschal, traditionell aus weißer Seide oder Baumwolle, wie er oftmals am Ende eines Rituals einem Lama überreicht wird.

Kunlun. Mandarin. Die hohe, langgezogene Gebirgskette, die das tibetische Zentralplateau im Norden begrenzt. Sie erstreckt sich vom Pamir und dem Karakorum-Gebirge an der pakistanischen Grenze mehr als tausend Kilometer nach Osten.

Lama. Tibetisch. Die Übersetzung des sanskritischen Begriffs »Guru«; traditionell ein vollständig geweihter Mönch höheren Ranges, der als leitender Lehrmeister tätig ist.

Lao gai. Mandarin. Wörtlich »Besserung durch Arbeit«; ein Zwangsarbeitslager.

Lha gyal lo. Tibetisch. Ein traditioneller tibetischer Ausruf der Feststimmung oder Freude; wörtlich »den Göttern der Sieg«.

Mala. Tibetisch. Eine buddhistische Gebetskette, die charakteristischerweise aus 108 Perlen besteht.

Mandala. Sanskrit. Wörtlich »Kreis« (Tibetisch: *kyilkhor*); die runde Abbildung der Welt einer meditativen Gottheit mit dem entsprechenden Wesen im Zentrum der Darstellung, traditionell aus vielfarbigem Sand hergestellt; kommt in manchen Tempeln auch als symmetrische und symbolische dreidimensionale Anordnung vor.

Mani-Mauer. Tibetisch. Eine aus *mani*-Steinen aufgeschichtete Mauer. Der Tradition folgend, fügen Pilger beim Besuch eines Schreins einer solchen Mauer einen *mani*-Stein hinzu, um sich Verdienste zu erwerben.

Mani-Stein. Tibetisch. Ein Stein mit einem aufgemalten oder eingeritzten buddhistischen Gebet; häufig das Mantra *Om mani padme hum*.

Milarepa. Tibetisch. Ein großer Heiliger und Dichter Tibets, der von 1040 bis 1123 gelebt hat.

Mudra. Tibetisch. Eine symbolische Geste, bei der die Hände und Finger vorgeschriebene Haltungen einnehmen, um ein bestimmtes Gebet oder eine Opfergabe auszudrücken.

Purba. Tibetisch. Wörtlich »Nagel« oder »Dorn«; ein kleiner Dolch mit dreieckiger Klinge, der bei buddhistischen Zeremonien benutzt wird. Auch die Bezeichnung für einen Angehörigen der geheimen tibetischen Widerstandsbewegung.

Ragyapa. Tibetisch. Ein Leichenzerleger; einer jener Leute, die bei den traditionellen tibetischen Himmelsbegräbnissen die sterblichen Überreste zerteilen.

Renminbi. Mandarin. Eine chinesische Währungseinheit.

Rinpoche. Tibetisch. Die respektvolle Anrede für einen verehrten Lehrmeister; wörtlich »Gesegneter« oder »Juwel«.

Takla Makan. Turksprachig. Eine ausgedehnte Wüste im mittleren und südlichen Xinjiang, zwischen dem Tian-Gebirge im Norden und der Kunlun-Kette im Süden. Sie ist für ihre extremen Temperaturen und tückischen Treibsandfelder berüchtigt.

Thangka. Tibetisch. Ein Stoffgemälde, zumeist religiöser Natur, das häufig als heilig gilt. Es wird traditionell auf eine Rolle aus feinem Baumwollstoff gemalt.

Torma. Tibetisch. Eine rituelle Opfergabe als Huldigung an die tibetischen Gottheiten. Sie besteht vornehmlich aus

Butter und Gerstenmehl und kommt in vielerlei Formen, Farben und Größen vor.

Xinjiang. Mandarin. Als Autonome Region Xinjiang wird in der Volksrepublik China das riesige Gebiet bezeichnet, das im Nordosten an die Mongolei grenzt, im Osten an die chinesischen Provinzen Gansu und Qinghai, im Süden an Tibet und im Westen an Kasachstan, Kirgisistan, Tadschikistan, Afghanistan, Pakistan und Indien.